李五泉

山东平原人，1943年生于哈尔滨市，当代作家、剧作家。编审，中国作家协会会员。曾在黑龙江省商业厅任职，后从事文学艺术工作，历任哈尔滨画院书记，哈尔滨市作家协会副主席兼秘书长，哈尔滨文艺杂志社社长、总编辑兼《小说林》《诗林》主编，哈尔滨文学创作所书记。1977年开始发表作品，出版有长篇小说、中短篇小说、散文、随笔二百余万字，编剧有电影、电视剧、话剧多部，主编有《冰城十年文学选》等。代表作有长篇小说《街上有狼》，中短篇小说《老景》《戏班》《走进月光》。曾获东北文学奖、天鹅文艺大奖等多项奖励，作品被译为英、俄、日、韩等多种语言。

长篇小说

街上有狼

李五泉 著

百花洲文艺出版社

图书在版编目（CIP）数据

街上有狼 / 李五泉著. —— 南昌：百花洲文艺出版
社，2025.6
ISBN 978-7-5500-4003-8

Ⅰ.①街… Ⅱ.①李… Ⅲ.①长篇小说 – 中国 – 当代
Ⅳ.①I247.5

中国版本图书馆CIP数据核字(2020)第266803号

街上有狼

JIE SHAGN YOU LANG

李五泉　著

出 版 人	陈　波
责任编辑	余丽丽
书籍设计	方　方
制　　作	何　丹
出版发行	百花洲文艺出版社
社　　址	南昌市红谷滩世贸路898号博能中心一期A座20楼
邮　　编	330038
经　　销	全国新华书店
印　　刷	浙江海虹彩色印务有限公司
开　　本	720 mm×1000 mm　1／32
印　　张	13
版　　次	2025年6月第1版
印　　次	2025年6月第1次印刷
字　　数	280千字
书　　号	ISBN 978-7-5500-4003-8
定　　价	58.00元

赣版权登字　05-2020-349

目录

第一章

一切缘于一个美丽的阴谋。但并不是所有的阴谋都是灰色的，这阴谋发生在十九岁的山民陈九和十七岁的官家小姐陆璎身上，就带上了美丽的光环。

宣统三年初冬的那场暴风雪早有预兆，前几天就有铅色的云块在上空飘浮，越积越厚。那年的夏天气候就反常。连续不断的大雨使得山洪暴发，一泻千里，茫然四顾，到处是水泽和被水淹没了的庄稼。六神无主的黎民百姓对一反常态的大自然充满恐惧。当厚重的云块不断聚集时，人们就感叹说今年肯定是雪大奇寒的冬天。

后来就落下了那场烟儿泡大雪。呼啸的西北风裹着黄豆粒大的雪雹，恣意地在老林山沟里打旋，撕扯着冻枯的树枝，席卷着大团大团的落叶，连碎石也被吹得在沟坎上翻滚，山猫野兽都躲藏得无影无踪。暴风雪从黄昏掀起，肆虐了一夜一昼。就是在那一夜，在那个偏远、荒凉的山沟里，孕育了那个惨烈的故事。

当铅色的云块越积越厚，那凛冽冷风像蛇芯子似的在山沟里游窜的时候，陈九的父亲和母亲预感到暴风雪的临近。他们备好马，检查了秧子房的门窗，阴沉着脸忐忑不安地上路了。陈九是目送着父亲和母亲上路的，母亲跟在父亲的身后，出门时瞥了陈九一眼。母亲湿润的眼窝里隐约流动着期望和哀怨，那哀怨深重而绵长。母亲目光明白无误地证明，陈九酝酿了两个月的阴谋被穿透了。他的心突突地狂跳，脸也扭曲得十分不自在。

　　陈九站在柴门前的粗石阶上，目送着父亲和母亲骑着一黑一白两匹胡马，消失在白桦林中小路的深处。待陈九确信再也没有人监视他了，竟激动得腿抖了起来，身上的尿水一时涌向小腹。他迅速地解开裤子，搜出家伙，肆无忌惮地冲着灌木丛扫射起来。整个山林静得出奇，几只黄嘴山雀被尿声惊起，扑着翅膀向山坡飞去。环顾四望，被阴云半掩半托的山林显得色彩单一而凝重。

　　陈九的目光落到越聚越多的云层上，他知道这是危险的信号，只要风雪一降，山林就会被大雪封死，使山沟与外界隔绝，他的阴谋也会被这大雪粉碎。想到这里，他一声呼哨，跳下石条台阶，飞快地向后山坡跑去。枯黄的叶子在他脚底下发出嚓嚓的响声。山林里只要不下雪，向阳坡上就仍有青草和老绿野藤在厚重的枯叶下挺立着，陈九有几次险些被这些东西绊倒。他连跑带跳，扑向那半掩在地下的秧子房。陈九气喘吁吁地靠在门板上，柴门扇子很旧，干裂而细密的纹路，摸上去粗糙扎手，但非常坚固。那把大铜锁快锈死了，陈九的父亲每次都骂咧咧的半天才能打开它，但这难不倒陈九，他用一根打磨得锃亮的半截子铁钉熟练地打开铜锁，推开柴门，低头钻了进去。

陈九站在门里的空地上，被从外边射进来的光照着，耀得眼睛一时还看不清这半地下的秧子房的情况，但他知道陆家小姐就坐在铺着狍子皮的炕沿上。他睁大眼睛怔怔地望着，陆家小姐那苍白的脸庞就满月似的隐现出来。看到这张清秀白皙的脸，他的下身就发热发满，膨胀出一种强烈的欲望，这欲望苦苦缠绕着他，使他心神不安。

两个月前，正是这张满月似的脸庞打动了他，激起了他要改变十九年来沿袭下来的生活轨道的愿望。他喜欢她，粗暴地将她占为己有。现在他要带她逃离这荒野山沟，去过另外一种日子。

陈九适应了秧子房里的光度，看清了陆家小姐的整个倩影，她正安详地望着他。陆家小姐长久不见阳光的脸有些浮肿，苍白的脸上没有出逃前的激动、惶恐，她对陈九密谋了好久的出逃计划似乎没有多少热情。她平静地望着陈九走过来，便顺从地仰面躺了下去。

陈九压抑着自己膨胀起来的欲望。他站在炕沿边上，俯视着躺着的陆家小姐。他没有去抚摸她，也没有在她身上癫狂，他努力把冲动变成一种庄严和持重。他俯下身去贴着陆家小姐的耳朵说：

"我们逃走吧，我现在就带你离开这里。"

"我不走。"

"我送你回家。"

"我不回家。"

"再不走你就会死在这里，我不会让你死掉的。"

"我宁肯死在这里……不……我准备死在这里，你千万别管我。"

"你疯了？"

"我没疯。"

"好端端的为什么不逃命？"

"我的命是死，不是生，逃也逃不掉。"

陈九不明白陆家小姐为什么不肯逃走，但这无关紧要，现在陆家小姐是他的，整个死静的山沟也是他的，他会按着他的意志把这件事情做到底的。他把手伸到陆家小姐身子底下，想把她抱起来。陆家小姐顺势搂住了他的脖子，拉陈九趴在自己身上。她把嘴附在他的耳朵上，柔声地说："我不走，我要……我要你再来。"

陈九感到陆家小姐的嘴唇在他耳朵上磨出的瘙痒，还有她嘴里呼出的带甜味的热气。陈九的庄严和持重消融了，他迅速灼热起来……陆家小姐开始脱衣服，华丽的绸衣缎裤摩擦着，发出窸窸窣窣的声音，响过之后，裸露出白而丰腴的身躯、饱满硕大的乳房。这是一具读不透看不厌的魔体，随时都会使陈九膜拜。陈九像一个急着跳水救人的汉子，喘着粗气忙乱地解扣子，炕上地下立刻堆起杂乱无章的衣裤。两个人抱在一起，在炕上翻滚着，做起近两个月来一有机会就不断重复做的事情。这事情太美妙，令陈九陶醉，忘乎所以，如火如荼，以至最终酿成了陈九的阴谋。

不知过了多久，屋子里突然暗了下来，从门缝里射进来的光线变得模糊，陈九吓了一跳，翻身从炕上跳了下来，裸着身子去开门，曚昽中他那白白的身体闪现着，胯下之物摆来摆去，依然雄壮伟岸。门只拉开一道缝，一股强风钻进来，陈九冷得打了个寒战。他探出头去，看到空中铅色的云块密集而厚重，山沟被遮盖得暗无天日。

　　陈九关上门，慌得去抓衣服，东一件西一件地翻着。陆家小姐仍然躺着不动。陈九一边忙乱地穿着衣服一边喊："快！快……"陆家小姐表情复杂地望着陈九说："你打死我吧，留给我一条绳子也行……反正我不能同你一起走。"

　　陈九无暇应付这个脑袋里充满怪念头的官家小姐，他的阴谋已经启动，谁也无法阻止他。他穿好衣服，又强行给陆家小姐套上他母亲的皮袄，套上皮裤，扎上绑腿，把她抱到准备好的排子车上，套上马，带上枪和干粮，选了一条别人不能走的路，扬鞭出发了。

　　陈九的父亲是个看秧子房的马贼，陆家小姐是马贼绑来的肉票。

　　陆家小姐的祖父是一位战功显赫的将军，后来宦海翻船，被发配到这苍凉蛮荒之地，做一名小小的副都统。将军落脚之时，带领全家在堂上挂起皇上赐给陆家的吊着黄缎子的紫貂皮坎肩，焚香静室，三拜九叩，山呼万岁，以示身处逆境不忘浩荡皇恩。

　　将军后来发现，这里不仅气候恶劣，地广人稀，而且盗贼猖獗。就在他面向京城，对着紫貂皮坎肩顶礼膜拜的那个晚上，就接到了马贼抢掠商民的谍报。将军怒发冲冠，拔出利剑，带领一队骁骑，踏着月色一路追杀下去。在山林边上，他们劫杀了马贼，一阵刀光剑影、血溅马嘶的厮杀后，夺回了商民的财物。归来路上，月光如织，遍野积雪泛白，马蹄嗒嗒作响，士兵手中的利刃闪着寒光，踌躇满志的将军不觉吟出"但使龙城飞将在，不教胡马度阴山"的佳句。面对沃野星空，将军仰天长啸，吐出久久压在心中的郁气。但将军不知道在这弥漫着风雪的蛮荒之地，消灭一股马贼犹如从牛身上拔下一根毛来。

从此马贼与陆家结下了世仇。

重新聚集起来的马贼们，决定报复陆家，他们绑架了将军的小儿子，也就是陆家小姐的叔叔，一名将军手下的骁骑校。这是马贼绑的陆家的第一个肉票。他们提出条件：官兵撤营减卡，官匪相安无事。

将军当然不会屈服于马贼的威胁，他派人偷袭了马贼的巢穴，仗打得十分惨烈，从黎明一直鏖战到中午，偷袭战变成了攻坚战、肉搏战。马贼们个个骁勇善战，官兵动用了火铳、火炮，几里外就能听到厮杀声和火药的炸响。这是一场真正的恶战，双方伤亡惨重，浮尸遍地，血流成河，多少年后人们说起来仍然毛骨悚然，心有余悸。当中午时分，官兵攻入马贼的巢穴时，发现了被吊死在橡树上的将军小儿子的尸体，尸体虽然血肉模糊，但仍然可以看出年轻的骁骑校宁死不屈、怒目圆睁的凛然表情。

陆家第二个被马贼绑来做肉票的是将军房里一个极得宠爱

的姨太，一个从江南带来的纤细美人。这位能歌善舞、工诗善画的丽人，温柔婀娜，善解人意，闲时常用弦乐笙箫、江南俚曲来慰藉仕途坎坷、心境渐衰的将军。这位忠心的姨太是到土祠里为将军祈祷平安时，在两名兵士的保护下，被神通广大的马贼掠走的。

这无疑是又挖却了将军心头的一块肉。但陆家小姐的祖父毕竟是戎马一生的军人，已经痛失爱子的将军不会去为一个宠妾妥协。他十万火急地调动了附近厅州的兵丁，策划了更为周密的行动方案。当将军骑在马上，挥刀准备出击时，晴天霹雳，从马贼巢穴里传出噩耗，那位多才多艺、美艳绝伦的宠妾，不甘受辱，自缢于马贼的秧子房里。

将军终于经受不住丧失爱子和宠妾的打击，带着羞愧和遗恨，口吐鲜血，死在军营帐里。临终前他抚摩着那件御赐紫貂皮坎肩，疾首长呼："匪患未除，死不瞑目，身为武夫，痛哉痛哉。"将军的死撼天动地，惊泣鬼神，天空落下弥漫的大雪，将军的部下将他的遗体埋葬在大雪覆盖的黑土层里，让将军不安的灵魂镇守这荒芜的边关。

陆家第三个被马贼绑来的肉票就是这位陆家小姐陆璎。陆家小姐的父亲承袭了陆家小姐祖父的官职后，陆家就像日渐衰微的清王朝一样，渐渐失去了锐气，内忧外患下，官兵只能处于守势。日渐发达的马贼并没有忘记与陆家的世仇，他们关押了陆家小姐，提出要白银、要火铳的苛刻条件。

陆家小姐陆璎被关进秧子房后，就抱定了必死的横心。她不介意被关在什么地方，用什么方法被处死。她知道这是命运，是不可抗拒的命运。父亲不会来赎她，她将是陆家第三个殉葬品。陆家小姐从小耳闻了许多忠烈故事，又沐浴了陆家对殉难亲人浓烈的悲怆和崇敬，知道为了陆家的荣誉，她别无选择。

陆家和马贼僵持着，陆家小姐平静地等待着大限到来的那一时刻。这时却突兀地闯进一个陈九。

那是个奇好的天气，陈九的母亲带着陆家小姐出来晒太阳。

陈九被母亲派到后山去采黄花菜，半路上想起没有带干粮，他跑回来在抄近路的山坡上往下滑动时，发现了和母亲在一起的陆家小姐，他立刻被陆家小姐的美艳震动了。

陆家小姐穿了一件葱绿色镶着宽边的绸袄，缎面织花裤子。苍白而丰润的脸庞，眉清目秀，唇红齿白。她站在那里，凝望着远处的群山和蓝天，娇媚中透着一缕惆怅。她身段修长，体态丰盈，一束长发绾在脑后，一个成熟女孩子的韵味展示无遗。这是陈九除了母亲外，第一次这样仔细看一个女人。他停止了奔跑和滑动，拨开树枝，呆呆地望着，只觉得一抹阳光照在他心坎上。

在陈九十九岁的生命中，已经懂得男女间有一种莫名的隐私，这隐私鼓动着他体内的欲望。在岁月漫长而寂寞的山林里，他有充分的时间去观察任何一种动物的交配，并神奇地读懂了它们行为的作用和意义。他开始去想象山沟外的世界，想象他应拥有的女人，但都是朦胧的，而眼前这个女人使事情突然变得明快而真实，他本能地感到这个女人应该是他的应被他占有。这想法使陈九激动不已，那抓树枝的手开始抖动，带动着灌木丛发出沙沙的响声，咔嚓一声树枝被折断了。

陆家小姐丝毫都没有注意到有一双充满欲火的眼睛盯着她，就是树枝的断裂声也没有引起她的注意，她仍然醉心于这山沟里的安详与静谧。

陈九的母亲在陈九从山坡上滑下时就知道是儿子回来了，儿子那充满欲火的目光盘旋在她的脑际。她知道儿子在想什么，她不知道这是福还是祸，是应该制止还是怂恿。两年前陈九的父亲就让陈九去当马贼，做一个马上来，马上去，大碗喝酒，大块吃肉的汉子，在充满血腥的厮杀中成人。他赌咒说："我养了他十六年，是只狼也该出去觅食了。"母亲却以死相拼，坚决不让儿子去当马贼。儿子一天天成人，母亲却一天天恐惧，当马贼是提着脑袋过日子，不当马贼的日子前途未卜。每当夜幕降临，七星北斗当空，四周黑黝黝的大山压着，冥冥之中总有一种不祥之兆，这不祥之兆黑云般弥漫在母亲心头。

陆家小姐轻声地和陈九的母亲交谈着，慢慢地向秧子房走去。在秧子房门口站了片刻，陈九的母亲像是关照陆家小姐什么，陆家小姐点点头，回身消失在昏暗的房门里。

秧子房门被反锁上了。

秧子房关押人票时，是不许陈九靠近的，更不让他知道里边关押的是什么人。但好奇心早使陈九破译了这里的所有秘密，包括那把上了锈的铜锁。他决心实施自己的计划，做马贼的父亲和做马贼妻子的母亲都不能阻止他。陈九返回后山，再也无心采黄花菜。他躺在山坡上，遐想着所有的行动细节，然后就急切地盼望着天黑。

吃晚饭的时候，父亲照例是喝酒骂人，粗暴地挑剔吃到嘴里的所有饭菜，吹嘘当年在马贼队伍里的惬意日子。对父亲语无伦次的唠叨，母亲充耳不闻，默默地望着狼吞虎咽的儿子，暗中向万仞大山祈祷，不要把灾难降到儿子身上。粗心的父子俩各怀着心事，谁也没有注意到，晚饭桌上主妇竟然没动筷子。

夜里，陈九躺在火炕上，静听着父亲和母亲房里的动静。父亲照例要发泄他旺盛的精力，母亲却意外地拒绝着父亲。做马贼的父亲是不可抗拒的，一阵撕扯和谩骂后，又重复地响起粗重的喘气声和压抑的呻吟……陈九蒙上自己的头，他期待着这一切快点过去。对面屋子里很快传出父亲雷鸣般的鼾声，陈九静默了片刻，很快爬了起来，轻轻地打开门闪了出去。

陈九来到秧子房前，熟练地打开房门，低头钻了进去。他谙熟这里的一切陈设，凭知觉可以摸到陆家小姐睡觉的地方，但他还是从容地点燃了油灯。火镰的嚓响声惊醒了陆家小姐，她猛然翻身坐起来，没有扣好的绸衫敞开了怀，露出白而大的奶子，那一对饱满结实的奶子像磁石般吸引着陈九，他饿虎般地扑了上去。

陆家小姐的反抗是激烈的，他们在炕上翻滚着，陈九撕碎了陆家小姐的绸衣内裤，陆家小姐在陈九身上留下了道道血痕。这场对抗完完全全是一场哑剧，没有呼叫和呐喊，整个秧子房里只听见陈九粗重的喘气声和陆家小姐丝丝缕缕的呻吟。最后还是陈九占了上风，陈九终于压在陆家小姐那热乎乎湿漉漉的身上，极其笨拙地做完了他想做的一切，疲软地倒在炕上。陈九的欲望满足了，秧子房里彻底安静下来，刚才像撕咬的母狼一样的陆家小姐仰面躺在那里，无遮无掩地一动不动。陈九以为她死了，恐惧地抬起头来，灯影里他发现陆家小姐翕动着鼻翼，潮红的脸上放着光彩，眨动的眼睛盯着天花板出神。陈九放下心来，但这一眼又挑起陈九的冲动，他把手伸向那饱满的奶子。

后来的事情就简单了，陆家小姐不再反抗，她被这突来的强暴唤起了某种潜在的欲望，这欲望不可告人，也无须告人。她要在这短暂的生命旅途的最后阶段，去完成一种人生体验，这体验灿烂辉煌，她因此变得温顺无比。她任陈九在她身上癫狂，把她当成攀登的山，当成游水的池，当成醇厚的酒，当成甘甜的乳汁。陈九恨不得将陆家小姐吞吃进肚子里。陈九一直在陆家小姐身上癫狂了一夜。一夜之间，他把她变成了小妇人。直到黎明前恋恋不舍地离去，他们之间也没说一句话。

从那天晚上开始，陈九几乎每夜都要到秧子房来，悄无声息地进屋，悄无声息地上炕，悄无声息地做着一切。陆家小姐渐渐入道，变得灼热而沉迷。他们不点灯，不去看对方的面孔；他们用嘴，用手，用身体的每个部位去交流，就是不用语言。他们配合默契，能够互相满足，事毕陈九悄无声息地离去。

到了白天，陈九就陷入惶恐，他敏感地察觉到母亲的异样，总觉得那双忧郁的眼睛在追踪着他。他上山去，那目光锋芒在背；他下坡去，那目光在头顶盘旋。但无论是在家里，还是在坡上，当着陈九的面，母亲的目光却竭力回避。

陈九是强壮的，山林的劳作和山林的精气强健了他的筋骨，他能夜夜不减癫狂的劲头儿。但到了白天，他就抵挡不住困乏，在炕上，在山坡的向阳处，常常打瞌睡，干起活来也迟钝走神。

吃饭的时候，母亲把一碗盛得冒尖的饭送到他面前，嘱咐说：九儿，把它吃下去，别亏了身子。"

陈九用力蹾着饭碗说："吃！吃！撑死拉倒。"

母亲只是叹气，又起身从柜橱上拿下父亲用人参、虎骨泡制的烧酒，给陈九倒上一碗，推给他说："天凉了喝碗酒去去寒，也滋补滋补，男人一碗酒，好汉天下走。"

陈九像是被人揭了伤疤似的咆哮起来："我不喝，我不喝这马尿！"

在一旁红着眼睛喝酒的父亲被激怒了，他放下酒碗，指着陈九的鼻子大骂："你这王八羔子，妈拉巴子的牛什么，长成半截汉子啦，还吃你爹的，喝你爹的，人心不足，出了这个门马尿谁给你一口！"

陈九难以忍受，推开碗冲出门去，父亲还要追，被母亲拦住，父亲便咒骂母亲："这是你留下的祸害，让他自己刨食吃，早就规矩成人了。祸害，简直是祸害！"父亲一边喝酒一边骂，一边骂一边喝酒，喝足了，骂够了，就趔趄着爬上炕去，头一挨枕头，立刻就发出惊天动地的鼾声。

夜里陈九溜进秧子房，伏在陆家小姐身上向她讲述了出走计划。意外的是陆家小姐对出逃没有丝毫热情，她说："你把我的腰带找来。"

"你要腰带干什么？"

"我身上连根绳头都没有，我不能总提着裤子走来走去。"陈九不知道陆家小姐要回裤腰带的含意，但他知道看守人票有极严的规矩，从父亲母亲手里索要陆家小姐的任何一件东西都会引起他们的警觉。陈九不理会陆家小姐的要求，开始做出走的准备。他擦拭了一杆火枪，从那积满灰尘的仓房里找出一把斑驳的砍刀，偷偷地磨得光亮锋利，甚至从母亲那里偷出一些碎银子。是那厚重的云块加速了事情的进程。当时间紧迫，陈九的父亲和母亲离开山沟，去马贼队伍里找大当家的，讨教如何处理陆家小姐时，陈九得到了机会。本来是父亲一个人出山的，母亲执意要去。父亲同意了，他想象不出来他这块小小属地会发生什么意外。

母亲临走时的目光给了陈九一个启示，这启示使陈九目眩心跳，他没有退路了。

就在陈九带着陆家小姐出走的那天黄昏，一群马贼组成的马队呼啸着钻进了山沟。马蹄踏着弥漫的风雪，卷起团团尘雾，夹杂着崽子们欢快的呼哨，使山林热闹起来。陈九的父亲和母亲也夹在马队当中，他们是在路上迎来接人票的大队人马的。陆家小姐的父亲妥协了。此时，武昌城头举起的义旗动摇了龙墩宝座，心灰意冷的陆家小姐的父亲拿出一缸白花花的银子，来赎自己的爱女。陆家还献出了一件传世之宝——皇上赐赏的紫貂皮坎肩。这件紫貂皮坎肩正在一个崽子手里，他用长枪挑着高高举起，紫貂皮坎肩吊着黄缎子面，在空中张扬得像一面旗子。

胜利的马贼扬扬得意，骑在马上扑向山沟。陈九的父亲像一位凯旋的将军，昂首挺胸，器宇不凡。人票出手，万事大吉，有酒有肉，可以像黑瞎子一样，舒舒服服地躺在火炕上猫一个长冬了。整个马队里，只有陈九的母亲心事重重，一言不发。她的身躯在马背上颠簸着，心中的郁闷都筛浮到脸上，眉心上积着阴云。

当兴冲冲的马贼们来到秧子房前，发现房门大开，陆家小姐没了踪影时，立刻像冰铸似的呆住了。所有的人都意识到事情的严重和残酷。收了赎金不能撕票和撕了票不能收赎金涉及马贼的信誉。绺子里的规矩是要用血肉来兑现的。陈九的父亲张着死鱼样的嘴怔住了，脸扭曲得十分难看。他突然号叫着滚下马来，跪到大当家的面前，拼命扇自己的嘴巴，大声咒骂自己，一个号啕的汉子狗一样伏在地上样子十分可怜。大当家的一言不发，铁青着脸，额头的青筋跳动着，他一招手，过来两个崽子，把陈九的父亲架走了。

在挂甲前，大当家的问陈九的父亲：

"犯了绺规，应该知道怎么办？"

"知道。"

"服不服？"

"服。该倒就倒，没说的。"

陈九的父亲已经镇静下来，知道绺规难逃，又有了英雄气概。

"还有什么后话？"

"没有。"

"那就去吧，一会儿给你备酒送行。"

"我老婆怎么办？"

"她也是起誓入伙的人，照办。"

"我操你祖宗大当家的！"陈九的父亲咆哮着，"我们两口子为你卖命，还下这狠茬子，我死了也要扒你的皮，到阎王那里等着和你算账！"

大当家的掏出盒子枪，叭叭叭三枪打掉了香案上的三根香头。

大当家的说："骂吧，趁着有一口气，痛痛快快地骂吧；把肚子里的恶气都吐出来，免得到阴间做恶鬼。"

"我操你八辈子血祖宗……"

陈九的父亲跺着脚大骂，他喊："给我拿酒来，老子上路怎么

不给我酒喝？拿酒拿肉！"

他获准喝光了一瓶老烧。

陈九的父亲被剥光了衣服赤条条捆在自家门前的核桃树干上。刺骨的寒风把雪揽成了细碎的冰屑，抽打着陈九父亲发紫的躯体。两个崽子将辫子盘在脖子上，掀起棉袍的一角，掖在腰间，每人提一只水桶，轮流往陈九的父亲身上浇水。他们先拱手施礼，说："秧子房掌柜的你别怪我们，你逃了人票，毁了绺子

里的规矩，是必死的人了，等我们拜达摩老祖的时候，一定为你多烧几炷香，求达摩老祖保佑你，二十年后再托生出一条好汉。"两个崽子说完就轮流一桶一桶地往陈九父亲赤条条的身上浇那凛冽的冷水。赤身裸体捆绑在树干上的陈九的父亲，嘶哑着嗓子又骂起来，骂大当家的，骂那个山妖般的陆家小姐，骂浑蛋王八蛋妈拉个巴子的儿子，直骂得冰碴封住嘴，整个身子像冰柱般僵硬，昏昏而去才止。

陈九的母亲平静地为马贼们煮好鹿肉和熊掌，在马贼面前尝了肉和汤，看着马贼们放心地狂饮滥食后，进屋换了一身干净衣衫，梳理了头发，拿上一根绳子，跪在大当家的面前说："陈家犯了绺规死无怨言，我是个女人，只求死得干净些，求大当家的开恩。"

已经喝下三碗烧酒的大当家的，望着跪在地上的女人，竟萌生出一丝怜悯。他手下都是些杀人越货、打家劫舍的汉子，这些被酒精烧红了脸膛的崽子们会把这个女人撕碎吞吃的。秩子房掌柜的毕竟曾是绺子里的一条好汉，大当家的把手一挥说："好，规矩是规矩，人情是人情，我和秩子房掌柜兄弟一场，今天成全你，自己选一条归天的大道去吧！"

陈九的母亲磕头起身，一手拿绳子，一手提起一条板凳，在崽子们的嚎叫声中走出屋门。外边风雪依然猛烈，抽打得人睁不开眼睛，她眯着眼睛走到丈夫被冷水冻死的大树旁。她见丈夫瞪着眼睛，龇着牙，被罩在冰坨子里，紫青的裸体在暗夜里泛着白光。她在喉咙里痛苦地呜咽了一声，闭上了眼睛，脚底下趔趄了一下，险些摔倒。她停了片刻睁开眼睛，用手背抹了一下流在脸颊上的泪水，嘶嘶地吐一口气。然后她昂起头来寻了一根树枝，放下板凳蹬了上去，伸手在树枝上搭上绳子，系了一个绳套，把头钻了进去。

陈九的母亲抬起头来，望着被风搅得漆黑，似冥冥有灵的夜空，凝神片刻，突然嘶声大喊："九儿九儿，放心去吧，爹娘升天了！"喊完一脚踢翻板凳，垂下双手吊死了自己。

第二章

都市真是聚集财富的好地方。

当中东铁路修到这里时，这座都市好像一夜之间就发达起来了。整车整车的大豆、小麦轰轰隆隆地运出去，整车整车的纺织品、丝绸、建材、五金轰轰隆隆地运进来。这震天动地的声音搏起了都市的命脉，使这座都市一天天变得鲜活起来。

铁路由南到北伸延过松花江。路西为道里区，路东为道外区。道里区一度为中东铁路当局的管辖区，盖洋房，拓街道，办商行，集聚了来自世界各地的十几万洋人。他们把这儿当成"西部"做着淘金的美梦。

到了民国十七年，由中国人经营的道外区正阳街，已经发达成为一条繁荣的商业大街了。大小商号几百家，同记商场、大罗新商场、洪盛永、大兴泰、大仓、正源兴等百货绸布店鳞次栉比，招牌五花八门。津沪的纺织品，苏杭的丝绸、茶叶，老鼎丰的南货甜食，世一堂的中草药，亨得利的钟表眼镜，还有东洋和欧洲舶来的洋绸洋缎洋布、洋铁洋钉洋蜡、洋油洋火洋肠。这些五光十色的商品装点得正阳街花团锦簇，芬芳四溢。支撑这个场面的还有中国的、外国的、官办的、民营的银行钱庄，星罗棋布在正阳街及其两侧的街巷里。

宏发祥毛皮商行就坐落在正阳街上。前店堂后作坊，楼上是掌柜陈九的居家。店堂挂满了名贵的裘皮大衣、鹿皮夹克、狐领、水獭领和各式皮帽，还有整张的狐、貂、豹等兽皮。店堂里到处充盈着清凉而刺鼻的樟脑气味。最引人注目的是前厅中央有一个木台子，台子上立着一只斑斓大虎。大虎四肢挺立，做仰天长啸状。这只兽中大王毛色鲜亮，表情凶悍，栩栩如生。这只老虎远近闻名，成了宏发祥的一个招牌。

谁也说不清宏发祥毛皮商行掌柜陈九是怎样发达起来的。当年陈九闯进哈尔滨不过是一个替人家守钱桌子的小伙计，仰人鼻息，做羌帖、银圆、官帖和各种钱币的兑换生意。凭着他的精明和强悍，三年后成了兑汇街有名的黑袍三兄弟中的一员。这三兄弟呼风唤雨，操纵着各种钱币兑换的比价，控制了兑汇街上所有钱桌子的生意。那条街上的私人银行和钱庄的掌柜也都敬畏他们三分，说起这三兄弟来个个苦着脸，长吁短叹：

"唉，泥鳅鱼呀！"

"岂止……简直是豺狼虎豹。"

经营钱桌子，兑换钱币吃贴水，有极大的投机性，这中间多少风险、多少隐私、多少血腥怕是永远没有谜底可查的。后来这有名的黑袍三兄弟中的老大遭人暗算，让仇家装进麻袋，在腊八的夜里塞进了松花江的冰窟窿里。

进了腊月，正是兑汇街上发财的日子。那些闯关东在外谋生的人，都急着兑换手中的钱币，赶着回家过年。平时坚挺的羌帖，一时变得疲软不堪，黑袍三兄弟在兑汇街上搭了席棚，大肆吞吃羌帖，比价一跌再跌，许多人眼睁睁看着血汗钱被盘剥得所剩无几，哭声骂声不绝。

那天夜里，忙了一天的陈九和老大从酒馆里出来，徜徉在兑汇街上，喧嚣的兑汇街这时寂静无声，好像奇寒的气候把这儿的一切冻得凝固静止了。寒冷并不使他们扫兴，他们喜欢那条街，那心情像是两位常胜将军视察他们的战场。

天黑风高，路灯稀疏，两个人肚子里有酒，脚底下轻飘飘的，走着走着不提防横下里杀出一伙人来。他们个个反穿着皮袄，戴着狗皮帽子，整个面孔都隐在阴影里，像墙一样把陈九和老大团团围住。

老大眯着醉眼问："妈拉个巴子，你们要干什么？"

陈九酒醒了一半，突然明白遇到了仇家。他迅速掖起棉袍的下摆，握着拳头喝道："好狗不挡道，闪开闪开！"

那一伙人也不答话，扑上来动手抓人，老大挣扎了几下便动弹不得，被人堵住了嘴。陈九看准了对手，一拳将扑上来的一个大汉打了个满脸开花，嗷的一声捂着脸退下去。另一个汉子死死地抱住他，嘴里嚷着："快上快上，他妈的都是死人哪！"

两个人抱得很紧，陈九挥不开拳头。陈九在挣扎中摸到了那人的布腰带，一用力腰带的活扣就开了，那缩着的棉裤腰也脱落下来。陈九就势把手伸向那人的胯间，那人嗷的一声惨叫松开了手，扑上来的人以为陈九手里有家伙，一时惊愕在那里。陈九也不敢恋战，推倒汉子冲了出去。

等陈九带上几个伙计赶回兑汇街时，兑汇街上空空荡荡，只有那几盏昏黄的路灯，投下惨淡的光环，虚虚印在马路上。

那天夜里，在松花江上凿冰打鱼的人看见几个反穿着大皮袄、戴着狗皮帽子的黑影，抬着一个扭动着的麻袋，嘎吱嘎吱地踏着冰上的积雪，向江心走来。在人影晃动中，他们把那扭动着的麻袋顺进一个大冰窟里，结着薄冰的冰窟吞下那扭动着的麻袋后，泛起了涟漪。那几个戴着狗皮帽子的汉子，呆呆地望着泛着冰碴的水面平复下来，渐渐地凝滞了，才嘎吱嘎吱地踏着冰上的积雪从容离去。漆黑凛冽的江水无声地吞噬了这位黑袍兄弟的生命，最后连尸首也没捞着。

黑袍三兄弟中另一个成员沉迷于花街柳巷，染上了梅毒，痛苦难熬时又吸上了鸦片，整日吞云吐雾。他把在兑汇街上赚到的钱一口一口地抽光后，躺倒在裤裆街头的水楼子底下。当陈九带着几个伙计去收尸时，那原本膀大腰圆的身躯瘦得只剩下一把骨头，身上的衣服被剥了个精光，暴露在街头的是一具扎满黑色针眼的白条尸，那发着腥臭气的胯间落满了苍蝇。

伙计望着陈九，问："怎么办？"

陈九说："什么怎么办？给他穿上衣服送他走。"

伙计们到寿衣铺买了寿衣，捂着鼻子给他穿好，又套上黑袍子，装殓进一口薄棺材，埋进了义地。

有名的黑袍三兄弟，只剩下陈九。陈九回到家里时，做了陈九太太的陆璎不无忧郁地说："够了够了，别再干了，你要那么多钱干什么？"

陈九疲惫不堪地说："你真是小姐脾气，没有钱就像光着腚在大街上走，连丑都遮不住。"

陆璎说："我嫌你那钱有血腥味。"

陈九说："你到正阳街上闻一闻，他们赚的哪一张钱不带血腥味？"

陆璎便痛苦得无以名状，说："你要干你就去干，我不花那脏钱。"

陈九很恼火，陈九觉得这个官家小姐出身的女人不明白道理。他说："我赚给你吃，赚给你穿，赚给你用，这个城市女人有的我都给你了，你又嫌钱脏了。"

陆璎说："你别心黑，早晚走你那两个黑袍兄弟的路。"

陈九说："你咒我？"

陆璎说："我不咒你。是你自己找倒霉。说到底你是马贼的儿子。"

陈九说："我是马贼的儿子又怎么样？"

陆璎说："我不和你说，我没法和你说，有些事永远和你说不清。"

陈九说："我早晚要在正阳街上占一席之地，让他们抬起头来看我。

陆璎眼睛里噙着泪，她说："陈九你别蛮干，你以为有了钱人家就会正眼看你？！"

陈九说："街面上的事你不懂，不用你来操心，待着你的吧你。"

当精明的陈九用他在兑汇街上赚到的花花绿绿的羌帖买下四家子那一片楼房后不久，羌帖突然贬值，而且一贬再贬，形成坝决水泻之势。陈九亲眼看到有人抱着半麻袋崭新的羌帖悲痛欲绝。那人把一张张羌帖撕得粉碎，天女散花般从楼顶上撒下来，任行人在脚下践踏。人们抬头望去，只见那人站在楼顶上挥动着双臂，嘶声喊着："啊——啊——"纵身一跳，从三楼顶上跌下来，摔死在正阳街方石铺成的马路上。陈九走到跟前时，看到死者张着嘴，瞪着浑浊的眼睛仰望着蓝天，城市那狭窄的天际没有云，也没有风。死者身子底下的鲜血顺着道牙子淌进盖着铁箅子的阴沟里，陈九似乎听到那潺潺流淌声，不由得脊背一阵发凉。

羌帖最后变成一堆废纸，许多人破产，一些店铺倒闭，正阳街受到这次金融危机的冲击，一度奄奄一息。不过那时候陈九已经离开兑汇街，正和人合伙经营粮栈，做起红火的粮食出口生意，并乘虚打进了正阳街。

民国十七年的陈九，已经拥有一家毛皮商行，一个作坊，在四家子拥有一片三百多间房子的大楼，成了正阳街上举足轻重、让人敬畏的人物了。

有一次陈九应邀参加一个商行的开业庆典，那时正阳街正处于上升时期，几乎每天都有买卖家开张志喜。那些脑满肠肥，或西服革履，或长袍马褂的商人们，在酒席宴上，拱手作揖，嬉笑寒暄的同时，对宏发祥掌柜陈九带有几分矜持。一个小眼睛，脸上带着几个浅麻子的丝绸商突发奇想，借着酒劲问起陈九发家的诀窍。

陈九望着多事的浅麻子说："我没有诀窍。正阳街上遍地黄金，抓把土都能筛出金块来，就看谁的本事大了。"他想了想又说："这个世界就没有诀窍，捡钱靠运气，赚钱靠本事，没有运气没有本事的人才嗅着鼻子到处找诀窍。"

这天是著名中医师黄浩之黄先生来陈家给陈太太陆瓔把脉开药的日子。陈九没有出门，坐在账房里等黄先生。陈家和黄先生交往颇深。十年前陈太太陆瓔得了一场大病，呕吐、厌食、消瘦，最后卧床不起，病得奄奄一息。陈家遍请中医西医也无济于事。黄先生给陆瓔下了三服中药。一服药喝下去人几乎绝了气脉，两服药喝下去人才有了转机，三服药喝下去各种病症消失，人也清爽起来。

陈九佩服的人不多，但对黄先生却充满敬意。陆瓔后来又患了忧郁性头疼，黄先生就定期来给陈太太把脉下方。黄先生说："不是什么病都是靠药物才能治好的。太太你积郁成疾，心病得用心来治，要开朗豁达才是。"

陆瓔只是摇头叹气，陆瓔沉疴缠身，像泡在酒里的人参一样，沉浸在草药罐子里。当年曾透着红晕的脸庞白得像玉脂，没有血色，没有活力。嘴唇发紫，眼圈泛黑。因为头疼，前额上一年三百六十五天都有拔罐子的圆印和手掐的密集的菱形紫痕。也许是为了掩饰这病态的印痕，额头上总系着一条像抹额似的白绸布，看上去像戏台上的白娘子。

"我头疼。"陆璎经常掐着额头低声呻吟，"疼得像裂开似的。"

陈九便心烦，说："什么头疼，你脑子里尽是些古怪的想法，只要不胡思乱想就好了。"

"我真的头疼。"陆璎嘶嘶地吐着气，说："心里也憋闷，像堵了一块石头。"

陈九说："谁也治不好你的病，你的病在你心里，稀奇古怪的……"

秧子房里那一对叛逆的少年男女的激情使陆璎怀孕了，后来生下了女儿凤仪。如今陈家小姐凤仪已经长到十七岁，陆璎却再也没有坐胎。陈九为太太请了道外最著名的妇科大夫。在女佣韩妈操持的炉灶上，经常炖着一把黑色陶壶。那黑色药壶里鼓冒的沸水中，散发着浓烈的中草药味，弥漫在房间的每一个角落。陆璎的许多岁月，就像这苦涩的药汤一样蒸发了。

在商场上疯狂征杀的陈九，觉得太太越来越古怪，越来越陌生了。

陈九正在账房里喝茶。黄先生没到，宏发祥毛皮商行的账房先生沈中和匆匆赶了回来。

沈中和是被陈九差去打听俄国人波波夫要举办百货博览会的情况的。沈中和说："我打听过了，那个俄国人主要是做纺织品生意，博览会上有布匹、丝绸、洋服，没有几件裘皮。"

沈中和撩起长袍，坐下来说："陈掌柜放心，就是那几件裘皮，也是外国人拿来当古董拍卖的，抵不了宏发祥的毛皮生意。"

陈九哦了一声，就呷着茶。沈中和想了想说："还有太太让我打听的那件紫貂皮坎肩，波波夫手里确实有一件紫貂皮坎肩，只是倒了一手又一手，实在说不清它的出处了。但我亲眼见了，那确实是一件皇室贡品。"

陈九说："太太的事你和太太说吧，她的事我不管，由她自己去办。"

沈中和便有些不自在，他扭过头去，透过账房的玻璃窗，望见前堂冷冷清清，生意寡淡，便压低声音说："陈掌柜，庄本毛皮商行的事，我也听到一些新消息。"

陈九脸色严峻起来。他对庄本毛皮商行的事情很敏感。在哈尔滨默默开办了三年的日本庄本毛皮商行，去年突然做起大生意。他们把在日本加工的廉价的皮领和手筒倾销到哈尔滨，使宏发祥的生意锐减，陈九一直对这家日本商行耿耿于怀。

沈中和说："庄本毛皮商行在日本有自己的工厂，他们加工毛皮、皮件、皮革，规模很大。"

陈九问："这消息可靠？"

沈中和说："他们是看准了哈尔滨的市场，才突然来那么一手的。"

陈九沉默了。陈九一有心事，他的脸色就黯淡，那方正的脸庞上的光泽消失了。沈中和知道这种情况下陈九容易发脾气，便站起来说："陈掌柜，我到前边柜台上看看。"

陈九突然抬起头来说："你别走。"他指着椅子说，"你坐下。"陈九闭着眼睛，一只手拍着头顶说："日本人有工厂，我们为什么没有工厂？我们自己办工厂。"

沈中和摇着头说："庄本家族在日本有上百年的办厂历史，实力很强，我们比不了。"

陈九不屑地说："难道日本人长了两个脑袋？"

沈中和说："话是这么说，人家是轻车熟路，我们得从头来，一没有技术，二没有经验。这些都是不入账的本钱。"

陈九说："庄本靠什么打我们，不就是价格低吗？我不信我们办的工厂搞地产地销，抵不过他们远道来的洋货。"

沈中和嗫嚅了半天，才把话说出来，他说："陈掌柜，办工厂可不是小事，投资大，周转慢，办成了是金，失败了是一片废墟，一堆废铁。"

陈九皱起了眉头，他瞪着沈中和瞧了半天，直瞧得沈中和低下了头，才说："好了。打听消息的是你，决定怎么办的是我。你去吧。"

陈九从账房的玻璃窗上望见黄先生进了前堂，忙迎了出去。

黄先生五十多岁，身体有些发胖，圆圆的脸，眯着眼睛，他那团花贡缎长袍和黑缎马褂上总是带着一股中草药味。他经常出入商贾和官宦之家为女眷看病，颇有名气。黄先生是陈家的常客，早有伙计接过诊包先上楼报信去了。

黄先生见陈九迎出来便笑着说："陈掌柜发财！"他端详着

陈九，突然站住说："陈掌柜气色不好，身体欠安？"

陈九笑着说："我要是有病，天底下就没有健康的人啦！"

黄先生说："陈掌柜敛财致富可别亏了身体。"

两个人说着话，穿过店堂后边的走廊，进了院子。这是个拐子楼，院子方正，楼房对面两侧是宏发祥的仓库和作坊。临街一侧的楼下有一个门洞，平时不打开，只留一个小门。陈九和黄先生登上门洞旁的楼梯，上了二楼。黄先生是常来常往的熟人，也不进客厅，直奔陈太太陆璎的卧室。

陆璎已经知道黄先生来了，便站起来迎着。黄先生忙摆手说："陈太太你是病人，你躺你的，用不着俗礼。"

陆璎便坐到床沿上，说："我不要紧，总躺着也不是办法，平时我也是常起来走动的。"

陆璎的床靠墙，两侧和上脸是桃木雕花的隔扇，隔扇后边衬着粉色幔帐。床上的缎被、绣花枕头和床单，总是像刚刚浆洗过的清爽无比。一只黄白相间的花猫伏在花被单上，闭着眼睛，发出轻微的鼾声，它的沉梦被人声惊扰，爬起来伸伸懒腰，舔着湿润的嘴唇，懒洋洋地跳下床去，偎在墙角栽着夹竹桃的大花盆旁，又闭上眼睛打起了瞌睡。

陈九和黄先生坐下后，韩妈从厨房里提来开水壶。陈家上下都知道黄先生出诊从来是带着自己的紫砂壶和自己兑制的茶叶的。等黄先生从诊包中拿出紫砂壶，放好茶叶后，韩妈给他冲上开水，又重新给陈九冲了茶，才退出去。

黄先生呷了口热茶，才缓缓地问起陆璎的病情。

陆璎解下系在头上的白绸布，露出额头上那些细碎的菱形紫色印痕。她说："还是老毛病，总是头疼，疼起来像是要裂开来似的。"

黄先生把着脉，他对陆璎说："陈太太，你心火太重，思虑太多，积郁成疾。忧思是百病之源，平日里要清心勿躁才好。"

陈九在一旁说："她这个人就是爱操闲心，满脑袋古怪的想法，自己折磨自己，谁也没有办法。这几天又想起陆家曾经有过的一件什么紫貂皮坎肩，想起来就茶不思饭不想的。"

陈九对陆璎的病不以为意，他认为陆璎没有病，陆璎的病在于她的胡思乱想。女人常为一些莫名其妙的事情满足或者痛苦。女人就是女人。

黄先生把过脉，陆璎拍着额头说："这几天我总是做梦。"她把白绸布带舒展开，又系到额头上，说，"前几天报上登了那个俄国人要开百货博览会的事。他们还登了广告，说是要拍卖一批俄国沙皇时期的宫廷用品，还有中国皇室的贡品。看了报纸后，我就想到了那件紫貂皮坎肩。奇怪的是，从那以后，我总是做同一个梦，总是梦见那件紫貂皮坎肩。"

陆璎见黄先生提着笔，也顾不上开药方，凝神听着，就说："黄先生你别光听我唠叨，你喝茶，待会儿茶该凉了。"

黄先生便放下笔喝茶。黄先生说："陈太太，你讲你讲。"
陆璎说："我总是做那一个梦，反反复复地梦见那件紫貂皮坎肩，在梦里那坎肩就挂在堂上，父亲和祖父焚香膜拜，全家人都在场，还有我的母亲。我闻到了焚香的气味，我母亲拉着我的手让我跪下，她说这坎肩是陆家的传家宝，陆家丢了金山银山也不能丢了这件紫貂皮坎肩。"

陆璎喘了一口气，接着说："母亲说这话的时候，她的手又暖又软，现在想起来我的手还暖乎乎的。"

陆璎眼睛里闪着深邃的光芒，脸庞也泛起红晕，说："不知道为什么总做这个梦，有时知道是梦也不愿意醒来。"

陈九说："黄先生你听听，我说她的病在她的脑袋里，就在她的脑袋里。皇上都没有了，民国又这么多年了，那件紫貂皮坎肩值什么钱，还值得朝思暮想的。"

陆璎叹着气，摇着头说："这和皇上没关系，和民国没关系，和钱也没关系……唉，我的头又疼起来了。"

陈九说："柜上什么样的毛皮没有？紫貂、黑貂、水獭、银狐……你的病真是在你的脑子里，治也治不好。"

陆璎皱着眉搓着额头说："陈九，我不和你说，跟你说也说不清。"

陈九说："有什么说不清，是你自己糊涂，怎么能说得清。"黄先生说："太太别焦虑过度，日有所思，夜有所梦，是当不得真的，好好养息身体才好。"黄先生说着便开了药方，交给韩妈去世一堂抓药。

告辞的时候，黄先生对陈九说："太太思物生情，也是人之常理。心病心治，了其心事，去其心疾。如果天公作美，让太太碰上那件紫貂皮坎肩，倒是胜过吃仙丹妙药的。"

送走了黄先生，陆璎洗了手，用热毛巾擦了脸，上床躺了下来。那只花猫也从花盆旁边爬起来，轻捷地跳到床上。它望着陆璎沉郁的脸色，咪咪地叫了几声。陆璎伸出手来，抚摸花猫的脊背，花猫便驯服地趴下偎在陆璎身边，眯起了眼睛。

陆璎觉得很累。在冗长的日子里，有一种奇怪的东西缠绕着她，她的头不能清爽，她的每一根汗毛孔都粘连着无法透气，这使得她积郁在胸。陆璎的痛苦无以名状而绵长，像团雾一样缠裹而无止境。三十几岁，本应是阅尽人间春色、仪态万方的年华，像怒放的花，像饱含浆汁的果，舒展着风韵，丰盈着体态。而陆璎却把自己隐进阴影里，犹如潮湿角落里出生的蘑菇，苍白而柔弱。

十几年前那场人生巨变对陆家小姐来说，犹如一场梦。她和陈九之间发生的事情，他们之间那如胶似漆的人生体验，他们在秩子房里的所作所为以及所策划的阴谋，最终的结果却大相径庭。

宣统三年初冬的那个夜晚，在陈九的父亲，那个看守秩子房的老马贼犯了绺规，被同伙赤裸裸地捆绑在核桃树上，被冷水浇得瑟瑟发抖，被冷风刮得钻心钻肺，仰天大骂不止时，陆家小姐已经跟着陈九跑出五十多里的山路，正被烟泡大雪封锁在一处山崖边上。那风越吹越烈，雪越下越大，无情的风雪搅在一起，扑过来扫过去，像无数沙粒抽打在脸上，从领口和袖口钻进去，刮着皮肤，刺着心肺，让人睁不开眼睛，全身像是被剥光了似的抖个不停。当他们翻上那座山梁，拉排子车的马已经疲惫不堪，车陷进冻实的车辙里，再也不能动了。陈九跳下车来，瞪着眼睛四下张望，最后抱起陆家小姐，躲进一个邻近的山洞里。洞很浅，但进了山洞，立刻感到风势减弱了，似乎让人感觉到了一丝温暖。陈九放下陆家小姐，让她靠近洞壁，自己蹲在洞口，为这位官家小姐挡风遮雪。但他们很快就意识到这一丝温意只是一种感觉，凛冽的风雪旋转着扑进洞里，让人无法躲藏。

当时的陆家小姐蜷缩着身体，闭着眼睛靠在洞壁上，抖个不停。她拉着陈九的胳膊，嚅动着没有血色的嘴唇，发出丝丝缕缕的声音，说："陈九，陈九，你坐过来靠紧我。"

陈九便靠紧她，用他那带着膻味的翻毛皮大氅暖着她，陆家小姐把脸偎进曲卷着的绒毛里，渐渐地有了一点生气，心里稳下来，嘴巴也好使了。陆家小姐陆璎说："陈九，陈九，我告诉你，我是必死无疑的人了，你救我出来也是没有用的。我们陆家是官宦人家，陆家是从来不赎人票的，我们陆家的人宁肯死在马贼手里，也不会做交易的，你懂不懂，陈九？陆家没有一个人是从马贼手里活着回去的。"

陈九说："你放心吧，我们已经跑出来了，他们有多少人马也追不上了，我一两银子也不要，就能把你送回家去。"

陆家小姐说："谢谢你救了我，我是不能回家的，活着回去是陆家人的耻辱。"

"你们浑蛋陆家……"陈九心不在焉地骂着，他仍沉浸在他策划的阴谋取得成功的喜悦中。

"陈九你不懂，我说给你你也不懂……"

"那就不回你们陆家，开荒种地打猎挖参我都能养活你。"

"那有悖于天理人情……"

"你们女人，还有你们浑蛋陆家……"陈九不耐烦了，在这生死攸关的时刻，根本无暇去听这位小姐的唠叨，他惦记着眼下这场大雪什么时候能够停下来，好逃出死亡的威胁。

"陈九我给你说，我这十七年的岁月就要结束了。我本来应该遵从父亲的安排嫁给一个男人的，因为被马贼绑了票，我就嫁不了啦。不嫁那个男人我没有什么抱怨的，我不认识那个男人。陈九，你让我做了你的女人，你做了我的男人，我这十七年的岁月也就足了。陈九可惜你是马贼的儿子，我不能为你生下一儿半女，我不能堂而皇之地为人妻和为人母，这是命中注定没有的缘分。"

陈九听不进去也听不懂陆家小姐的这些呓语，陈九有些焦躁不安。陆家小姐和他嘴对嘴、肉贴肉地厮混了两个月，两个月间陆家小姐和他说的话加在一起也没有今天晚上的多。焦躁的陈九无心去思索这些，他只盼着今夜这场肆虐的风雪快点过去，在这场雪过去之前他和陆家小姐别被冻死。

风雪越演越烈，黑洞洞的夜空无边无际，被一种巨大的力量搅拌着的夜空里，风发着呼啸，不时伴着强大的撞击声和断裂声。在狂暴的大自然面前，被压迫在角落里的陆家小姐和陈九显得渺小和无奈。

但是，当时还没有成为陈九太太的陆家小姐陆瓔，心情却异常平静，在平静中预谋那期待已久的时刻——庄严地死去。其实死的预谋在陆家小姐被关进秧子房的第一天就开始酝酿了，从陈九占有她的那一夜起，这死的预谋变得真切具体而不可逆转。陆家小姐把她和陈九的结合看作是她的死亡祭礼，是她短暂生命中一次不可告人的辉煌，她借助陈九完成了她人生的一种体验，成了她预谋死亡的一个重要组成部分。

在陈九两个月的预谋活动中陆家小姐是平静的，他们在一条船上紧张地筹划着各自的航标，他们为这条船的启动做着物质上和心理上的准备，却把航标图揣在各自的怀中，刚才陆家小姐向陈九托出了一切，沉浸在自己航线上的陈九似乎无动于衷。

陈九太累了，无声无息地蜷坐在陆家小姐身边。陆家小姐认为最后的时刻到了，她要平静地死去，用生命为陆家建立一块新的丰碑，以告慰陆家那些先她而去的英灵们。

这浅浅的山洞就在崖边，走出十几步就是崖头，从那里跳下去就可以给她预谋的死亡画上句号。她蠕动着身躯，努力使自己站起来。寒冷似乎使周身的血液凝固了，她努力活动着四肢，发出窸窸窣窣的声音。陈九把头埋在毛皮领里，似乎已经睡了过去。

陆家小姐站稳了身体，试着迈出了一步。她走出了洞口。风减弱了许多。她抬头向夜空望了一眼，黑洞洞的夜幕包围着她，几乎触到了她恢复了知觉的皮肤，咔嚓一声响，好像某处有树枝断裂的声音，这响声唤起了她的恐怖。

害怕死亡这一念头刹那间袭击了她，并立刻传遍周身的细胞，她在迈向死亡的时刻，才意识到死亡过程比死亡本身痛苦万分。她闭上眼睛，努力克制着自己临阵的懦弱。她觉得两个月来准备死亡的悲壮竟然消融了许多，害怕死亡和害怕失去死亡勇气的念头同时折磨着她。

陆家小姐想把自己的脑海变成空白，同时咬着牙向前方迈出了大步，但她被什么东西绊倒了。脸上和手上都沾上了雪，她爬了起来再迈步，又摔倒了，同时听到身后陈九的声音：

"你要干啥？"

"我……不干什么。"

"外边风大雪大，会把你刮跑的。"

"我要撒尿。"

"就在屁股底下尿吧，马上就会冻成冰的。"

"我尿不出来。"

"那就憋着。"

陆家小姐还想说什么，忽然觉得有什么东西牵着自己。原来自己的腰里系着一根绳子，绳子的另一头显然系在陈九身上，这是山里人走夜路的习惯。她是被这根绳子绊倒的，她无法挣脱这绳子的束缚，她冻得麻木僵直的手指更无法解开这绳套。这使陆家小姐大感意外，像陈九这样粗犷的男人，做起事情竟如此细致周到和不屈不挠。她悲哀地意识到，无论陈九出于什么目的，她这一生注定要被拴到陈九的裤腰带上，她实际上成了陈九的人票，已经无法实现自己的壮举了。无法实现自己壮举的陆家小姐陆璎，最终成了陈九的太太。

做了陈九太太的陆璎，才知道她离陈九是多么遥远，陈九的喜怒哀乐、言谈举止和这位官家小姐格格不入。在后来的日子里，在陆璎的眼里，陈九完全变成了另一个世界的人。她和陈九在一张床上睡觉，一张桌上吃饭，时间越久越陌生。她永远不能认识陈九，她和陈九之间隔着一道无法逾越的墙，进不了陈九的世界。她的痛苦变得漫长无际。

在陈九眼里，当年秧子房里那个充满活力，让他欲醉欲仙的陆家小姐不复存在了。在他们睡觉的那张宽大的床上，陆璎成了屠案上的一只羊，任陈九宰割。在陈九发泄他性欲的过程中，她不声不响，既不应和，也不抗争，这使陈九非常沮丧。

有一次，当陈九精疲力竭地在陆璎身上做完了他想做的事情后，突然愤怒起来，他脸上渗着汗，瞪着圆圆的眼睛，咻咻地说："你不是女人，你知道吗？你是一具僵尸……有一天我会讨回一大群小老婆，在这张床上睡给你看，让你知道怎样做一个女人。"

陆璎躺在床上闭着眼睛，睫毛在微微地抖动，说："你讨吧，你有钱为什么不讨姨太太，讨几个都行。只要你愿意，随你的便。"

陆璎又睁开眼睛，望着喘息的陈九，说："我早就说过让你讨姨太太，真的，我早就说过，说过不止一次。"

陈九愣愣地望着陆璎。陈九很丧气，赤裸着的身子觉得发凉。他愤怒地抓起鸭绒枕头扔到地板上，沮丧地躺了下去。

从那以后，陈九很少再到陆璎的房里来了。

第三章

　　张罗了很久的百货博览会如期在货币交易大厅开幕。从巴黎请来的设计师把大厅布置得富丽堂皇。呢绒，丝绸，棉布，各式洋服和女装，摆设得琳琅满目。博览会吸引了东三省的客商，还有从上海和京、津赶来的生意人，他们把这儿看成由陆地通往欧洲的驿站，寻找发财的机会。

　　福隆泰杂货店掌柜赵小品带着他的妻侄女张秀玉来到了博览会。赵小品穿了一件海蓝绸布长衫，脖子上围了一条白丝巾，白皙的脸盘，梳得光滑的分头，三十几岁的赵小品看上去像一个初出茅庐的少东家。

　　十九岁的张秀玉穿了一件花绸布旗袍，烫着卷发，眉清目秀，唇红齿白，婀娜多姿。她和赵小品一走进大厅，就颇为引人注目。

　　赵小品本来不想和张秀玉一起来博览会的。吃早饭的时候，张秀玉突然发难。吃着吃着，张秀玉就放下筷子说："你今天和我一起去博览会。"

赵小品嘴里正嚼着馒头，含糊地说："别瞎说，自己去吧。不是说好了自己去？"

张秀玉固执地说："我改变主意了，我要你和我一起去。"

赵小品咽下馒头，喝下最后一口米粥，伸出手来拍拍她的脸蛋说："别任性，多带点钱，喜欢什么自己买。"

张秀玉脸色绯红，仍然坚持说："我要和你一起去，我说了好几遍了，你没听见吗？"

"你怎么了？"

"没怎么！"

"秀玉你别任性。"

"我就是想和你一起去。"

赵小品穿上长衫，准备出门时，张秀玉挡在了门口，她倚着门，咬着嘴唇，眼睛湿润得像是飘着细雨的湖，声音里也带出了呜咽。她说："我说过了，我要你和我一起去。"

赵小品皱起眉头，绞着手说："你今天是怎么啦，又不是小孩子，难道不知道那种地方熟人多，人多嘴杂。"

张秀玉噘着嘴说："谁不怕烂舌头让他说去。"

赵小品说："他们不怕烂舌头，我怕，我怕传出去，你将来怎么办？"

张秀玉瞪圆了眼睛犀利地说："什么将来？我还有将来吗？你说说我将来怎么办？"

赵小品抵不住那哀怨的眼神，伸出手臂抱住张秀玉的双肩，用额头抵着她的额头，低声地说："你将来也是我的，谁也拿不走抢不去，是不是？"

这天早上，他们就这么倚着门，脸对脸站了好久，阳光斜射进来，屋子里暖烘烘的，这阳光浸润着他们的肌肤，最终温暖了他们的心。

张秀玉一走进那繁花似锦的大厅，就像鱼儿给放进了流淌的水里，周身舒畅，早把家里的芥蒂忘得干干净净。她扭着腰肢，东盼西顾，神采奕奕，在众多太太小姐的人群里，显示出惊人的美丽。她的目光落到了准备三天后拍卖的展品上。这里的展品用一条彩带拦着，彩带上又挂满了小彩旗。彩带后边摆着沙皇宫廷里的金银器，法国人的艺术品，俄国贵族的金银首饰和贵重毛皮，还有一些是明清时代的青花、彩花瓷瓶，玉器，古玩，等等。这些贵重展品，吸引了除客商以外的达官富绅和他们的家眷。这里比展销的商品处还要热闹。

在彩带和展品中间，有一块空地，规规矩矩地站着两个穿长衫、挽着白袖口的年轻伙计。他们见张秀玉挤过来，不由得睃过来，一遍又一遍地在她脸上身上扫视着。他们被张秀玉的美貌吸引，变得心猿意马，神态和眼神都失去了规范。

张秀玉的目光落在一件紫貂皮坎肩上。貂皮毛色油亮，毛长绒厚，泛着白点，是一件俗称墨里藏针的精品。坎肩做工细致，里边衬着鹅黄缎里子（也可以当面穿），典型的皇宫贡品。张秀玉被这件坎肩吸引得眼睛都不眨了。

赵小品也挤过来，挨在张秀玉身边问："相中什么啦，这么入迷？"

张秀玉冲着那件紫貂皮坎肩努嘴，说："哎，你看。"

赵小品笑了，说："这么多好东西，你偏偏看上一件坎肩。"张秀玉说："这你就不懂了，一件紫貂皮坎肩穿在身上，像火龙一样暖和，又好看又舒服。"

赵小品说："你这么喜欢，等拍卖时买下来就是。"

"真的？你说话算数？"

"不就是一件紫貂皮坎肩吗？"

张秀玉高兴地拍着手。她突然说："我想穿上试试，看看合不合身。"

赵小品抹下眼皮，他就怕张秀玉找麻烦，她不找麻烦已经够引人注目了。

张秀玉撒娇地说："我真的想穿上试试嘛！"

赵小品说："这是展品，又不卖，不会让你试的。"

张秀玉仰起脸来说："我想试就能试，不信你看看。"张秀玉说着冲一个伙计摆手，喊了一声："喂！"那伙计就快步走过来，点着头问："小姐你有什么事？"

张秀玉指着紫貂皮坎肩问："我能穿上试试吗？"

伙计的脸红了，他扫了一眼坎肩为难地说："对不起小姐，展品不能试穿。"

张秀玉白着眼睛："哪有这样做买卖的，不穿怎么知道合不合身？"

伙计额头渗出细碎的汗珠，赔着笑脸说："小姐别生气，您三天后来吧，拍卖的时候再看看。"

张秀玉使起小性子，她说："不让试还来什么呀，不就是一件坎肩吗，犯得着三趟两趟地跑吗？又不是非买不可，谁愿意来谁来。我还不稀罕呢！"

张秀玉正叨咕着，从旁边走过来一个留着胡子，穿着一身咖啡色洋服，系着领带，腆着大肚子的俄国人。有人认出他就是这次博览会的主办人波波夫，一位来往于中国与欧洲大陆做生意的商人。波波夫眯着眼，黄眼珠闪着光亮，他问伙计发生了什么事，伙计毕恭毕敬地说："先生，这位小姐想试穿那件紫貂皮坎肩。"

波波夫哦了一声，眯起眼睛好奇地打量着张秀玉，望着望着脸上发生了奇异的变化。波波夫扫了一眼围拢过来的人群，笑着说："好吧，小姐，你要是喜欢就进来试一试。"

波波夫冲着伙计点点头，伙计忙殷勤地抬起那条彩带，张秀玉弯了一下腰就钻了进去。伙计又回身用竹竿挑下那件紫貂皮坎肩，双手提着，帮着张秀玉将坎肩套在旗袍外边。穿上坎肩的张秀玉低下头，左看看右看看，理一理对襟，抻一抻下摆。围观过来的人们不由得发出赞叹，紫貂皮坎肩穿在张秀玉身上，显示出典雅和庄重，把一个小家碧玉的张秀玉装饰出大家闺秀的风范。

波波夫也看呆了，他兴奋地抽动着鼻子，用粗大的手指头捋着胡子。他突发奇想，走到张秀玉面前说："小姐，你愿意试穿那几件名贵的大衣吗？"

张秀玉黝黑的眼睛闪着光亮，两颊微红，正陶醉在被人欣赏的愉悦中，对波波夫的请求有些茫然。她站在那里，终于明白了这位大胡子俄国佬的意图时，竟然有些局促不安了。但她最终抗拒不了那几件名贵大衣的诱惑，更何况还有这么多双眼睛喷射出来的灼热的目光燃烧着她。她点头同意了。

两个伙计殷勤地给她逐件换穿着大衣。她也在无意中把自我审视变成了向围观人的展示。她挺着圆滚结实的胸脯，扭动着腰肢，屁股一摆一摆地来回走动着。人们惊讶地发现，张秀玉的身材、腰条，与那如花般的容貌搭配在一起，天生一副好衣服架子。每一件衣服穿在她身上，都会显示出不同的风采。那位波波夫兴奋得脸庞通红，放着油腻腻的光彩。他熄灭了烟斗，抽动着鼻子，轻轻地拍着手对张秀玉说："漂亮极了，小姐，你是我见到的东方美人中最出色的一个。"他从伙计手中接过那件紫貂皮坎肩，用手抚摸着，黑油油的针毛被那只大手压倒后，立刻会舒张起来。波波夫问张秀玉："你喜欢这件紫貂皮坎肩？"张秀玉点点头。

波波夫说："小姐有如此迷人的身材，请允许我冒昧地提出一个要求。"他指着大厅里那些漂亮的衣服说，"如果小姐肯在博览会期间，穿上这里你喜欢的任何服装，展示你出众的风采的话，我会感到非常荣幸。我会衷心感谢你，并把这件紫貂皮坎肩作为报酬送给你。你同意吗？"

张秀玉微微地张着红唇，目光迷蒙地望着波波夫，说："你说的当真？"

"我是非常认真的。"

张秀玉一时拿不定主意，她不知道穿上漂亮的衣服在这个大厅里走来走去意味着什么。但她想这会非常有趣，甚至会让人心花怒放。她知道自己的魅力，她习惯了别人注视的目光，而且陶醉于此。张秀玉回过头去寻找赵小品，见赵小品正焦急地向她招手，便走了过去。

赵小品不快地问："那个老毛子在和你说什么？"

张秀玉想了想，扑哧一声笑了，说："这个老毛子真有意思，他让我穿上他的那些衣服在大厅里走来走去，还答应把那件紫貂皮坎肩送给我。你说这主意多怪。不过倒是一件捡便宜的事。"赵小品板着面孔说："你让他去北市场雇野鸡做这种事吧，我们不干。"

张秀玉拉下脸不情愿地说："那有啥呀，不就是穿几件衣服吗，像玩儿似的，还给一件紫貂皮坎肩。"

赵小品说："你喜欢紫貂皮坎肩，明天把它买下来，告诉那个老毛子波波夫，我们有钱。"

这时波波夫走过来，他笑着和赵小品打招呼。他说："先生请不要误会，做模特不是做妓女。做这种商业广告，小姐是个天才。我希望小姐帮忙，我会付给她很高的报酬的。这在欧洲是非常体面的职业。"

赵小品说："这儿不是欧洲，这儿的人不当模特，这儿的人野鸡才干这个呢。"

张秀玉偷窥了一眼波波夫的脸色，拉拉赵小品的衣襟，小声地说："看你说得多难听，人们看衣服又不是看人，不干就算啦，这多没意思。"

赵小品不理睬张秀玉，转身离去，张秀玉只好一步三回头地跟在后边。波波夫站在那里扬扬手想说什么，见张秀玉已经消失在涌动的人群里，只好耸耸肩作罢。

当陆璎由韩妈陪着，来到博览会大厅时，已经是第二天的下午。这时，大厅里已经清静了许多。批发商们开始以挑剔的目光审视这里的商品，掰着手指头讨价还价。参观的人少了。陆璎走到有彩带拦起的展品前，目光也落到那件紫貂皮坎肩上，她的心跳几乎一下子静止了，眼神也迷离起来。

陆璎苍白着脸，问那站在一旁的伙计："你知道这坎肩是谁家送来拍卖的吗？"

伙计说："这是旧官府家的贡品，已经辗转了好几遍手了……太太喜欢吗？这可是很难得的毛皮珍品。"

陆璎哦了一声，她觉得开始有大量的血涌进心房，心跳的频率加快了。她喃喃自语地说："是啊，是一件难得的珍品，偏偏又让我遇上了。"

韩妈说："这是太太的福分，看来太太时来运转了。"

陆璎摇着头说："什么福啊祸啊的，谁也说不清。这个世界上许多事情是福祸难分的。"

韩妈看太太有兴致，话也多起来，她说："不瞒太太说，我是个粗人，我就是看不透，宏发祥什么样的贵重毛皮没有，太太偏对这件紫貂皮坎肩牵肠挂肚的。"

陆璎瞥了韩妈一眼，叹气说："你知道什么？宏发祥所有的毛皮加在一起，也比不上这件紫貂皮坎肩。"

韩妈吐吐舌头，她说："我这眼神不行，又没有见识，难道是金针银线的宝物？"

陆璎板起面孔，不理睬韩妈。韩妈知道太太生气，就岔开话题说："太太身子骨还没好，别累坏了，我们该回去了。"

陆璎也无心看热闹，点点头准备离去。那个伙计殷勤地凑上来说："太太要是喜欢这件紫貂皮坎肩，拍卖时早点来，这几天有不少人看中了它，晚了怕是买不去了。"

关于陈九发家，在正阳街上还有一个广泛的传闻。民国七年，用绞刑杀害了陈九父母的那伙马贼中的大当家的，来哈尔滨猫冬。他带了两个心腹做保镖。为了安全，三个人扮成行商，带了几件毛皮，住进了道外升平街中华客栈。他们频频出入赌馆、烟馆、妓院。半生马上生涯、杀人越货、刀光剑影的他们，一旦沉迷在花天酒地、弦乐笙箫中，难免贪婪无度。他们大把大把地赌钱，在烟雾和喧嚣声中，输赢眼睛都不眨一眨；夜夜宿娼，偎香抱玉，狂欢在女人的床上。他们似乎想用胭脂和财运来冲刷掉身上的血腥气味。这天下着雪，天又冷得出奇，三个人虚空着身子躲进一家小酒馆。三个人喝下一斤老烧，按约定不能再添酒了。望着窗外满街飞舞着的雪花，大当家的余兴未尽。他靠窗坐着，顺便把手捂到挂着霜雪的玻璃上，留下一个清晰的大手印。大当家的想起五年前一位相士给他看过一次手相。那相士看过他的手相后，谄媚地送给他八个字："金银走马，登峰造极。"他当时很得意，重赏了那位相士。后来师爷给他解卦，说"极"字不吉，物极必反，盈极必亏，须当注意。他一笑了之，不以为意。今天几杯酒下肚，忽然想起自己闯荡江湖，半生争凶斗狠，称王称霸，不知结下多少宿敌。如今进了这灯红酒绿的花花世界，竟然像条夹尾巴狗似的东躲西躲，心头不免生出几分悲伤。他蹾着空酒杯叫来伙计，大声地喊："添酒！"两个心腹保镖面面相觑，他们望望外边漫天的大雪，瞅瞅冷清的酒馆，最终也没说什么。三个人放开酒量喝了起来。酒喝了一杯又一杯，越喝越痛快。大当家的脸色像猪肝一样紫涨着，眼色迷蒙起来。他喷着酒气对两个心腹说："我这辈子，脑袋别在裤腰带上出生入死，从来没有含糊过，死也死过几次了，细想想图个啥，一个嘴巴，一个鸡巴，从来没有委屈过。靠的是啥，靠的就是腰里别的硬家伙。"说着一仰脖喝下一口酒，从腰里掏出那把德国匣子，啪的一声拍在桌子上，震得杯盘乱响，酒杯里的酒都溢出来，在桌面上流淌着。大当家的喘着粗气，划着了洋火，噗地点着了溢到桌面上的酒。流淌的酒飘着蓝色的火苗，吱吱地响着，烧得几张红红的脸膛泛起光泽。大当家的打着酒嗝说："人生在世，就像这火苗子，着了热了亮了，就他妈的算行了。火苗一熄灭，什么他妈的都没了，空了。喝！"

站在一旁的跑堂的伙计吓得脸也变了，腿也抖了，跌跌撞撞地跑进灶间，一会儿饭馆子的掌柜涨红着脸走了出来。掌柜的是一个瘦瘦的中年汉子，连连作揖说："不知道三位大爷是哪路英雄，小馆店面小，饭菜粗俗，有得罪大爷的地方多包涵，多包涵。"

大当家的正喝得高兴，见掌柜的出来啰唆，便不耐烦地挥手说："这儿没有你的事，去吧。"

掌柜的没动，他似乎觉得事情不会这么简单，又作揖说："三位大爷尽兴喝，今天的酒菜我请客。请三位大爷高抬贵手，千万别砸了我的生意。"

大当家的酒杯送到嘴边，又停住了，他盯着饭馆掌柜的那张瘦脸瞅了半天，才说："你他妈的太小看人了，三位大爷能缺你这点酒钱？你是吃饱了饭撑的找不自在。"他抄起桌上的匣子枪点着掌柜的说："你那个鸡巴伙计呢，快叫他出来。"

掌柜的嘴唇都哆嗦了，糊里糊涂地喊了一句什么，跑堂的伙计蹭着脚步，哆嗦着走出来。大当家的说："你出去把幌子给我摘下来。"

跑堂的伙计瞅着掌柜的脸色，掌柜的说："瞅我干什么，还不快去摘幌子，别惹大爷生气。"伙计拿着竹竿，到外边把幌子挑下来，拿进屋里。一个保镖低声问："怎么？把他们叉了？"

大当家的说："我们是出来找乐的，不叉人。把他们捆起来算了。"

保镖进灶间找来几根油腻腻的绳子，又把那个一身油腻的大师傅也揪了出来，把三个人像捆猪一样手脚捆在一起，扔到地上。大当家的用匣子枪点着掌柜的脑门说："你他妈的敢把这事儿报告警察署，回头就把你的破饭馆子砸了。"

掌柜的躺在地上，头摇得像拨浪鼓似的说："不敢不敢，大爷你放心，打死也不敢告警察署。"

三个人又坐下来，喝了一会酒，这才大摇大摆地离去。走到门口，大当家的掏出两块银圆扔在地上。银圆在地上滚着，落到掌柜的眼前。大当家的说："你他妈的狗眼看人低，碰巧今天老子高兴，要不你脑袋早开花了。"

那天晚上，他们去大舞台听戏。四家子大舞台刚刚落成，老板从京津请来梨园名角开台。戏迷们蜂拥而至，整个大舞台座无虚席。台上莺啼燕舞，台下叫好声不绝。锣鼓笙弦把个大舞台火爆得满堂出彩。中间有一出戏叫《武家坡》，演的是薛平贵离家十八年后返回故里，与结发妻子王宝钏相见不相识，在寒窑前演绎出的悲悲喜喜的故事。演员唱、做功俱佳，歌喉婉转，流韵传神，台下叫好声一声高过一声。大当家的想起自己离家二十几年了，在老家出了人命案，逃出来后改名隐姓上山当了马贼，再也没有回去过。现在回家老婆孩子不过也是台上这副屌样子。不过薛平贵是衣锦还乡的一世英雄，自己还是一个东躲西藏的马贼。这《武家坡》让他生出许多感慨来。他看得痴痴迷迷，听得津津有味……两个心腹保镖酒劲发作，垂着头流着涎水睡了一觉又一觉，直到午夜散场，他们才懵懵懂懂地拥着大当家的走出剧场。外边雪仍在下着。大舞台门前卖糖炒栗子、烤地瓜、冻梨和冰糖葫芦的摊贩叫卖声不绝于耳，嘎斯灯周围飞舞着雪花。雪花落到他们脸上，才使他们清醒地回到冰冷的世界中来，两个心腹保镖一边一个，迅速夹起大当家的匆匆上路。行走之间，突然听到有人喊大当家的名字，大当家的一愣神，还没有反应过来，乌黑的枪口已经对准了他。只见一个穿棉袍、戴狗皮帽子的刺客，冲他连开三枪，大当家的像一截木桩子一样噗地栽倒在雪地上，身上脸上沾上了血污，一条腿抽搐了几下，就不动了。两个保镖这才如梦方醒，忙着掏家伙，但那刺客身手矫捷，闪入被枪声惊炸的人群中，一忽闪就没了踪影。再看大当家的，血把身子底下的雪浸透了，变成一摊黑色，人再也没哼没动。

大当家的死后，那伙马贼中的炮头坐了第一把交椅。不久，马贼在中东铁路上劫持了一节从俄国开进来的火车车皮，当护路的马队风驰电掣地赶来时，几百件贵重毛皮不翼而飞。而这些毛皮后来都出现在宏发祥的柜台上。

这是宏发祥掌柜陈九和炮头的一笔交易。炮头出卖了大当家的行踪，陈九用重金雇用了刺客，杀死了大当家的，替父母亲报了仇。而炮头当上大当家的之后，重重酬谢了宏发祥的掌柜陈九。

这件事在宏发祥商行里的唯一知情者，就是后来当了账房先生的沈中和。

在去货币交易大厅的路上，陈九的心情是轻松的。陈九留着寸头，两道浓眉下的眼睛闪着光泽。他走路的步子大，富有弹性。陈九难得有这样的好心情。他要开办毛皮工厂的想法越来越强烈，为了这个想法，他整个春天激动不已。所以当陆璎让他去买下那件紫貂皮坎肩时，他爽快地答应了。

当陈九迈上货币交易大厅的台阶时，却碰上了他最不愿意碰上的一个人，他的对头日本庄本毛皮商行的庄本。两个商场对手不期而遇，他们在交流了极其复杂的目光后，都流露出了豁达的笑容。

庄本按照中国人的礼节拱着手说："幸会幸会，陈先生。"

陈九也拱了拱手，说："果然同行是冤家，冤家路窄呀。"

庄本无声地笑了。他中等身材，人也消瘦，笑起来牙很白，两腮挤出很深的纹。他说："陈先生很会开玩笑。我们东方人都很善于把复杂的人生哲理很贴切地比喻出来，很精辟，很透彻。"庄本能说很流利的汉语，他说，"我承认我们是对手，生意场上竞争而已。中国的俗话怎么说啦——不打不相识吧。"

"我可是领教过啦。"陈九说，"庄本商行的那一棒打得真狠，至今我还喘不过气来。"

庄本商行起初在哈尔滨做着不起眼的生意，他们派出伙计拿着样品和订单到各商家游说。伙计们一律频频九十度鞠躬，嘴里不停地重复着"对不起，对不起"。他们收了定金后再按订单从日本发货。由于周转时间长，各商家都不以此为主要进货渠道。两年后庄本商行石破天惊地做了两笔大生意，让陈九瞠目结舌。一是直接投放了一批廉价的女式手筒，使得属于有钱人家太太小姐的奢侈品，在街头大众化地流行起来。许多穿不起裘皮大衣、围不起狐狸皮的女人，围一条毛线围脖，揣一个漂亮的兔皮手筒，成了一种时尚，流行于街市，大有排山倒海之势。二是投放了一批水獭船型男帽，这种昂贵的帽子一上市，立刻成了抢手货，成了有身份男人的标志。后来陈九才知道庄本家族在日本有庞大的工厂，他们工业化的生产方式远不是前店后作坊的宏发祥能匹敌的。

曾一度控制着毛皮业的陈九感受到了威胁，他痛定思痛，萌生了办工厂与庄本毛皮商行抗争的想法。

陈九说："去年的毛皮生意，庄本商行做了七成，弄得我们都吃不上饭啦。"

庄本说："哪里的话，陈先生太客气了，在这个地界上，谁不知道陈先生是只虎，我不过是只猫，猫怎么敢去碰老虎呢。"

陈九望着这个一身洋装，留着小胡子，两腮深陷的日本人，觉出他一脸客气后边那一股阴凉之气。他哼了一声说："在生意场上，我倒希望有一个对手，一个会做生意、让人寝食不安的对手。

庄本笑了，他的笑滞留在那张古板的脸上让人莫测。他说："陈先生有气魄。对手强大才能证明你是英雄，打虎是英雄，打猫就不算英雄啦。庄本商行在中国做生意，还望陈先生手下留情，多多关照啦。"

两个人站在台阶上讲话，他们的身份和表情都很引人注目，不断有人同他们打招呼。庄本和陈九都不想在这儿久停，他们先后走进货币交易大厅。

这次拍卖真是吸引了不少人，交易大厅里人头攒动。台上摆着桌子，穿着红坎肩的经纪人坐在桌子后边，身后摆着准备拍卖的商品，每拍卖一件，都要拿到台前展示。那个俄国人波波夫，也来到了拍卖大厅。他吸着烟斗，悠闲地坐在经纪人身边，巡视着，大厅前侧安上了排椅，他瞥见了坐在前排的一位漂亮的小姐，眼睛倏地一亮，认出正是博览会上在前台试穿衣服的那位美人。波波夫那油腻的胖脸上又泛起了红光。张秀玉坐在那里左顾右盼，激动不已，像一个盼着看电影，终于坐在电影院的座位上等待开演的小女孩，手里摆弄着花手帕，毫无目的地在手上缠绕着。她的目光和波波夫相遇，眯起眼睛莞尔一笑。波波夫向她眨着眼睛点点头，算是打了招呼。

坐在张秀玉身边的赵小品，掏出怀表皱起眉头看着，他无心在这地方逗留，他希望快点拍卖那件紫貂皮坎肩。

拍卖台上锣声已经响过几次，好几笔生意成交了。大厅里所有人都注视着前台，竞价声此起彼伏，把拍卖活动气氛鼓噪得一浪高过一浪。

那件紫貂皮坎肩终于被推到台前。张秀玉两眼放光，激动得站了起来。赵小品拉她坐下，小声地说："别急，沉住气。这种时候急不得。"

坐在后排的陈九，是第一次看见那件紫貂皮坎肩，扳不倒的毛峰光亮如洗，光滑如油，通体星罗着白点。作为毛皮商人，陈九一眼看出这种墨里藏针的毛色是冬貂脊背毛拼成的上等佳品。拍卖人又抖开黄缎面子，证明是地道的皇室贡品。

陈九不动声色地盯着这件紫貂皮坎肩，他看中了这紫貂皮的质地，但他对坎肩以外的寓意没有兴趣。

紫貂皮起价是二百大洋，立刻有人竞价，二百一，二百二，二百四，二百六……拍卖价平缓上升，气氛尚不热烈。突然，坐在圆柱旁边的一个人不耐烦地挥了挥手喊："四百！"

这一喊声竟然把价定住了。大厅里掀起一小股喧哗。循着喊声望去，陈九认出竞价的是日本商人庄本。他也要买这紫貂皮坎肩？这使陈九感到意外，也激起了他竞买紫貂皮坎肩的兴趣，不由得挺起了腰板。

叫价的红坎肩举起木锤，重复着："四百，四百啦！"

陈九平静地喊了一声："四百五！"

"四百五，四百五啦！"

"五百！"庄本喊。

"五百，五百啦！"

"五百五！"陈九喊。

大厅里沉静下来。有人认出了陈九和庄本，知道竞价的是本市两个毛皮巨商。他们每年经手无数张贵重毛皮，他们是靠毛皮发家致富，富得流油，见过世面的人。一山二虎，今天的竞价不同寻常，可有好戏看了。本来对紫貂皮坎肩跃跃欲试的人，也知趣地打了退堂鼓，作壁上观了。

"六百！"庄本的声音依然响亮，他是喜欢到处走走看看的人。不期遇到这件紫貂皮坎肩，买一件中国皇室贡品收藏，是庄本家族的荣耀。而且有个陈九做对手，这竞价就不同寻常，再也没有比在这个中国人面前显示实力更自豪的事了。

"六百，六百啦！"

"七百！"陈九依然在红坎肩重复两遍竞价后，要一锤定音时平静地报价。索求这件紫貂皮坎肩的意义无关紧要，他要压倒这个小鬼子，这件事本身就让人兴奋。

"七百，七百啦！"

"八百！"

"八百，八百啦！"

人们完全明白，两位毛皮商人的竞争，已经超出对那件紫貂皮坎肩的需求，这样竞争下去肯定会出现天文数字。最终价格无关紧要，人们感到刺激的是最终鹿死谁手。

"九百！"

"九百，九百啦！"

在火爆的大厅里，有一个人处境最尴尬最痛苦，那就是坐在前排的福隆泰掌柜赵小品。他答应为张秀玉买下这件紫貂皮坎肩，这许诺已经变得渺茫。开始他没有参加竞价是怕人多把价格抬上去，他只想在适当的时候把紫貂皮坎肩截下来。他没有想到陈九和庄本加入了对这件紫貂皮坎肩的角逐。赵小品知道凭实力，他不是这两个毛皮巨商的对手。在陈九与庄本的竞价中，赵小品的脸色由绯红变得惨白，由惨白转而死灰。

张秀玉垂着眼帘，噘着嘴坐在那里，那一份兴奋和好奇荡然无存。她万没想到有人角逐这件紫貂皮坎肩，而且把价格抬到吓人的高度。她小声嘀咕着："没意思没意思，看他们在这儿斗富真没意思。"她见赵小品毫无反应，又说，"当初要不是听你的，这紫貂皮坎肩就到手了，何必在这儿受人家挤对。"

张秀玉低着头，把下巴埋在前胸，一副闷闷不乐的样子，一点都没有注意到波波夫频频向她投来的期待的目光。

"一千！"

"一千，一千啦！"

望着赵小品紧绷着的面孔，张秀玉心里充满了委屈，她霍地站起来，嘟囔着说："不买了不买了，不就是一件坎肩吗，我又没有要，何必为难成这个样子，我们走吧。"

赵小品一把抓住她的手，拽着她坐回椅子上。他自己站起来，涨红了脸，指着台子上的紫貂皮坎肩喊："我出一千二，一千二把它买下来。"

赵小品这一突兀的举动不仅使大厅里的人感到愕然，陈九和庄本也愣住了，好像两只厮杀着的老虎中间猝然出现了一个手持钢叉的猎人，这两只张皇的老虎竟然不知道先把谁当成对手了。

这时最清醒的是台上的波波夫。他伸出脚踩了一下报价的红坎肩，红坎肩侧过头来看看波波夫，波波夫目光停在混乱的大厅里，轻轻地点了点头。红坎肩会意了，他迅速重复了两遍竞价，手起锤落，锣声一响，他喊："一千二，紫貂皮坎肩一千二成交。"

大厅里一阵喧哗，人们对这快速成交的方式大惑不解。紫貂皮坎肩意外地落到福隆泰杂货店掌柜赵小品手里，缺少了人们期待的火爆刺激的效果。尽管只有少数知情者明白赵小品花一千二百大洋买下紫貂皮坎肩的良苦用心，但在整个拍卖会的强烈气氛中，这已经被淹没得微不足道了。

当拍卖结束，陈九和庄本在大厅门口相遇时，他们都从对方的眼神里读到了同一层意思：这场不期而遇、殚尽心智的较量竟被一个不相干的家伙给搅了。不过这是一个小赌局，生意场上的较量还在后边呢。

波波夫坚持只收七成的钱，他对赵小品说："这是我对张小姐的关照，我仍然希望她能出来做模特儿，如果她同意我会送她去欧洲见习和发展。"

赵小品仍把一千二百大洋的银票摔到波波夫面前，他说："张小姐哪儿都不去，张小姐不用俄国人操心她的前程。"

第四章

有了那件紫貂皮坎肩，张秀玉高兴了好几天。她觉得自己真像一只被宠坏了的小猫，徜徉在器皿和鲜花中间，只要喵喵地叫上几声，就会有人抚摩疼爱。

准备好早饭，张秀玉又站在穿衣镜前。早晨，她喜欢简服淡妆，一条红绫子把油亮的头发绾在脑后，一件粉红色小袄，不经意地敞开领口，露出白皙的脖子。看上去随随便便，却透着刻意的经营，把一个女人的丰润和气韵显露无遗。

她忍不住又穿上那件紫貂皮坎肩，她要穿给赵小品看看。熟睡着的赵小品感觉到有一只小手在他脸上抚摩，清凉中散发着一股淡淡的脂粉香气。他不愿睁开眼睛，便抓住那只柔嫩的小手放在胸前，赵小品说："天还早着呢，到床上来陪我睡觉。""不啦，天都大亮了，谁还好意思上你的床。"

"天亮怕什么，这是在家里。"

"在家里也不。"

"你现在人大心也大了，夜里也不肯上我的床了。"

张秀玉听着脸色就变了，眼圈也红起来，她知道赵小品在为夜里的事生气。昨天夜里赵小品回来得很晚，不知在哪儿喝醉了酒，身上散发着浓重的酒气和女人的脂粉气。张秀玉替他换下脏兮兮的衣服，服侍他躺下，又去倒了一杯白开水放在床头柜上。赵小品喝醉了酒夜里会口渴。等她端了水来到床边，已经听到他发出的沉沉的鼾声。

　　望着睡得沉沉的赵小品，张秀玉心头充满了委屈，扑簌簌地落下泪来。她常常心烦，无缘无故地烦，烦别人，也烦自己，烦这个没着没落的世界。落了一会儿泪，她便丢下赵小品，回自己房里睡觉去了。张秀玉作为赵小品的情人和妻侄女，无论在不在赵小品床上过夜，晚上都将自己房里的被子铺好，这已经成为习惯。夜里落了泪，早上醒来，穿上那件紫貂皮坎肩，想到赵小品的种种好处，心境便释然。赵小品一提起夜里的事，她又心酸起来。

　　张秀玉抽回让赵小品握着的手。她说："我什么都给你了，你还说这样的话，你还要我怎么样？"

　　赵小品睁开眼睛，望着张秀玉的脸色说："男人不能没有女人，我离不开你，没有你我一天也不能过。"

　　张秀玉说："你尽说假话，昨天晚上喝得那么多，又满身的脂粉味，理都不理我就睡下了。"

　　赵小品说："应酬，做生意总得应酬。我惦记着你，不是回来了吗？"

　　"你喝得真够呛，舍命陪美人吧？这会儿又拿好话哄我。"

"你别想那么多，有了你我还想什么。"

"我年轻，你喜欢我，疼我，娇我，拿我像花儿似的捧着，像宝贝儿似的供着，等我老了呢？成了黄脸老太婆了，谁还拿我当人。"

"你怎么会老呢？你是天上下凡的仙女，你这头发，你这眼睛，你这脸蛋儿，都是着了神水仙气的，你要是成了黄脸婆，别的女人不是得活埋吗？"

"假话假话，"张秀玉捂起耳朵说，"你哄着我玩儿呢，谁相信。"

"不管别人信不信，我信就行。秀玉是我的，我是捧在手上怕打了，含在嘴里怕化了……给金山银山也不换。"

张秀玉破涕为笑，生出几分媚态，赵小品这才注意到她穿了那件紫貂皮坎肩，便说："你站开，让我看一眼。"

张秀玉便站在屋子中央，挺着胸前后左右地转着身体，让赵小品看。赵小品说："秀玉，你穿上这坎肩真漂亮，这一千二百大洋花得值。"

张秀玉眉间又飞起彩霞，她笑盈盈地走到床边，伏在赵小品身上，脸贴着脸娇声问：

"你不心疼？"

"不心疼。"

"是真心话？"

"老天做证。"

张秀玉亲吻了赵小品，赵小品顺势抱住她，一翻身把她拽上了床，张秀玉咯咯笑着，挣扎着坐起来，开始脱衣服……

六年前，张秀玉还是一个从乡下刚进城的黄毛丫头。她是跟随父亲张达山逃荒，从山东老家闯关东，投奔姑父赵小品来的。父亲张达山开始在赵小品开的福隆泰杂货店帮忙，做跑外柜的伙计。赵小品女人在老家，十四岁的张秀玉便在姑父家里学着做饭，做些细碎的家务。正在发育期的张秀玉心灵手巧，很快就像个小女人似的把里里外外的活儿担起来。得了温饱的城市生活使她脱胎换骨，枯黄的发辫渐渐变得油黑，干燥的皮肤滋润出青春的光泽，那扁平的胸脯如雨后树林子里的蘑菇，让雨水一滋润，一夜之间便鼓胀起来，挺挺拔拔的怎么也掩饰不住。吃了几天饱饭，过了几天风吹不着、雨打不着的安稳日子，张秀玉就活脱脱地出息成一个小美人坏子。

事情出在张秀玉的父亲张达山身上。张达山本来就是一个游手好闲之辈，肩不能担，手不能提，是个下不得苦力气的人，在家有几亩田地，也由别人种着，收几斗租米，勉强糊口。连续两年大旱，张秀玉的母亲和姐姐饿死在乡下，张达山只好带着小女儿来到哈尔滨。开始张达山在福隆泰当伙计还算用心，父女俩都吃住在赵小品家里，他不能不有所顾忌。日子长了，人容易疲沓，疲沓了的张达山便有些不安分。不安分的张达山开始出入赌馆，推牌九，看纸牌，打麻将，掷骰子样样精通。而且他聪明绝顶，一肚子鬼机灵，有通天贯地的本事。坐到牌桌前，察言观色，就能看出对方要什么牌，自己的牌在谁手里，崭新的牌经他一过手，便没有秘密可言。他尤其精于押宝，无论赌家设什么圈套，他在场外看上一眼，便能识破机关，一押准赢。但他谙熟赌场的规矩。人多时他押冷门，人少时他押时运，从不下大赌注，因为他知道，庄家拼上命也不会让他赢大注的。很快张达山在赌场有了名气，成了出入赌馆的常客。

有一次张达山需要一笔钱，便在桃花巷巨源赌馆打麻将，由名叫春红和桃红的两个姑娘陪着，在麻将桌前坐了两天一夜。他自己也不清楚赢了多少钱。两个伺候的姑娘一会儿点烟，一会儿上茶，一会儿削水果，他笑着随意地往她们旗袍下摆的丝袜里塞钱。

在弥漫着烟雾的牌桌前，张达山像统帅似的控制着牌局，他赌得忘乎所以，大声地叫和，骨牌摔得噼啪响，忘记了赌场的许多禁忌。那个叫春红的姑娘平日在赌馆经常得到他的关照，这时一边替他摸牌，一边用眼色提醒他，让他别热过了头。他把春红抱起来放到自己腿上，咬着她的耳朵说："谁也别拦我，今天我是赢定了，人活着总得爽快几回，该死该活屌朝上，谁还把它咬了去。"到了第二天晚上，张达山从牌桌上下来，他那只破皮箱里已经塞满了大洋票。春红和桃红左一个"张先生"，右一个"张爷"，拉着他去吃夜宵，还撒娇地要陪他过夜，都被他拒绝了。他拎着沉甸甸的破皮箱，在巨源赌馆门口爬上一辆马车。他那时候已经不在赵小品家里寄宿，他把女儿张秀玉一个人丢在那位妹夫那里，自己住进一个相好家里。两天一夜的鏖战使他殚尽心智，一旦退出赌场牌桌便疲惫得不堪支持，他抱紧皮箱挺了一会儿，便昏睡过去了。

张达山是被人硬拽下马车的，在二十道街江坝外的野地里实实在在地挨了一顿拳脚，当第一拳落到他身上时，他就明白自己遭到了暗算。在漆黑的旷野里只听到拳脚落到人身上发出的噗噗的声音，这个赌徒没有呼叫和哀号，直到几个大汉剥了他的衣服，拿走他那装满大洋票的破皮箱，登上马车扬长而去，他也没有哼一声。

第二天，巨源赌馆的掌柜把张达山请到自己的私宅，摆下酒席，为张达山压惊，推杯换盏之间，巨源赌馆掌柜提出请张达山帮忙，替巨源支撑半壁江山。喝下巨源掌柜敬的一杯酒，张达山的脊背冒出一股冷气，他明白这是人家的圈套，自己虽然赌技高超，在赌客中称王称圣，但孤掌难鸣，走不出这天罗地网。再说赌场上升得高，落得狠，玩命的买卖，只有丧命的，没有发财的，但进了巨源好歹是个靠山，寻思再三，便答应下来，做了巨源赌馆赌头。

张达山把行李都搬进巨源，吃住都在赌场，他照应八方，如鱼得水，把一个巨源搞得红红火火，财源茂盛，赌客盈门。月怕盈，水怕溢，志得意满的张达山吸上了鸦片。先是为了应酬客人，后是解闷解乏，最后上了瘾，沦落得扎吗啡、抽白面，最后落魄街头。

搬出赵小品家以后，张达山再也没有回去过。隔一段时间，张秀玉就去看看父亲。这天张秀玉提上篮子，里边有张达山喜欢吃的烧鸡和几盒美人头香烟。在巨源门房，她提到父亲的名字，门房里人挺多，乱糟糟的，但听到张达山的名字，都静了下来，投过来异样的目光，张秀玉被瞧得很不自在。门房说："闺女，你爹没回家吗？"

"没有，我爹好久没回家了。"

门房是个老头，穿着长袍子，挽着白袖口，挺干净挺和善的，他在花镜上边巡视着门房里人们的脸色，用商量的口吻说：

"要不你上北市场去找找？也许他在那边呢，你爹他在那边有几个朋友。"

出了巨源赌馆的门，张秀玉心头就充满了委屈，她恨父亲，离开巨源也不告诉她一声，让人家白跑腿。但她又惦念着父亲，知道父亲的禀性，父亲从来没有耐着性子认真干过任何一件事情。他在哪儿也待不长。张秀玉赌气想回家，北市场可不是独身女孩儿该去的地方。但她想了想还是去了。

从桃花巷到北市场，张秀玉一路上想着父亲的种种劣迹。由父亲又想到母亲和姐姐，想到了自己，想到自己的孤独和凄凉、寄人篱下的漫长日子。如今只剩下父亲一个亲人了，无论如何不能再失去父亲，一种亲情感逐走了她对父亲的怨恨，不由得加快了脚步。

临近北市场的时候，她路过几家卖拔毒膏的膏药店，店家门脸儿上的牌匾让她好奇，"真正老王麻子膏药店""真王麻子膏药店"，还有"这才是王麻子膏药店"。望着这些古怪的名字，张秀玉大惑不解。买卖家取店名图个吉利，图个招揽，这名字啥意思呢？张秀玉想不通也没时间去想，过了十八拐，再往前走就是北市场了。

北市场门口有抽签算卦的，代写家信的，修脚的，点痦子的，拿猴子的，拔牙的，吹糖人的。往里去就更热闹啦，说书的，唱二人转的，演驴皮影的，变戏法的，拉洋片的，烟馆，妓院，卖馄饨和老太儿焖子的小吃摊子，像是烧开的饺子锅，沸沸扬扬无昼无夜。张秀玉望着狭长的胡同和川流的人群，懵懵懂懂不知怎样才能找到父亲。

她被吆喝声吸引到了一个门口，一个细长脖子的男人卖力地喊着："听书啦！听书啦！瑞云小姐的奉天大鼓《夜夜相思》啦！全本大套，《夜夜相思》啦！金嗓子，银铃子，绷瓷的小味（纹）儿，不好听不要钱啦！"那男人喊的时候，细长的脖子上就鼓起两条青筋，像伏着两条虫子。他一边喊一边撩着帘子让客人："请啦！一位！里边看座啦！"

张秀玉左右看了看，咬了咬牙，就向那门里闯去，在门口被细长脖子男人拦住："小姑娘，不要到里边卖东西啦！"

"我不是卖东西的，我找人。"

"你找谁？是给谁送饭吗？"细长脖子男人掀开篮子上的毛巾，看了看烧鸡和美人头香烟，满脸狐疑地问。张秀玉也不答话，径直往里闯，那男人要照应客人，也就不再阻拦："请啦，《夜夜相思》啦！"

书场子烟雾缭绕，光线昏暗，在呛人的烟气中还夹杂着浑浊的霉味。张秀玉憋着气，眯着眼睛仔细地辨认着每一张面孔，但没有父亲的影子。她看前台有一个年轻的女子左手执板，右手击鼓，身后有一个年纪很大的男人弹着弦子为她伴奏。那女人就是瑞云了。她穿一件紫色丝绒旗袍，胸前别一白花式样的胸针，烫着小卷的长发，描眉涂唇。这女人又年轻又漂亮，身材面相都很出众。她唱得很动情，手势做派都挺投入。张秀玉想，这么好看的女人怎么在这地方说书呢？正想得出神，一只手伸过来在她腰上捏了一把，又拍了拍肩头，然后翻过手掌，露出一张脏兮兮的票子，说："买盒烟！"

粗嘎的声音吓了张秀玉一跳，她顺着声音望去，看见一个黑胖子眯着眼睛不怀好意地望着她笑，还用舌头舔着嘴唇。她推开那只大手，慌忙退了出来。在门口还听见那粗嘎的声音骂了一句："小野鸡，装什么正经！"

张秀玉壮着胆子在北市场找了一圈，也没找到父亲。她很沮丧，真想哭一场，但她忍住了。再往前走就是大观园，她知道那是女孩子绝对不该去的地方。她站在离大观园不远的电线杆子底下，希望在父亲出来时能看到他。有一个老头子坐在门口的墙根儿晒太阳，跟前有一个竹篮子，里边有些草药，还有鹿鞭、海马、蛤，还有成包的药面子，老头儿揣着手眯着眼睛像是睡着的样子，间或用沙哑的嗓音喊一声："谁买药，金枪不倒药！"这时从大观园里走出一个穿长袍、戴礼帽的男人，男人很紧张，左顾右盼一副要逃离的样子，后边跟着一个浓妆艳抹的女人。女人一脸的谄媚，边送客边说："先生下次再来呀，再来时还找我，我会想你的。女人想男人的滋味不好受，不像你们男人……"男

65

人头也不回一溜烟地走了。女人撇了撇嘴，往地上吐了一口唾沫骂道："德行，色大胆小的王八蛋！"

女人往回走时看到了卖金枪不倒药的老头儿，同时听到了那沙哑的喊声。那女人气咻咻地指着老头儿骂道："又是你这个老东西，躲在这儿干阴损缺德的事，夹起你那没用的鸡巴快滚！要不我把姐妹们叫出来撕了你，把你那不中用的家伙揪下来喂狗！"老头儿也不恼，眯着眼睛讪笑，突然提高嗓门大喊："金枪不倒药，操死一个少一个！"那女人更气了，抬脚去踢老头儿的竹篮子，老头儿把竹篮子抱在怀里，依然笑嘻嘻的。

张秀玉听见了他们你一言我一语地吵着，脸都红了。她觉得那个女人很凶，但不可怕。她不想错过这个机会，她怯生生地喊了一句："大姐！"

女人回头寻找，半天才把目光停在张秀玉身上："是你喊吗小姑娘？你在这儿干什么，还不快走。这儿是小女孩待的地方吗？"

张秀玉说："我想找一个人。"

"找谁？"

"找我爸爸。"

"你爸爸是谁？谁是你爸爸？"

"我爸爸叫张达山。"

女人想了想说："快走吧，这儿没有你爸爸。这儿的人都没有爸爸，这儿的人都是野种、杂种。"女人说完咯咯笑起来，然后就往回走。走到大观园门口又站住，回头对张秀玉说，"听清楚没有，这儿没有你爸爸，快走吧，再不走我就骂人啦，我这个人最爱骂人，要多难听有多难听。"

张秀玉越找不到父亲，就越惦念父亲。走投无路的张秀玉想起了父亲的那个女人。那个女人住在四家子一带的一个大杂院里。父亲曾带着她去看过那女人，那女人不喜欢她，她记住的只是那女人不断上翻的白眼。

张秀玉七折八拐地才找到那个女人的家。女人住在很小的一间屋子里，屋子里收拾得很干净，女人的穿戴也很利落，长得白白净净的很有女人味道。张秀玉向她问起父亲，那女人说："他从来不来我这里住，我怎么会知道他的事情？"

张秀玉小声地说："我知道他常来你这里，他还带我来过你家。"

"那是他穷的时候，他是个穷光蛋时吃在我家，住在我家，还要我陪他睡觉，他是个最没有良心的男人，他的心叫狗吃了。"张秀玉想说那时候父亲把所有的钱都给了这个女人，那次冒险赌博也是为了这个女人。但是她没有说。她只想尽快找到父亲，别的事情都无关紧要了。

女人说："自从他进了巨源赌馆，就不来我这儿了。他有钱了，又有新相好了，这个没良心的老狗，早把我忘了。你是他的女儿应该感到害臊，你还有脸来找我，真是有什么父亲就有什么女儿。"

张秀玉从那个女人家出来时，伤心透了，再也控制不住，泪水像泉水般涌出来。她走一路哭一路，哭父亲，哭自己，哭这个无依无靠的世界。到家后才想起来，准备送给父亲的东西忘在了那女人家里。

后来有人捎信给赵小品，说有了毒瘾的张达山潦倒在街头，无人问津，已经奄奄一息了。听到消息后，张秀玉哭着把父亲接到姑父家里。为了替像鬼一样的张达山戒烟，赵小品请人钉了一个木笼子，把张达山关了进去，断绝了他和外界的一切联系，强行给他戒烟。

张达山已经不可救药。

像鬼一样的张达山蜷缩着身体，奄奄一息地躺在木笼子里，时不时地抽搐着身体，眍䁖着眼睛注视着赵小品和张秀玉，眼睛里充满仇恨。他身上的精明和轻浮都和谐地消失了，留下来的是行将就木的躯壳。那死鱼一样的眼睛里残存的一星半点的磷光，让人觉得他还有一息生命尚存。那瘦得只剩一把骨头的身体看上去像是放久了的朽木，发出枯竭死亡的气味。可他犯起烟瘾来可怕又可恶，声嘶力竭地号叫着，用手扭动得木栏杆吱嘎作响，揪得头发一缕一缕的，衣服撕扯得零零碎碎，手指头都红肿溃烂了。每到张达山犯起烟瘾时，张秀玉就躲出去，她实在不忍心看父亲要死要活地折磨自己。只有赵小品一声不响地注视着发狂的张达山，脸上露出掩饰不住的厌恶。后来怕出意外，赵小品就把他的手脚捆绑起来。被捆住手脚的张达山就用牙啃木栏杆，像春天啃树皮的种马，啃得满嘴都是血，牙也被硌掉几颗，龇牙露齿的更没有人样子。

有一次，赵小品给张达山送来饭菜。其实，每次都是张秀玉做好送进来的。那天，张秀玉上街回来晚了，赵小品便送进来了，因为到了吃饭时间，无论吃与不吃，只要见不到饭菜的影子，张达山就会大吵大闹，把迟到的饭菜扔得满地都是。

那天张达山还没有犯烟瘾，显得格外平静，当赵小品把饭菜从笼子底下推进去时，张达山还讨好似的朝他笑了一笑。

"你别走，我有话对你说。"张达山对送来的饭菜瞅也不瞅一眼，他扶着木栏杆跪起来，和蹲着尚没站起来的赵小品脸对着脸，赵小品就闻着一股口臭味。

"我们兄弟一场，你给我一口烟抽，眼看我就要死了。"

赵小品摇摇头。

张达山狡猾地挤着黑洞洞的眼睛，那鬼火般的磷光又冒了出来，他咧开嘴笑了，露出残缺不全的黑牙。他说："给我一口烟，我把秀玉送给你做小老婆。"

赵小品脸涨得红红的，额头暴起了青筋，要不是隔着粗木栏杆，他真想给张达山一个耳光。

张达山觍着脸说："你就别装了，我们都是男人，什么我看不出来？你那双眼睛天天在秀玉身上转，隔着衣服把孩子的身子都刮遍了，恨不得把她吞进肚里去，瞒得了别人瞒得了我吗？"

赵小品把牙齿咬得咯咯响，把着木栏杆的手握出了汗，他竟然没有了站起来的力气。

张达山嘿嘿地笑了。

"秀玉是我唯一的闺女，虽不是金枝玉叶，从小也是包金裹银戴玉长大的。你小子有艳福，可不能错待了她，我这个丈人就不值钱了，也就是一口烟二两土的价，救命要紧，我实在是受不了这折磨了。"

赵小品支撑着木栏杆站了起来，踢倒了跟前的板凳，指着张达山的鼻子大骂："畜生，浑蛋！"然后开门冲了出去，在屋门外他才发现，张秀玉不知什么时候回来了，屋子里发生的事情她都看见了，听清了，正无声地倚着房门，哭得泪流满面。

张达山最终还是没能忍受得了戒烟的折磨，一天晚上启开后窗，系上床单，从二楼吊了下去，后来被人发现冻死在马路旁的阴沟里。

赵小品买了棺木，扎了纸人纸马、金山银山，请了鼓乐班，为张达山办了一个小而体面的葬礼。出殡这天，下着清雪，冷冷清清的，福隆泰的两个伙计前后忙着，大院里几个老年女人陪着张秀玉落了一阵眼泪，唏嘘地嘱咐着出殡和下葬时的规矩，说无论如何都别委屈了一个死去的人。要起灵柩的时候，巨源的掌柜才打发伙计送来几扎香和几刀黄表纸，算是尽了情分。在凄厉的喇叭声中，张秀玉披麻戴孝，跟在灵车后边，把父亲送到义地。

埋葬了张达山一个月以后，一天夜里，赵小品推开了张秀玉住的房门，进了张秀玉住的房间。进了张秀玉房间的赵小品又上了张秀玉的床，张秀玉没有拒绝赵小品，十七岁的张秀玉没有别的选择。

几年的都市生活，张秀玉出息成一个绝妙的美人。在正阳街上，没有几个人知道张秀玉的名字，但是，没有几个人不知道那个风情万种、人称"一枝花"的女人。她体态婀娜，皮肤白而细嫩，一双秀目因为睫毛长又喜欢眯着眼睛看人，就更多出几分妩媚。她养成了城市女孩子的一些习惯，逛大街，逛商场，吃零食。赵小品家里没有多少事做，她就每天出入商场，花样翻新地买衣料，做衣服，街上流行什么，她就穿什么。她穿上漂亮衣服就去逛大街，沉迷于街头那种浓重而热烈的气氛。在摩肩接踵的人流中，流动着各种撩人的气浪，让张秀玉时感温馨，时感高亢，很快张秀玉的服饰就成了街头女郎们的时尚。冬天，她披一件榴花红白狐领的斗篷，戴一顶红缎白狐皮帽子，出现在落雪的街头，过不了几天街上就万紫千红了。春天，她穿一件织锦缎绿底大花旗袍，走在正阳街上，那修长而白皙的大腿在旗袍下闪烁，撩得行人心猿意马；有时她会穿一身外国女人那种袒胸露背的衣裙，在街上款款而行。她每天都会与众不同，头发今天盘在头顶，明天梳在脑后，一会儿电烫，一会儿水洗。她成了正阳街上的一枝花，成了都市色彩和风情造就的美人。

一天黄昏，天下起细雨，马路上湿漉漉的，秋雨使城市充满寒意，街上行人寥寥。张秀玉从富春堂大院走出来，为了御寒，她在绿缎旗袍外边套了一件毛线坎肩，手里握着一条花手帕，手帕里包着五香瓜子。她一边走路一边嗑着瓜子，瓜子皮儿在她身边飞撒，走着走着她的情趣就从品味瓜子的香味上转移开来，开始沉迷于这清冷空旷的街道。她从冰冷的细雨和湿漉漉的空气中体味出一种苍凉心境。

张秀玉常常感到心绪飘浮不定，就像这细雨蒙蒙的天空一样充满阴霾。就是在赵小品的床上，她的肉体欲望得到满足以后，心绪也很快就会沉落到无底的黑潭之中，让她焦躁不安。

深秋的细雨雾一般飘洒，冷飕飕侵润着肌肤，使张秀玉光滑的大腿无处躲藏，衣服也淋湿了。张秀玉开始后悔没有打伞出来，这个念头使她逛街的兴趣荡然无存。她站在交通银行的台阶上，思忖着进退。她把手帕举起来，让剩下的瓜子从手帕的张口里一粒一粒往下掉，落到湿漉漉的马路上。正无聊时，有两个穿着细布长衫、留着油头的毛头小子凑过来。他们望着张秀玉乖张的动作发笑。一个说："小姐，下雨天让人烦闷无聊没有意思，我们也一样，我们同病相怜。"另一个说："去跳舞还是看电影听戏随小姐的便，要不下馆子吃花酒我们也挺在行的。"

张秀玉不慌不忙地抖着花手帕，抖干净了就盖在头顶上说："对不起先生，我有约会，我在等人，我从不陪不认识的人，你们最好走开。"

"我们认识你，不就是'一枝花'嘛，别那么见外，街坊邻居住着，低头不见抬头见，别伤了和气。"

"这么漂亮的脸蛋不出来玩玩，关在家里捂着白瞎了。"

两个毛头小子油嘴滑舌地说着，笑嘻嘻的，一个伸手挽她的胳膊，一个伸手来摸她的脸蛋。张秀玉这才慌了，心突突跳了起来，意识到遇到真正的麻烦了。正六神无主，抬头看对面走过来一个穿着长衫，留着寸头，一脸严峻的中年男人，张秀玉灵机一动，压低声音对两个动手动脚的毛头小子说："还不快走开，我等的先生来了。"说着甩开他们的手，奔到中年男人跟前，小鸟依人样地倚在他高大的身躯上，惶惶地说："先生帮帮忙，这两个小浑蛋欺负人，他们在使坏。"

两个毛头小子一愣，被张秀玉的突然举动吓住了，缩头缩脑地待在那里，不知如何是好。那身材高大的中年男人看了看张秀玉，又看了看两个毛头小子，鼻子里哼了一声，冷漠地推开张秀玉，径自走了，把孤立无援的张秀玉闪在那里。

"喂，先生！先生！别走哇先生！"张秀玉站在原地，傻里傻气地喊着，语调里带着哭腔。

两个毛头小子转惊为喜，拍着手尖着嗓子说："别喊啦小姐，那位先生喜欢男人的屁股，不喜欢女人的脸蛋，脱裤子也没用，还是跟我们走吧。"

那位高大的男人突然站住了，愤怒地回过头来，脸上露出凶光，他问："你们说谁？你们说什么？你们再说一遍。"

两个毛头小子语塞了，其中一个还嘴硬，说："这儿没你的事，我们和小姐玩玩，走你的路得了。"

"我让你们把刚才的话再说一遍，听不懂怎么的？让我来教你们吗？"

毛头小子们嚅动着嘴，眼睛盯着一步步逼近的男人，咧着嘴尴尬地往后退着，其中一个差点把另一个绊倒。他们嘀咕着撒腿就跑，湿漉漉的马路上发出噼里啪啦的脚步声，他们奔跑的身影很快就消失在细雨蒙蒙的街头。

张秀玉如梦初醒，忙不迭地向那中年男人道谢。那中年男人从头到脚地打量着她，突然问："你是荟芳里的，还是大观园的？"

张秀玉脸红了，嗔怪地说："先生你猜错了。我不是妓女，我是走路的，被那两个小坏蛋劫了道，他们欺负我。"

中年男人再次打量着张秀玉，好像才发现今天是英雄救了美女。他觉得这个小美人儿有点眼熟，想不起在哪儿见过。正阳街是条商市大街，人流如潮，美女如云，不乏擦肩而过的摩登女郎留下些印象。他说："不是妓女就好，不是妓女的女人，这种天气就应该待在家里烧水做饭洗衣服。"

张秀玉想这个人可真怪，她还没见过对她这么冷漠的男人。她说："要不是那两个小浑蛋惹了你，先生你不会回来教训他们吧？"

中年男人咳嗽了一声说："我又不认识你，谁知道怎么回事。"他环视因下雨和黄昏而空荡的街道，说，"要不要我送你回家？"

"谢啦，我自己会走。"

他还想说什么，动了动嘴没有说，挥了一下手转身走了。他边走边想，这真是个天合地作的美人，不知道将来哪个男人享用她。他又回头望了一眼，只见她仍然孤零零站在细雨中。

张秀玉不知道这个身材高大的男人就是宏发祥毛皮商行的掌柜陈九，更不知道在她未来的生活中会和这个人有那么多恩恩怨怨。当时她只觉得这个中年人有点古怪——自信而冷漠。

第五章

　　陈九起初对在拍卖场上失手的那件紫貂皮坎肩并不介意，没有输给庄本，他就心平气顺。他甚至窃笑福隆泰掌柜赵小品，一千二百大洋买回一件紫貂皮坎肩未免有点冤大头。但陆璎却因此沉疴再起。她躺在床上不停地咳嗽，用手帕捂着嘴，眼圈是黑的，额头上布满了紫红色菱形印痕。

　　"陈九，你是个精明人，怎么连一件紫貂皮坎肩都买不回来？"

　　"不值。一件紫貂皮坎肩一千二百大洋不值。我陈九从不花大头钱。"

　　"什么叫不值？货卖识家，你需要它就是无价之宝，不需要它就一文不值。"

　　"又是糊涂话。生意场上的事你不懂。"

　　"这不是生意场上的事，这怎么是生意场上的事？陈九，我伤心透了。许多道理和你说不清。"

　　"你别伤心，我加价把它买来。那个赵小品也许早就后悔不迭，叫苦连天了。"

整个春天陈九都为盖工厂的事亢奋不已。他便显得宽容大度。他准备从赵小品手里把那件紫貂皮坎肩弄来。他想这不难。

他找来双丰和杂货店掌柜孙殿臣。孙殿臣是陈九在生意场上的一个朋友。当年他们在兑汇街上经营钱桌时就有些交情。那年春天的一个黄昏，兑汇街上的钱庄都纷纷上板关门，街上的钱桌子也都收摊时，孙殿臣因为当天生意不好而多滞留了一会儿。夕阳斜照进来，几张零星的钱桌子，几个在马路上走过的人影，使白天熙攘的兑汇街显得清淡而宁静。穿着黑裤黑褂的孙殿臣，抄着手无精打采地想心事。突然有两个操着关里口音的汉子来到钱桌子前，拿出四十块袁大头要兑换羌帖。那时哈尔滨街面上流通羌帖。

孙殿臣终于等来生意，大喜过望。他收下四十块袁大头后，小眼睛向两边瞅了瞅，见街上留下的几张钱桌子也都开始收摊，他的钱桌子成了独家生意。见两个汉子像是刚下火车的外地人，孙殿臣便起了黑心。当天兑换的行情是一比四，一块袁大头可换四块羌帖，他想了想便拿出八十块羌帖递给了兑换的汉子。

谁知两个汉子一点钱，立刻急了眼。一个高个黑脸汉子左手抓住孙殿臣的衣领，右手就给了他一巴掌。孙殿臣那又白又胖的脸蛋子立刻肿起红手印。黑脸汉子边打边骂："操你娘，你小子太黑心了。别的地方一块换四，你他娘的一块换两，拿我们当土鳖是不？"

另一个汉子手里拿着钱，一边用脚去踹钱桌子，一边嚷：

"你以为爷是好欺负的，爷敢闯关东也不是省油的灯。"那桌子被踢得东倒西歪，眼看就要倒下来。原来两个汉子怕兑换上当，已经在兑汇街上转了一下午，眼看再不换就都收摊了，才下决心在孙殿臣这换钱，谁知孙殿臣真的让他们上了当。

孙殿臣伏在桌子上，一手捂着被打过的脸；一手握着一只扭歪要倒的桌子腿，急得嗷嗷直叫。正在这时候，陈九凑巧带着几个伙计，摇摇摆摆地走过来。那时候陈九在兑汇街上已经成了气候，让人刮目相看了。

陈九问："怎么回事？为什么打人？"

那黑脸汉子见陈九一身黑袍子，就知道他也是兑汇街上的人，便说："这小子他娘的太黑心，别人一块袁大头换四块羌帖，他竟然给俺换两块，我不打他打谁。"

陈九盯着黑脸汉子问："别人给四块你怎么不到别人那里换，在这儿找什么麻烦？"

两个汉子被陈九问住了，一时不知道怎么回答。陈九说："换钱这玩意儿，一时一个价，一地一个价，别人换你四块，你昨天来还能换八块呢。今儿就一块换两块。想不想换？不想换就快点滚。"

陈九的几个伙计也都围了上来，都是黑裤黑褂，背上印着"兑"字。一个个抱着膀，不怀好意地盯着两个外地汉子。两个外地汉子一看这架势就有些怯场，他们支吾着转身要走。

陈九喊住他们，冲拿钱的汉子问："他给了你们多少钱？"

拿钱的汉子扬着手里的羌帖说："八十块。一比二换的，这人太黑心。"陈九上前一步，伸手把汉子手里的羌帖抢过来，点了点，回头对孙殿臣说："你忙昏了头，少点了四十块钱给人家。"孙殿臣忙拿出四十块羌帖递给陈九，陈九一并交给那汉子，说："你快拿去吧，现在的比价是一比三。"

那汉子见有人撮合，虽找回四十块钱，还是不甘心，说："他娘的，这不是抢钱吗？这不是土匪吗？还有王法没有？"

陈九说："走不走？不走可就两块袁大头换一块羌帖啦！想好了哪头合适。"

周围黑裤黑褂的伙计们嬉笑着起哄："去找警察吧，给警察二十块袁大头，他们就来主持公道啦。"

两个外地汉子明白遇上了恶主，忙把钱装进兜里，一边嘟囔着，一边往后退，然后转身快步离去。

事后孙殿臣对陈九说："一比二兑换太过了点，也是我赚钱心切。"

陈九说："过什么过？他们那一巴掌不能白打，今天没让弟兄们揍一顿就算便宜他们。不过老弟我提醒你，钱是生死冤家，没有金刚钻，别揽这瓷器活儿。"

孙殿臣非常感谢陈九帮了他忙，以后事事依靠陈九。后来时局不断变化，羌帖暴跌，哈大洋稳定，兑换钱币吃贴水没了油水可捞，他们也都改行做起了买卖。

双丰和掌柜孙殿臣更胖了，圆脸小眼睛，抱着圆滚的肚子，一笑嘴巴也是圆的，眼睛眯成一条缝。他笑嘻嘻地对陈九说："陈九你是做毛皮生意的，什么贵重毛皮没有？何必为一件紫貂皮坎肩兴师动众，从人家手里买回来。"

陈九说："这不用你管。由你做中间人，告诉赵小品，多少钱我不在乎，做买卖还是送人情我都听便。"

孙殿臣从赵小品家回来的时候，满面红光。他一边用手帕擦额头上的汗珠，一边笑嘻嘻地对陈九说："陈掌柜，你这紫貂皮坎肩怕是买不到手了。"

陈九问："怎么他不肯卖？你没说由他出价吗？"

孙殿臣抓起桌子上的瓷杯喝了一口水说："我要是赵小品我也不卖。"

陈九说："为什么？你倒说句痛快话，这点事还卖什么关子。"

孙殿臣向前探着身子，眯着小眼睛说："你知道赵小品为谁买下那件紫貂皮坎肩吗？他是为他的妻侄女张秀玉买下的。张小姐是个绝代佳人，正阳街上'一枝花'，凡是男人见了都要动心的小美人儿。"

陈九也笑了，说："你就是这个毛病，见了老母猪也得上去亲个嘴，再买根红头绳扎上，硬说赛貂蝉。"

孙殿臣嘿嘿地笑着，摆着手说："不说这个，不说这个。"他收敛了笑容正经地说："我在正阳街上见过几次张秀玉，当时就想这是谁家的小姐，这辈子要是娶上这么个老婆要饭吃都行。这次才对上号，知道她住在富春堂大院，是赵小品的妻侄女。赵小品艳福不浅。听说他独占花魁，金屋藏娇，压了妻侄女的半拉屁股。要真是这样，他当然要惯她、宠她，所以我一提坎肩的事儿，他就一口回绝了，一点商量都没有。"

陈九不屑地说："孙掌柜什么事儿让你一办，非出花案不可。明天我自己去。货卖识家，话说到，钱出到，赵小品不会不动心。"

孙殿臣拉下脸说："不信你就去，碰一鼻子灰别怨我。"

赵小品住在富春堂大院里。从大门洞进去，是一个宽敞的院子，四面是二层楼房围着，每面都有楼梯，楼上有回廊，旋得很漂亮的护栏，廊檐下边是细条密织的飞罩，看上去敞亮气派，富丽堂皇。大院无遮无掩，站在任何一家的门前，都能看到大院每一家的情况。谁家来了客人，谁家买了什么菜，谁出谁入，一览无余，每个家庭便没了隐私可言。若干年后有一位民俗建筑学家参观这家大院时，下了一个不大恭维而颇有哲理的结论。那位建筑学家挥着胳膊画了一个大圈子，对随行人员说："这种大院的格局是中原严谨的四合院文化和东北农村对面炕文化融合的产物。"

赵小品就租住在北面二楼上的三间屋子里。中间开门是厨房和饭厅，两侧各开一道门通往卧室。陈九到的时候，赵小品没有在家，开门的是张秀玉，两个人一见面就愣住了，他们都想起了那次雨中街头的邂逅，都认出了对方。

张秀玉说："你就是宏发祥掌柜陈九陈先生？"

陈九说："原来你就叫张秀玉。赵小品赵掌柜在家吗？"

张秀玉说："他出去了，一会儿就回来，你到屋里坐。"

张秀玉把陈九让到赵小品房里。让座，倒茶。她说："那天在街上多亏了陈先生，当时我不知道陈先生是宏发祥的掌柜。要是知道是该到柜上去谢谢陈先生的。"

陈九喝着茶，才想起孙殿臣说过的话。这个张秀玉果然是一位让男人见了就动心的小美人儿。难怪孙殿臣对她赞不绝口。

陈九便用心去观察张秀玉。这个美艳的女子果然风韵不凡。她今天穿了一件宽袖碧绿小袄，一条粉绸裤子，一双白缎绣着红花绿叶的鞋。刚刚洗过的头发绾在脑后，用一个珍珠卡卡住，脸上淡淡地化了妆，眉目更加清秀，把一个女人的魂魂魄魄都显示出来了。

陈九忽然萌生出一个念头，应该把这个胸脯丰满，腰肢纤细，有一个圆滚的小屁股的女人娶回家去做老婆，生儿育女。这个念头在那天的雨街里就闪现过，但那时这念头像街雨一样朦胧，随即就飘散了。今天一瞬间就变得清晰无比。陈九开始为自己这个想法心神不宁。天底下许多念头都是一瞬间闪现出来并变成现实的，也许这就叫缘分。

张秀玉觉察到陈九的失态，她扑哧笑了，眯起眼睛问："陈先生，你怎么啦，好像有什么心事？你有什么事吗？"

陈九摇动着脑袋说："已经没有事了，赵掌柜不回来，我该走了。我下次再来。我会再来的。"

张秀玉咯咯地笑起来，眼睛弯成了月牙。她说："我知道陈先生干什么来了，你别走，再坐坐。"张秀玉站起身来，走进里屋房间，一会儿拿出那件紫貂皮坎肩，说："陈先生是想要这件紫貂皮坎肩对吧？我不明白陈先生开着偌大的一家毛皮商行，什么贵重毛皮没有，干吗非要这件紫貂皮坎肩呢？"她说着把坎肩穿在身上，前转后转自己欣赏着，也让陈九观看。然后又娇嗔地努着嘴说："你就别难为我姑父了，这是他送给我的，你让他为难，不是也得让我割爱吗？"

她完全以老朋友的口吻同陈九说话，这使陈九更加心悦。那念头就越发迫切地压迫着他，这件紫貂皮坎肩的事变得复杂了。

这时赵小品回来了。

赵小品自然知道陈九登门拜访的目的。寒暄过后，赵小品无遮无掩地说："孙殿臣先生来过了，捎来了陈掌柜的口信，这次陈掌柜又亲临寒舍，按理说我应该割爱，成人之美。但我想陈九掌柜统领着哈尔滨毛皮行业，占尽天下毛皮精品，不在乎这一区区小玩意儿吧。"

陈九望着张秀玉的背影，只见她扭着小腰，摆着屁股，一步三摇地离开客厅回自己房里去了，才说："我改变主意了。我知道赵掌柜把那件紫貂皮坎肩送人了，送人的东西不能往回要，这个道理我懂。这不是买卖上的事了。"

"哦，陈掌柜到底是正阳街上的买卖人，有心胸，有气派，有成人之美德。"

陈九喝了一口茶，一根茶梗进到嘴里，他想吐出来，想了想掏出手帕擦嘴，把茶梗抹进手帕。陈九说："我有一个新主意，不知道应该怎么说……赵掌柜知道我太太身子骨一直不好，整天病恹恹的，生了女儿后再也没有坐胎，我一直想再娶一房太太，生意上忙，又没有遇上合适的。我今天是第二次遇见张小姐，你这娇俏女又年轻，又漂亮，我可是真的动心了。"

赵小品半天才反应过来，明白了陈九的意图，他立刻想到这比一件紫貂皮坎肩要复杂得多和严重得多。他涨红了脸，竟然不知道如何回答。

陈九说："我明媒正娶，这样我连人带紫貂皮坎肩都要，免得赵掌柜为难。"

紫貂皮坎肩在赵小品手里，他并不担心谁打它的主意，谁打它的主意都没用。没想到现在……突然……冒出这样一个古怪的问题。他摆着手说："秀玉年纪还小，她没有说过要嫁人……"

"十九岁的小姐年纪已经不小了，这么漂亮的女孩子不嫁人，要耽误青春，耽误前程的。好花不常开，成了老小姐再嫁人也晚了。"

赵小品从突然的打击中渐渐清醒过来，变得自信而坚定。他说："陈掌柜，这么大的事情可不是你我说了算数的。这得由张小姐做主，得听听她的意见。"

"那当然。请你告诉张小姐，我是不会亏待她的。我早就认识张小姐，我想她不会拒绝的。"

"你……"

"事情急了点，但这没关系。好事不一定多磨，这就看张小姐的态度了。"

"陈掌柜就这么自信？"

"男婚女嫁的事说简单就简单，要成就早点办，过两天我就来下聘礼。我这个人是急性子，不愿意拖拖拉拉的。"

张秀玉躲在自己的房间里，她听清了陈九和赵小品的对话，直到陈九离开，张秀玉也没有出来。

整个晚上，一种心照不宣的阴影笼罩在赵小品和张秀玉的心头。他们很少说话，根本不提及陈九的事。晚饭的时候，张秀玉炒了两个菜，又给赵小品烫了一壶酒。平时她不让赵小品晚上喝酒，不喜欢他上床时满嘴的酒气。

酒喝得很沉闷，晚饭也吃得很沉闷。赵小品干了一盅酒，望着空空的白瓷酒盅说："这几天柜上生意不错。"

张秀玉给他斟上酒说："是，我也听伙计们说了。"

沉默了一会儿，张秀玉说："我在同记商场看见苏绸的对襟男褂，要换季了，你应该买一件。我明天去给你买。"

"嗯？噢，不急不急。"

显然这些话题都激不起他们对话的热情。张秀玉站起来，到厨房里又拿来一个酒盅，给自己斟满了酒，端起来要和赵小品碰杯。

"你今天怎么啦？"

"没怎么，就想陪你喝酒。"

"平常你不喝酒。"

"今天不平常。喝吧。"

张秀玉端起酒盅一口干了，立刻辣得哈着气，呛得眼睛淌出了眼泪，露出一脸的苦相，她忙掏出手帕擦眼睛。

赵小品也一口干了杯中的酒，他避开了张秀玉的窘相，把目光投向了别处。

　　临睡觉前，张秀玉用水擦了身子，她第一次没给自己铺被，披了一条花线毯，推开了赵小品的房门。她爬上床，钻进赵小品的被窝，偎进他的怀里，闻到了他身上散发出来的强烈的男人的气息，她便像蛇一样扭动起了身子。一双有力的胳膊紧紧地抱住她。张秀玉陶醉于这种搂抱，在男人臂弯里让人感到踏实、温馨，使人身心沉迷。有多少令人销魂的夜晚都是在这臂弯里度过的，可今天这臂弯箍得太紧，力气大得令她窒息……他们互相抚摩着，但都感到了程序化的味道，而缺少了往日那戏谑情调……当他们激动着开始动作时，都投入了极大的热情。他们不约而同地想在这奔放的过程中，向对方传递某种信息，暗示着他们中间要出现什么问题。这种不言而喻的情绪使他们之间的情感变得十分复杂……张秀玉在赵小品身上用力，她知道他喜欢这样做，喜欢她的热烈和主动，当她凝神尽力使彼此升华到美妙境界时，脑海里突然闪出一个念头。她这是在讨好赵小品。她要干什么？为什么要这样做？这一闪念像一盆凉水浇熄了她的欲火。张秀玉的动作缓慢下来。

　　赵小品气喘吁吁地喊："快……快……秀玉你怎么啦！"完事后赵小品很快就睡着了，张秀玉却睁着眼睛毫无睡意，她和赵小品一样被陈九突如其来的求婚所震动。她想起那个冰冷的黄昏，那一街淅淅沥沥的秋雨，那个自信而冷漠的男人。就是那个男人要娶她，他要她做他的二太太。这件事来得太突然，她无法思考甚至无人可以商量，她知道躺在身边的这个人会怎样想。

两年前赵小品上了她的床，钻进她的被窝时，十七岁的张秀玉虽然无奈，但终觉得他是她生存的依靠，他开垦了她并不断地满足她。她虽然也想过终身大事，为此常暗暗哭泣，但迷蒙而渺茫。赵小品拨动了她的肉体欲望和物质欲望。在这两种欲望不断渴求和不断满足的过程中，张秀玉变得沉迷而麻醉。今天她才意识到，她依然寄人篱下。

　　她想离开这张床，回到自己房间里静静地躺着，理一理这烦乱的思绪。她起身时床铺发出了声音，她的一只手被牢牢地抓住了。赵小品醒了，说："别走，秀玉你别走。"

　　她和赵小品面对面地躺下来，赵小品抚摩着她的脸颊，问："白天陈九提的事你都听到了？"

　　张秀玉点点头。

　　"你想怎么办？"

　　"你说我想怎么办？"

　　唉！赵小品重重地叹一口气，翻身仰面躺着说："陈九是什么东西？他有钱，可他是个恶棍，谁都知道他通土匪做黑道生意。当年他经营钱桌子吃贴水时，身上一文不名，空手套白狼，坑蒙拐骗抢，几年光景就发了大财。四家子那一片房产就带着血腥味的。如今他在毛皮业算得上首富。他有钱又能怎么样？一脸横肉，一身匪气，一副刁蛮的样子……"

　　张秀玉听着。她知道宏发祥商行，那里是她经常光顾的地方。她也听说过陈九，知道他是个有钱而不讨人喜欢的商人。他可能是个恶棍，但一个有钱的人容易被人说成是恶棍。他有钱，有钱人想办的事情大概都能够办到。有一天她可能成为陈家的二太太。成为陈家二太太会是什么样子？是福还是祸？她一时理不清，但这个念头冲击着她的思绪使她难以平静。也许她一直期待着为人妻，为人母，这个念头一闪，便点燃了她的欲望的火焰，烧得她难以把持了。躺在床上的张秀玉发现自己已经大逆不道了。

赵小品感觉到了张秀玉的沉默，他抚摩着她的秀发问："你想什么呢？怎么不说话？"

张秀玉说："我在想我是不是应该嫁给陈九。"

"你——真的这么想？"

"干吗要嫁给陈九，天底下好男儿有的是，嫁鸡嫁狗也不能嫁给陈九！"

"我嫁给谁呢？这么多年你想过我嫁人的事吗？"

赵小品霍地坐起来，光着身子两只胳膊支着床，脸对脸地问张秀玉："你怎么这样想？你还有什么不满足的？我养活你，供你吃穿，我把我赚的钱都花在你身上。你打开衣柜看看，你有多少衣服，多少双鞋，我把你当成公主，当成皇后，供着你，哄着你，你还委屈？还不满足？还想嫁人？"

张秀玉也不示弱。她说："那又怎么样？我能做赵太太吗？我能堂堂正正地出入这个家，为你养活一大堆孩子吗？有一天我姑来了，你把我往哪放？我连个做小的名分都没有，你要我怎么样？"

张秀玉说着流下了眼泪，抽抽搭搭哭出了声。

赵小品叹着气说："秀玉，我现在离不开你，我可以不要那个家，也可以不要什么福隆泰的买卖，这个世上我什么都舍得下，就是舍不下你。"

张秀玉止住哭声，睁着噙着泪花的眼说："我把这个家当娘家，我会常回来看你，我会和你……好。"

赵小品说："别说傻话，一个男人喜欢上一个女人，能捧在手上，含在嘴里，吞进肚里，也能杀了她，剐了她，但不能让别人动一根毫毛。男人都这样，我和陈九也不例外。"

离开赵小品家第二天，陈九就打发宏发祥的一个叫滨生、一个叫刘云的伙计送来了聘礼。一匹苏州织锦缎，还有金钗、白玉手镯、金耳环、金戒指等全套首饰。最引人注目的是一柳条包的银圆。两个小伙计把银圆捡出来，一摞一摞地摆在八仙桌上。两个送聘礼的少年听说张秀玉是有名的美人，今天一见果然不凡。两个乳臭未干的少年一边往八仙桌上摆聘礼，一边偷窥着坐在红木高背椅子上的张秀玉。张秀玉冷冷地注视着他们的一举一动，偶然和他们对视，他们就慌得顺下眼睛。

摆完礼品，按着礼品单子让张秀玉一一看了，其中那个叫滨生的少年伙计拿出一张红帖子，双手交给张秀玉说："这是我们陈掌柜交给张小姐的。我们陈掌柜捎信给张小姐，今天阴历四月十八，娶亲的日子定在阴历五月十八，这是请黄先生择的黄道吉日。张小姐有什么吩咐，我们马上去办。"

张秀玉接过帖子，愣了一会儿神，才回答说："回去告诉陈掌柜，就按他说的办吧，不过我要和他见一面，三天后的晚上五点，让他在南勋街的宴春楼等我，我有话要说。"

两个少年像啄米鸡似的点着头，记下张秀玉的吩咐，涨红着脸走了。

走到街上，那个叫刘云的小伙计说："人还是有钱好，有钱就能娶这么漂亮的媳妇，想干什么就干什么。"

滨生说："刘云，你眼馋了吧？我看你眼睛不老实，老往人家脸蛋上瞧。"

刘云说："你老实？你瞧得眼珠子都要掉下来砸到脚面子啦！"

滨生靠近刘云的身边，说："你手也不老实，你做的事也瞒不了我。"

刘云瞪大眼睛，脸色不自在起来，说："我手怎么不老实了？我又没摸女人的屁股。"

滨生拍拍刘云的口袋，发出银圆撞击的声音，"你往桌上捡银圆时，顺手牵羊藏起几块，对不对？"

刘云脸腾地红了。他说："不拿白不拿，陈掌柜有那么多钱，拿他几块银圆算什么，他又不知道。"

滨生撇着嘴说："你什么钱都敢花？"刘云没有讲话，他走了几步想了想，从兜里掏出银圆，捡出两块吹了吹，放在耳朵上听了听，伸手递给滨生，说："给你两块，你可别告诉陈掌柜，咱们俩可是好兄弟，你别卖了我。"

滨生说："我不要，我也不告，谁稀罕这钱。"

刘云笑着把银圆装回兜里，说："滨生，我可是让过你了，不能怪我独吞。"说完两个伙计回去复命去了。

送走了两个小伙计，张秀玉望着八仙桌上的礼品发呆，心里头七上八下的不是滋味。她见赵小品房里没有动静便去敲门。福隆泰杂货店掌柜赵小品把自己关在房里一天一夜了。他脸色憔悴，不吃不喝不出门，抗议又是情人又是妻侄女的张秀玉的乖戾和无情。

张秀玉敲了几下门见没有反应，就隔着房门说："姑父，陈家送来的聘礼我都收下了，你不出来看看？"

屋子里仍然没有反应，张秀玉就垂下手，深深地叹了一口气，她无心再去观赏八仙桌上的聘礼，悄悄地走回自己的房间。

张秀玉站在穿衣镜前望着自己。三天的时间竟变得如此憔悴，她注视着自己明显消瘦下来的脸庞，充满爱怜。她心绪烦乱，不断地把绣花手帕绞在手指上，又不断地扯开，最后把它不耐烦地扔到花花绿绿的香水瓶和脂粉盒上。张秀玉觉得憋闷得透不过气来。她开始解开扣子，先解缎面夹袄领口的纽襻儿，又解大襟上的纽襻儿，接着一个一个解下去，敞开了怀，露出红绸衫和绸衫下面饱满的乳房。她脱掉夹袄，然后是套裙，然后是红绸衫，红兜布，粉裤头，一件一件脱下来扔到地板上，最后脱得一丝不挂。她双手托起结实的乳房，乳房坚挺鼓胀，像地壳下激烈运行着岩浆的火山。她移动着双手抚摩着自己的身体，圆润的肩头，富有弹性的腹部，丰腴修长的大腿。赵小品在外边讨过江湖方子，她一直没有受孕，身段保持得好。她知道自己是最美丽的，知道一个十九岁的女人生命和肉体的价值。男人喜欢她，需要她，追逐她。但男人是魔鬼和野狼，占有她，吞噬她，却没有人关心她需要什么。她想起早逝的母亲和不争气的父亲，但是父母的存在未必能改变她的命运。她闭上眼睛，她那长长的睫毛下滚落出串串的泪珠。她先是呜咽着，最后扑倒在床上号啕起来。她抓着床单发誓，她要靠自己，去寻一个都市女人的新鲜活法。

婚礼前的那场谈判是在宴春楼进行的。陈九提前定了包间雅座。他们几乎同时到达，谁也没有等谁，彼此都觉得这是个好兆头。

尽管张秀玉一再声明不喝酒，陈九还是要了酒，每人斟了一杯。陈九说："酒是助兴的，不可多喝，不可不喝……有什么话你就说吧，既然我要娶你，我会让你高兴的。"

宴春楼客人多，隔着一层胶合板和半截门帘，仍然听得见外厅的喧闹和划拳行令的喊声。张秀玉一边在手指头上绞着绣花手帕，一边说："陈掌柜，我没了父母，娘家一个姑父也算不上多么亲的亲人。我嫁给你，你就是我一辈子的依靠，你得疼我。"

陈九哈哈笑起来，说："娶了这么一个小美人，我能把你扔进茅屋草垛里吗？"

张秀玉说："我进陈家虽然是二太太，但婚礼要办得热闹些。女人一辈子就这么一次，不能让正阳街上的人小瞧我，说我是你从马路边上拾回家的小老婆。"

陈九摇着头，感叹地说："女人都是这个样子，都是满脑袋怪念头，都是些糊涂想法。不过张小姐放心，我陈九娶太太是不会含糊的，我会让正阳街上的人知道，我陈九采了一朵天上难找地上难寻的漂亮花儿。"

张秀玉把婚事设想得很周到，每个细节每个步骤都有安排，她的工于心计使陈九对她刮目相看。当张秀玉提出要举行文明婚礼仪式时，陈九犹豫了。他说："我就是不喜欢那种洋玩意儿，学老毛子那一套，这种事情得听我的，是我娶太太不是太太娶我。"

"看你说的陈掌柜，当然是你娶太太。"张秀玉咯咯笑了起来，笑得用手帕捂着嘴，弯着长睫毛的黑眼睛，动情地望着陈九说，"现在都时兴文明婚礼，你要是按旧礼样子办，正阳街上的人会笑话你没长见识，是守旧，是土鳖。他们专门讲究人，都是嚼舌头的好手。"张秀玉说着端起那杯酒，说，"我可是为陈掌柜着想，我喝了这杯酒，你就知道我的心了。"

张秀玉一口喝进那杯烧酒，嘴辣得合拢不上，嘶嘶地哈着气，脸红得像火烧云，眼泪都出来了。这使陈九生出几分怜香惜玉的温情。陈九说："好啦好啦，都依你都依你，文明仪式就文明仪式，你这个小妖精……"

陈九心里高兴，手就从桌子下伸过去，去捏那修长丰满的大腿，他一直对这一双漂亮的大腿充满欲望。张秀玉眼睛望着半截门帘，嘴里说着："陈掌柜你急什么？张秀玉早晚都是你桌上的肉。"

这时，宴春楼跑堂的伙计站在门帘外边喊："来啦！陈掌柜雅座有人送礼品。"随着喊声，跑堂的伙计掀帘进来，手里捧着一瓶酒放到桌子上，说，"有客人送陈掌柜一瓶陈酒，说是陈掌柜要再结良缘，给陈掌柜道喜啦！"

陈九问："什么人送的？"

伙计说："是客人托街上的孩子送进来的，他说你们知道。"

陈九掏出钱扔到桌子上说："好了，你去吧。"伙计从桌上收起钱，连连点头，谢啦谢啦地走出去。

陈九拿起酒瓶，狐疑地端详一会儿，打开瓶盖闻了闻，皱着眉头说："酒瓶里装的是醋，这人他妈的没安好心，谁让我吃醋？我吃谁的醋？"他抬起头来问张秀玉，"你怎么啦？脸色这么难看。"

张秀玉拢着头发说："我这几天太累了，话都说完了，我想早点回去休息。"

"你还没有吃饭，这一桌的菜还没吃呢，怎么就走？"

"我吃不下。来日方长，我陪陈掌柜吃饭的机会多的是，我真的该走了。"

"好啦走吧，女人都是这个样子。"陈九笑着说，"你最终还得做我的太太，你逃不出我的手心。"

张秀玉站起来，红着脸在陈九额头上亲一下，回身掀起布帘，匆匆地走了。

张秀玉有些心慌意乱，是谁送给陈九一瓶醋？她担心赵小品会出什么事，他要发疯了，什么事都能干出来。出了宴春楼，她跳上一辆人力车，催促着车夫飞快地向富春堂大院跑去。张秀玉进了大门洞，发现楼上亮着灯光，赵小品在家。她松了一口气，进屋时见赵小品在独斟独饮。

赵小品酒喝得不少了，脸涨得红红的。见张秀玉进屋后就倚在门扇上喘粗气，一副失魂落魄的样子。他吐着酒气问："回来啦？"

"回……回来了。"张秀玉应着抬起头望着赵小品，这是几天来他们之间第一次说话。

"聘礼都收了？"

"收了。"

"结婚的日子都定了？"

"定了。"

"定亲酒都喝了？"

"没喝，我回来了。"

"你现在长大了，可以飞了，一下子就跳到高枝上。"

"姑父……"

"别叫我姑父，两年前我就不是你姑父了。再叫我姑父，我就犯了乱伦罪。"

"我不怪你……"

"说得多轻松，你不怪我？谁怪我？天底下的人都在嘲弄我。还有陈九，那个欺男霸女夺人所爱的陈九。"赵小品喝干了盅子里的酒，又斟满端起来，"秀玉，你过来陪我喝酒，我让他没娶太太就先抱醋坛子。"

"是你给陈九送去用酒瓶子装的醋？"

"是我又怎样？我恨死他了。"

“你应该放过我……”

“我放过你陈九也不放过你……秀玉你过来陪我上床睡觉。”

“不，今天不行。”

“为什么不行？你说……为什么？”

“我心里难过，非常难过。”

“难过什么？今天我非要你陪我，我要让陈九知道，你是我的……是我的女人。”赵小品嘴里喷着酒气，站起来摇摇晃晃地来抓张秀玉，张秀玉躲开，进了自己的房间，从里边插上了门。赵小品用力敲着门喊：“开门，快点让我进去。”

张秀玉在里边喊：“不行，今天真的不行，姑父你喝醉了。”赵小品敲着门，脚下不稳跌倒在地上，他在地板上胡乱爬着，喘着粗气嘟囔着：“秀玉，秀玉……”张秀玉倚靠着门，用手抓着头发喊：“天哪，这是怎么啦！这是怎么啦！”

张秀玉顺着门扇滑下来，坐在地板上。她觉得心肝俱裂，万箭穿心般疼痛，她闭起眼睛，重重地往外吐着气……赵小品不再喊了，在外间屋跌跌撞撞地寻找什么东西。她的心又收紧了，耳朵贴在门上倾听。静了一会儿，突然听见赵小品在大喊：“陈九，陈九，我和你拼了！”咣的一声响，接着就是赵小品的惨叫。

张秀玉惊得跳了起来，她猛地拉开门冲了出去。在外间屋，只见赵小品咧着嘴，痛苦不堪地站立着。他脸色苍白，左手滴着血，一把刀片扔在地板上，鲜血溅得到处都是。他剁下了自己的小拇指，那一截小拇指仍躺在桌子上，刀口处鲜红，手指肚惨白。张秀玉只瞥了一眼，她想扑上去抱住赵小品，结果腿一软，妈呀一声，眼前一黑就什么也不知道了。

第六章

民国十七年七月五日，农历五月十八日这天，宏发祥毛皮商行掌柜陈九如期迎娶了二太太。陈九和张秀玉的婚礼在道外区商界引起了不小的轰动。这天天气晴朗，阳光暖烘烘地照在大街上，宏发祥为掌柜的喜庆歇业一天，穿戴一新的伙计们早早在门外燃起鞭炮，吸引着行人驻足。其实在那些富有的人群中，并不缺少喜庆风光的仪式和场面，金钱和精力都富有的商贾中，自然有一个又一个娶姨太太的机会，三妻四妾老夫少妻不乏其人，那婚礼办得一个比一个风光绚丽，多彩多姿，饱人眼福。但见过世面的正阳大街上的人们对陈九和张秀玉的婚礼仍然充满好奇。

当那披着红绸子的轿车从正阳大街上驶过时，就有人全神贯注地盯着坐在里边穿着白色婚纱的新娘。在南勋街的宴春楼前，从车上下来的陈九一身西式礼服，系着蝴蝶式领结。乍穿洋服的陈九让人看了十分别扭，但挺着高大身躯自信而有气势的陈九很快使人折服。这个高大蛮横的家伙，让他登上皇帝的宝座他也会神气十足而运筹帷幄。一身婚纱的张秀玉身子探出车门就显露出一张迷人的笑脸。夏日的阳光照在大街上，让人睁不开眼睛，喜欢眯着眼睛看人的张秀玉，配上翘着嘴角的红唇，打破了新娘那种千篇一律的呆板和羞涩，那张笑脸变得分外楚楚动人。她站在表情生硬的陈九身边，挽着他的胳膊向迎在门口的客人致意，大度得像是参加迎宾仪式的总统夫人。男女傧相都黯然失色，一个天使般牵婚纱的小女孩被夹在人缝里不知所措。

婚礼仪式是按张秀玉提出的文明方式进行的，小汽车，洋礼服，还请来了俄国人组成的乐队。大个子、黄头发、白皮肤、蓝眼睛的老毛子乐队，穿着礼服，戴着白手套，个个严肃得像是在教堂为唱诗班伴奏赞美耶稣基督的诗章。按照张秀玉的要求，婚礼请来了道外区商界的头面人物，同记商场的经理武百祥、商会会长李明远、房地产巨头陶云斋、大名鼎鼎的姚锡九，还有陈家的老朋友中医大夫黄浩之、商会董事何联明等人。

双丰和掌柜孙殿臣穿一身洋服，系着花领带，胸前别着大司宾的红签，腆着滚圆的肚子里里外外张罗着，扯着大嗓门招待客人，圆圆的脸上淌着汗水，一块大手帕擦得像水洗的一样。他忙里偷闲，还不时跑到女客堆里，随便在哪个漂亮女人身上摸一把，低声说句笑话，招来一阵笑骂扑打后，再笑嘻嘻地突围出来，神采奕奕地招待客人。

在婚礼仪式上，陈九被人像木偶似的调动着，转来转去的满身的不自在。好在人们的注意力都在新娘张秀玉身上。张秀玉运用自如的应酬，使婚礼的仪式进行得热闹而顺利。鞠躬、致辞、微笑……她表演得出神入化。张秀玉知道这对她是一次机会。她必须摈弃街头女郎的形象，无论那是多么风韵醉人，她要为跻身商界的上流社会做好充分的准备。而心烦意乱的陈九，在开宴后勉强到席面上应酬一下，就躲进宴春楼掌柜的账房里，不肯再出来了。

后来在婚礼仪式上出现的一场花絮，引起了来宾们的普遍注意，并引发了一阵如潮般的啧啧赞语。

陈家大太太陆璎是在婚礼仪式即将结束时出现的。大太太一扫以往的压抑和郁闷，以笑盈盈的表情明快地出现在大庭广众面前。她新烫了卷发，额头上第一次消失了紫色的圆印和菱形的印痕，人们这才发现大太太白皙的额头宽阔饱满，舒展得楚楚动人。一个优美的额头改变了人的气质，使陆璎显得雍容华贵。她描了眉，涂了唇，浅浅地敷了脂粉，脸色滋润而明快。她特意穿了一件绿地银花缎面旗袍，胸前别了一枚红色玛瑙胸针。一双高跟皮鞋，看上去体态修长而丰腴，周身焕发着一个三十几岁成熟女人的诱人的魅力。

新娘张秀玉站在那里正沉浸在成功的喜悦中。她看见一个雍容华贵的女人笑盈盈地向她走来。凭一个女人的本能，也凭着来宾投来的目光的启示，她立刻意识到来人是谁。她那灿若桃花般的脸色突然黯淡下来。

在结婚前，她向陈九提出先见见大太太，以尽应尽的礼数，陈九不屑地说："她是个病人，古里古怪的，做了二太太见她也不晚。"她问陈九，大太太能不能参加他们的文明婚礼，她说："我这个人胆小，陈九你知道，女人和女人的事最麻烦，她要是和我过不去，我就完了。"陈九说："她整天病恹恹的，连自己都顾不了，哪有闲心管你的事。你就放心做你的新娘吧。"

陆璎的突然出现使她心慌意乱，她想大太太今天要是使她难堪，她将毫无招架之力。陆璎径直走到张秀玉面前，端详着她的脸庞亲昵地说："论名分我是姐姐，也来讨一杯喜酒喝，你不嫌我来得唐突吧？"

张秀玉脸红了，她低下头说："该是我去看望姐姐，姐姐来我都担待不起了。"

陆璎说："百闻不如一见，妹妹果然又聪明，又漂亮，仙女一样的人物。"

张秀玉忸怩起来，"姐姐才漂亮呢，我不过是个粗笨的丫头。"

陆璎摇摇头，她伸出手来帮着张秀玉理了理有些紊乱的婚纱，把一朵被挤得歪斜的绢花摘下来，重新给张秀玉插好。她说："陈九有眼力，娶了这么漂亮的太太，这是陈家的福分。"陆璎说着拿出一个锦盒，打开锦盒露出一枚绿宝石的戒指。陆璎拉过张秀玉的手，给她戴上了那枚宝石戒指，然后扶着她的肩，露出粲然笑容，给足了这位年轻二太太的面子，让照相师给她们拍了照，才退了下来。

新娘张秀玉这才舒了一口气，觉得背上的婚纱都湿透了。大太太这一系列动作是在大庭广众之下完成的，让人看上去觉得这两位不是争风吃醋的情敌，俨然一对亲姐妹。所有看到这一幕的男女宾客们都认为大太太果然胜人一筹，宏发祥毛皮商行掌柜陈九果然会调教女人，陈家大概不会败在天生小肚鸡肠祸水般的女人手里。

婚礼的宴席开始了。菜肴是丰盛的，有身份的客人吃喝都很文雅。推杯换盏之间，话题回归到今年的商情和正阳街的开拓前景。商人们都依稀感到一种惊恐，日本人扫视着东三省，一个巨大的阴影正悄无声息地游移过来，他们为正阳街的未来忧心忡忡。

大太太陆璎姗姗地来到几位显赫的太太的桌前，打了招呼便坐了下来，然后张太太李太太的一一致了谢意，寒暄了几句女人间的闲话，笑着说："你们看见我这个让人疼爱的妹妹了吧，简直是喝瑶池的露水长大的，天仙一样的美人！把我都比成老太婆了。"

席面上的太太们都是见过世面的，知道怎样应酬女主人。胖胖的张太太说："陈太太你别说这样的话，三十几岁的女人是盛开的花，你要是说老，我们就没脸见人了。"

另一个年轻苗条的李太太说："二太太是一朵还没开的花，没经风雨呢，等她怀了胎，一连生下两个龙种凤蛋，再出来亮亮，能赶上陈太太那才是真本事呢！"

说到生孩子，席面上的气氛有点尴尬。在座的都知道陆璎生下女儿后，再没有怀孕，不坐瓜的花是谎花，不生孩子的女人不算是完整的女人。年轻些的李太太自觉失口，脸先红了。胖胖的张太太忙岔开话题，问起陆璎的身体状况。

陆璎笑着说："和以前一样，泡在药罐子里。我身上的肉快成唐僧肉了，将来哪位太太想长生不老，把我煮了吃了，一定能成老寿星。"

陆璎端起一杯葡萄酒，说："今天是陈家的喜事，我又多了一个天仙一样的妹妹，我心里头高兴，精神就好，陪大家喝一杯喜酒，我得提早回去休息，这杯酒算是赔罪了。"

陆璎干了一杯酒，又到有女眷的桌上应酬了几句，就提前退席了。客人们都知道大太太身体不好，也就由她离去，这已经很难为她了。

整个婚礼唯一的缺憾是新娘张秀玉的姑父，福隆泰杂货店掌柜赵小品没有到场。作为新娘张秀玉娘家唯一的亲人没有到场令人不解，新郎和新娘的解释是姑父赵小品生病不宜出门。知道底细的人怀着各种想法注视着新郎和新娘的表情，尤其对新娘张秀玉的审视目光，带着尖刻带着猥琐，从头到脚，从里到外，对胸、对腰、对腹都仔细地目测了尺寸有无变异，甚至对新娘敷满脂粉的脸庞有无蝴蝶斑都充满狐疑。对这些尖刻和猥琐的目光，新娘张秀玉在平静安详中充满鄙夷。在婚礼仪式结束，酒席宴会开始时，张秀玉脱下下摆宽大的婚纱，换上一件桃红色绣花绸面旗袍，这紧身旗袍就把她的胸、腰、腹的线条勾画得清清楚楚。新娘张秀玉故意挺着胸脯，扭着腰肢，摆着滚圆结实的小屁股在客人中间周旋着。这使得充满敌意的人不得不承认，这个狐狸精一样的小婊子，无论那下身的货色怎样腥臊，那富有弹性的肚皮下边，那孕育生命的子宫房里，确实是干干净净的。

婚礼完全按照文明方式进行。由老中医黄浩之黄先生充当主婚人。黄先生春风满面地致了一段贺词，博得一阵掌声。由于赵小品没到场，赵小品的舅爷、商会董事何联明被搀扶到证婚人席上。患有严重哮喘病的舅爷咳嗽得气喘吁吁，憋得涨红了脸，摆着手一句话也说不上来。整个婚礼仪式过程中，这位舅爷不断地用那块奇大的手帕，交替着擦拭因咳嗽带出来的涎水和因咳嗽震出来的泪水。他压制不住咳嗽声，红头涨脑，狼狈不堪，直到仪式结束。

当舅爷坐到酒席桌前，喝下一杯白酒，竟把激烈的咳嗽奇迹般地镇住了。北方人哮喘病一般怕冷，怕气，怕烟，怕酒，而舅爷的哮喘病唯一不怕酒。舅爷不仅不怕酒，还能用酒治病。舅爷喝下一杯酒，就有了精神，也不吃菜，对着坐在身边的黄浩之黄先生，大发感慨谈论起人生。他说酒、色、财、气像魔鬼一样纠缠在一起，伴着人一辈子，除非死了，谁也解脱不了这四样怪物带来的冲动和苦恼。舅爷对黄先生说，你医道高明，回天有术，可你治得了病治不了命，天底下照样死人。舅爷说到得意处便嘿嘿笑起来，露出残缺透风的牙齿。

陈九和张秀玉的婚礼是完全按张秀玉的愿望操办的，按张秀玉的愿望举办完了婚礼，张秀玉就成了陈九的二太太。

在婚礼上饱看了二太太张秀玉举止谈吐的人，都对二太太的非凡举止留下了深刻的印象。当酒足饭饱的客人们迈着绵绵的步子，深一脚浅一脚地离开宴春楼时，从他们毫无顾忌的高谈阔论和喷着酒气的哈哈笑声中，看出他们对陈九积累巨额财产的手段和网罗出色女人的手段同样认同。如果陈九驾驭得了这个女人，陈家就会如虎添翼。一想到会有一只插上翅膀的老虎，在正阳街上幽灵般地游荡，这条商业街上的人就会为之变颜变色。

但是，民国十七年七月五日即农历五月十八这天，在陈九和二太太热闹体面的婚礼后边，发生一件让所有人大吃一惊的事。后来证明，这件难以启齿的事对陈九，以及对陈家所有成员的打击都是沉重的。

那天大太太陆璎因为身体不支，在婚礼上得体地应酬了应该应酬的局面后，就提早退了席。对于陆璎的退席，客人们都认为是顺理成章的事。大太太身体不好，她从不参加陈家的应酬活动，大太太在张秀玉的婚礼上的表现，已经很难为她了，所以她提前退席，没有引起人们的异议。当陆璎走到楼梯口要下楼时，忠心的韩妈赶过来要送她，陪她一起回家。陆璎吩咐她留下照顾小姐，她怕十七岁的女儿任起性来，会做出让她父亲难堪的事。韩妈点头留下来陪伴小姐，陆璎才下楼。

站在门口的宏发祥的小伙计滨生，见大太太下楼来，便飞快地跑到街上喊过一辆马车，扶着大太太上了车，望着马车在嗒嗒嗒的马蹄声中离去，他才回到门口候其他客人。

马车将陆璎送到家门口，听了吩咐，车夫才掉转车头回宴春楼伺候客人去了。陆璎进了院，上了楼，先到二太太张秀玉的新房里看看，见两个压床的小孩笑嘻嘻地吃点心，两个花枝招展的年轻女人守在屋里聊天，她们见陆璎进来忙站起来问安。陆璎吩咐几句，回自己房里去了。

104

还有两天小暑，天热得难耐，陆璎脱掉旗袍，换上纱裙，她平日喜欢素装打扮。今天是特殊日子，陆璎不得不刻意修饰自己，不要太素又不要太艳，不动声色地显示大太太的身份和度量。换了衣服凉爽多了，她便拿起一把团扇，在窗前椅子上闲坐着。她的目光落到床头上挂着的那一件紫貂皮坎肩上，那是几天前张秀玉特意让人给她送过来的。她想着张秀玉在婚礼上的音容笑貌，甚至对这个年轻、漂亮、颇具风情的二太太生出几分好感。她想她今后在陈家真可以过上一种清净无为的日子了。

就在这时候，陆璎听到了皮鞋踏楼梯板的声音，显然是男人的脚步，接着这脚步声向自己的房门响过来。还没等陆璎做出反应，门就被推开了，宏发祥毛皮商行的账房先生沈中和闪了进来。留着中分头、脸色白净的沈中和，为参加陈九的婚礼也穿上一身藏蓝色毛料洋服，他中等瘦削的身材，穿上洋服更增添了几分挺拔和俊秀。三十几岁的沈中和在宏发祥当了八年账房，出入陈家是司空见惯的事情，但直接到太太房里，这还是第一次。

陆璎的脸腾地红了，心跳突突地加快，慌得站了起来，低声地问："你到这里来干什么？宴春楼那边正忙着，人家会到处找你的。"

沈中和笑着说："我来看看太太，我想太太这个时候一定很难过，我就过来了。"

"你胡说什么？我为什么难过，我为谁难过？你快离开这儿吧，让陈九看见你在这里，他会多心的。"

"他顾不了那么多啦，他被那个小狐狸精拖得团团转，都晕了头啦！"

"我和你说过，你不能一个人来我这里，我不想单独见你。"沈中和朝门口望了望，向前迈了一步，压低声音说："太太，我想问你，陈九娶了小老婆，你想怎么办？"

"什么怎么办？"

"你别傻了，你得为自己想一想，陈九不喜欢你，那个小狐狸精一身骚肉，她会生下一连串的小陈九来，将来会有你的好日子过吗？"

陆璎脸色纸一样白，手抖个不停，恼得眼里噙上泪花。她说："你怎么这样说，你是我什么人，对我这样说话？"

沈中和笑着说："我喜欢你，你也喜欢我。你不敢承认，怕失掉太太的身份，怕别人嘲笑你。"

"你胡说……"

当沈中和走进这间飘着中草药味的房间时，就准备迎接一场风暴，而且要把这场风暴演变得对自己有利。他了解这个女人，自信能驾驭这个女人，为此他将不惜碾花碎玉。他说："我知道你恨陈九和那个小狐狸精，我想帮助你，成全你，报答你。"

陆璎说："不，不是的……你说的不对，我谁都不恨，你不能勉强我。"

沈中和说："是的，就是这个意思，你恨，只是你不敢承认，只有我知道你的心思。"

沈中和的脸扭曲得很难看，他抢先一步扑通跪在地上，说："太太，我今天来这里全是为你着想，我不怕你恨我，恼我，把我看成浑蛋，你干吗那么苦自己，任别人宰割。"

沈中和的突然举动使陆璎失措，她慌得站起来去扶沈中和，并嗔怪他的莽撞："快起来沈先生，你不要这样……"

沈中和却顺势抱住了陆璎的腰，透过滑润的丝绸，他感觉出那富有弹性的肌肤发热发烫，闻到女人身体散发的肉香，这气味使他更冲动。他疯狂地搂住陆璎，在她脸上，唇上狂吻。沈中和不顾陆璎的反抗，把她抱起来扔到床上，毫不犹豫地撕扯她的衣裙，使陆璎的身体裸露无遗。这裸体使沈中和大吃一惊，一向苍白无力的大太太，她的肩、腰、乳房和大腿，所有显示女人魅力的部位都圆润而坚柔……沈中和想起平日那张苍白和布满紫色印痕的脸，那不过是一张面具，把一个充满生命活力的躯体遮盖得严严密密的面具。这个女人内心隐藏了太多的情感，这个发现令沈中和激动和满足。他粗暴地占有了这个女人。陆璎挣扎着，她的力气远不及沈中和，她最终被征服，被推向旋转着的深渊，身体不由得扭动起来，产生了一种被强暴的快感。这种多年没有过的感觉，像电一样传遍她的全身。她的挣扎变成了喘息，她放弃了反抗，肆意迎合着。她虽然清楚这是危险的游戏，但她顾不得了，她已经游离了自己。在游离中，她呻吟着低语："沈中和，沈中和，你害死我了……我要死了，我真的要死了。"

……

沈中和穿好衣服，对着镜子梳理好头发，并从容不迫地点燃了一支烟。他站在床前，外边的阳光照射到床上，陆璎裸着身体沐浴在阳光中。他说："太太你放心，我会报答你的，我会帮助你对付陈九和那个小狐狸精的。你等着瞧吧，陈九的好戏在后头呢。"

陆璎躺在床上脑子里一片空白，鼻息像游丝一样轻飘，惺忪着眼睛望着沈中和古怪的表情。她听不懂他的话，觉得他陌生而遥远……沈中和俯下身来，亲吻着她丰满的前额，他说："我眼下有一笔生意，如果做成了就离开宏发祥。我要带你去闯天下，离开陈九，去奉天，去天津，去北京随你挑。"

他在离开时又说："我们已经坐到一条船上，你得和我合作，我需要你和我合作。"

整个婚礼热闹而顺利，就是陆璎的出现也没有影响新娘的风光，张秀玉心满意足。送走了所有的客人，陈九和二太太在宴春楼前上了汽车，张秀玉意犹未尽，让司机开着车在大街上兜风。汽车从桃花巷穿过，出了西门脸，过了铁路桥，奔中央大街，穿过中央大街从松花江边返回道外，汽车从景阳街驶进正阳大街，这才回到陈九为她安排的新房里。

坐在汽车里的张秀玉有一种看电影的感觉，这电影展示的不是别人，而是她自己。一幕幕闪过的是她几年城市生活的画面，一个头发枯黄身材瘦小的女孩，牵着父亲的手走进这座城市，像浮萍一样漂荡着。她有过惶惑，有过无奈，有过喜悦，有过满足，她曾像公主似的在这些街头漫步，展示她的美貌和风采，那一切今天看来都微不足道，不过是漂浮在水上的花。她现在做了宏发祥掌柜陈九的二太太，无论如何，她在这个城市、这条繁华大街上扎了根。

汽车拐弯时，有一个小纸包从座位背脊上滚落下来，那是张秀玉让拉婚纱的小女孩替她包好的花生粘，她打开纸包拣出一粒放进嘴里。她对陈九说："你吃吗？我可是饿了，忙了一天我竟没吃一口东西。"她见陈九摇头，自己就一粒一粒吃起来，吃得十分香甜，心里涌满了温情。她把头靠在陈九的肩头，动情地说："陈九，我会对你好的。"

陈九正闭目想自己的事，他没听清楚新娘在说什么，没注意到新娘在说这话时眼睛里盈满了泪水。

回到新房，陈九的耐心已经到了极点。他热得招架不住，脱掉那身崭新的洋服，换上一身白绸对襟裤褂，坐在藤椅上，摇起了大蒲扇。

这时韩妈惊慌地过来说："太太回来后犯病了，一直躺着，不能过来看望。太太问陈掌柜还有什么事，也请二太太别见怪。"张秀玉说："哪有让姐姐过来的道理，我过去看看她的病才对。"

陈九摇着蒲扇，冷笑着说："她的病大夫都看不好，你看有什么用，歇着你的吧。"

陈九虽这么说，张秀玉还是去看陆璎了。她听说大太太是个病秧子药罐子，脾气古怪。多少年轻的姨太太最终栽在大娘手里，并非耸人听闻。婚礼上大太太的出现，从情理上心理上都压倒了张秀玉。她觉得大太太不是等闲的女人，更不敢怠慢。

张秀玉换了一身细纱套裙，穿了一双软底绣鞋，跟着韩妈来到大太太房间。陆瓔躺在床上，脸色灰白，有气无力的样子，和婚礼上谈笑风生的大太太相比，差点让人认不出来了。张秀玉自然认为陆瓔受了辛苦，十分感动，鼻子一酸，眼窝就湿了。她俯下身去说："姐姐真难为你了，把你累成这个样子，我要是知道一定不让你去的。"

陆瓔拍着床沿说："你坐下，这和你没关系，我就是这种不经事的身体，千万别放在心上。"陆瓔又叫过站在一旁低头不语的女儿，说："凤仪，过来见你二妈，叫二妈。"

凤仪没叫什么，只是浅浅地鞠一个躬，又垂下眼帘。凤仪长得亭亭玉立，身材模样都像她的母亲。她留着齐耳短发，白绸布半短袖，黑色裙子，一副女学生打扮。在这个比她大两岁的二妈面前，她的矜持后边透着轻蔑。

张秀玉见凤仪向她行礼，又得意又兴奋，脸上放出异彩。她打开一个轻巧的锦缎盒子，里边红丝绒衬着一枚钻石戒指。她把盒子递给凤仪，说："这是二妈的见面礼，你先戴着，往后你喜欢什么二妈再给你买。"

凤仪接过锦缎盒子看也不看，顺手放在桌子上。她说："我不喜欢这么贵重的东西，我这个人贱，戴不起。"

张秀玉脸腾地红了，涂着口红的嘴半张着，嘶嘶地吐着气。她先是委屈，接着是恼羞。原来害怕大太太这一关不好过，没想到杀出个凤仪来。她说："大小姐这是挑理了。我这个人是贱，小户人家的孩子，又没读过多少书。大小姐要是嫌我犯贱，这礼品我收回来就是了。"

凤仪也涨红了脸，冷冷地说："我又没说你，你恼什么？你要是想收回去就收回去呗，反正我也没动。"

陆璎觉得过意不去，说："凤仪，你怎么这么不懂规矩，二妈是你爸爸娶回来的太太，你不能对二妈放肆。"

凤仪眼里也噙上泪水，说："爸爸是封建余孽，民国这么多年了还想娶三妻四妾的，妈你还向着他们说话。"

陆璎气得脸色苍白："凤仪你越说越不像话了，你别在跟前气我，你给我出去！"

凤仪用手抹着泪水，转身跑出去，饭厅里传出碗落在地上摔碎的声音，屋子里的人一时都愣住了。

陆璎缓了半天吐出一口气，她对张秀玉说："今天是妹妹大喜的日子，千万别生气。我身子骨不好，也无力管教孩子。这凤仪是从小娇宠坏了，脾气性格又像她爸爸，这几年又在外边学了一些新思想，越发放肆。"

韩妈一边给陆璎捶着背，一边讨好地对张秀玉说："大小姐年龄小，二太太就多担待点，别跟她计较。"

张秀玉一肚子委屈，但一想到今天是自己大喜的日子，看看陆璎疲惫不堪的样子，火气也消了一半。她还不想饶过多嘴的韩妈，她瞥了韩妈一眼说："大小姐年岁小，谁又年岁大呢？她读书识礼这么不容人，我一个做小的将来只有受大小姐的气啦！"

韩妈忙赔笑地说："哪会呢，二太太是有福气的人，好日子在后头呢。"

等张秀玉离开后，韩妈说："二太太到底是小户人家的孩子，还想和小姐比高低呢。"

陆璎叹了一口气说："韩妈你别说闲话，免得惹陈掌柜生气。二太太年岁是小，将来慢慢调教吧。"

韩妈说："太太就你心肠好，所以陈家受委屈的事都落到你身上。你也得顾顾自己。"

关于陈九和张秀玉洞房花烛夜的传闻，就像正阳街上五花八门的牌匾，一百个人就有一百个说法。

婚宴结束后，陈九第一件事就是吩咐沈中和把婚礼的账目给他。他拒绝了新人入洞房时的习俗和规矩。他答应满足张秀玉在众人面前做二太太的繁文缛节，回到家里，在两个人的天地里他仍然是君主。

直到韩妈点燃了大厅里那一对守夜的大红蜡烛，滨生才掂着两本账单气喘吁吁地赶来。陈九不满地问："沈先生怎么不来？"滨生结结巴巴地说："沈先生清理完了账目，让朋友请走了，晚上为大家准备的酒饭他也没吃。"陈九想发作，但看到张秀玉站在一边疑惑地望着他们，便哼了一声，放走了滨生。

整个晚上，陈九都在琢磨那些出出入入的数字。

张秀玉无聊，便对着镜子端详自己，左看看右看看，看也看不够，便拿出几件衣服来换着穿戴，天太热，换了几件就出了汗，又脱下来扔在一边，找出一件丝织睡袍换上，摘下发卡、耳环、手镯，把电烫的头发又梳理了一遍，看看陈九专心致志地看他的账单，没有要睡觉的意思，就靠在大花软缎鸳鸯被上嗑瓜子儿。嗑瓜子儿是张秀玉的拿手活儿，大拇指二拇指捏着小小瓜子儿，三个小手指跷得高高的，小手在唇边轻轻一拧，舌尖一点，喷香的瓜子仁儿就落进红润的小唇里。一粒接一粒，张秀玉嗑得很悠闲。她一边嗑着瓜子儿，一边注视着陈九。陈九留着寸头，穿着崭新的绸布褂，在灯光的照射下，显得潇潇洒洒、利落精明，带着新郎的味儿。张秀玉觉得这个高大的男人有一种神秘劲儿，这种神秘是一种力量，挺吸引人。

张秀玉放下手里的瓜子儿，擦擦手，起身走到陈九的身后，越过他的肩头望着礼品单，望着望着扑哧一声笑了。她拍着陈九的肩头说："正阳街上那几户大买卖家，出手真大方，到底是有钱人家不小气。"陈九用手指点着那几户大商号名下的礼金数，长吁了一口气，冷笑着说："你以为他们甘心出血呀，别看他们表面上笑嘻嘻的，他们巴不得宏发祥明天早上就垮台。这条街上每一个人的心都是黑的，他们送来大把的钱是怕我，他们让我欠他们的人情。"

张秀玉不以为然。张秀玉说："我看人家一个个慈眉善目的，不像你说的那样青面獠牙。"

陈九说："你们女人懂什么，女人不会做买卖，不懂生意场上无父子。女人只会打扮自己。"

张秀玉嗔怪起来，不再说话，回到床上又开始嗑瓜子。嗑着嗑着也不耐烦了，张秀玉躺下来，举起白嫩的胳膊，高高地往嘴里扔瓜子儿。她扔得很准，扔一粒嗑一粒。刚才嗑的瓜子皮儿，她都放在花手帕里，这会儿小嘴一噘，就吐到了地板上，嗑一粒吐一口，一会儿就吐得满地开花，都是瓜子皮儿了。

陈九看着账单儿就发起火来，说：“这个沈中和在搞什么名堂，这几个月我就觉得他眼神儿不对，我得提防着他，他也是个小人，谁也别想瞒过我。”

二太太张秀玉听着就生出委屈来，说：“你心疼钱了，钱花多了后悔了，坐在那里乱咬人。”

“我娶得起太太就不怕花钱，但我得心中有数，我花每一笔钱都要心中有数，我不花冤枉钱。”

“今天是什么日子！你要是把那些账目当新娘，我就离开陈家，别忘了我是你明媒正娶的二太太。”

陈九这才抬起头来。灯下观美人儿，张秀玉红着脸嗔怪的模样十分娇媚。望着在身边的尤物陈九就笑起来，“你着急了，这种事女人着急没有用，得男人着急才行，你又不是不懂。”

陈九放下账单站起来，他走到床前对张秀玉说：“你把衣服脱下来。”张秀玉乖乖地脱掉睡袍，露出了红裤衩和红兜兜。陈九摇摇头说：“全脱下来，一件也不留，做这种事不能穿衣服，碍手碍脚的没意思。”

张秀玉脱光了衣服有点无地自容，她抓过软缎鸳鸯被盖在身上，陈九掀掉被子说：“我说过什么也不要，就要你光着身子躺在我面前。”

张秀玉害怕起来，她觉得这个陈九真是一个魔鬼，他让别人为他存在而他却肆无忌惮。张秀玉事先准备好的话都用不上了，由于恐惧脸涨得通红，说话也急促起来，慌张中竟然脱口而出说："陈九你不要以为我是黄花姑娘。"

陈九开始脱自己的衣服。陈九一边脱衣服一边冷笑说："你以为我是傻瓜，我什么都知道。记住你以后不要把我当成傻瓜，把我当成傻瓜你就是傻瓜。"

陈九慢慢地脱着自己的衣服，说："我不管你以前和谁睡过觉，我不管！我真的不管。但你做了陈九太太你就不能再去碰野男人，我知道你去碰野男人我就会杀了你。"

陈九脱光了衣服并不急于上床。陈九拍着汗渍渍的身子说："但是你要知道，我不能放过那个睡过你的男人。他要再捡我的便宜，我叫他遭报应。"

第七章

一个月后的一个晚上，断了小拇指的赵小品突然出现在舅爷家里，谁也不知道这期间赵小品上哪儿去了。他来舅爷家时穿了一件蓝绸布长袍，戴一顶礼帽，人消瘦了许多，摘下帽子看时，头发也剪短了。他铁青着脸，坐在舅爷的对面，一支一支吸着烟，那淡蓝色烟雾就把他缠绕了。

舅爷好静，不愿住楼房和大杂院，就住在独门独院的砖瓦房里。舅爷的房间大，窗户开得也大，缕缕的蓝色烟雾从窗户飘散出去。舅爷吸水烟袋喝浓茶，喉咙里发出呼噜呼噜的声响，分辨不出是水烟袋作响还是茶水作响。舅爷说："你回来就好，不就是为一个女人吗？何必动这么大的肝火。"

"不是为女人，我咽不下这口气，陈九没安好心，还有水性杨花的秀玉。"

"还是为女人不是？酒色财气要缠住男人一辈子，谁也逃不掉，想开点就是了。"

"我就是想不开，没有公道我就杀人。"

"杀谁？杀陈九吗？亏你也是在生意场上混了十几年了。陈九是谁？正阳街上的买卖人家看不起他，却只能在肚子里打算盘。生意场上就是这么回事，胜者王败者贼你不服不行。"

"都是七尺高的男儿谁服谁，服他什么？服他欺男霸女？服他巧取豪夺？还是服他黑道上的生意？这世道就是杀气腾腾的世道，我为什么就任人宰割？"

"小品你还是太嫩，舅爷也是一把年纪的人了，人世间什么事没看透。按理说你占了黄花姑娘已经是捡便宜啦，你对张秀玉不能明媒正娶，不会有好结果。张秀玉是个女人精，女人太精了不是好事，女人太精了是祸水。我这话先搁到这，你将来看，陈九有栽到女人手里的那一天。"

"舅爷你年纪大了没了锐气，你这话是自欺欺人，陈九听了会笑掉大牙的。"

舅爷喉咙里呼噜了一阵说："小品还轮不到你来教训我。你小子是鬼迷心窍了。你有了福隆泰就算有了一份家业，你还是好好经营你的买卖，把福隆泰发达起来。你孝顺爹娘不肯把老婆孩子接出来，舅爷就做主再给你办一个女人。你年纪轻还有前程，不像我老了，土埋半截都闻到泥土的潮气了。"

赵小品望着那嚅动的嘴和一翘一翘的山羊胡子，对舅爷的话充满了反感。他想舅爷当年也是闯关东打天下的汉子，怎么身上有股子发了霉的旧麻袋味。房外的杨树叶子哗哗响起来，筛下许多细碎的月光，屋子里格外安静，舅爷半闭着眼，他可能也为自己的话伤感。

赵小品憋了一肚子火气没有撒出来，他望着眯缝着眼睛的舅爷，突然提高声音说："我要杀人！"

舅爷也不睁眼，他摆摆手说："你没有缚鸡之力就想杀人，这世道不是谁都能杀人。我知道你小品，你八字里就没有杀人的凶气。"

赵小品说："舅爷你知道这些天我干什么去了？我是去学杀人去啦，当兵投土匪我都干，只要出了这口冤气，我豁出去了。"

舅爷摇着头说："你不行就别逞能。"

赵小品说："我行。"

"你不行。"

"我行。"

"我说你不行就不行。"

"我说行就行。"

舅爷说："小品你记住我的话，把福隆泰发达起来，不要再为一个女人拼命。舅爷在这个世道上混了这么多年，也快成人精了。舅爷这一辈子不信命，不服命，但舅爷心里明镜似的，人最怕自己。人要是毁也毁在自己手里。三个好汉打不倒你，你心眼一歪就自己先倒下了。舅爷这话先说到这里，信不信由你。"

赵小品说："舅爷你是老人参，我是树杈子，掐尖打杈我也要疯长。"

赵小品胸腔里的怨恨已经积成一团，冲不开，打不散，化不了，憋闷得难受，便整日借酒浇愁，也无心去照料生意。

这天一大早，赵小品就端起了酒瓶，坐到饭桌前喝了起来。他喝了一杯又一杯，一边喝酒一边想着心事。平日都是张秀玉为他做饭，陪他吃饭，和他说闲话儿。如今人去屋空，这心又疼痛起来。他一杯一杯地喝着，一会儿半斤酒就下了肚。他酒兴未尽，正想抬屁股再去拿酒，耳边听到唰唰拉拉的声音，一抬头见一团粉红色的影子出现在桌前。他以为自己喝醉了酒，定神一看是张秀玉，穿着一件粉红旗袍儿，正怔怔地望着自己。

两个人互相凝视了好大一会儿，赵小品才打着酒嗝儿，粗着嗓子搅着舌头问："你怎么来了？"

张秀玉说："我怎么就不能来？我来看看你。"

赵小品说："看什么？有什么好看的，看了这么多年了早看厌了吧。"

张秀玉垂下眼帘，眼泪就从那长长的睫毛中间滚落下来。她一只手抓着手帕捂嘴，另一只手去拿桌上的酒杯，说："你别喝了，你都喝醉了。"

赵小品抢先抓起酒杯，把杯中的残酒仰脖倒进嘴里，把酒杯放到桌子上说："你已经是陈家二太太了，还来干什么？陈九怎么能放你回来？"

张秀玉用手帕擦着眼泪，然后坐到椅子上，说："这是我的娘家，我怎么就不能回来？我做他的太太又没有卖给他做丫头，就是做丫头也得让人有家呀。"赵小品冷冷地说："果然做了太太见多识广，道理也懂得多了，人也开通了。"说到疼处，张秀玉脸色变了，眼圈又红了，慢慢低下了头。她绞着手帕半天才抬起眼睛说："你的手好了没有，快让我看看，我一直惦记着你的手，心都要疼死了。"

赵小品听她提到他的手，就把那只伤过的手放到了背后。张秀玉站起来，嘴里说着让我看看，让我看看，就绕到赵小品的背后去抓他的手。见赵小品小拇指的刀口已经封好，光秃秃的半截手指很难看。握着这半截手指，张秀玉的眼泪又掉下来，她口里念叨着"你何苦呢，何苦呢？"就低下头用湿润润的红唇去亲吻那光秃秃的手指。

赵小品把手抽回来，说："你是陈家的人了，就不要再这个样子啦。事过境迁，你是你，我是我，情分一了百了，谁也不欠谁的了。"

张秀玉瞪着泪眼，扑闪着长长的睫毛，又去抓赵小品的手，顺势跪在地上，把头伏在他的腿上，扭着身子说："我知道我对不起你，你要是嫌弃我就撵我走好了。"

赵小品闭上了眼睛，他又闻到张秀玉身上那熟悉的香气，听到她娇嗔乖张的话语，想起往日这个娇美女人的种种温情，心就软了。他叹了一口气，抚摸着她的烫发说："秀玉，你从我身边离去嫁给陈九，我真的咽不下这口气。"

张秀玉眼泪汪汪地说："你要我怎么样？我又能怎么样？你娶不了我，我总得嫁人，总得有个归宿。"

"你从我身边走了，我受不了，一想到你睡在他的床上，就想杀了他，男人都这样。"

"要杀他就先杀我……"

"你心疼他了，心疼你丈夫了。"

张秀玉站起来，说："不，他这个人人高马大，中看不中用，男人的家伙不好使，只是个摆设。"

赵小品狐疑地望着张秀玉，猜不透这话是真是假，张秀玉把嘴凑到他耳朵边说："我给你生个儿子，将来让陈家的财产早早晚晚姓了赵。"

赵小品摇摇头，冷冷地说："我不稀罕他那黑钱，我嫌他那钱有腥味。"他搂着张秀玉那软绵绵的身体，不免冲动起来，他亲着她的眼睛、鼻子、嘴唇，喃喃地说："我只要人，要你留在我身边。"他抱起张秀玉，他们缠绵在一起，向床边走去。他刚把张秀玉放到床上，就听到了敲门声。两人喘着气，对视了一下，张秀玉翻身下床，整理了头发和旗袍去开门。

进来的是宏发祥小伙计滨生。他怯生生地站在那里，两眼望着脚尖说："二太太，陈掌柜让我来接你回家。"

张秀玉不快地问："有事吗？"

滨生低着头说："没事，陈掌柜说你该回去了，他说你不能在这儿待久了。"张秀玉火了，她说："什么叫不能待久了，我回娘家还没有坐一坐，就催命似的往回叫。我还有话要跟我姑父说，你先走吧。"

滨生不说话，只管低着头站着。

"我是你家二太太，连我的话你都不听，还等什么。"

"二太太千万别生气，你得体谅我们下人的难处，我在宏发祥吃劳金，不敢不听陈掌柜的吩咐。陈掌柜的脾气你也知道，你千万别拿我们出气。"

"畜生，陈家上下都是畜生。"张秀玉气得脸通红，眼窝里
又含上泪水。她对滨生说："我不回去又能怎么样？你一个小小
的伙计，也知道拿陈掌柜压着我。你滚，你快滚！"

福隆泰杂货店开在五道街，离正阳街口不远，也是个繁华去
处。这天，福隆泰的伙计下了门板，开门营业时，见道边上围了
一群人，伙计看不清里边有什么热闹，但听见有人打竹板。伙计
想今天有好戏看了，商业街上常有流浪艺人和乞丐献艺讨钱，名
曰讨吉利，不乏有精彩的段子让人开心。伙计不敢离开门市去看
光景，便准备下零钱，守在门口等热闹。

被围在圈子里的是一老一小两个乞丐，破衣烂衫，蓬头垢
面，老乞丐拿了两片哈拉巴，嘭嘭地敲着，小乞丐一套大小竹
板，在手上上下翻动，竹板打得娴熟，左右开弓，有板有眼，噼
啪噼啪噼噼啪！嘴里念念有词：

> 哈尔滨，大商埠，
> 都市繁华好去处，
> 哈尔滨，有几多，
> 听我从头给你说：
> 市面流通卢布多，
> 道里南岗毛子多，
> 挂洋旗的领事多，

带花园的洋房多，

烧香拜佛教堂多，

冀鲁来的难民多，

五花八门报纸多，

饭馆酒店啤酒多，

正阳街上买卖多，

中外开办银行多，

街上走的美人多，

进了店铺笑脸多，

有钱人家老婆多，

穷人身上虱子多，

先生你给赏钱多，

多子多孙富贵多。

　　小乞丐伶牙俐齿，油嘴滑舌，脑袋瓜儿转得飞快，见啥说啥，表演得十分卖力气。说完就给大家鞠躬，然后笑嘻嘻地望着众人，露出一口整齐的小黄牙。有人听得高兴就叫好，有的往地上扔钱，也有的抬脚就走了。

　　老乞丐嘭嘭地敲着哈拉巴，有点心不在焉。他眯着挂着眼屎的老眼，四下寻找着。这两个乞丐是花子房派的差，专门来闹门市的。花子房拿了人家的钱，替人找仇家捣乱，轻者让买卖家几天做不得生意，重者也有闹出人命的……这时赵小品刚从家里出来，无精打采地走过来。他没有注意到人群，也没发现乞丐，木木讷讷地进了福隆泰。

老乞丐眼睛毒，一眼认出了赵小品，便嘭嘭地敲起哈拉巴，挤眉弄眼地吆喝小乞丐说："干儿子，财神爷来了，该咱们上香了。"小乞丐机灵，一抬头看到了赵小品的背影，眼睛倏地一亮，就忙着哈腰拾钱，收拾摊子准备敬真佛了。

老乞丐问："干儿子有胆不？"

小乞丐答："有。"

老乞丐问："骨头硬不？"

小乞丐答："硬。"

老乞丐问："舌头利索不？"

小乞丐答："像粉条儿似的。"

老乞丐问："缺钱花不？"

小乞丐答："不缺钱花跟你老干啥来啦？"

老乞丐说："你小子有种，那就上！"

小乞丐说："上！"

这一老一小前脚后脚来到福隆泰门前，看热闹的人群也呼啦啦地围了过来。

嘭嘭！老乞丐打着哈拉巴说："干儿子，今天是赵掌柜发财的日子，我们来福隆泰烧香拜佛得听我的。"

小乞丐说："听你的。"

嘭！

"一不能藏奸！"

"不能藏奸。"

嘭嘭！

"二不能耍滑！"

"不能耍滑。"

嘭嘭嘭！

"三要卖点子真力气！"

"咱就不缺真力气。"

嘭！

"小子就看你的啦！"

"没说的，干爹你点折子。"

嘭嘭！

"咱今天不点折子。"

"不点折子怎么唱？"

嘭嘭嘭！

"咱爷儿俩今天露点真本事，胡诌顺口溜。"

"好，顺口溜就顺口溜。"

嘭嘭嘭！

"各位！这顺口溜要是溜得好，就赏我们个脸儿叫好。这顺口溜要是溜砸了，各位就别客气，把我们爷儿俩脸皮撕下去喂你们家的狗。"

"慢着点干爹，你那老脸不要我这小脸嫩脸还要呢！"

嘭嘭嘭！

"你要知道你那小脸嫩脸，就卖点真力气给各位好好溜着。"

"瞧好吧干爹！"小乞丐抖了抖烂袖子，扬手打起了竹板，脏兮兮的小脖子伸得细长，眨巴着黑亮的小眼睛，张嘴就数落起来：

　　裤裆街，桃花巷，
　　哈尔滨的娘们有多浪，
　　荟芳里夜夜压塌炕；
　　你捧夜来香，
　　他捧夜来香，
　　夜夜香夜夜来，
　　气得太太砸了梳妆台。

好！看热闹的人不怕热闹大，见小乞丐口齿伶俐，又肯卖力气，便发出一片叫好声。围观的人越来越多，把福隆泰围了个水泄不通。

赵小品刚在账房坐下，恍恍惚惚地听到外边的叫好声。他心烦意乱，无心看这些杂耍，把刚沏好的一杯茶顺手泼在地上，气呼呼地走出账房，敲打着柜台，吩咐伙计们赏钱，打发他们快走。

伙计们本想看个光景，听个热闹，回头一见赵小品脸色不好看，便收起笑脸从钱匣里抓出一把角子，扔到老乞丐的破兜子里，扬扬手让他们走人。

老乞丐收了钱，也不谢礼，也不走人，他敲着哈拉巴对小乞丐说："干儿子你这顺口溜溜得不错。"

"各位先生捧场，我这脸是保住了。"

"可赵掌柜的脸色不好，他不大高兴。"

"这得看你的啦，干爹。"

"看我的？"

"看你的。"

"好，看我的就看我的。"

老乞丐嘭嘭地敲起哈拉巴，哑着嗓子又数落起来：

赵掌柜的你发财，

爷儿们今天上门来，

卢布官帖大洋票，

你给多少我都要。

赵掌柜的你别恼，

天下公平无处找，

有钱人家酒肉臭，

穷人街头当死倒。

赵小品刚想回账房，见乞丐赖着不走，又听老家伙一段敲门调，品出味道不对，这是花子房里的人出来闹市。他皱起眉头走到围观的人群前，拱手抱拳说："小号店面小，做着小本生意，望各位见谅，给开条路，都散开吧。"

看热闹的人听赵小品一说，大多都走散了，也有人看出门道，知道今天有戏可瞧，也不走远，溜到一边观察事态发展。剩下两个乞丐，不慌不忙地站在那里，那哈拉巴不时发出击节的声音。

赵小品说："二位有什么过节就挑明了说，缺吃缺穿一句话，干什么跟福隆泰过不去？"

老乞丐挤着带眼屎的眼睛，拉长声音说："赵掌柜你别破费，你是马失前蹄，虎落平川，该着倒霉了。实话实说，我们爷儿俩是奉了帮会的差，专门伺候赵掌柜，给福隆泰挑眼来了。你是明白人，这可怪不得我们。"

"小号什么时候得罪了花子房？"

"我们是小鬼，罚香的是佛爷。"

"谁是买家？"

"无事不登三宝殿，你赵掌柜没病也不怕鬼叫门，撞了哪路邪神，赵掌柜心里没数吗？"

赵小品摇摇头，想不出得罪了谁。

老乞丐退后一步，抖动着膀子，伸长了脖子，扯着哑嗓唱起大口落子，他唱：

> 叫声公子听我言，
> 花花世界有险滩，
> 走逆水儿千帆过，
> 走顺水儿过千帆。
> 人家的花枝儿不要占，

人家的美女不要贪。

盼只盼，

奴家盼你全榜挂名好团圆。

赵小品听着脸色骤变，脖子上的青筋暴起，牙齿咬得咯咯响。他猜出来是陈九在捣鬼，在算计他。"妈的，简直欺人太甚。"他搓着手，像困兽一样在店堂里来回走着，转了两圈，又站到了老乞丐的面前。他用手指点着老乞丐的鼻尖说："既然是花钱买差，我也出个价，给你们钱你们去闹陈九，去闹宏发祥。

"敢不敢？"

老乞丐说："对不起赵掌柜，花子房有花子房的规矩。我们爷儿俩是小花子，听使唤的，做不了这个主。"

赵小品厌烦地说："你们就不怕我手下的伙计们把你们揍扁了。"

老乞丐嘭地敲了一下哈拉巴，笑嘻嘻地说："两国交兵，各为其主，死伤无怨。"

赵小品啐了一口，回身向账房走去，他冲两个伙计摆了摆手，两个伙计就上来往外推乞丐。老乞丐扭着身子，笑嘻嘻地说："别推别搡，要饭花子是皇上。推搡真龙天子要烂手的，你们就不怕烂手爪子吗？"

小乞丐上来护着老乞丐，被老乞丐推到身后。他们也不恋战，不等伙计们动手，就撤出福隆泰的前堂。他们坐到马路边的道牙子上，脱下那破烂的衣裳，露出光膀子，一边晒太阳一边抓虱子。夏日的阳光和懒散的心境使他们无比惬意，他们不得不抵制着阵阵睡意，强支着眼皮儿，观察着福隆泰门前的动静。

这年夏天，市场萧条已见端倪，各店铺的生意都不好做，福隆泰的买卖也日渐清淡。一个穿长衫的年轻伙计，挽着雪白的袖口，站在门前招揽生意。见有人路过就大声喊："先生买点什么，进屋看看相中了给您打八折啦！"

这时有两个穿布拉吉的毛子娘儿们进了福隆泰，伙计立马笑脸迎了上去。伙计会说几句俄语，像个跟屁虫似的跟在毛子娘儿们身后，一边嘟噜着一边比画。一个高个子，长了一对大奶子的娘儿们相中了一条兔子毛的头巾。她显然是被伙计蹩脚的俄语说得动了心，拿在手里同伙计讨价还价。在门外的老乞丐看在眼里，一挤咕眼，两个人就跳了起来，小乞丐一扬手，噼噼啪啪打着竹板就进了店门。竹板声惊得毛子娘儿们回了头，呆呆地望着他们不知所措。小乞丐围着毛子娘们转了一圈，大声数落：

奶子大，屁股圆，
玛达姆怀里揣洋钱。
嘴唇红，眼睛蓝，
养活孩子像猴猿。

小乞丐光着膀子，瘦弱的脏兮兮的身躯，散发着酸臭味。两个毛子娘儿们不懂中国话，更不知道他要干什么，吓得尖叫起来，扔下兔毛围巾往后躲。气急败坏的伙计用身体护着她们，一边像驱赶苍蝇似的挥着手往外赶小乞丐。老乞丐披着那件破烂褂子，迎在门口不失时机地放了一个响屁，响屁臭气熏天，毛子娘儿们捂着鼻子夺路而逃。老乞丐抖着裤子哈哈大笑，哈拉巴在手里嘭嘭直响。

整个上午，福隆泰一笔生意也没做成。伙计们哭丧着脸向赵小品诉苦。赵小品恨得咬牙切齿，中午时分，铁青着脸离开福隆泰，向正阳街走去。

下午来了两个穿黑制服的警察。警察喝得红头涨脸醉醺醺的，一边剔着牙，一边用警棍点着老乞丐的脑袋说："哎，起来起来，又没有地方吃饭啦，想进笆篱子是不是？"

老乞丐拨愣着脑袋说："光棍一条，在哪儿都是仨饱一倒，一个人吃饱了全家不饿。"

"妈拉巴子，浑蛋！"警察抡起警棍，一棍子将老乞丐打倒在地上，两个警察一起上，棍打脚踢，把两个乞丐打得屁滚尿流，落荒而逃。

其实福隆泰的劫数刚刚开始。

第二天，当福隆泰的伙计打开门板的时候，呼啦啦拥挤进来十几个要饭花子，有老的，有小的，都是蓬头垢面，衣服褴褛，浑身上下散发着酸臭味。他们涌进店堂就大喊大叫，要买天上飞的，地上跑的，凡是福隆泰没有的他们都要。他们掏出大把的钱拍打着柜台，大声喊："怎么着，怕大爷不给钱怎么的？要啥没啥……开得起店就开，开不起店就卷铺盖卷滚蛋，哈尔滨这商埠不是谁都待得住的。"他们满嘴脏话粗话，随地吐痰，用手擤鼻涕，随便把鼻涕抹在柜台上、货架上，甚至抹到他们能够得着的商品上。这可苦了两个伙计，他们跺脚顿足，急得团团转，顾了这头顾不了那头，赶走了这个又进了那个。一个乞丐买了条女人穿的花裤衩，挂在外边的门板上。另一个乞丐买了一个脸盆，在门外乱敲着，一边敲一边喊："福隆泰大甩卖啦！五折大减价！"昨天打竹板的小乞丐也来了，脸上青一块紫一块的，左眼被封死，眯成一条缝，他站在门口噼噼啪啪打着竹板：

> 福隆泰太坑人，
> 赵小品他黑了心……

福隆泰像炸开了锅，买卖做不成，左邻右舍的商号也被搅得一团糟。大家叫苦不迭，抱怨福隆泰得罪了人，给大家都带来晦气。

当伙计飞跑到富春堂大院，把这消息报告给自斟自饮的赵小品时，他被气得吐血，脖子上的青筋暴跳，眼白充着血丝，用拳头擂着桌子大骂："我操你祖宗陈九，你要赶尽杀绝呀！"

伙计跺着脚在一旁说："赵掌柜你快想办法，福隆泰就要被他们毁了。"

赵小品气呼呼地说："我还要福隆泰干什么，我什么都没有了，我还怕毁了福隆泰吗！我要和陈九对命，我不信他陈九能活两次！"

"赵掌柜你在气头上说气话，我们总得想法子把叫花子赶走，要不我们就没有脸在五道街待了。"

"我有什么好办法，你去买几把刀把他们都杀了，杀了那帮无赖我去抵命。"

"赵掌柜你去找找舅爷，舅爷总会有办法的。"

"我谁都不找，他们不毁了福隆泰，我还想毁了它呢！"赵小品跌坐在椅子上，拿起桌子上的酒杯，一口干了，又抓起酒瓶斟满了杯说："我谁都不找，让他们毁去，省得我去动手了。"

乞丐帮会的人在福隆泰搅和了两天。他们在门前安营扎寨，大碗喝酒，大块吃肉，就地掏出家伙撒尿，苍蝇嗡嗡叫着乱成一团，行人都躲得远远的，掩鼻而过。第二天福隆泰没有开板，他们索性盘踞在福隆泰门口，一副长住不走的架势。

五道街看到那场肉搏的人都记忆犹新，多少年后说起来都心惊肉跳。那天下午三点多钟，人们能说出准确时间是因为每天那个时候正是邮差送第二次信的时间。那个年轻的邮差把最后一个邮包送到主人手里，走出五道街口的时候，听到正阳街口有咚咚的异常的脚步声，他抬起头来发现十几个山东大汉迎面跑过来。有人认出他们是北七道街码头脚行的人，邮差向墙根躲了躲，还是险些被撞倒。

脚行来的大汉什么都没说，一声呼哨就冲进乞丐群里开打。开始乞丐帮会的人仗恃人多，手里还有家什，还厮打了一番。一个瘦猴般的乞丐见一个大汉扑向他，慌得从腰里拔出刀子，大汉一愣神忙做出防守的架势，谁知那瘦猴子般的乞丐并不进攻，而是用刀子扎自己的大腿，见流了血就扔下刀子，躺倒在地嚎叫起来。那大汉明白碰到花子房里不要命的无赖，便大叫一声，骂了一句"娘的"，就扑上去像抓小鸡似的抓起他，一顿拳脚把他打得嚎叫不出来了才放手。

后来就是一面倒的阵势，半条街都听到拳打脚踢在人身上发出的噗噗的响声，还有受伤人的嚎叫声和讨饶声。

小乞丐腿脚灵便，一发现冲上来的脚行的大汉，拔腿就跑，他被人踢了一个趔趄，就势一个滚翻爬起来又跑。小乞丐正跑着，听到背后老乞丐的一声嚎叫，一个脚行的工人一棍子打在老乞丐的肩上，老乞丐倒了下来，那大汉又上去踢了他几脚。

小乞丐见状忙返回去，他用头去顶那大汉，他身单力薄根本动摇不了大汉的身躯。那大汉一扬手，把那手中的棒子划过来，杵到小乞丐的左眼上。小乞丐一声惨叫，忙用手去捂眼睛，血从他的手指缝里流出来，小乞丐一抬手眼球掉了出来……当乞丐们都被打得伤的伤，逃的逃，脚行的一个大汉，抓住乞丐帮会里的一个小头目，把他的胳膊往上一推让他脱了臼。大汉对龇牙咧嘴的小头目说："今天算便宜了你们，留你们一条小命。下次你们再敢捣乱，让你们脑袋搬家。记住没有？快滚吧。"

听说是山东会馆的人出头请脚行的朋友帮的忙，赶跑了乞丐。当双方都撤出战场时，马路上到处是丢弃的破鞋、帽子、哈拉巴和几摊发着腥气的血迹。乞丐帮会的人损失惨重，几乎人人挂花。有人丢了一只眼睛，有人被打断了腿，还有一个因为伤势过重，当天晚上在花子房里咽了气。

第八章

陈九非常沮丧。

陈九沮丧的时候就想起了黄先生。陈九和黄先生交往多年，知道黄先生是敦诚可靠的人。陈九在商场上厮杀，几乎没有什么朋友，也许因为是两个行当上的人，陈九和黄先生颇有些交情。

黄先生家在南勋街的一个大院里，住在三楼上。进了大院要上很陡的楼梯，弯曲回转，上了一层又一层。黄先生门前的走廊上摆了不少的花盆，养了许多让陈九叫不上名字的花，赤橙黄绿青蓝紫，充满了勃勃生机。花盆摆在露天处，花瓣和枝叶上充盈着水汽。陈九想这世上真的有闲人花闲心闲时间，来伺候这些花红柳绿的闲玩意儿……黄先生家居清静，儿女都不在身边，黄太太年纪大了，吃斋念佛，家里雇一个佣人，黄先生平日只能和这些花儿打交道了。

黄家住着四间屋。黄先生有自己的书房，书房里有几个黑漆木书架。架上除了本草、汤头和中医秘籍外，也有几部线装经史子集。陈九从来不屑于这些死气沉沉的泥坯一样的东西，他来黄家从来没正眼瞧过它们一眼。他觉得这世界上再也没有比这散发着霉味的发黄的废纸更无聊的了。

陈九坐在黄先生对面的椅子上，他盯着黄先生的脸，突然说了一句："我不行了，我真的不行了。"

黄先生先是一愣，但是作为老中医的他立刻会意了。黄先生笑道："陈掌柜你血气方刚，除了山上的老虎，没有再比你更强壮的了。娶了二太太你累坏了。什么事都不要过度。"

"我真的不行了。"陈九拍着自己的裆处，"我精气不足，在女人面前提不起神来，像霜打的茄秧似的。"

陈九讲起他和二太太张秀玉的新婚之夜，他上床搂住了如花似玉的二太太，突然感到自己不行了。一桩美事竟然没有做成，这是他从来没有过的经历。

黄先生就严肃起来。黄先生让陈九伸出腕子给他把脉，把过脉又看他的眼、唇、舌。

"陈掌柜你没有病，你还不足四十岁，男人这个年纪是黄金。看到大街上拉马车的大洋马了吗？它们的毛皮油黑油亮，每个毛孔都散发着力气，怎么会不行了呢？"

"我不行了，你还说我没病。"

"你真的没病，血气太旺，心气太足，用心过量了，在女人面前就提不起神来。"

"不对。"陈九摇着头说，"黄先生你说的不对，皇上心气足不足？他用心大不大？他有三宫六院七十二嫔妃……我真是不行了。你别不当真。"

"陈掌柜你要是信得过我，就听我的话。我不用给你开方子抓药，男人这种毛病最好的药物是女人。你家二太太我是见过的，是个美人坯子女人精，调理好二太太，保你百病全除火力旺盛。"

黄先生讲了男人肾虚精亏的种种原因。黄先生讲得自己有些口渴。黄先生口渴的时候才想起没有给陈九上茶，就喊佣人给客人上茶。

陈九说："我不喝茶，只要没病就好，没病我就走了，我还有事。"

陈九说走就走，陈九说走的时候人已经走到门口。在门口他又回过头来说："大太太这几天身体不大好，她请你去给她瞧瞧。女人真是太麻烦，三天两头得麻烦黄先生。"

黄先生忙着站起来送客，他发现陈九走路竟然有些驼背，双肩也不像往日那样端着，就笑着说："知道了，知道了，陈掌柜你娶了二房太太就这个样子，你可要注意呢！"

陈九带着对自己行与不行的满腹疑惑离开了黄先生家。他百无聊赖地走在街上，对自己新婚之夜在床上的失败深感沮丧。沮丧的结果就是他要报复赵小品。他听说乞丐帮会的花子和北七道街码头脚行的人发生格斗，最后乞丐帮会的人吃了亏。谁吃了亏陈九都无动于衷，问题是福隆泰被搅得关了门就是胜利。但是，现在对陈九来说一个男人打败另一个男人已无关紧要，让他感到耻辱的是一个男人败给一个女人，这打击对他太大，以至于这几天他都没有勇气去碰一碰张秀玉。

陈九从南勋街往西走，到了头道街口，站在天丰涌门前，一时没了主意。陈九平日忙碌惯了，闲暇一刻竟不知怎样消遣。往前有一个街口是桃花巷，街面不宽，两边是比肩的楼房，有几家经营鞋帽的店铺，夹杂着烟馆、赌馆，巨源就在这条街上。从这儿往南是裤裆街。小街弯曲，中间分开两条岔巷，像劈开的两条腿，就起了这么一个招揽的街名。巷子口有一个水楼子，深处挂满了饭馆幌子，看上去红得耀眼。进了裤裆街再往里拐，有一片低矮的平房。从一条窄窄的夹巷进去，里边是散杂的下等妓院。陈九平日不抽不赌，很少涉足烟花柳巷。他想起在这条窄巷深处，那个他交往过几次的女人。有一次去澡堂烫澡，陈九在镶着"身有贵恙休来浴，酒醉年高莫入池"瓷砖烧制的对联的池塘里，裹着弥漫的蒸汽把周身泡个通红，又倒在躺椅上让澡堂伙计搓个通身透亮。这一泡一搓，把身上的晦气浊气排泄一空。在商场纷争中疲惫不堪的陈九常用这种方式调节自己。望着那些赤身裸体的男人，陈九少了一些人生的戒备。

　　那天他在澡堂的过道上碰见了双丰和掌柜孙殿臣。孙殿臣刚从热气腾腾的浴池里出来，身上散着热气，水珠在他那白里透红的皮肤上滚动着，他一边走一边用毛巾擦脸上的水。孙殿臣长了一个女人一样的大屁股，肚子挺得滚圆，只是胯间那个男人的家伙太小，像是秋天剩在树枝上的一颗瘪枣，夹箍着不动声色。这让陈九感到可笑，他拍着孙殿臣滚圆的肚皮说："孙掌柜好一副富贵相，你福气财气运气都装到这肚子里，你那家伙都抽缩没了。"

孙殿臣哈哈大笑，亮着嗓门说："哪里哪里，我是草包肚子囊囊膪，不比你陈掌柜，处处显得精明。"

他们来到陈九的雅间喝茶。单间用板壁隔断，上半截是透空格眼，门口挂着半截白布帘，两张窄床中间有一个茶几。孙殿臣喝着茶水问："陈掌柜有兴致，常来烫澡？"

陈九蹙着眉头说："日子过得心烦，肚子里憋的尽是邪火，多烫几次，省得憋出病来。"

孙殿臣说："宏发祥生意兴隆，陈掌柜你财大气粗，还这样心烦意乱，我们这些小字号哪还有活路呢！"

陈九躺在床上，身上搭着一条被单，说："人这东西，没了想有，有了想多，多了就腻，腻了就烦。我也不知道怎么总不顺心！"

孙殿臣笑嘻嘻地说："我懂。这个世界让人发疯，就像人在赌场上，赢了发疯，输了也发疯。"他望着陈九，使劲眨着眼睛说，"陈掌柜我知道你为什么心烦，你应该找个女人，让女人给你泻泻邪火。"

陈九板着脸说："我不要那玩意儿，宏发祥的人不抽不赌不嫖，这是谁都知道的规矩。"

孙殿臣打着哈哈说："陈掌柜心大志高，经商有方，恨不得一统这里的天下。规矩由你来定，那些规矩是对下人的，你是掌柜……"

陈九笑着指着他胯下的那瘪枣一样的家伙说："孙掌柜你自己的家伙都抽缩得不中用了，心劲还是不小，心有余力不足了吧。"

　　孙殿臣哈哈大笑，他站起来，掀开陈九身上盖着的被单儿。陈九那高大健壮的躯体都裸露出来。陈九虽然步入中年，肌肉仍然发达强壮，只是肚子开始发胖，微微地凸了起来。胯间的家伙虽然疲软着，仍然硕大，像一枚熟透的大香蕉。孙殿臣说："陈掌柜你的家伙果然雄健，但男人这东西不以大小论英雄。"他用那肥大的手掌拍着自己胯间，笑嘻嘻地说："他娘的，别看闲时这副屌样子，用起来棒槌一样……我这个人没有别的嗜好，就是喜欢女人。不愿意娶三房四妾，那太麻烦。男人要是没有女人，就容易生邪火，像你这个样子。"

　　陈九说："你别胡说。"孙殿臣说："我不胡说，我干吗胡说？不信你就试试。"

　　后来孙殿臣就给他找来一个叫秋姐的女人。秋姐很年轻，额头齐着刘海儿，脑后垂着一条粗大的辫子，穿了一件干净的阴丹士林蓝布旗袍，人长得很白净，一双俊眼楚楚动人。陈九同她在旅馆里过了一夜。秋姐体贴入微，消融得陈九心平如镜，气缓如水。早上陈九起来后，披衣坐在床上，搂着秋姐腰肢说："跟我从良，做我的太太吧？"

　　秋姐像被烫了似的从床上跳下来，杏眼圆睁地说："陈先生你疯了，要娶我做太太？"陈九拉住她的手，又把她扯进怀里说："我有钱，我怎么就不能娶太太？想娶几个就娶几个。我把你娶到家里专门泻火。"秋姐说："我是妓女，我很脏，娶到家里新鲜两天就厌烦起来，再一脚踢出来。"

秋姐推开陈九，站起到梳妆台前，用手理着头发说："你出钱我卖身，这也是买卖。就像你买一件貂皮、一个狐领一样。千万别想什么娶太太，陈掌柜我看你是个精明人，怎么也昏了头。"陈九悻悻地说："你真是个小婊子，浪得心收不回来啦。放着太太不做，硬要做这种下贱的活儿。"秋姐说："没有你们这些臭男人哪有我们这些下贱女人。与其做太太眼睁睁看着你们出去找野女人，不如做个野女人活活气死那些阔太太。哪个合适？"

陈九嘻嘻地笑了，说："也好，以后我想气我太太时就来找你，行不行？"秋姐梳好头，站起来说："别提你们的太太，同样是女人，她们那么张狂，那么阔气，我就气不过。"

后来陈九才知道她的身世。当年秋姐的父亲病重，借了印子钱，利滚利成了无底洞，被迫沦落青楼。陈九动了恻隐之心，为她赎了身。当然他没娶她，被赎了身的秋姐也没谋新的生路，这使陈九感到沮丧。站在巷子口，他突然萌生出去看看那个女人的愿望。

在巷子口站着一个脏兮兮的女人，她死盯着陈九的脸问："先生你找谁？"然后就冲着巷子里大声喊："接客！"陈九不理睬她，径直往里走去。走着走着觉得异样，往日这里每扇门前都有倚门卖笑的女人，嗲声嗲气地招揽生意，有的还上来拉拉扯扯，如今静悄悄的，几个孩子在巷子里跳格子玩，用童声唱着：

天下太平，

正大光明，

红白黑蓝，

你输我赢。

突然，不知从哪儿钻出一个老头子，他仰着脸问陈九："你找谁……是找女人吧？"他咧开豁牙的嘴说："都走了，那些窑子娘儿们都走了。这儿的窑子都迁到十六道街圈里去了。街公所的警察，把她们都赶走了。你要是找老相好就到那旮旯去。"

陈九站在巷子中央发愣，老头子左右看看又压低声音，诡秘地说："你别犯愁，要是着急这儿也有女人，也方便着呢。"他推开一扇门，里边黑洞洞的，隐约晃着几个身影，老头子说："进去吧先生，里边什么样的女人都有，还有没开苞的雏儿。这是私窝子，便宜。"

陈九扭头退出小巷，站在巷口的那个脏兮兮的女人迎着他，盯着他的脸问："先生你走啊？送客！"

陈九在裤裆街上走进一家饭馆。早有跑堂的伙计迎上来，"先生几位？楼上有雅座。"陈九摇摇头，拣了一个靠窗的座位坐下来。伙计送上茶水、热手巾，然后递上菜单，候在一旁等陈九点菜。陈九也不看菜单，随意地点了红烧蹄筋和凉拌海蜇，要了二两一壶的烧酒。陈九看上去活得随心所欲，其实他对自己很节制，他痛恨父亲的酗酒，自己也从不贪杯。

伙计唱着菜名离去。陈九呷了一口茶就听到了楼梯响，抬头就望见了从楼上下来的两个人。陈九瞧着这两个人眼熟，随即就认出来了。真是冤家路窄，本想躲个清净，竟然在这儿遇上了他们。

走在前边的四十多岁，黑脸膛，高个头，浓眉大眼，留着分头，抹得油亮，梳得整整齐齐，穿一身白绸布对襟裤褂，白皮鞋，一副绅士派头。不知底细的人，谁也猜不出他就是手下有几百号要饭花子的头儿，外号叫挂灯的乞丐帮会的老大。后边跟着的那位瘦小白嫩，也是一身白绸布裤褂，迈着小步，走路的姿势像舞台上的花旦。陈九听说过这位老大有相公癖，就猜出这人的来历，便移开了目光。

老大挂灯也发现了陈九，拱着手笑嘻嘻地走过来，"陈掌柜好清闲，近来好戏连台，春风得意呀。"

"我是吃刨食的人操劳命，哪有你老大的福气，有几百人孝敬你。"

"你笑话我。"老大挂灯喝得有几分醉意，斜着眼睛说，"陈掌柜你笑话我，我替你摆平了福隆泰你还笑话我。"

"我给了你钱，这事儿两清了，我笑话你什么？"

"我手下的弟兄和码头脚行的人打起来了，一场恶斗，死了人你知道不？我正要找你，死了人开销大，你那几个钱就顶打水漂儿了。"

老大挂灯觉得遇上陈九就遇上了新买卖，就撞上了财神，索性坐了下来。跟在屁股后的花旦步就站在老大身后，手搭在老大挂灯的肩上，坦然地望着陈九。

陈九见回避不了，就冷冷地说："你拿了我的钱，理应替我消祸免灾，死了人是你们乞丐帮会的事，你养了一群废物还要我来替你喂食。"

"话不能这么说，我手下的弟兄们很卖力气，谁知道中间杀出来码头脚行的人，还有他们身后的山东会馆。死一个人要一千大洋的。"

"冤有头，债有主，你去找脚行的人要钱去。"

"脚行的人都是吃杠子头长大的，我们帮会的弟兄不是他们的对手，弟兄们咽不下这口气。"

"这我不管，我不管给别人出气。我们这笔买卖两清了，就别再来烦我。"

老大挂灯站了起来，斜着红眼睛说："陈掌柜你别过了河就拆桥，乞丐帮会的人也不是白吃干饭的。咱们交情归交情，买卖归买卖，弟兄们丢了命，你总得出副棺材板钱。"

陈九问："多少钱？"

挂灯说："二千，这对陈掌柜来说不算啥。小事一桩。"

陈九说："我的钱也不是风刮来的，不能用来打水漂儿。"

"你给多少？"

"二百。死个叫花子一领破席就卷走了，这个数就不小。"

"脚行那头儿怎么办，人就让他们白打了？"

"有这二百块钱再买十领席也够了，有十条命垫底，你怕啥？"

"陈掌柜你果然名不虚传，我老大挂灯不是你的对手，不过乞丐帮会弟兄的这口气我是一定要出的。"

老大起身要走，陈九喊住他，陈九冷笑地说："男人硬鸡巴不硬嘴巴，拿鸡蛋碰石头是让鸡断子绝孙。老大你好好想想，搬不动大山还蹚不过小河吗？"

老大愣怔怔地望着陈九，忽然脸上露出讪笑。他俯下身眼珠不住地盯着陈九脸上的表情。老大说："陈九我真得提防着你，你小子心比花子心还毒。"

陈九板着脸不瞧老大，陈九把目光移到跑堂的伙计身上，这时候跑堂的伙计笑呵呵地把菜端上来了。

乞丐帮会和码头脚行的人在五道街那场血腥的大格斗后，都扬言不肯罢休，福隆泰就再也没开过门。福隆泰掌柜赵小品气得卧床不起，病了好几天。这期间，码头脚行的人还拿了礼品看望赵小品，这使赵小品大为不安。躺在床上的赵小品说："我本来应该好好酬劳各位血胆弟兄，只是身体不争气，还劳各位来看我，真是过意不去。"

"看在舅爷的分上，这是小事一段。我们山东人在哈尔滨打天下也不容易，老乡要是不帮老乡，黄金都变糠。再说乞丐帮会的人也太可恶了，成了地方一害，脚行的弟兄早就憋足了一股气。"

后来赵小品好了，又到七道街码头上谢了脚行朋友。回到家，屋里空荡荡的，里里外外地走着，触景生情，不免想起张秀玉在时的许多温馨，心情又黯淡起来。

赵小品想起自己十六岁闯关东，十几年撑起小小的福隆泰，算是有了一块生存之地。父母在老家，一直由结发妻子侍奉，自己过着跑腿子的日子，有了张秀玉，有了这个绝妙的美人儿，才算有了那份亲情，有了人生的许多滋味。没想到半路上横杀出个陈九，活生生把张秀玉夺走。人生变幻莫测，真是不可思议。

　　夜深了，赵小品没有睡意，便在灯下独酌。夏末秋初，天气转凉，夜空散着寒气。白日上繁华热闹的都市，此时显得沉寂而荒凉。空旷的大街上没有人影，只有一个卖烧鸡的老人的吆喝声在街头回荡，那嘶哑的喊声融入夜幕就透出几分苍凉。呷着酒，晕晕乎乎中，赵小品先是听到院里有人轻声说话。富春堂大院里住着十几户人家，夜里大门上锁，外人是进不来的。一定是谁家的人晚归，家里有人等门。随后大院里又恢复了宁静，在这万籁俱寂中赵小品呷着酒，麻醉着自己。喝着喝着，赵小品突然感到不安起来，他朦胧预感到这宁静中酝酿着某种阴谋。他想起身去拉灭电灯，但他还没来得及动身，就听到玻璃窗哗啦啦一阵响，飞进半截砖头来，砖头落到床上，碎玻璃洒落了一地。

　　赵小品脑际轰地一响，血都涌到脑门上。他知道发生什么了，不由得怒火中烧，伸手抓起那把锋利的砍刀，嘴里骂着，趔趄着身子冲了出去。他拉开门时就听到楼梯踏板咚咚的响声，有人刚下楼，同时看到有黑乎乎的人影向大门洞跑去。他大喊一声，几步就奔到楼梯口。

　　赵小品对每天上下的楼梯十分熟悉，在黑夜中凭感觉他就能准确地判断楼梯台阶的高低。他想一步两个台阶或三个台阶地冲下去，他想尽快追上那个卑劣的家伙，他想发泄积在心中许久的愤怒。但当赵小品向楼梯迈下第一步时，他闪电般惊醒了，明白自己铸成了大错。他想做的一切都成了泡影。他跑得太猛，腿被什么东西绊了一下，身体腾空飞了起来，一头栽下楼去，眼前一黑，顿时失去了知觉。

那天夜里，富春堂大院的人都听到小乞丐那清脆的竹板声，还有老乞丐敲击哈拉巴发出的嘭嘭声。长夜难捱，坐在道牙子上的老乞丐扯着沙哑的嗓子吼着：

都说妹子奶儿好，

颤颤巍巍肉桃桃；

都说妹子腚儿圆，

十五的月儿照中天。

前夜里听见货郎的鼓儿响，

后夜里妹子房里月照空床。

追妹子追出了山海关，

雪地里只捡回了一只绣花的鞋。

这吼声哀哀怨怨，凄凄凉凉，搅得富春堂大院的人辗转反侧，难以入眠。这吼声勾起了他们的离乡愁绪，也道出了他们走进这座都市后的种种坎坷……有忍耐不住的人爬起床，跑到楼下去逐赶这牛一样吼叫的乞丐。他们在楼梯脚下，发现了满脸血污昏迷不醒的赵小品……

深夜的富春堂大院又爆发出喧嚣，邻居们七嘴八舌地叫着嚷着，几个男人抬起赵小品簇拥着走出富春堂。纷杂的脚步声在空旷的马路上响过，随着影影绰绰的人群消失在街头。

坐在道牙子上的小乞丐抬起头来，用一只眼睛凝视着电线杆子上昏黄的路灯，树枝摇曳，光环里的树叶发出碧绿的光泽。小乞丐的另一只眼睛失去了眼球，成了黑窟窿，被一块脏兮兮的破布包着，像是贴着一块膏药。

望着人群拐进街口，小乞丐站了起来，他弯下腰去搀扶老乞丐，他们互相搀扶着，向人群消失的相反方向走去。空荡的街头沉寂了片刻，忽然又响起了老乞丐那嘶哑的吼声：

都说醉酒赛神仙，
谁见神仙来人间。
都说都市像天堂，
要饭花子饿断肠。
都说人活一口气，
吹灯拔蜡卷了狗皮。

张秀玉赶到善牧医院时，赵小品还昏迷不醒。他躺在病床上，整个头部肿胀得像柳罐斗一样，眼睛被挤成一条缝。护士小姐已经为他洗净了伤口，敷了药，包扎起来，打过了针。

张秀玉一见赵小品这副惨相，鼻子一酸眼圈又红了。她掏出手帕捂住嘴，压抑住呜咽，拉住护士小姐的手问："他会不会死啊，小姐你告诉我他会不会死啊？"

这是座教会医院，护士小姐在胸前画着十字惊恐地说："罪过，不要诅咒生者，不要去怨恨死者……上帝保佑。"

张秀玉急得直跺脚，说："不是，我不是这个意思……"张秀玉在病房里转来转去，才想起去问医生。医生是个俄罗斯人，一个刻板的老头子，他操着生硬的汉语说："对不起，太太，他伤得太重了，我需要观察，我现在无法告诉你结果，不过我会尽力的。"他从眼镜片上看了一眼张秀玉，接着说："您是他的太太吗？我们需要你在这上边签字，我们才能全力治疗。"

张秀玉眼睛里噙着泪光，在一张单子上签了字。在走廊里，她遇上了福隆泰的一个伙计。伙计告诉张秀玉，是乞丐帮会的人夜里在富春堂大院的楼梯上拴了拦脚绳，暗算了赵掌柜，幸亏富春堂大院里的人听到了动静，连夜将他送来医院，要不赵掌柜早就没命了。

张秀玉说："无论如何都要救活赵掌柜，花钱先从柜上支。"

"柜上已经没有多少现钱了。"

"那就变卖东西，救人要紧，我再去想办法。"

张秀玉出了善牧医院，雇了一辆车，去了舅爷家。舅爷边咕噜咕噜地吸着水烟袋，边听着张秀玉的哭诉。张秀玉讲完了，舅爷的脸就变了色。舅爷骂道："乞丐帮会的王八蛋一点王法也没有了，都在街面上混怎么做这种斩尽杀绝的事，还有挂灯那个狗杂种……"

舅爷一生气就咳嗽起来，咳得很厉害，脸憋得通红，嘴里淌着黏黏涎涎的东西。舅爷咳嗽完了，屋子就静下来，只看见窗外投进来的树影在地板上摇动着。舅爷半天才把气喘均匀了，拿手巾擦掉眼睛里呛出来的泪水和嘴上的黏涎子。舅爷说："还有你们那位陈九，整天争凶斗狠，人太狠了不行，太狠了害人害己。"

张秀玉听了就跪了下来。张秀玉跪在舅爷面前说："是我害了姑夫，舅爷你无论如何都要救他，要不我也没法活了。"

舅爷说："我这把年纪的人了，把什么都看透了，我不管你们年轻人的事，你们的梦你们自己圆。只是你做了陈家太太，不应该再管这种事了。小品的事我会派人照料的。"

张秀玉站起来摘掉耳环和手镯，要留给赵小品换钱用。舅爷连连摆手说："不用不用，小品不会用陈家的东西，难为你有这一份心思。我是他舅爷，不会见死不救的。"

当张秀玉重新坐上洋车的时候，心里充满了孤寂，这沉甸甸的孤寂压住了她，有一种被生活排斥的感觉，这是一个十九岁的女人最怕的情感。几个月来接连不断的人生变幻使她应接不暇。她想主宰自己的命运却一直被命运撕扯着，她不知道嫁给陈九是好事还是坏事，世界上许多事情被打上各种各样的印记，让你分辨不清它的颜色和形状。这使她深感人生的复杂和凶险，心绪黯淡，不由得又落下了泪水。

内心的痛苦并没影响张秀玉外在的辉煌，坐在洋车上的张秀玉仍然楚楚动人，吸引着行人的目光。洋车夫是个腿脚矫健的年轻汉子，把洋车拉得飞快。张秀玉不急于回家又不知该上哪儿消遣，她敲着车帮喊："喂！我又不去救火，急什么！"

洋车夫笑嘻嘻地放慢了脚步，边走边回头说："太阳当头我怕晒坏了太太，要不我给你支起车篷来。"

"我不怕晒，我不要车篷，我什么都不要。"

车夫见张秀玉嗔怪的样子不再讲话，心想有钱的太太真可恶，你坐在车上我拉着你走你还不高兴。

初秋的阳光带着几分柔情，照在张秀玉银光缎面的旗袍上，折射出耀眼的光亮。这件新做的旗袍十分合体，把她的乳房、腰肢、屁股勾画得十分清晰。张秀玉什么时候都不忘记精心打扮自己，让自己出众。就是听到赵小品受伤住院，她匆忙出门时还特意为自己选了这件银光缎面旗袍。至于她为什么选择银色，是因为银色和白色接近？还是银色素雅？总之她潜在意识觉得应该穿上这件旗袍。出门时她感到赵小品凶多吉少，心情郁闷。现在，从路人投来的目光里受到鼓舞，一个漂亮的女人需要不断地被发现，被承认，被欣赏，这个无穷乐趣会驱散她心中的孤寂和郁闷。男人们谁和谁斗与她无关，她从来不想伤害任何人，她需要满足自己和保护自己。

人力车到了正阳街，张秀玉让车越过宏发祥商行，停在同记商场门前。她开始闲逛起来，这一逛便不可收拾。她逛了同记商场、大罗新、天丰涌，又闲逛了几家绸布店、鞋帽店。在桃花巷雇了一辆马车，出西门脸，奔了道里。她在马迭尔喝了咖啡，吃了俄式甜点心，出门时买了一盒酒糖。吃着糖，悠悠闲闲地在中央大街方石铺成的马路上走着，把烦恼丢到了身后。在松花江边雇了一条舢船，顺水回到了道外。等她回到家里时，发现陈九正怒气冲冲等着她。

"你又去看赵小品啦？我说过不许你去看他。"

"他伤得太重，都要不行了，一个要死的人都不放过，你的心太狠了。"

"他死不死和我有什么关系，我又没有让他去死，关我什么事！"

"是你害死了他。"张秀玉痛苦地说，"你害死了他还装正经。"

"怎么是我害死了他，我又没动他一根毫毛，打官司告状也找不到我头上。"

张秀玉脱下旗袍，换上便鞋，站在陈九面前，望着他的脸问："陈九你说实话，是不是你花钱雇了花子房的人收拾的赵小品？你到底长了一颗人心还是狼心？"

陈九说："我说过我不让别人动我的太太一根毫毛，我要报复的。"

张秀玉带着哭腔说："我真后悔嫁给你，你把我杀了吧，杀了我你就净心了。"

陈九摇着头说："我不杀你，你是我太太，属于我的东西。我从来不糟蹋自己的东西。"

"这到底是怎么回事？你们男人怎么都是这个样子！我真受不了啦。你不杀死我，我就杀死自己。"张秀玉拉开抽屉乱翻，找出那把锋利的新剪刀，对准自己粉粉嫩嫩的脖子。陈九的一只大手从容不迫地抓住她的手腕子，轻轻一抖，剪子咣当一声掉在地板上。那只大手攥得张秀玉眼睛里噙上了泪花。

发怒的张秀玉，突然引发了陈九的冲动。他用另一只大手撕扯她的衣服，边撕扯边说："是的，我长了一颗狼心，你也长了一颗狼心。你是一只小母狼，我就喜欢你这个样子，看见你这样子我就动心。"

他抱起张秀玉，把她扔到床上，她真像一只小母狼似的反抗着，但渐渐没了力气。她气咻咻地说："陈九你真是一只狼，我温温顺顺地让你干你不干，我现在烦死了，恨死了，你又要干了……你这只公狼、野狼、恶狼，今后我怎么和你过日子？"

陈九不再说话，从容不迫地干着自己想干的事情，陈九成功了。陈九想也许自己真是一只狼，他不知道一只公狼和一只母狼干这种事情是什么样子，但这无关紧要。重要的是他成功了，他在女人面前显示了威力。

陈九很满意。

第九章

在陆璎看来，这个冗长的夏天因为吃了禁果而变得更加黯然失色。那天沈中和离去后再也没有露面，留给陆璎的，是茫然的日子里越积越厚的灰色心境。

陆璎很想再见到沈中和，这个离奇而可怕的想法，搅得她焦灼如焚，日夜不安。

四年前的冬天，她因为什么事到楼下去找陈九。陈九不在，平时秩序井然的账房里显得零乱。沈中和一个人坐在账桌前垂泪，见陆璎进来，慌得乱了手脚，忙桌上桌下收拾了一番。陆璎问："沈先生这是怎么啦？"

"没事。"沈中和说着，掏出手帕抹着眼泪，又擤着鼻涕，喃喃地说，"陈掌柜刚才发了脾气。"

沈中和读过几年书，来商行一直在账房做事，人也勤勉，在陆璎看来，这是一个不讨人嫌的男人。陆璎见不得人落泪，尤其是男人落泪，男人有泪不轻弹，便生出几分不安。她问明了原委，原来沈中和的母亲过世，灵柩还寄放在极乐寺的灵房里。

老人临终表示了叶落归根的愿望，希望遗体能回到老家和丈夫并骨。按宏发祥商行的规矩，冬天是经营毛皮的旺季，雇员一律不得请假离岗，陈九拒绝了沈中和送母亲遗体回老家的要求，沈中和分辩说："恪尽孝道是为人之本，陈掌柜就成全我吧。"

陈九向来不容雇员顶撞自己，便大发雷霆，说："你死了娘要尽孝道，宏发祥不能因为你死了娘就不做生意啦！"

盛怒的陈九不仅没准沈中和的假，还拒绝了他预支二百大洋的要求。

沈中和对陆璎说："我真是心寒，我对陈掌柜忠心耿耿，他却这样无情无义。"

陆璎知道陈九为了聚集财富变得冷酷无情，他封闭了自己，变得怪诞不经。陆璎想了想说："二百大洋的事我帮你想办法，先把你母亲的灵柩送回老家，陈掌柜的脾气你也知道，你这次别跟灵柩回去，以后有机会再尽孝道吧。"

沈中和望着陆璎的脸庞，半天才醒悟过来，内心充满了感激，扑通跪了下来，他说："谢谢太太，我沈中和今世报答不了，来世做牛做马也要报答太太的恩德。"

陆璎对这个比自己小几岁的男人充满了柔情。她望着由于激动而涨红了脸庞的清秀汉子，突然产生一种欲望。她本来是去搀扶这个男人，结果却莫名其妙地将手放在他的头上。她抚摩着这个清秀男人的头发，没有想到一个男人的头发竟然这样柔软光滑。她的手感如此强烈，以至后来很长一段时间，一想起来，她的手仍然会重现那种柔软光滑的感觉。她发现这个男人僵直的双肩在抖动，她扶他站起来，绞着手指头迟迟疑疑地说："这件事不要告诉陈掌柜，你母亲的丧事尽管去办吧。"

第二天，陆璎悄悄送来了二百大洋。沈中和雇了一辆马车，将母亲的灵柩运回了老家，他拜托一位老乡跟着马车上路。马车在严冬里走了近一个月，年底才到达了目的地，实现了死者叶落归根的宿愿。

事情发生后的那几天，陆璎异常兴奋，脸色也开朗起来。这天早上，她盥洗完毕，没有系那白色绸带，裸露着光滑丰满的前额，站在窗前，凝视着正阳街上过往的行人。她觉得冬日的阳光照在窗台上，有一丝丝暖意，这暖意渐渐温存了她的心境，使她那惆怅的心绪舒展开来。她回到桌前，看到几支搁久了的毛笔在笔筒里，萌生了写字的愿望。

陆璎喊来韩妈，让她洗笔和研墨。韩妈一边研墨一边说："人逢喜事精神爽，太太心里一定有什么喜事了。"

陆璎说："我能有什么喜事，韩妈你不是不知道我。"

韩妈说："太太好久没有动笔写字了，太太一写字我就知道太太心里高兴。"

陆璎说："韩妈你别乱猜，我这几天精神好，想做点事罢了。"

韩妈说："我不猜。我是做下人的，只是为太太高兴。"

陆璎警觉地说："我高兴什么？"

韩妈说："我不知道太太高兴什么，只要是太太高兴，我也高兴，我做什么都有劲头。"

陆璎摇摇头，叹了一口气，说："韩妈你心眼好，可惜你也太愚，看不透这世间的许多事情。"陆璎铺开纸，蘸饱了墨汁，想了想用楷书写下了陆放翁的佳句："花如解语还多事，石不能言最可人。"

字写得很清秀，韩妈不认得字，不明白陆璎写的是什么，她讨好地说："太太的字写得真好，太太有学问，能识文断字，这是陈掌柜的福气。"

韩妈自管说话，她没有注意到陆璎的脸色突然变了。韩妈说："太太是好人，太太是上得到贤女列传的女人，我能在太太身边做事也是我的福分。"

陆璎放下笔，掐着额头说："韩妈，我写字时喜欢一个人，你下去做你的事去吧。"

韩妈愣了愣神，不知道怎么惹着了太太，只好悻悻退了下去。

事情悄然过去，宏发祥没有人知道这件事，陆璎也把这件事压到了心底。她再也没有到账房去过，偶尔和沈中和碰面，双方都保持了缄默。陆璎仍然过着忧郁而平淡的日子。

春天一个晴好的日子，韩妈在二楼外廊上晾晒衣物，雕花木栏的柱子上拴着绳子，挂满了捂了一冬天的衣物。陆璎坐在搬出来的一把藤椅上，倦懒地晒着太阳。她在额头两侧的太阳穴上贴着新鲜的薄荷叶子，身上散发着淡淡的薄荷香气。

韩妈又抱出一些准备放进衣箱的棉服皮衣，一件一件搭到绳子上。她说："老天爷也成全人，太阳好又没有风，再有两天就晒完了。"陆璎微闭着眼睛，嘴里支吾着，这时楼梯口传来咚咚的响声，沈中和脚步匆匆上楼来。陆璎睁开眼睛，她一眼就从沈中和白净的脸上看出他揣着心事。他心不在焉地说，他有事要找陈掌柜。韩妈告诉他陈掌柜没在家，他仍然跑到陈九的房间里看了一眼，才放心地出来。他路过陈太太面前时，停了下来问："太太好久没下楼了，身体可好？"陆璎淡淡地笑着说："总还是老样子，空叫大家惦记着。"陆璎说这话时表情凝固了，她发现沈中和背着韩妈向她展示一张纸条，并迅速地将纸条塞到她怀里。

那是沈中和约陆璎去道里马迭尔饭店，他说他有重要的事情和太太商量。

陆璎去的时候被侍者带到一间客房里。她进去的时候，沈中和已经等在那里。陆璎走路有些喘急，她坐下来就急着问："沈先生有什么事？"

沈中和说："我一直想找机会谢谢太太，今天很冒昧地请太太来就是谢你成全了我的孝心，成全了我做人的脸面。"这时侍者将酒菜送到了房间，摆好后退了出去。

凭直觉陆璎感到这种安排、这种场面不会仅仅是种感谢，因为实在没有什么值得感谢的，她在做那件事时也没有想到感谢。她是真心实意地帮助一个需要帮助的人，她已经很满足，而今天的氛围让她觉出将面临一场危险的游戏。她必须做出抉择，参加还是退出。

当沈中和拿起酒杯倒酒时，陆璎站了起来，说："沈先生我

158

不能在这儿吃饭，我还有急事，不能陪你了。"在沈中和举着酒杯和酒瓶不知所措时，她已经起身向门口走去。她走到门口时迟疑了一下，是想回头打个招呼。就在她迟疑的时候，沈中和赶了过来。沈中和的一只手轻轻揽在她的腰上，她的身体激灵一下就僵住了。沈中和似乎受到鼓舞，那只手变得有力起来，另一只手又伸过来揽住了她的肩，这样她的整个身体就拥在他的怀里了。沈中和开始吻她的头发、她的前额。她的心跳加快，意乱神迷，几乎不由自主地搂紧了沈中和。当沈中和低下头要亲吻她的唇时，她瞥到了他那张因性欲冲动而变颜变色的脸。这一瞥刺痛了她，她的身体变得僵直、大脑变成空白。陆璎推开了沈中和，她低声说："不，沈先生你不能这样，你叫我来是为了这个吗？"

"是的，从那天你帮了我，我就发誓对你好，陈九不是人，他处处让你受委屈。"

"陈九是你的东家，你不能这样说他。"如果换一个陌生男人，她可能让他把她抱到床上去，亲吻她，同她做那男女欢悦的事，但沈中和不行，他是宏发祥的账房，是吃劳金的佣人。他们之间离得远又靠得太近。他们之间有任何瓜葛都会变得复杂而难堪。陆璎说："沈先生，我和陈九的事是家事，我知道该怎么做。"

沈中和茫然地望着陆璎，手臂松缓下来。陆璎抽开身子，她轻声地说："沈先生，把今天的事忘了吧，今后不要单独找我，我也不会单独见你。我不会怪你的。"

陆璎理了理头发，又整理了身上的旗袍，她是靠在门上的，回头拉开了房门，退着走了出去。

陆璎平静如水的生活打了一个漩涡，又恢复了宁静，她自信能掌握自己。在陈九与张秀玉举行婚礼那天，沈中和的突然闯入，彻底摧毁了她包裹自己的布幔。她尝到了禁果并意识到她可以吃禁果，她的心境发生了微妙的变化。当她恼怒沈中和的无礼时，沈中和的消失又激起她的焦躁不安。这焦躁不安折磨着她，让她感到沉重和委屈，她终于按捺不住，这天主动约了沈中和到马迭尔饭店见面。

韩妈听说太太要出门，高兴得像女儿要出嫁似的，里里外外地忙活着，找出陆璎出门要换的衣服，把它熨好，然后替太太梳头。陆璎坐在梳妆台前，望着镜子里那张有些憔悴的脸庞问："韩妈我是不是老了？"

韩妈边替太太梳理头发边喜眉悦色地说："太太没老，太太才多大年纪，打扮起来还是人尖子，走在街上还是百里挑一的出众人物，太太就是心境老了，您应该多出去走走，散散心，一个人郁闷久了总不是好事。"

"唉，要是老了也就好了，人一老万事休了。"陆璎黯然叹了一口气，她照着镜子往脸上薄薄地敷了粉，描了眉，涂了唇膏，粉黛下的陆璎立刻容光焕发。她换上一件大绿花旗袍，罩了一件驼色坎肩。韩妈一边起身为她整理着衣襟，一边啧啧称赞："太太你这一打扮，年轻了十岁，要多体面有多体面。"

在马迭尔饭店的雅座里，陆璎拿出化妆镜照着。她知道韩妈是恭维自己，但镜子里的那个女人依然楚楚动人，这使她欣慰。

她在镜子里审视自己，她为什么要来见沈中和？是因为陈九娶了二太太？男人可以在外面找女人，男人还可以把喜欢的女人娶到家里来，大太太，二太太，三太太……只要他喜欢而又养得起，他可以像养哈巴狗和波斯猫一样养一群女人。但她并不介意陈九娶了二太太，她甚至感到了某种解脱。那她为什么这样急不可耐地要见沈中和？一个女人不吃另一个女人的醋，并不意味着这个女人不需要男人，那被唤醒的是她明白自己渴望着某种满足。这个想法使她看到镜子里的那张脸扭曲起来。她放下那面化妆用的小镜子，却听到了敲门声。

那位年纪大的俄罗斯侍者将沈中和带了进来。沈中和穿了一身条纹呢洋服，系了一条花领带，那白皙的脸庞透出丝丝缕缕的疲惫。侍者移开高背椅，请沈中和坐下，又点燃了桌上的蜡烛，打开了一瓶葡萄酒，给两人的水晶高脚杯斟上酒后，屈身鞠躬，退了出去。

在蜡烛的摇曳中，陆璎和沈中和一时无话。摇曳的烛火使房间里弥漫着温馨的气氛，陆璎的心绪渐渐归于平静。她明确地意识到，她的焦躁不安在于她需要眼前这个男人。

这气氛倒使沈中和感到局促，缩着肩膀竟找不出合适的第一句话来。陆璎垂下眼帘说："沈先生，我的举动很冒昧，也可能不体面，但我不明白你为什么总是躲着我？"

沈中和叹了一口气说："不，太太，我一直想着你，只有你知道我正在做一件大事，你得体谅我。我现在不能有一点闪失，任何疏忽都会铸成大错。"

陆璎说："难道在我眼前站一站也会有什么危险吗？"

沈中和嚅动着嘴，没有说出什么。陆璎说："我不需要你做什么，你的什么大事和我无关，我只是……只是觉得你轻视了我。"

"哪里的话。"沈中和端起酒杯，向陆璎示意。他说，"陈太太是我遇到的最好的女人。我要做的事情，也全是为了太太。一旦事成，我们就会改变我们现在的生活。我们会离开这个谁也忍受不了的地方。"

陆璎已经把酒杯放到唇边，这时移开酒杯抬起眼睛，盯着沈中和说："我说过我不需要你什么，我不缺金钱，不缺男人的事业，我……"她缺什么呢？她缺一个男人的爱和一个值得爱的男人，这些她羞于讲给沈中和听，也羞于面对自己，她甚至把握不住眼前这个人是不是她需要的男人。陆璎抖动着手，把水晶高脚杯又举到唇边，一口气将杯中的酒喝干，脸庞立刻红了，眼神变得恍惚迷离……沈中和也将杯中的酒喝干，拿起酒瓶，给陆璎和自己斟上酒，又拿起银制的刀叉，切下一片敖克那火腿肉，放进嘴里轻轻咀嚼着，他说："这个世界人人都不满意，人人都想改变自己的活法，大家都会涌到一条道去，你拥我挤看谁跑到最前头。"他望了陆璎一眼停止了咀嚼，"你怎么了，怎么不吃一点东西？这样会伤身子的。"

那锃亮的银制餐具摆在陆璎面前，她一动也没动，用手扶着丰满的额头说："我头痛，我喝了酒就头疼。"

沈中和转动着透明的酒杯，酒杯是倾斜的，酱色的酒液保持着水平，他一点一点地旋转着，眼睛盯着酒液说："太太你别焦躁，我不是那种轻浮的男人，我说话是算数的。"

沈中和喝掉了杯中的残酒，抓过酒瓶又给自己斟上。他见陆璎的酒还没有动，刚想举杯让陆璎喝酒，陆璎却站了起来。她打开手里的坤包，从里边拿出一把锃亮的黄铜钥匙扔到桌子上，冷峻地盯着发呆的沈中和说："我在楼上订了包房，这是包房的钥匙，你把它拿去，我们现在就去那里。"

一入冬，宏发祥的生意就兴隆起来。前堂挂满了裘皮大衣、皮夹克、狐狸围脖，货架上摆着各式皮帽、皮靴。最醒目的是墙上挂着的兽皮、狐狸、紫貂、水獭，还有金钱豹和东北虎，毛皮都完整地撑开，毛色鲜亮，看上去油汪汪的，这是宏发祥的绝活，他们熟的皮子毛色好，新鲜，做成的衣服柔软耐穿，不蛀不腐，远近闻名。宏发祥的伙计们，都换上小羊皮的坎肩，笑容可掬地里外张罗着，迎客送客。冬天日短，天黑得早，店堂里都换上了大灯泡，电灯一开，亮堂堂的耀人的眼睛，整个宏发祥像过年一样热闹。

陈九坐在账房里喝茶，透过玻璃窗观察着店堂里的生意。他并没有沉醉在喜气洋洋的气氛中，某种程度上，这种热闹是他造出来的声势。他在暗地里下着赌注。宏发祥和庄本商行一直在较劲。庄本商行有生产基地，它的工厂虽然远在日本，但现代化的生产机器和便利的运输条件，确实冲击着市场，使宏发祥处于被动。目前宏发祥的作坊虽然有绝活，工艺精湛，有声誉，但只能应付上门订货的主顾，远远抵不过横跨大洋的舶来品。陈九决定买机器，盖厂房，用地产地销的优势，与庄本商行抗衡。他趁着市政当局急于要开发圈河和太平桥而财力不足之机，极便宜地买下圈河一带靠铁道线的一块地皮做厂基。原想通过三菱公司从日本购买机器，但后来陈九改变了主意，决定从德国购进机器。德国机器不仅质量上乘，运输上也方便。

用"割肉"的方式筹集资金不亚于赌博，陈九放弃了每年一度的大宗羊皮生意。宏发祥每年秋天都从海拉尔大量购进羊皮，熟好后发往海参崴、朝鲜，甚至日本，放弃这笔生意等于放弃了一份可观的利润。把流动资金存入银行，转移到建厂上来，大有过河焚舟、背水一战的悲壮。再一层的风险就是，陈九向来不屑把资金存入银行。经营钱桌子出身的陈九，一方面不愿意将自己的血汗钱给银行生息发财，另一方面民国五年以来，羌帖的贬值使他记忆犹新。幸亏他当初将聚敛的羌帖购置了房产，后来羌帖一贬再贬，变得不名一文，尽管他是获利者，但商界一夜落魄的教训仍使他心悸。目前市面上大洋票忽涨忽落，他不希望自己的钱有片刻的闲置。

现在，需要紧锣密鼓地推进他的工程了。陈九放下茶杯，回过头来问一直埋头记账的沈中和："德国人的代理公司又来电话催交定金，你还没去吗？"

沈中和抬起头来说："这几天太忙，我还没有倒出空来，一两天我就过去。"他见陈九的脸带上愠色，又说，"陈掌柜，厂房还没有影子，机器到了，放久了要受损的。"

陈九说："我同他们签约明年十月交货，到那时候厂房应该有个眉目了。提前签约订货可以省下二成定金，为什么不抓紧呢？"

"噢，那我就去办。"

"另外告诉他们，要工厂派一名技师来，我要雇用他一年，当我的工厂技师。"

"洋人身价高，薪水也高。"

"没关系，再好的机器，不出活也是废铁，有他们的技师，机器有毛病由工厂包揽一切。"

"好吧。"

陈九有些不快。他觉得近来沈中和有些异样，办事迟迟疑疑，说话吞吞吐吐，有时还显得鬼鬼祟祟。陈九还想说什么，这时前边店堂里进来一位年轻的太太，宏发祥的人都认识，她是大房地产家陶云斋陶先生的五姨太。这位五姨太很喜欢毛皮制品，一到冬天就用裘皮把自己包裹起来，帽子、围脖、大氅、皮靴都是毛朝外的贵重毛皮，所以她经常光顾宏发祥，宏发祥上上下下也像迎财神供灶王一样高迎远送。她是来取定做的貂皮大氅来了。

伙计们笑脸相迎，拿出定做的貂皮大氅让她试穿，又从后边作坊里喊来裁缝老赵，大家像是伺候皇后似的围着她转。老赵是上海请来的裁缝，磕磕巴巴地说着北方话："太太这个衣服样式是法国的，在巴黎也是很时兴的，这个太太穿出去很好看的，很好很好看的，大家都很喜欢的。"

"太太穿这件大氅上街，把洋毛子都气昏了。"

"太太……"

一向对衣服很挑剔的陶家五姨太，被哄得心花怒放，她对着穿衣镜前后照着，实在也挑不出什么毛病。

这时陈九才走出账房和陶家五姨太打招呼："五太太，不是我们宏发祥的手艺好，是五太太的身段好，五太太穿大氅出去，是给宏发祥添彩了。"

陶家五姨笑眯眯地说："陈掌柜可别这么夸我，和陈家二太太比，我算什么？二太太是一枝花，我是豆腐渣。"

陈九笑着说："谁不知道陶先生去长春，奔奉天，访遍京津，才选中五太太，算是红遍半个中国，哪位斗胆的女人敢和五太太比呢！"

"陈掌柜要讲点公道，别把二太太关在家里，金屋藏娇，一个人享用。好女人不仅男人喜欢，女人也喜欢，哪天把二太太放出来，到我家坐坐，我们姐妹还有好多话唠呢！"

"好，哪天让她去拜访五太太，不过她只配给五太太端茶倒水，陪着说些俚语粗话。"

陶家五姨太笑得捂上嘴，她嗔怪地说："算了，陈掌柜我不和你说了，生意人的嘴，洋车夫的腿，谁也抵不过的。"她转过身去对站在一旁的小伙计滨生说："把这件大氅送到我家里去，告诉管家，直接放到我房里，谁也不许乱动。"

陶家五姨太还要逛街，离开了宏发祥，有伙计送到门外。滨生也不用嘱咐，忙换上棉袍，戴上棉帽子，小心包好貂皮大氅，给五姨太送上门去。

陈九正思忖，沈中和从账房里出来，对陈九说，伙计老张打来电话，在圈河买下的地皮已经用木桩圈好，问陈掌柜什么时候去看看。

陈九说："还用等什么时候？我马上去。"

出了宏发祥的门，陈九发现正阳街上气氛不对，大街上行人匆匆，簇拥着向头道街方向奔去。年轻人互相招呼着，嘴里打着呼哨，神色紧张地跑着，好像去看什么热闹。陈九停下来，伸长脖子向人们奔去的方向望着，只见那边人头攒动。忽然，从人们奔去的方向传来几声枪响，行人迟疑了片刻，又骚动起来，喧嚣声更大了，奔跑的步伐更加零乱。开始有人逆着人潮往回跑，大多是女人和孩子，他们脸上流露着激动和惶恐，嘴里盲目地喊着："不好了！不好了！"陈九拦住一个中年男人问："怎么啦？出了什么事啦？"那中年男人礼帽跑歪了，围脖也散落在肩上，眼看就要掉下来，他也没有发觉。他不耐烦地说："出什么事啦？你说出什么事啦？学生上街游行，和警察厮打起来了，怕是要死人啦！"陈九又问："为什么？学生为什么上街游行？"中年男人的围脖终于掉在地上，在陈九的示意下，他才发现并捡起来。他把围脖抓在手里说："为什么上街游行？为了反对日本人修筑五路。真是的，连这个都不知道。"他说完一手抓着围脖，一手撩起棉袍，又跑了起来。

陈九笑了笑想："学生懂个啥？修铁路是修命脉，火车一响黄金万两，谁修不一样？"他想走他的路。正在这时，景阳街方向乱了起来，人群潮水般涌过来，前边飞跑着零散的人，后边的人就比较整齐了。原来是学生们终于冲破了警察的防线，涌进了正阳街。学生们很快地整理了队伍，打着旗喊着口号过来了，前头几个穿着棉袍和大衣的男学生打着"誓死力争"四个大字的横幅，后边的学生排着队，手执小旗，每个学生队伍前边都有大旗，上边写着"反对日本劫夺五路路权""打倒日本帝国主义"等标语，学生们个个义愤填膺，斗志昂扬。这气氛感染了陈九，不禁看得呆起来。他想，这日本人也真是可恶，没有他们不插手的事情。日本人在皇姑屯炸死了张作霖，现在又要修五路。陈九又想到那个鬼鬼祟祟无处不在的庄本。此时如果学生队里打起一面反对庄本在中国开洋行的旗帜，他也会站到游行队伍里喊上一嗓子的。陈九正胡思乱想，眼帘里突然映入一个熟悉的身影，那个留着短发，穿着棉袍，脖子上围着一条白色长围巾的女学生不是凤仪吗？这个平日在家一句话也不多说的女孩子，怎么跑到闹事的学生堆里去了，而且和同学们挽着臂，昂着头，一副冷峻凛然的样子。凤仪没有发现父亲，随着游行队伍很快就过去了。

望着女儿的身影很快消失在流动的人群中，陈九心内空了起来。他平时只知道拿钱来供女儿上学，从来不过问女儿在外边干什么。女儿竟然游起行来，陈九想，这个世界每人都在干自己的事情，那就由她去吧。

陈九平日出门并不愿意坐车，不是吝啬钱，而是他愿意走路，就是冬天，他也常常因为走路而满头大汗。正阳街上人流拥挤，看热闹的人在路边驻足，有些买卖家还燃起鞭炮为学生们助威。陈九不想耽误时间，在五道街街口叫了一辆洋车，让车夫绕道向二十道街奔去。

陈九选择的厂址是在一个高处的空地上，周围已经打上木桩，拦上了铁丝网。这儿前临街面，背靠铁路，工厂发达起来可以修一条专运线。由于地势较高，松花江水泛滥也不会淹没这里。陈九很满意这块地皮。这时，等在这里的伙计老张从远处跑过来，手里拿着盖有地亩局官印的地契，指着刚刚树好的木桩和铁丝网说："陈掌柜，这里的地段我都丈量过了，地亩数和位置都没错，这儿留一个豁口，你看用不用设两扇门，把它关起来？"陈九接过地契，指着脚下站着的豁口说："门要做，还要挂上招牌，院子里还要盖一间暖房，供打更的住。"他比画着空旷的工地说，"趁着天冷，抓紧进砖瓦木料，等到春天地一解冻，马上就破土动工。"

老张为难地说："天太冷，盖暖房的活不好干哪。"

陈九说："我没有时间去等啦，这些事你就去办吧。"

老张走后，陈九站在瑟瑟寒风中，用目测设计着厂房的位置，门开在哪儿，仓库设在哪儿。他似乎看到了那竖起的厂房，听到了隆隆的机器轰鸣，看到了一箱一箱的产品运出厂去。

陈九用步丈量着土地，他的脚踩上一个圆圆的东西，是一个人的完整头骨，不知为什么弃到这儿。这儿原来也许就是坟场。陈九拿起头骨。他缺少这方面的知识，分不清是男人的头骨还是女人的头骨，更辨不出他的年龄，牙齿已经残缺不全，是生前掉的还是死后丢失的，他一无所知。人总是要死的，人死后就无所谓了，就像这头骨。

陈九顺手将它扔出铁丝网外。

这时，他听到身后有人喊陈掌柜。陈九回过身来，让他大吃一惊，只见庄本穿着水獭领子大氅，戴着水獭帽子，系着大围脖，迎着风站在那里向他打招呼。陈九警惕地问："是你？庄本先生怎么知道我来这里？"

庄本笑了，说："要想人不知，除非己莫为呀。陈九掌柜大张旗鼓地买机器，盖厂房，希图发展，哈尔滨商界谁不知道呢！我不过闻风才动，慕名来拜访的。"

陈九揶揄地说："不知道庄本先生来时，是不是受到学生游行队伍的阻挡，没有受惊吧？"

庄本说："陈掌柜为什么把话扯得那么远，那些事情是政府间的事，我们是生意人，我们之间只谈生意。"

"不知道庄本先生这次有什么指教？"

"我很敬佩陈九掌柜的创业精神，搞实业、办工厂是每一个生意人的梦想，谁不做这种梦，谁就是没有出息、没有前途的商人。"望着那片被圈起来的空地，庄本感叹说："这是一块理想的厂基，地势好，四周环境也不错，陈掌柜又捷足先登了。"

陈九问："怎么？庄本先生也有意建厂？"

庄本说："应该承认，我们是一流的商人，我们会有许多共同的想法，这叫英雄所见略同吧。"他指了指那片空地，说，"我曾计划把我在日本的工厂迁到这里来，我有机器和熟练的技术，利用中国的劳力和生产资料，那样庄本商行会更上一层

170

楼了。"

"庄本先生果然处处同我分庭抗礼。"

"不，这并非我的本意，商业竞争有它的自然规律和法则。我想说的是，从目前市场看，如果建立两家同类工厂，必然有一失败者。"

"是你还是我？"

"这无关紧要，谁失败都不是好事。虽然世人都有怜悯之心，同情失败的英雄，那未免太悲怆。"

两个男人在瑟瑟的寒风中站立着，他们的思绪并没有因为严寒而滞涩。庄本说："我有一个主意，我们可以合作，陈掌柜你出厂房，我出机器和技术，也许能打出个坚实的天下来。"

"这个主意倒不错，宏发祥工厂最终成为庄本工厂。"

"陈掌柜，我是很认真的。"

"不，庄本先生，我这个人没有和别人合作的习惯，无论是谁，我都不肯合作经营。我不能把我的肉放到你的锅里去煮，到那时我连汤都会喝不上。"

第十章

　　从夏天开始，陈九就增添了一种毛病——做梦。当他嘲笑陆璎做梦的无聊时，他自己竟被反复出现的梦境所困扰。

　　陈九总是梦见那只狼。空旷的马路尽头，升起一轮又圆又大的月亮，那月亮是黄色的，浑然得像一团雾，不像山沟里的月亮那样简洁、明亮、清澈。它把银色的幽光洒到山林中，让万物静谧，使人心气爽朗。那只狼好像是从浑然的月亮里走出来的，在马路上踯躅。马路边的阴沟里长满了野草，在野草的拂动中，闪现着无数冒着蓝光的狼眼睛……那只踯躅的狼总像在寻觅着什么。那黝黑的鼻尖，龇露的牙齿，还有嘴角流下的涎水，身上散发的腥臊，都使陈九感到恐惧。它总是从他身上踏过，让他窒息，他在梦中控制不住对那狰狞面目的恐惧。每当他醒来时，都会对梦中的恐惧感到羞耻。陈九很想到大街上同一只活生生的野狼去较量，他想他也不会如此恐惧，但他怕进入梦境，一进入梦境，那巨大的恐惧，让他难以挣脱。

　　当他再次进入梦境时，他能意识到这是做梦，他告诫自己不必恐惧。他想去冲击那只狼，希望和它较量，但是不行，他仍然恐惧得不行，喘不过气来，他甚至希望同狼较量时粉身碎骨以尽快摆脱噩梦……在娶二太太以前，他已经和陆瓔分床。娶回二太太后，有一段时间陈九对如花似玉的张秀玉无能为力。当他恢复了雄健的功力后，他喜欢让张秀玉一丝不挂地偎在他怀里，他搂着她才能沉沉入睡。他想身边睡着一个美人，成了男人安全的港湾。这样能减少他做噩梦的次数，但并不能根除噩梦对他的侵扰。

陈九把自己的梦境告诉了黄先生。黄先生在手掌上沙啦沙啦地翻滚着两个发亮的铜球。他说："不碍不碍，这是气血不畅、心律不齐所致。"黄先生拿起毛笔，在一张纸上唰唰地开了方子。他说："陈掌柜，这药力只能是补，要紧的是调养自己，心平则气顺，气顺则百通，这是养生的道理。"药方抓回来，韩妈只给陈九煎了一服，他就再也不喝了，他没有耐心去喝那苦药汤子。陈九要操劳的事太多，他没有办法心平气顺。陈九和他周围的人都不知道，一个比噩梦更可怕的阴影，像一只张开翅膀的巨大黑鸟，正向他俯冲下来。

这天晚上，陈九在账房里等沈中和。修建厂房所需的木材和砖瓦已陆续运进工地，俄国人开的安东木材公司和荒山嘴子砖窑屡次来催款。沈中和这几天称病在家，很少露面了，这使陈九对沈中和越来越不满。想到这几个月来，沈中和办事不再专心，行动越来越诡秘，特别听说他和庄本商行有来往时，陈九顿生疑窦。这天商行关板闭店后，陈九留在账房里，打发滨生去找沈中和。滨生急三火四地跑到沈中和家。他家住在一个大院的楼上，楼梯的台阶积着冰雪，滨生险些滑倒。沈中和不在家，他那位有些胖的太太神色紧张，她对滨生说："沈先生看病去了，回来就让他到柜上。"

滨生跑回来报告了陈九，陈九便在账房里等沈中和，左等也不来，右等也不来，时间过了九点，陈九简直要火冒万丈了。陈九让滨生再跑一趟，并对他说："如果沈中和在家，是死是活都要他来一趟。如果他没回来，告诉他太太，就说我在这里等他一直到天亮。"滨生转身要走，站在一旁的另一个小伙计刘云被这紧张的气氛压抑得喘不过气来，怯生生地对陈九说："陈掌柜，我和滨生一起去行吧？"陈九点点头，两人一起跑了出去。

空荡昏暗的正阳街上，万籁俱寂。不知什么时候落起雪花，飘飘洒洒的雪花降落得无声无息。两个少年冻得瑟瑟发抖，缩着肩膀在街上行走。刘云向滨生说："陈掌柜为啥发那么大的脾气，看着让人害怕。"

"买卖上的事吧，有钱的人都这样。"

"不对。"

"什么不对？刘云你说什么不对？"

"陈掌柜要摊事了。"刘云望了滨生一眼，忽然摇着头说，"这事儿不能乱说，不能告诉你。"

滨生站住，用手揉着冻红的鼻尖说："刘云你怎么说半截话？陈掌柜要摊什么事儿，你得告诉我。"

刘云抬头望着空中飘落下来的雪花，说："不能告诉你就是不能告诉你，我都答应别人不往外说啦！"

滨生伸手抓住刘云的袖子，说："刘云，我们都是学徒吃劳金的，可不能乱来。我们一起进宏发祥，都是要好的朋友，有事干吗瞒着我？"

刘云说："这不关我的事，你急什么。"他推开滨生的手，想了想说，"你要是把我当朋友我就告诉你，反正你这人嘴挺严的，上次我偷了陈掌柜的银圆，你就没说。"

刘云拉着滨生躲到一个背风的墙角里，压低声音诡秘地说："警察署要抓陈掌柜，沈先生躲起来了。"

"为什么抓陈掌柜？"

"听说是通土匪的事。"

"你听谁说的？"

"听沈先生说的。"刘云掏出香烟，背着风点燃，吸了一口说，"我都告诉你吧，沈先生说陈掌柜这次被抓进去就出不来了，将来他要当宏发祥的掌柜。"

"宏发祥是陈家的财产，沈先生算老几？他怎么当得了掌柜。"

"他这么说谁知道呢，他还说将来他当了掌柜派给我好差事，还给我涨工钱。"

"你信？"

"我倒愿意让沈先生当掌柜，沈先生挺和气的。陈掌柜整天都绷着脸，看着让人害怕。"刘云见滨生不说话，就拍着他的肩头说，"你别着急，将来我给沈先生说说，也给你派个好差事，谁让我们是朋友呢。"

两个少年被黑夜缠裹着，默默地想着自己的心事。

滨生说："我们去沈先生家送信吧！"

刘云说："算了吧，去了也没用，沈先生是不会来的。"滨生说："管他来不来，我们是伙计，我们得听掌柜的吩咐。"

刘云扔掉烟头，说："知道你这个人死性，是一条道跑到黑的人，真不该对你说实话。"

滨生和刘云又来到沈先生的家，把陈九的话传给了沈太太，就又返回宏发祥。

陈九让滨生重新给他沏了茶，他一口一口地呷着。两个小伙计默默地坐在角落里，时间过得沉闷而冗长。陈九望着两个偎在一起的少年，突然生出了恻隐之心。他说："你们两个年纪轻，要是困了就去睡吧。不过要记住，爹妈生下你们的皮肉就是要吃苦的，吃不了苦怎么会有出息呢？我刚进哈尔滨时，也是吃劳金当伙计，白天瞪着眼去看人家怎么赚钱，夜里像猫头鹰一样瞪着眼睛，盘算着自己怎么赚钱，没日没夜地过日子，不知什么叫饥渴，也没有睡过囫囵觉。人是贱货，没有吃不了的苦，娇贵自己就别想出人头地。"

陈九从来没有平等地对伙计说过这样的话，滨生和刘云不由得睁大了眼睛。滨生用脚踢了刘云一下，转过头向他投去期待的目光，刘云脸上一瞬间就恢复了呆板表情，他避开滨生的眼神，垂下了眼帘。

陈九累了，他半闭起眼睛，摆着手说："去吧去吧，你们两个去睡觉吧。"

滨生还迟疑，再次把期待的目光投向刘云，刘云把他拉了起来。两个人刚想离开，就听到大街上传来嘭嘭的敲门声。

陈九睁开眼睛，他一眼瞥见滨生张着嘴，恐慌地站在那里。陈九问："你这是怎么啦？还愣着干什么？还不快去开门。"

滨生嚅动着嘴还想说什么，刘云一个箭步跑了出去。

刘云拉开门闩，还没来得及开门，呼啦啦就冲进来一群穿制服的警察。他们推开刘云，直奔账房，进门后围住了陈九，把他架了起来。

陈九吃惊地问："你们要干什么？"

一个长官模样的警察说："对不起，陈掌柜你得跟我们走一趟。"

"这深更半夜里为什么要跟你们走一趟，你们有公事吗？"

"我们执行公务。"那位长官挥了挥手里的一张拘票说，"到警察署就知道为什么啦！"

陈九还想说什么，那位长官模样的警察一摆手，他就觉得像是脚没沾地似的来到大街上。夜空还飘着雪花，天干冷干冷的，让陈九不由得打了一个寒战。大街上也站着几个警察，马路边上还停着一辆黑色的囚车。

陈九被推进囚车，有几个警察跟了上来，把门咣的一声关死了。陈九从囚车的窗口里望出去，马路上灯光稀零，偶有路灯也被雪花团团围住，棉絮般包裹得朦朦胧胧。宏发祥的门仍然敞开着，从前堂流溢出来的灯光照到人行道上，拖下几个晃动的人影。他突然发现沈中和也站在那里，正默默地望着囚车。由于背着灯光，陈九看不见他的表情，但感觉出来他很专注，好像在看一头不能耕地的老牛，正被送往屠宰场。陈九像是被人猛击了一掌似的清醒过来，明白自己遭人暗算，落入了陷阱，不由得怒火中烧。他用头撞击着囚车窗户的铁栏，破口大骂："妈拉个巴子，我操你祖宗，谁出卖了我，我回来绝不饶他。"

整个晚上张秀玉都在摆弄那架手摇唱机，听那几张新买回来的外国唱片。几张唱洋歌的唱片她听不懂，放放也就过去了。她有兴趣的是那张外国女人的笑，那女人笑得浪里浪气的，抑扬顿挫，有板有眼，一会儿在喉咙里咯咯地发哆，一会儿冲出口腔哈哈地放声，高一声低一腔地最后笑得岔了气……那笑声听了让人心窝发痒，张秀玉跟着傻笑了几回。但翻来覆去地笑，也就没了劲。她关上唱机，拨开唱头，踱步到窗前。她掀开窗帘一角，看到昏黄的路灯光环里旋转着棉絮似的雪花，街口有一个卖糖炒栗子和一个卖冻梨的摊位，围着嘎斯灯，影绰着几个人影。这勾起了张秀玉的冲动，她穿上貂皮大衣，戴上一顶水獭女式帽子，换上皮靴，跑下楼去。

不一会儿她就抱回一大包冻梨来，换下衣服，就把冻梨倒进一个搪瓷盆里，放上凉水拔着。冻梨黝黑，结实得像石头蛋子，撞击起来发出石头碰石头的清脆响声。吃冻梨需用凉水缓着，把冻梨里面的冰水拔出来，敲碎裹在外面的一层厚厚的冰，里面的梨肉又酸又甜像水一样稀软，吃起来清爽可口。可是张秀玉等不得将冻梨缓开，用水洗一洗就吃。冻梨又凉又硬，啃起来很吃力，凉得冰牙，但张秀玉吃得津津有味。入冬以来，张秀玉就馋冻梨吃，每天都买一大包，吃也吃不够。家里有苹果和橘子，张秀玉都不感兴趣，就是发疯似的想吃冻梨。她觉得今年的冻梨真是好吃无比。她站在搪瓷盆前，一个又一个地吃着，吃得嘴都冻麻木了，到处滴着冰水。等盆里的梨缓好了，她已经吃下十来个了。

她的肚子像个无底洞，望着盆里的冻梨还想伸手，但摸摸撑起的肚皮，害怕粗了腰肢，只好收回手，转身离开了装梨的盆子。

张秀玉洗了手，擦了脸，铺好被，看看桌上的座钟，见陈九还没回来，便多了心。她担心陈九不打招呼就去了大太太房里。陈九好久不去大太太房里过夜了，这中间张秀玉嘴上也劝过陈九，让他别太冷落了大太太，但陈九无动于衷。一想到陈九真的去了陆璎的房间，张秀玉心里头又不自在起来。

冷冷清清的张秀玉心里又充满了阴霾，她洗了脚，懒散地偎在被窝里，委委屈屈地又想起了赵小品。自从乞丐帮会的人大闹福隆泰，又摔伤了赵小品后，赵小品养好伤就离开了哈尔滨，天涯海角，也不知道他究竟去了哪里，至今杳无音信……张秀玉想起人世间男女之间的恩恩怨怨，许多事情竟然也由不得自己。她和赵小品的情缘生出诸多是非波折，说不清也道不明，折磨别人也折磨自己，想起来仍然心疼肉疼。嫁给陈九只能做二房太太。唉，女人女人，天生丽质婵娟女，竟落得独守空房，她想起不知在哪出戏文里的一句唱词，一眼瞥见为陈九摆下的绣花枕头，空荡荡的像是没人乘坐的船，鼻子又酸了起来。她抓起枕头扔到脚底下，那又黑又长的睫毛终于挡不住涟涟泪水，簌簌地落下腮来。

就在这时候，张秀玉听到木楼梯上传来的杂乱脚步声，她看看钟表已经是午夜时分。宏发祥的伙计们来找陈九？这么晚还有什么事？管他呢，张秀玉索性关了电灯。让他们去敲大太太的房门吧，冲了他们的鸳鸯梦才好呢！张秀玉幽怨地想着，便用被子蒙住了头。但是，她还是听到了急切的敲门声。敲得又急又响，敲门的人见屋里没有动静，又跑到窗下敲玻璃，有人高声喊："开门二太太，快开门哪二太太！"张秀玉终于沉不住气，她翻身下床，披上衣服去开门，门口开了一道缝，滨生就不顾礼节地挤了进来。带着一股袭人的寒气，张秀玉不由得打了一个哆嗦。

滨生慌乱地挥着手说："二太太，不好了！陈掌柜被人抓走了，陈掌柜他……他还没戴帽子。"张秀玉把着门竟忘了关，任凭寒风吹了进来，她望着滨生手里拿着的水獭帽子问："滨生，你别急，你慢慢说，谁被抓走了？被谁抓走了？"

滨生喘着粗气，盲目地指着外边的夜空说："来了一群警察，都带着枪，把陈掌柜的抓上囚车，我们都亲眼看到的，吓死人啦！"

"大太太知道吗？"

"沈先生去报告大太太了。"

"滨生你别急，我就去找大太太想办法，你回柜上看门吧，可别再出别的事情。"张秀玉显得六神无主，她一直默念着陈九被抓了，陈九被抓了，好像在体味这句话的真正含义。她穿好衣服，对着镜子擦干了眼泪，出门去见大太太去了。

陆璎正板着脸坐在一把椅子上，额头上系着白绸布带子，灯光下的眼晕显得很黑，脸庞也消瘦了许多。沈中和站在门侧，脸上一副莫测的表情，让人猜不透他在想什么。那只老花猫不知道从哪儿跳出来，站在沈中和的脚下，龇着牙，撅起尾巴向他示威。沈中和一脚把它踢翻，花猫爬起来，咪咪叫着，躲到陆璎的身后。陆璎皱起眉尖，弯腰抱起花猫，让它偎在怀里。这时，张秀玉走了进来。沈中和见了张秀玉也不打招呼，直挺挺站着毫无表情。陆璎用手指掐着额头，冲着张秀玉点头让她坐下。

陆璎叹了一口气说："我早就知道陈家要出事的。陈家早早晚晚要走这一步，我一点都不奇怪，这是报应，躲也躲不过的。"

张秀玉眼睛湿润着，她惶惶恐恐地问："那我们怎么办呢？姐姐你现在就是主心骨，你得拿主意呀！"

陆璎说："我有什么主意？我现在心乱得厉害，也不知道怎么办好，请沈先生来，也是想商量个办法。"

张秀玉把目光转向沈中和。沈中和说："事情出得太突然，谁也没想到，打听打听情况再说吧。"

陆璎说："请沈先生辛苦一趟，明天去警察署打听一下，他们为什么抓人，陈掌柜关在什么地方。"

张秀玉说："听说那儿只要花钱，什么案子都能通融的。"

沈中和说："事情不会太简单，警察没有把柄，也不会随便抓人。我看陈掌柜进去后凶多吉少。"他侧过脸去，望着陆璎的脸色说，"陈掌柜不在家，宏发祥怎么办？人无头不走，鸟无头不飞，大家都会心散，我看宏发祥先关几天门，避避晦气吧。"

张秀玉觉得沈中和那张脸后藏着东西。藏着什么呢？她想象不出来，但他要办的事情让人生疑。张秀玉说："干吗要关宏发祥呢？陈掌柜也不是不回来，生意还要做吧！"

陆璎握着拳头，轻轻地敲着额头，说："我头疼得像要裂开似的，耳朵也空鸣，心里乱糟糟的，不知道怎样好……要么……就关几天吧。"沈中和点点头，好像整个晚上就等这句话似的，抬脚就走。人刚到门口，就被张秀玉挡住了。张秀玉说："沈先生别急，陈掌柜的事情还不清楚，宏发祥先别急着关门。当初福隆泰因为关了门，人散了心，生意伤了元气，就一蹶不振，我们可别走了福隆泰的老路。"沈中和站在那里，灯光照着他的半张脸，那泛着青白色的半张脸上流露出不屑来："二太太就别提福隆泰了吧，陈掌柜出了这么大的事你还提福隆泰，这不是火上浇油吗？真是……还是听大太太的吩咐吧。"

张秀玉涨红了脸，沈中和的态度让她的疑心加重，她把头转向陆璎，说："姐姐，如果宏发祥明天关了门，正阳街上的人都会知道我们陈家出了事儿，说不定会生出很多是非来。有一天陈掌柜回来我们怎么交代？"

陆璎用那柔软的拳头敲着额头，咳嗽着，想了想说："二太太说得有道理，按二太太的话办吧。"她见沈中和气咻咻的样子，又说，"明天还有许多事要请沈先生办，早点回去休息吧，我有话要和二太太说。"

沈中和无奈，只好悻悻退去。

沈中和离去后，张秀玉就落下了眼泪。她对陆璎说："姐姐，这到底是怎么回事啊？我们该怎么办？我不知道我怎么这么苦命。"

陆璎重重地叹了一口气说："谁让我们是女人呢？做女人就是这种命运，逃也逃不掉。我不知道明天会发生什么事情，真的，我一点也猜不出……我现在心里乱得很，像一团麻，理也理不清……"

张秀玉说："姐姐，谁乱你也不能乱，你要是乱了，陈家这片天就塌了。"

两个女人就这么唏嘘着，一直坐到天亮。

第二天宏发祥照常开门做生意，正阳街上平静如常。沈中和一大早去了警察署，中午才冻得嘶嘶哈哈跑回来。他一边用手搓着冻红的耳朵，一边跺着脚上的雪，半天才推门进屋。大太太陆璎躺在床上，额头有刚拔的罐子印记，桌上有半碗冒着热气的汤药。沈中和也不摘那顶翻毛圆帽和围巾，嘶嘶溜溜地抽着凉气说："陈掌柜没有关在警察署，是奉天来的人办的案子，谁也不知道他关在哪儿，看来案子挺重，太太们要有个准备。"

陆璎的眼神里充满了哀怨，她的脆弱心灵再次受到重压，产生一种承受不起的痛苦。她与张秀玉的忧郁目光相遇，两位太太都明白事情的严重性。陆璎说："外边的事还得请沈先生辛苦些，无论如何难也要打听到陈掌柜的下落。"她伸手端起药碗，喝下两口药汤，苦涩就溢上眉尖，"花钱的事别顾虑，倾家荡产也要先把陈掌柜保出来，有了人才有办法。沈先生去办吧。"

沈中和迟迟疑疑地不想走，他看了张秀玉一眼说："我想和大太太商量点事。"张秀玉见状起身就走，被陆璎拦住，陆璎说："陈家没有瞒二太太的事，有话你就说吧。"

沈中和脸上闪烁着暧昧的表情支吾着说："没事，以后再说吧。以后我再找大太太。"

沈中和走后，陆璎好像耗尽了力气似的躺下来。韩妈送来白绸巾，陆璎接过来扎在头发上，又接过镜子照了照。她问张秀玉："你看沈先生这个人怎么样？"张秀玉想说："这个人阴里阴气的，让人猜不透，我不喜欢这个人。"陆璎放下镜子，叹了一口气说："你刚来陈家，许多事情不知道，以后你就明白了。陈掌柜的事不能靠他，可惜我又不能出门，有些事得靠你了。"

张秀玉疑惑地说："姐姐你别乱说，我刚进陈家门，又年轻没有历练，能干什么呢？"陆璎说："有两个人可以帮助我们，一个是黄先生，他是大夫，心地宽厚，又经常出入商家和官家，知道的事情自然多，他和陈家有多年的交情，他会帮忙的。"陆璎说到这，拉住张秀玉的手叹息，"还有一个人就是舅爷。他在商会有资历，有人脉，上上下下都能说得上话，一语千斤。只是陈九平日聚财太狠，伤害了一些人，舅爷肯不肯帮忙不一定。只有你出头找舅爷还有希望。我知道这样委屈你，但实在没有别的办法了。"

张秀玉听着，慢慢地理出了头绪，明白这大千世界，谁和谁搅在一起是命中注定的，想躲也躲不开。她说："到了这个时候姐姐还说什么委屈不委屈的，我去办就是了。"张秀玉起身要走，又被陆璎拉住了手："你出去办事，不要让沈先生知道，不为什么，只是觉得世事艰难，多一点防人之心吧。"

张秀玉从陆璎的脸上读到了幽怨和隐痛。她走出大太太房间时，外边的积雪已经很厚。她看了看天空，雪花仍在零星地飘落着。这个冬天漫长而寒冷，她心里积满了迷茫和困惑，真想哭出声来。

张秀玉穿上那件貂皮大衣，围一条狐狸围脖，戴了一顶俄罗斯女人那种皮帽子，穿了一双长筒皮靴，浓妆艳抹地跑了几天。她拜访了中医黄先生和舅爷何联明，还去了商会。冬天正是气管炎发病季节，舅爷足不出户，哮喘得天昏地暗，咳嗽声不断，说一句话脸都憋得通红，咳嗽声中断时，喉咙里呼噜呼噜的发不出完整的音来。舅爷涨红着脸，用大手帕擦着鼻涕眼泪和口水，一字一句地说："陈九出事不奇怪……咳咳……出事就出在……咳……家贼上，外边的风声挺紧……总之要小心。"舅爷咳嗽了半天，最后说："找找商会……和警察通融通融……破费点钱财……陈九该出血了……总之我现在是废人了……咳咳……"

张秀玉说："商会那里还得请舅爷出面，我秀玉人小言微，支不起人家的眼皮，舅爷只要能说句话，打雷下雨一样有分量。"

舅爷笑着指着自己的喉咙说："我现在这副样子……咳……谁还当回事……咳，老朽了，老朽了。"

张秀玉说："凭着舅爷的身份和名望，只要您往商会一坐，谁不像是拜佛爷一样捧着您。"

不由得舅爷分说，张秀玉跑到马路上截下一辆出租汽车，同舅爷的老仆人一起，连背带搀扶地将舅爷塞进汽车，差点让舅爷憋回那口元气。坐进汽车，舅爷还大口大口地喘息，浑身哆嗦成一团，一阵一阵地咳嗽着……坐在身旁的张秀玉用小拳头在舅爷的背上捶着，嘴里千好万好地说着恭维舅爷的话儿。

商会的人也听到了陈九出事的消息。对出面具保陈九，有人反对，认为陈九从来不和商会打交道，不参加商会的公益活动，平时还常对商会有讥言。

坐在一旁的舅爷哮喘着说："陈九也是买卖人……咳咳……为市面的繁华……啊……出过力……咳咳……再说日本人也……一直想算计他……咳……总之该帮一把……"

商会最后议定，由商会出面到道外警察署打听陈九的下落，并联名几个商家到东省特别警察厅活动，通融上层长官。

张秀玉又雇了汽车把舅爷送回家，千恩万谢告辞出来，心里有了几分宽慰，决定再去找黄先生。

她不愿意再坐车，穿着那双小羊皮的高腰靴子，咯噔咯噔地在覆盖着冰雪的马路上走着，在南勋街的一个街口，发现了卖冻梨的床子，她买了几个冻梨，用纸包着，装进裘皮大氅的兜里。

在黄先生家里，正好有病人看病。黄先生让张秀玉到书房等他。张秀玉进了书房便见到一面大穿衣镜。她摘下帽子，脱掉貂皮大衣，露出黑绿色旗袍，便先照起镜子来。她理了理新近电烫的大卷发，又左右扭了扭腰肢，便浅浅地笑了。她找了一把椅子坐下来，书架上的典籍和墙上的字画都勾不起她的兴致，便想到路上买的冻梨。她越来越想吃这种又酸又甜的东西，总也吃不够。她怕黄先生看见笑话她不省事，灾难临头也不忘馋嘴，便拿出一个擦干净，用手帕包着，小心翼翼地啃着。她坐在那里吃冻梨的沉迷样子完全像一只在厨房里偷吃的小花猫。黄先生送走了病人进到书房，一眼就发现了张秀玉偷吃冻梨的尴尬。冻梨包在手帕里，嘴在嚅动着，嘴角和腮上沾着水汁。

黄先生笑着说："吃吧吃吧没关系，女人有了喜总要带些馋相，贪吃一两样东西。没事的，吃吧。"

张秀玉先是惊讶，立刻脸就红了，忙用手帕去抹嘴角，结果口红也抹掉了，脸上的胭脂失了均匀，眼睛笑得弯了起来。黄先生说："二太太化了妆，又穿了件肥大的貂皮大衣，可你一进门我就看出二太太有喜了。怀了身孕的女人吃相、坐相、走相与众不同，我当了三十年的妇科大夫，什么事情也瞒不了我。"黄先生洗了手坐了下来，"如果我没看错的话，二太太怀的是男胎，要生公子的。我来把把脉。陈掌柜托二太太的福，真的有了生儿子的福气。"张秀玉慌忙得不知所措，她涨红着脸说明了来意，黄先生坐在太师椅上沉思起来。

黄先生想了片刻，直起腰来说："既来之则安之。我还是先给你把把脉，这也是陈掌柜的人生大事，不可轻视。"张秀玉乖乖地坐到跟前来，伸出了胳膊放到脉枕上，由黄先生把起脉来。黄先生微闭着眼睛说："二太太身子有喜三个月了，而且是男胎，眼下要吃好喝好，不急不躁保证胎儿的正常发育。"张秀玉抿着小嘴垂着眼帘说："陈掌柜出了这么大的事，我怎么能不着急呢！"黄先生把完了脉，洗过了手又抓起那对铜球。铜球在黄先生手掌里娴熟地翻滚着，发出那种金属的撞击声。这声音让张秀玉听着闹心，又不敢发作，只好眼巴巴地望着黄先生出神。黄先生说："回去跟大太太说，陈掌柜的事我会上心的，今天晚上警察厅长官的家眷让我去看病，我顺便打听一下。我想陈掌柜就是不关在警察署，他们也会知道下落的。"

张秀玉从黄先生家里出来时，天空又飘起了雪花。张秀玉的心绪就像这纷繁的雪花一样飘散。冬天马路上积的冰雪很厚，行人踏上去发出嘎吱嘎吱的声音，她那双小羊皮高腰靴子更显得舒适合脚。她愿意走路，愿意让自己纷繁的心绪理出个条理来。

关于怀孕的事她早有觉察，她已经两个月不见红。但张秀玉拿不准，她和赵小品在一起的时候，曾经有过不见红的经历，当时着实地把她吓了一跳，到处寻访打胎的方子。后来经大夫检查，不是孕症，而是一种病，是经常服用赵小品带回来的不孕的药方所致。这次停经，她没有经验，害怕又是病症，不好意思去问人，她连陈九也没告诉。经黄先生点拨，她才恍然大悟，她如此贪吃那又凉又酸的冻梨，是女人的妊娠反应。她不由得暗自嘲笑自己。

走在路上，她的手又触到貂皮大氅兜里的冻梨。她拿出一个，用手帕擦净啃了一口，那又凉又硬的冻梨冰得她龇牙咧嘴……她想她怀了陈九的孩子又是男婴，使她在陈家有了安身立命的根本，但陈九的凶吉莫测使她的欣喜布上了阴云。这几天大太太陆璎脸上的幽怨和隐痛使她捉摸不定，沈先生那一脸的阴里阴气的样子让她生厌生烦。张秀玉隐约感觉到在陈家这场密布的风雨里，还流动着另外一种东西，这东西看不见摸不着而无处不在……一想到人世间还有严霜利剑，张秀玉就会脊背发凉，就会心意懒散。

风裹着雪花扑到脸上，寒冷会使皮肤干燥，张秀玉缩起脖子，把嘴巴埋进狐狸皮围脖里。她眯着眼睛搜寻着，看到离家不远的街口上卖冻梨的床子。她疾步赶过去。卖冻梨的是一个少年，冷风里冻得瑟瑟发抖。张秀玉每次出入家门口时，那少年都偷眼望她，但她到他摊位上买冻梨时，那少年总是板着面孔，一副正经凛然的样子，从不正眼瞅她。她也故意板着面孔不理睬那少年，两个人像是斗气的雏鸡似的从事着每次的一买一卖。这次张秀玉从少年手里买了一大纸包的冻梨，在付钱的时候，破例冲那少年友好地笑了一笑，那少年漠然地竟然没有回过神来，毫无反应。张秀玉也不恼，在少年找零钱时，她挥挥手说不要了，又送给少年妩媚的一笑，转身走进大院的门洞，留给少年的是一脸窘相。

虽然飘了几天的雪花，但楼梯经常由伙计们打扫所以没有积下雪。张秀玉的小羊皮靴子踏在楼梯板上，发出咯噔咯噔的响声。大太太房间的门吱呀一声开了，从屋里闪出一个人来。虽然天色昏暗，张秀玉仍然认出那是沈中和沈先生。他迎面下来时同张秀玉擦肩而过，看也没看张秀玉一眼，在张秀玉的注视下，只是含糊不清地哼了一声，就匆匆下楼去了，这使张秀玉老大不快并顿生疑窦。

张秀玉上了楼毫不犹豫地进了大太太的房间。屋里还没开灯，陆瓔一个人坐在黑影里，见张秀玉进来便说："回来了，跑了大半天，坐下来歇歇吧。"沉默了一会儿，又说，"天黑了，把灯打开吧。"吧嗒一声张秀玉拉亮了电灯，只见陆瓔坐在那里，脸色灰白，眼睛噙着泪水。

"韩妈呢，韩妈怎么不在家？"

"韩妈去世一堂抓药去了。"

"凤仪呢？"

"凤仪上学还没有回来，她想考燕京大学，夜里上补习学校。"

"刚才有人来过？"

"沈先生刚走，他来告诉我陈掌柜仍然没有消息。你呢？听到什么了吗？"

张秀玉便把去舅爷家、和舅爷去商会还有去黄先生家的经过说了一遍，关于怀孕的事情，她话到嘴边又咽了回去，她觉得此时此刻说这件事不合时宜。陆瓔叹了一口气说："也难为你了，看来只有指望着商会和黄先生帮忙了。"

陆瓔看见张秀玉怀里抱着的一大包冻梨，突然发问："二太太你是不是有喜了，怀了身子？前几天我和韩妈说这件事，怕你年纪小不愿意说，早想问问你，这几天又忙得昏了头。"

张秀玉点点头，把冻梨又往怀里抱了抱，脸也觉得发热。陆璎指着桌子上放着的一个蒲包说："这是我让韩妈给你买的新鲜水果，待会儿韩妈回来让她给你送过去。"陆璎坐累了，换了个姿势，又解下前额上的绸布，用手揉着额头说："还有厨房里煨的鸡汤，你把它喝了滋补滋补身体。女人怀着身子都嘴馋，想吃什么让韩妈给你做，千万别累垮了。你要是累垮了陈家就没有可指望的人了。"

张秀玉鼻子一酸眼圈又红了，她想大太太真是又细心又体贴的女人，便说："姐姐你放心，我年纪轻身板结实累不着的。"说完便抱着那一袋冻梨告辞要走，陆璎又喊住她，一瞬间她又从大太太的脸上看到了幽怨和隐痛。陆璎一边往额头上系那条白绸布一边说："二太太你年纪轻，信我一句话，不要把这个世界看得太好，也不要看得太坏。这个世界混混沌沌，混沌得让人分辨不清。"

张秀玉听不懂陆璎的话，陆璎的话好像说给自己听的。她直觉感到大太太心里装着一个莫测的世界，这个世界不是她一时能摸得着看得清的。她还是点了点了头，才离开大太太的房间。

回到自己屋里，张秀玉第一件事就是吃冻梨。她啃着生硬冰凉的冻梨，脑子里还想："沈中和到大太太房里干什么呢？一副鬼鬼祟祟的样子。"

第十一章

　　黄先生夹着诊包，由那个在警察署长家跑勤务的小警察领着，进了十四道街监狱。他们两个左拐右拐在一个长廊的拐角处停了下来。这里由一个铁栏门挡着，里边一侧是一排牢房。

　　小警察敲着铁栏门，嘴里喊着黑头黑头，就有一个又黑又胖的警察从门边的一间屋子里走出来。叫黑头的警察眼睛有点斜，嘴里叼着烟卷，腆着肚子斜视着小警察说："你小子有什么事，大惊小怪的乱砸门，这是鬼门关，瞎嚷嚷什么，也不怕惊了阎王勾了你的魂去。"

　　小警察说："黑头你少啰唆，署长请了大夫，给陈掌柜看病来了。"

　　"操，哪个陈掌柜？"

　　"别充愣装傻，快开门，耽误了公事你有几个脑袋，你黑头也怕见阎王不是？"

　　"你小子吃了豹子胆啦，陈九可是东北保安司令部特别关照要严密看守的犯人，署长亲自交代给我的差事，不是随便什么人想看就看的。"

"这可是署长派来的大夫，你也敢顶？"

"就当官的嘴大，不许见人的是他，领人来见的也是他。"

"谁让你当不上官呢，当个大头警察就别委屈，快开门吧！"

"你小子狗仗人势，出了麻烦你担着？"

"有病治病，王法上也有这一条。有署长发话，你黑头闲吃萝卜淡操心，不怕砸了饭碗。"

黑头从那肥大的腰带上解下钥匙，哗哗啦啦地打开锁，拉门把黄先生让了进去。小警察站在门外说："黑头，我去给署长太太抓药去，太太的丫头小翠在门外等我，回头我来领人。"

黑头斜了他一眼说："你小子学点出息，别尽往女人堆里钻，女人看上去是朵花，捅一下是马蜂窝，小心蛰烂了你的狗头。"

小警察也不答话，冲黑头撇撇嘴，笑嘻嘻地扭头就走了。黑头重新落锁，回过头来斜着眼睛打量着黄先生，问："你是大夫？"

黄先生点点头，从棉袍里拿出一沓大洋票递了进去。黑头接过来也不数，就装进兜里，又拿过黄先生的诊包看了看，说了声"操"，就晃着膀子在前边带路，黄先生夹着诊包跟了过去。

黑头说："人是穷是富别摊事打官司，警察，过堂，笆篱子，道道是鬼门关。"

黄先生说："您先生这差事挺辛苦。"

黑头说："辛苦个屁。咱俩这活儿犯相，我是他妈的专往阎王爷那儿送人的，你呢有点跟阎王爷过不去。"

黄先生说："笑话笑话，做大夫的治病不治命，生死簿子还在您这儿掌着。"

黑头被说得有些得意，他停在一扇铁门前说："就这儿，你进去吧，有病快看，有话快说，时间可不多。一会儿那个小狗腿子就回来。他一回来就会催命似的瞎嚷嚷，一个鸡巴小勤务，就把自己当成伺候皇上的公公了。"

黑头打开那扇铁门，把黄先生放进去，又从外边咣当一声锁上了。然后就晃荡着膀子，腆着肚子回到看守住的小屋里。在走廊里，他一边摇头晃脑地唱着"青是山绿是水，花花世界"，一边掏出大洋票，往肥大的拇指上吐了口唾沫，一张一张地点起来。

在牢房里，陈九忽地从床上跳起喊："黄先生……是你？"黄先生说："我好容易才进来，陈掌柜你没事吧？"

陈九说："我没事。是有人暗算我，为一些陈粮旧糠的事，他们想要我的命，想毁了宏发祥，这些浑蛋太歹毒了。"

黄先生放下诊包，坐下来说："事态有些严重，现在变得复杂了。"

陈九问："怎么回事，黄先生你听到什么啦？"

黄先生便把从警察署长那儿听到的消息告诉了陈九。陈九是被人举报通匪被抓捕的。举报者供出宏发祥与山里的土匪沆瀣一气，窝赃销赃。黄先生说："如果就是这些，事情还好办些。

上个月东北保安军剿灭一股土匪，那大当家的被活捉，押往奉天后，供出十年前的劫持一火车皮俄国贵重毛皮案，此案牵扯到陈掌柜和宏发祥。保安司令部已电告地方当局，要两案合一，准备把陈掌柜押往奉天审理。"

陈九一听脸色变得蜡黄，他从床上站起来，在狭小的牢房里走着，拳头捏得嘎巴嘎巴响，最后停在黄先生面前说："看来他们要合起伙来整治我。当年虽说是我和绺子有买卖，也有人情上的往来，事隔多年，许多事情说也说不清了。现在只有花钱了。花钱把我赎出去。"

黄先生说："花钱也不是太容易的事。"

陈九说："我现在手头有钱，都存在犹太银行里，是准备用来开工厂的。黄先生你回去告诉太太，拿出来用吧，花多少钱我都不在乎。女人头发长见识短，告诉太太，钱是人赚的，破财免灾，不要小气，只要我陈九出去，我还会赚回一个工厂的。谁也别想挤垮我。"

陈九走到门口，从小窗口向外望了望，回过身来对黄先生说："告诉太太，要提防沈中和，这次出事就是他干的。他和庄本商行穿一条裤子，早就想搞垮宏发祥。那个庄本不想让我开工厂，办毛皮业，截他的财路。"

陈九吐了一口气又说："没想到在身边养了一只狼，让他咬了一口。"

黄先生打开带来的诊包，要给陈九把脉，看看舌苔。陈九连连摆手，说："没事没事，我吃得下睡得香，不会生病的，他们想要我的命，我偏活得自在。"

陈九又问了一些外边的情况，黄先生一一讲了。黄先生说："我得恭喜你陈掌柜，二太太有孕了，而且是个男婴，我有经验，是万无一失的。陈掌柜你要多保重。"

陈九听了沉默了好久，突然挥着拳头说："不行，我要出去，我一定要出去！我不能毁在那帮浑蛋王八蛋手里，宏发祥也不能毁在那帮浑蛋王八蛋手里。"

后来那个叫黑头的警察就哗哗啦啦地打开了门，说了一声"操，时间到了"，就把黄先生请了出去。

陆璎听到黄先生从牢房带出来的消息，好像被人一下子沉到水底，一肚子的话无处倾诉。黄先生说："既然有人作祟，就有化解的希望，陈掌柜当年和绺子打交道也是事出有因，虽有悖于法律，不至于生死无度，请个好律师，上下再打点打点，我想不会出什么大事。"送走了黄先生，陆璎周身冰凉，胸腔窒息。她心力交瘁地躺在床上，有气无力地叹息着，眼里噙着泪水。韩妈煨了人参鸡汤，用一只青花瓷碗盛着端了上来。她小心翼翼地说："太太趁热喝了它，你可不能垮下来。二太太有身孕，小姐年岁又小，你要是垮下来，陈家就没了主心骨啦！"

陆璎勉强喝了两口人参汤，皱着眉头说："我觉得心里的血都耗尽了。陈家的事情理也理不清，我真不知道该怎么办才好。我要支撑不住了。"

韩妈说："可别，太太你无论如何都要支撑着……"

陆璎放下青瓷花碗，叹息着说："我心里烦乱，想一个人待一会儿。"韩妈只好收起碗，退了出去。她走到门口，又被陆璎喊住。陆璎对她说："韩妈你到楼下账房告诉沈先生，让他今晚先别走，我下去同他商量赎金的事，请他务必等我。"

韩妈答应着出去了。

陆璎深深地陷入痛苦之中。她不敢相信陈九的猜测，但陈九的猜测提醒了她对往事的回忆和对沈中和的审度。她终于意识到，从被关进秧子房的那天起，她就失去了自己，一直依附在别人的航船上，随波荡漾，不能主宰自己的命运。她曾做过抗争，结果是越来越远离了自己的人生航道。

她对沈中和的朦胧情感带着某种对命运的抗争。如果真是沈中和告发了陈九，她悲哀地意识到，她将再次成为别人船上的帆桨。

陆璎躺在床上一百次地为自己寻找理由，期盼着命运不会如此残酷。就这样一会儿昏睡，一会儿醒来，好不容易挨到天黑。她起床喝了一小碗大米粥，看看时候不早了，梳洗了一番下了楼，来到账房里。

账房里灯光明亮，收拾得井然有序。沈中和果然等在那里。他见陆璎进来，忙搬了一把椅子，铺了一个厚椅垫让她坐下。

陆璎问了一些买卖上的事，才把话题落到赎金上。她问："现在柜上能有多少钱？"

"柜上……现在没有多少钱了，有些零星的收益，都存入银行了。"

"银行里能有多少钱？"

"银行里钱也不会太多。"

"陈九说他准备筹建工厂的钱都存在犹太银行里，那是一笔数目很大的钱。"

沈中和沉默了片刻，问："太太想用那笔钱做什么用？"

"陈九要出来，需要一大笔赎金，他说要用存入银行的那笔钱。"

沈中和摸索着从账桌上抓起烟盒，抽出一支香烟点燃了，狠狠地吸了一口，吐着烟雾说："太太，有件事我过去和你说过，我要做一笔大买卖，赚了钱我们远走高飞离开这里。银行里那笔钱我背着陈掌柜用了，用它做了那笔买卖。"

陆璎嚅动着嘴，苍白的脸涨上了潮红，继而又变成了灰白。她说："沈先生你怎么会这样……你到底做了什么生意，用了那么多钱？"

沈中和说："陈九发了疯，为了盖工厂，他放弃了一年一次的羊皮生意，那是有巨额利润的买卖，我接过来做了。我已经把货发往了海参崴、朝鲜和日本。钱马上就可以赚到手了，我办的事情就要成功了。"

望着沈中和无所谓的样子，陆璎心里冷得直发抖，眼睛里噙上了泪水，半天才从喉咙里发出一声呜咽。她说："沈中和呀沈中和，你是个账房先生，你怎么敢背着主人做出这种事情？你这是害了我呀！没有这笔钱，怎么能赎出陈九来？赎不出陈九我怎么向世人交代？"

沈中和冷冷地望着陆璎痛苦万分的样子，他说："太太，你为什么要赎出陈九，他出来对太太有什么好处？告诉你，陈九出来我们的事情就会暴露，他会饶了我吗？他会饶了你吗？你不替我想一想，不替你想一想，偏偏去想什么赎出陈九。"

陆璎像望一个陌生人那样望着沈中和，她逼视着沈中和的眼睛问："沈中和你告诉我，真的是你告发了陈九？"她见沈中和低头不语，又追问一句，"有人说是你告发了陈九，我不相信，你告诉我是怎么回事？你实话实说。"

沈中和抬起头来望了陆璎半天，他突然举起右手，在空中劈了一下，像下了决心似的说："太太如果我告诉你真的是我告发了陈九，你会怎么样？"

陆璎微微张着嘴，惊愕得一句话也说不出来。沈中和做出一副一不做二不休的样子说："是我告发了陈九，那又怎么样！我冤枉他了吗？这些年他做了多少黑道上的生意，山里那些绺子给他送来赃物让他销售，他常做这种一本万利的生意，他的许多钱就是从事这种买卖赚来的，你知道吗？你不知道，没有人知道，但我知道。我没有冤枉他。"他又哆哆嗦嗦地点燃了一支烟，说，"我要不告发他，我就有危险了。他马上就会发现我挪用了银行那笔巨款。现在是有他没我，有我没他，我已经是没有别的路可走了。陈太太，我们再坚持些日子，陈九只要被押到奉天，他就完蛋了。"

陆璎坐在那里，用双手捂着脸，全身都在抖动，痛苦得说不出话来。沈中和缓和了口气，他走过去扶着陆璎的肩头说："太太，我也是为你好，我知道你恨陈九，你应该离开他。"

陆璎放下捂着脸的手，哀怨地说："是的，我恨陈九，但这是两回事，是两回事你不懂吗？我不能这样做，真的不能。"

沈中和说："要是赎回陈九，我们就完蛋了，这叫水火不容，这个道理就这么简单。"

陆璎抓住沈中和的手，紧紧地握着说："沈先生，我不怕，陈九出来后我和你一起走，我们离开这里，离开这个人人争斗的地方，我太累了，到哪儿我都不在乎，只要过上清静的日子。"

"我们就这么走？身上不名一文，我们吃什么，喝什么？没有钱上哪儿去享受清静？"

"我不怕受贫穷，不怕过清苦的日子。沈先生，只要你真心对我好，我什么都不怕。"

沈中和不耐烦地把手抽出来，又回到账桌后边坐下。他望着陆璎惶惑的神色说："太太你真是越活越天真。你是官府家的小姐，嫁给陈九一直当阔太太，从来不知道钱的金贵。我和你不一样，我一直是个穷小子。我知道没有钱是什么滋味，没有钱就得低三下四做孙子，看人家的眼色做事，吃人家的残羹剩饭填肚皮，夹着尾巴做人。所以对于要到手的机会我绝不放弃。"

陆璎痛苦地说："沈先生，你不要逼我……"

"我不逼你，我为什么要逼你呢？你现在有你的自由，你可以和我合作，也可以不和我合作，我都不在乎。"

"沈中和呀沈中和，我没想到你是这样的人，男人为什么都这个样子？"

"陈太太，我也说一句让你伤心的话，你这个人做太太做婊子都不是最好的。做太太你惦记着和别的男人睡觉，做婊子你又想着竖一个漂亮的牌坊。你这个人将一事无成。"

陆璎被羞辱得无地自容。她这时才觉得真正陷入一个无底的深渊中，将永远不能自拔。她昂起头来恼怒地说："沈先生这样无情，就不怕我去告发你？"

沈中和平静地点燃了一支烟，轻轻地喷着烟雾说："太太你不敢，你要顾你的身份和名誉。一个玉洁冰清的女人怎么会搅到这种臭气熏天的浊泥里去呢？你告发了我你怎么做人？另外，我还想提醒你，犹太银行里的那笔巨款，是以你的名义提出来投资做生意的。我虽然是宏发祥的账房，但我动不了那笔钱。只有陈九和你才有这种权力，出了事人们会首先追问你。是你出卖了陈九，你跳进黄河也洗不清，我不过是受命办事罢了，没人会把我怎么样。"

陆璎这才彻底明白自己早已被人家编织进细密的网扣里，无论怎么挣扎都摆脱不出去了。她像一条离开水的鱼儿徒劳地挣扎着。她呼吸困难，头脑麻木，一阵眩晕就瘫倒在椅子上。朦胧中感觉到有人把她抱起来，放到一个坚硬的地方躺下，有一只大手在解她的衣裤。她恶心欲吐，想举手反抗，但她的手和脚都不受她支配了。渐渐地这一切都远了，她只能在心里喊不不不，后来就失去了知觉……等陆璎醒过来时，发现自己躺在宽大的账桌上，身上的衣裤散乱不堪。沈中和站在她身边，吸着烟不动声色地望着她，见她醒来只是轻轻地往她身上喷了一口烟雾，然后又坐到椅子上。陆璎摸着自己的下体，她明白在她失去知觉的时候，沈中和又在她身上做了那种事。陆璎此时讨厌和他做那种事，甚至生出一种屈辱，眼睛里涌上了泪水。她挣扎着爬起来，整理好衣裤，对沈中和说："沈先生，我没有想到你竟是个衣冠禽兽，我真瞎了眼睛。"

沈中和对陆璎的责骂并不介意，他带着泄欲后的懒散表情说："太太你好自为之吧，我不是无情无义的人，我不会把事情做绝，事成以后我会关照你的。"

陆璎不知道自己是怎样走出账房的。她内心充满了屈辱和痛苦，脚底下软绵绵的。在楼梯口上，她吃惊地发现了站在那里的张秀玉。张秀玉在寒风里站着瑟瑟发抖，院子里一盏照明的灯光照射在她那带有愠色的脸上。她抖着声音说："姐姐，我到处找你，没想到这个时候你还有心思享乐……我一直以为姐姐是个玉洁冰清的女人，没想到陈家也有这种男盗女娼的事。难怪陈九出事，陈九要是不出事反倒怪了。"

陆璎只觉得又被人重重地击了一下，险些瘫倒在楼梯口上。她伸手去抓扶手，在空中抓了几下才抓住那冰冷的楼梯扶手。她带着绝望的声调问：

"你……你都看到了？"

张秀玉冷冷地说："我没看到什么，那种事情我不看也不想看。"

陆璎捂着自己的嘴，强制自己不哭出声来。如果沈中和的亵渎让她自责，而此时张秀玉的突然现身却让她委屈得生出一股无名火来，她突然昂起头来，盯着张秀玉的脸，压低声音说："你知道什么？你来陈家才几天，还轮不到你来教训我。"

张秀玉说："我哪敢教训你，我只是替陈九着想，他蹲在大牢里吃苦，还不知道是谁卖了他。"

"你别胡说。我不许你胡说。"陆璎只觉得自己头痛欲裂，身体要支撑不住了，便强挺着从张秀玉身边越过，跌撞着跑进自己的房间。

当天夜里，陆璎的病情严重起来，发高烧，说呓语，一直处于昏迷状态。韩妈一夜没有合眼，守在陆璎身边。到了后半夜，陆璎又开始抽搐，韩妈也害怕了，叫起了张秀玉和凤仪，大家守着陆璎都没了主意，天快亮了才想起打发睡在商行里的伙计老张和滨生去接黄先生。

黄先生来后，替陆璎把了脉又翻看了她的眼底和舌苔，说太太操劳过度，又受了刺激，毒火攻心，这病最容易致命的，幸亏还不算太晚，再拖下去就危险了。他打开诊包，拿出一包银针，消了毒，给陆璎前胸后背行了针，又用黄酒搓了她的手心和脚心。这时已经是早晨。黄先生嘱咐韩妈看护好太太，也不开方子，自己到世一堂抓了几服草药，回到陈家，又兑了几样自己带的草药，亲自下厨房煎好，滤了一小青花碗，让韩妈拿瓷勺一勺一勺地给陆璎喂下。渐渐地陆璎烧也退了，呼吸也均匀了，到了下午竟然可以安稳地睡觉了。

陈家对黄先生自然千恩万谢。黄先生说："陈家现在是多事的时候，大太太的病体又需要静养，千万不要让她受惊吓，警察署方面我可以多出力，商会那里就靠二太太啦，等陈掌柜出来就好办了。"

这几天陆璎一直醒醒睡睡，旧病再没有发作，大家也都放下心来。由于商会方面具保，警察署已呈文东北保安司令部，以陈九病重为由，暂不押送奉天候审。如果奉天方面不再追究，警察署将报地方法院，以陈九经商不轨、牟取非法暴利的罪名，罚重金赎身结案。这使得陈家又大大松了一口气。

舅爷又把张秀玉传了过去。舅爷咳嗽着对张秀玉说："二太太……官司有了眉目……咳咳……不是终案……咳……上下还得打点，还是要……破费钱的……要和大太太商量好……赎金……咳咳……总之夜长梦多，不能大意。"

舅爷又指点了警察署方面如何打点，地方法院方面如何打点，最担心的是东北保安司令部再行追究。但人先想办法出来，有事时可以暂时躲一躲。从舅爷家里出来，张秀玉心里有了底数，又轻松了不少。回到家里一说，陈家上下绷紧的神经都舒展开了。只有陆璎心事重重地躺在床上，皱着眉头苦着脸一言不发。众人都认为太太重病在身，精神不济，只盼望她早点打起精神安排赎金的事。

张秀玉说："姐姐，这需要一大笔钱，你看怎么办？"

陆璎无神的目光转向窗外，她说："家里一时拿不出这笔钱来。"

"柜上不是有吗？"

"柜上也没有这么多。"

"那怎么办？"

"我也没有办法。"

"这么大的事，你不能撒手不管哪！"

"我怎么会不管呢？"

"姐姐，这可是人命关天的大事，紧要关头我们姐俩不能藏着心眼呀！"

"陈家的事我知道该怎么办。我会安排的。"

张秀玉满腹疑惑，她想到那天晚上在账房看到的情景。那天白天她去舅爷家和商会奔走，回来后去找陆璎，见她躺在床上睡觉便退了出来。那几天她奔波得很累，回到自己房里也和衣睡下了，醒来时天已经很黑了。她吃过饭又去找陆璎，见她房里没有人，便问韩妈，韩妈说大太太去账房了。张秀玉不愿见沈中和，便在陆璎的房里等她，左等也不来，右等也不来。因为没有要紧的事，她本想回房睡觉了，来到走廊上，看到楼下账房里的灯光，突然生出一分好奇。她来到陈家还从来没有到那间账房里去过，不知里边是个什么样子。这么晚陆璎还不回来，她也有几分担心，担心陆璎拖着病身子上楼下楼不方便，便决定去接陆璎。进账房先进两道厚重的楼门，楼门里是走廊，走廊还有一道门通账房。张秀玉站在账房门外，仔细倾听，里边没有说话声，这使她纳闷，"大太太没在账房里？"她想着就轻轻地推开了门，一眼就看到陆璎衣服不整地躺在宽大的账桌上，张秀玉脸腾地红了，心突突地狂跳起来，她迅速地关上门，站在走廊里简直不相信看到的情景，又没有勇气再看第二眼，便轻轻地退了出来。她站在楼梯上发呆，数九寒天竟然没有感到冷，直到陆璎出来。开始她只把这件事看成陆璎和沈中和之间的私情，甚至后悔自己的唐突，现在却越想越不安，特别是陆璎迟迟不提赎金的事，想起来甚至害怕了。难道大太太和沈中和之间有什么图谋？是他们有意加害陈九？想起陈九出事后，沈中和和陆璎的一些暧昧表现，张秀玉心里的疑团就越聚越大，开始时时刻刻地折磨自己了。

一天，两天，到了第三天早晨，张秀玉刚刚起床，韩妈就笑吟吟地进来。韩妈站在地中央，望着在床和梳妆台之间来回走动着的张秀玉唠叨着："大太太今天好多了，喝了一碗燕窝粥，还通了便，气色也好。大太太病好了，陈掌柜能回来，二太太再生个少爷，陈家又兴旺了。"

张秀玉望着这位忠心的佣人，心里七上八下不知道该说什么好。韩妈见张秀玉愣神才说："二太太，你看我这记性，大太太身体好些了，我竟高兴得丢三落四糊涂起来。大太太让我来请二太太，吃过早饭到她房里去一趟，大太太说有要紧的事找二太太商量。"

张秀玉来到陆璎房里时，见她精神果然好多了，正靠着花缎被半躺在床上，丰满的额头没有了拔罐子的印迹，又除了白绸布带，显露出脸庞的俊秀和端庄。陆璎见张秀玉进来，拍着床沿让她坐到跟前来，两人虽然靠得很近，但都垂下眼帘一时无话，气氛显得尴尬。沉默片刻还是陆璎气力不足地先开口，她说："我这场病让妹妹受惊受累了，现在总算有了一点精神，想快点把该办的事情都办了。"

张秀玉有所戒备地望着陆璎，担心她提出什么可怕的主意来。陆璎顺下眼睛，小声小气地说："我知道妹妹着急，陈九一天不出来，我也一天不安心。我也一直想着赎金的事……可惜柜上没有那么多钱。"张秀玉不等陆璎说完，就尖着嗓子说："陈九不是说钱存在银行里吗，怎么会没钱？"陆璎望了张秀玉一眼，叹了一口气说："你刚来陈家不久，还不知道陈家的许多事情，不过你很快就会一件一件地清楚了。"

张秀玉涨红着脸问："陈家的事我还有什么不知道？我都知道。难道陈九的事就这么算了？真是人心隔肚皮……你真是那么歹毒……"

陆璎皱起眉头望着张秀玉说："二太太我知道你在想什么，也知道你要说什么，我不怪你。但是你现在什么也别说，什么也别问。我说过，陈家的事你早晚会知道的。"她手扶着额头像是自言自语似的补充道："时间不会太久了，一切都会明白的。你是陈家的二太太，陈家的事你当然应该知道。"陆璎说完，从身后取出一个精致的珐琅箱子。她打开箱盖，里边是一些首饰，还有一张房契。陆璎把房契拿出来，对张秀玉说："陈家已经没有可以动用的钱了，这是陈家在四家子的房产，也是陈家用来看家的财产，万不得已是不该动的。现在只能把它卖掉，来赎陈九了。"

张秀玉接过房契，一时想不明白这意味着什么，半天才领悟到卖掉房产的真正含义。她问："姐姐，这是真的？陈家只有卖掉房产才能赎出陈九吗？"

陆璎说："是，我们已经山穷水尽了，只能走这一步了。我知道这一步很难，等于陈家要倾家荡产了……可是我没有别的办法啦！"

"那银行的钱呢？"

"那笔钱的事一时也说不清楚，救人要紧，现在我不想说，不能节外生枝。"

"不，我让你说清楚。"

"我说过你什么也不要问，问也没有用，我什么也不想说，到时候你就明白了。"

第十二章

早上，沈中和带着一身的寒气进了宏发祥。壁炉刚刚点燃，炉膛里发出呼呼的响声，账房里飘浮的烟气没有散尽。他脱掉那件带水獭领的大衣，习惯地把手放到火墙上。火墙的温度让他想起伙计们不冷不热的面孔，到处充斥着的消极和怠慢使他恼火而无法发泄。

他抄起水壶才发现壶里没有一滴水，他想喊人烧水但最终压抑了自己的欲望。他想他不能急，有一天他会让这些平庸无能的家伙拜倒在他的脚下俯首称臣的。他放下水壶，屁股坐进平日陈九常坐的那把转椅里，开始扭动身躯让椅子旋转。那吱呀响着的转椅使他产生一种漂浮的感觉。他想他现在好像坐进一只漂浮着的船里，这只船驶离了码头，正在水里漂泊，对岸近在眼前他却无法向它靠拢。无法靠岸的船便有被颠覆的危险，在梦多的长夜里他为这种担心倍受煎熬，他那眍下的眼窝和憔悴的面容清晰地印记着为此所耗费的心血。

店堂的门板噼啪响了一阵，卸下门板的前堂忽地明亮起来。

遵承陈家两位太太的意志，宏发祥每天开门卖货，撑着门面以示平安。沈中和把椅子转了一圈后，见账房的门被推开，刘云闪了进来。

沈中和和刘云是同乡，沈中和又是刘云入店当伙计的保人。凭着这一层关系，平日两人有些来往，自从沈中和对刘云有了暗示和许诺后，刘云变成了沈中和在宏发祥伙计中的耳目。

刘云闪进账房后就慌着回头瞅门，好像有人跟在屁股后边，这副龌龊的样子让沈中和反感。他说："怕什么，谁还敢吃了你，有话快说。"

刘云压低声音说："沈先生，他们在背后说你……"

沈中和从抽屉里拿出小剪子，开始修理指甲。

"说什么？"

"说……说是你报告的官府，害得陈掌柜蹲了笆篱子。"

沈中和也不抬头，继续问："还有什么？"

刘云又向门口瞥了一眼，向前走了一步说："他们还说……陈掌柜要回来了。"

沈中和一愣，脸也绷紧了。他抬起头来问："谁说的？怎么说的？"

"大家都这么说。"

"大家是谁？"

"这……"

"为什么说陈九要出来了，谁说的，怎么说的，你一样一样地给我说明白。"

210

"就是说能出来……大家都这么说，反正没人说为什么，就这么回事……"

沈中和放下剪刀，皱起眉头想了想说："别听他们瞎说，听我的。我说陈九出不来就出不来。不过刘云你别整天一副贼头贼脑的样子，你这副样子谁也不会和你说实话，记住没有？"

刘云点点头。

刘云离开账房后，沈中和又陷入沉思。他倒不相信陈九会被放出来，只要陆璎拿不到那笔钱做赎金，就等于卡住了陈九的命脉，陈九就永无翻身之日。他担心的是陈九迟迟不押往奉天，天长日久，很难说不发生意外。

沈中和从转椅上站起来，走到火墙跟前。火墙已经烧热，他暖着自己的手，通过玻璃窗看到伙计们都上了柜台，店堂里有了顾客，便回身抓起账桌上的电话。他给庄本打了一个电话。放下电话后，他看看表，摘下挂着的水獭领子大衣，穿上大衣，又戴上那顶水獭帽子，系上一条羊毛长围脖捂住了脸，只留出两只眼睛，从后门溜出了宏发祥，在街口踏上一辆马车，吩咐马车夫向道里方向驶去。马车到了庄本商行门前停下，沈中和下了车，四下看看没人注意，才闪进庄本商行的大门。他被带到二楼客厅，庄本正在那里等他。

客厅完全是按日本风格布置的，地上是榻榻米、矮桌，桌上摆着花瓶和花，墙上有日本的浮世绘。庄本穿着和服笑眯眯地迎接他。连上茶的佣人也穿着艳丽的和服，趿拉着木屐，走起路来一颠一颠的。庄本说："请原谅我穿日本的服装欢迎你，在家里我习惯穿和服，这样更舒适方便些。"

沈中和并不介意庄本穿什么服装，他现在满肚子心事，想向庄本讨教。他说："庄本先生听说没有，警察署已经呈报东北保安司令部，陈九将暂不押往奉天归案。"

庄本品了一口茶，抬起头来说："是吗，这可是个危险的信号。"

"我匆匆忙忙赶来同庄本先生商量的就是这件事。"

庄本放下茶杯，笑着问："你那位漂亮的情人陈九太太表现如何？"

"她是个极爱脸面的人，面对这种局面她只能是无可奈何。如果陈九关押在哈尔滨我担心夜长梦多，生出是非来……"

"奉天那边是什么态度？"

"现在尚不清楚，我对上层无能为力。我希望庄本先生从日方对东北保安司令部发生影响。"

"我倒有些朋友，但目前办不到。目前中国有强烈的排日情绪。哈尔滨在排日，各界都在签名、请愿、游行，东北在排日，全中国都在排日。皇姑屯事件后，张学良对日本也有敌对情绪。他们都成了惊弓之鸟，对和日本有关的事，他们都十分戒备。"

庄本这种不冷不热的态度让沈中和不安，沈中和突然觉得自己孤立无援，变得委屈起来。他说："庄本先生，这件事是涉及我们双方利益的事，现在变成我自己的事了，恶人由我来做，风险由我来承担，庄本先生不能撒手不管哪！"

庄本盘腿坐在那里，脸上仍然带着微笑，说："是的，沈先生说得对，我们都想搞垮陈九和宏发祥毛皮商行。"他扳起手指说，"但是，庄本商行和宏发祥商行完全是商业上的竞争，庄本商行不能直接从宏发祥商行获得任何利益，但沈先生你能，你吞吃了陈九的大量资金并占有了他的漂亮太太，如果陈九出来，庄本商行也不会受到直接伤害，但沈先生你会，他对庄本商行无可奈何，他没有理由去扼杀一个商业对手。但他决不会饶过你的。"

沈中和长长的头发耷拉下来，被汗水粘在前额上，本来白皙的脸变得煞白。他气急败坏又不敢发作，嘴里嘀咕着："当初如果没有庄本先生的鼓励，我也不会去冒这么大的风险，弄得现在进退维谷。"

庄本端坐那里笑出了声，他说："沈先生在生意场上多年，应该是见过世面的，怎么遇上风浪就惊慌起来了？"他站起来，走到沈中和坐的矮桌对面，替他斟上茶，拍着他的肩头说："不过是一点风险罢了，又不是遇上了死棋，招数还是应该有的。"他重新挺胸端坐，望着沈中和由红又变得苍白的脸色说："奉天那边还可以试探着活动。退一步讲，就是陈九留在哈尔滨，你手里还是有王牌的。你还有一个漂亮的情人，你要把她玩弄于股掌之中，既不要把她放松，又不要把她逼得太紧，让她站到你这边来为你效力。只要她不出钱赎出陈九，商会和警察署都不会多管闲事的。"

沈中和说："陈九太太是个极爱脸面的女人，她决不会公开出来反对陈九的。"

庄本说："对于一个极要脸面的女人，再也没有比威胁她的脸面更有效的办法了。"

沈中和抓着自己的头发喃喃地说："我现在是过河的卒子，没有退路了。"

庄本说："为什么要退呢？将来毛皮业操纵在沈先生手里，沈先生不是如鱼得水了吗？那时候你是主人，别人得依仗你的鼻息生存。我们合作的前景要比现在广阔得多，我们不仅要称雄哈尔滨，称雄东北，还要称雄东北亚。那时，沈先生的显赫不是今天所能比的了。"

这时身着和服的女佣端上了酒菜，庄本拍拍手掌，从隔壁拉门里进来两个穿着艳丽和服、浓妆艳抹的年轻艺伎，她们都抱着乐器，深深鞠躬后站在那里恭恭敬敬地等候吩咐。

庄本端起酒杯，对心事重重的沈中和说："在我们日本，人们都喜欢樱花，崇尚武士，认为樱花虽然开得短暂，但灿烂辉煌，武士虽然会战死沙场，但他们的事业轰轰烈烈。沈先生，人生在世机会并不多，抓住它就会辉煌，失去它就像落地的樱花，只有化作泥土了。"他举起杯对等在一边的艺伎说，"喂，你们两个，就先来那个《樱花与武士》吧！"

就在沈中和偷偷坐上那辆马车，沿着正阳大街向西，直奔道里的时候，张秀玉穿着貂皮大氅，戴着皮帽子，围上那条狐狸围脖，包裹得严严实实的也登上一辆马车，沿着正阳大街向东，直奔四家子方向驶去。

高大的洋马迈着细碎的步子在马路上奔跑，发出嗒嗒的清脆蹄声。张秀玉让马车夫落下皮帘子，自己深藏在车厢里，一路上思绪不断。自从她知道了陆璎和沈中和的私情，总觉得陈家处处潜伏着危机。开始她担心陆璎会因为自己的私情而置陈九于死地，当陆璎拿出房契后，她相信了大太太的诚意，但陆璎闪闪烁烁的神态又使张秀玉满腹狐疑。好在有一件事情两位太太是明确而一致的：尽力赎出陈九。在商量如何变卖房产时，大太太陆璎说："眼下市面不景气，不会有多少人购置房产，尤其这样一大片房产，不是谁都吃得下的。这件事又不能张扬。"陆璎掐着额头想了想说，"只能去找陶云斋陶二爷，他是哈尔滨首屈一指的房产家，只有他能买得起这样一大片房产。二太太你不是和陶家的五太太熟悉吗？求她给陶二爷通融一下，就说陈家有了危难等钱用，请陶二爷帮忙吧。"

　　两位太太商定，卖房产的事对外不要声张。一来人们知道陈家落到变卖房产度日的程度，会影响宏发祥的声誉；二来也防止有人作梗，制造事端。

　　张秀玉也负有秘密使命。

　　马车停在十八道街陶家大院门外，张秀玉下了车，在大门口一站，早有一位上了年纪的男佣迎上来问："太太你找谁？"张秀玉说："我找你们五太太。"张秀玉通报了自己的姓名和身份，早有一个小丫头快步跑去给五太太报信了。

　　张秀玉进了一道门，眼前一亮，这陶家大院果然气度不凡，让张秀玉大开眼界。这是二进的宅院。一进四合的院子，四面是两层的楼房，都是大门大窗，楼上有回廊，两面有楼梯，回廊的廊檐、护栏和楼梯扶手都雕着花，檐下是密织的飞罩，都漆成墨绿色，庄重典雅。整个院落结构精巧，紧凑利落。虽然连着下了几场雪，楼上楼下都清扫得没有一屑残雪，到处显得新鲜明亮。佣人说这院落是陶二爷和大太太住的，客厅、书房、账房也都在这个院子里，长房长子住在楼下。穿过楼底门洞，是第二进院落。这个院子大，也是四合结构，四面都是两层的楼房，楼上有回廊，廊檐下用楷条编织的飞罩清秀悦目，四面有楼梯，栏杆上也都雕着花，新漆的颜色，十分漂亮。这院子是陶家几位姨太太的住宅。院子里有假山，有凉亭，有花池子，虽然是严冬季节，但因为收拾得干净整洁，并没有凋零的感觉。五姨太已经迎出门来，在楼上的回廊里向她招手。

　　进了五姨太的房间，张秀玉顾不得寒暄，就匆忙说明了来意。五姨太撇着小嘴说："好啦好啦，老头子们的事干吗这么上心，让陈九在里边蹲着去，憋他一阵子，就知道女人值钱啦！我们姐妹好不容易到一起，多说一会儿闲话儿，整日闲着，怪闷得慌的。"五姨太拿出瓜子儿、杏仁儿、苹果、橘子让张秀玉吃。张秀玉问："有冻梨吗？"五姨太笑着说："二太太真是穷命，干吗吃那下贱玩意儿。"张秀玉说："唉！我怀孕了，就馋那下贱玩意儿，有什么办法，馋起来要死要活的，做女人就这副贱命。"五姨太忙打发丫头到街上去买，张秀玉拦住说："算了，下次来再吃吧，我今天有事没闲工夫。"

　　五姨太在屋子里穿了一件新式毛衣，油黑油亮的头发挽在脑后，绾成一个卷，衬得脸庞桃红粉白，一副百媚生辉的派头。她见张秀玉韵急的样子，扑哧一声笑了。她撵走贴身的丫头，问："喂，二太太看你牵肠挂肚的样子，就知道陈掌柜是个降服女人的好手，把你的魂都带走了。"

张秀玉嗔怪地说："看把你闲成一副小贱人的样子，除了男人你就没有别的话说？"

五姨太说："你是饱汉子不知饿汉子饥。陈九身边两房太太，听说他和大太太不和，功夫自然都用到你身上。"她坐到梳妆台前，端详着镜子里的自己说，"可我们陶二爷有五房太太，讨他喜欢可不容易。"

张秀玉站在她身边，伸出手来拍着五姨太的脸蛋儿说："怕什么！你这么年轻，又这么漂亮，还争不过那几个半老徐娘？"

五姨太打开粉盒，往脸上扑着粉说："话不能那么说，我们那几房太太，一个赛过一个，仗着有身份，仗着娘家有钱有势，都不把我放在眼里。二太太你知道我是干什么的吗？陶二爷顾着面子，说我是金店商人的女儿，其实我是野台班子的戏子。"五姨太突然扔掉粉扑，剑眉怒目地说："那几个骚货比谁都尖，早就猜到我出身低贱，合起伙来变着法儿欺负我。好在陶二爷还算疼我。他要是变了心，我索性撕破脸闹给她们看，我怕什么。"

张秀玉扶着她的双肩笑着说："五太太你可别闹，我还有事求二爷呢，得罪了二爷谁帮我忙啊！"她看了看墙上的挂钟说，"你别啰唆啦，快陪我去见二爷，我心里着急着呢。"

五姨太这才对着镜子涂抹了一遍，急得张秀玉直跺脚。五姨太说："有什么办法，我们这院子里的几位太太，一个个狐狸精似的，我再不打扮漂亮点，二爷都不正眼瞧我。"

五姨太涂抹完毕，重新绾了发髻，戴了钗子，换了衣服，走到门口又返回来找出香水瓶直往脖子上身上掸。她笑嘻嘻地对张秀玉说："二爷就喜欢闻香水味，这是地道的法国货。他说他一闻到这香水味就想上床。"

陶二爷穿着对襟的便装，胸前坠着怀表的金链子。他头发梳理得十分整齐，胡子也修剪得一丝不苟，戴着金丝眼镜，看上去是个严谨干练的人。他让张秀玉坐下，五姨太站在陶二爷的身后，把手搭在二爷的肩上。陶二爷闻到了法国香水的气味，他抽了抽鼻子，并用手拍了拍五姨太搭在自己肩上的那纤细的小手，五姨太的脸上立刻就像绽开的桃花。

陶二爷说："我从不见女客。因为你是五太太的朋友，我才破例出来的。"

张秀玉说："我知道二爷忙，没事也不敢随便来打扰二爷，实在是遇到了关卡，求二爷来了。"

张秀玉向陶二爷说明了来意，并拿出了房契递给陶二爷，陶二爷接过房契仔细看了，说："我知道这处房产。陈九掌柜当年买进时雄心勃勃，让好多人眼红，没想到今天急于出手。十年聚财，一朝付流水，可见世事艰难。"他抽出一支香烟，五姨太忙划着火给他点燃。陶二爷慢慢吐着烟雾说："如今市面不景气，我也一时难以拿出这么多钱来买房子，这可不是小数字。"

张秀玉说："陶二爷要说艰难，哈尔滨再也找不出第二家能买下这房产的主儿了。陈家出了事，也是没有办法，只能靠陶二爷帮忙了。"

陶二爷说："再说这房价也难出，今年房价忽涨忽落，涨落的幅度又十分大，今年夏天房租暴涨，房价也跟着水涨船高，入秋以后又跌落下来。现在买卖房产，就高价我吃不下，就低价陈掌柜正在难处，容易让人说成是乘人之危。这种买卖，最好找个中介人，大家都有面子。"

张秀玉说："陶二爷不瞒你说，陈家也有陈家的难处，这种事情不愿意张扬得满城风雨。"

陶二爷说："我知道我知道，人走下坡路，心气总是灰灰的，生意场上都是这个样子，谁也脱不了俗。可二太太你不懂，陈掌柜不在家，这种交易需要个有身份面子的中介人的。"

张秀玉急得带了哭腔，说："陶二爷你不要想那么多了，按眼下的市价，无论高低陈家都会出手。大家都在正阳街上做生意，山不转水转。陈掌柜出来后总要和陶二爷见面的，相信陶二爷会主持公道。做买卖图利，这笔房产生意，图的是人情了。陈家被逼到这一步实在是无奈，陶二爷要不肯帮忙，陈家就没有指望了。"

五姨太也在身后帮衬着说："二爷，看二太太多么可怜，陈掌柜在生意场上惹了灾祸，落得两个太太焦头烂额地到处奔波，做女人不容易，二爷担待着点也是人之常情。活一辈子谁担保着不遇上七灾八难的。"

陶二爷沉思了片刻，说："二太太这么一说，真叫我为难了。"

最后陶二爷还是买下了陈家的房产，双方达成契约，写明陈家因急需用钱，将四家子两栋楼房卖给陶家，陶家考虑房契主人不能签约，又无中介人做信誉担保，同意陈家在一年内可以在成交金的基础上加价百分之七赎回，一年后陈家与此房产再无干系，此房产将归陶家私有和出售。陶二爷和陈家两位太太都在契约上签字画押。

房子终于成交，房价是高是低，两位太太自然不知道。

拿到房产的钱后，二太太张秀玉在黄先生的陪伴下，交了陈九的赎金，余下的钱又兑换了四根金条，上上下下又打点了一番。警察署将陈九通匪窝赃销赃案改为陈九为报杀父之仇，同土匪周旋，所染赃物赃款一并追回归案，上报东省特区警察厅和东北保安司令部，一俟呈文批回，立刻放人。

陈家上下暂时恢复了平静。最为平静的是大太太陆璎，她静静地躺在病榻上，不再吃药，不再拔罐子，连额头上的白绸带也不戴了。脸上惨白的肌肤玉雕般凝固，微闭着眼睛似睡不睡，似醒不醒，睁开眼睛时总是在注视着某个地方，那个地方很空洞，没有可以落下视觉的物体。韩妈有些担心，问："太太你在想什么？"

陆璎说："我什么也没有想，我只是等陈九回来。"

韩妈宽慰她说："快啦快啦，陈掌柜快回来啦，太太你安心养病吧。"

陆璎淡淡地说："我很安心，如果陈九回来，我就更安心了。"

柜上伙计来报告说，沈中和有几天没来宏发祥了，问大太太怎么办。陆璎让人找来伙计老张和滨生，吩咐他们说："沈先生不一定回来了，你们跟陈掌柜多年，这个时候多留点心，把柜上的账本都锁好，账房里所有的锁都换上新的，钥匙交给二太太，等陈掌柜回来再向他交代。"

一切都从容不迫，就等着陈九回来了。这天黄先生打来电话，说东北司令部批回的呈文已经到了东省特区警察厅，一两天就能到警察署，准备好给陈掌柜接风压惊吧。陈家一片欢喜，韩妈买下鸡鸭鱼肉，像准备过年一样张罗着。晚上，等凤仪睡下，陆璎让韩妈去请二太太。不一会儿，张秀玉就来到陆璎的床前，她显然准备着睡觉了，穿着贴身的花缎面的小棉袄儿，领扣开着，身上散着女人的香味儿。陆璎对韩妈说："韩妈你忙了一天也累了，早点去睡吧，我有话要和二太太说，不用你陪了。"韩妈答应着，回房休息去了。

陆璎望着消瘦了的张秀玉问："二太太你身上几个月了？"张秀玉摸着肚子说："有五个多月了。"

陆璎说："二太太到底年轻，身段又好，一点也不显怀，自己不说外人真看不出来呢。"

张秀玉羞涩地说："让衣服遮着盖着，不露丑罢了，脱了衣服腰也粗了，走起路来都是累赘了。"

陆璎叹口气说："女人这个时候总是有苦有甜的，注意别闪失着，生下儿子来，陈家就有希望了。"

陆璎靠着缎被躺着，她挺了挺身子，让自己舒服些，问："二太太来陈家七八个月了吧？你觉得姐姐这个人怎么样？"

张秀玉被问得发愣，转而一想，一定因为那天晚上撞见陆璎和沈中和的私情，陈九要回来了，大太太在试探自己，便说："姐姐你干吗问起这个，陈家上上下下的人谁不说姐姐为人厚道，装得下事，容得下人，吃得下委屈。"

陆璎苦笑着摇摇头说："我不是让你说这个，其实为人处世，各人有各人的心思，所爱所恨所求所得不一样罢了。"

张秀玉想了想，怯生生地说："姐姐你别多心，其实那天晚上我去账房，什么也没有看见，我当时是说气话挖苦你，你可千万别放在心上。"陆璎脸上掠过一丝凄凉，说："不，妹妹你那天晚上看见的都是真的，只不过那天晚上我是不情愿的。但不等于姐姐没有那种事情。"张秀玉微微张着嘴，呆呆地望着陆璎，她没想到大太太竟然承认那种事情，她觉得这比掩盖更可怕。陆璎说："妹妹我说过，陈家的事你早早晚晚要知道的，你也应该知道。"陆璎指了指桌上的水杯，杯里的水已经凉了，张秀玉把杯里的水倒了，又换上热水端给她，陆璎喝了一口水缓缓地讲了起来。

陆璎先讲了她的家世，讲了陆家几代人同马贼结下的冤仇，讲了祖父的姨太和自己的叔叔怎样死在马贼手里，她又如何成了马贼的人票。讲了陈九怎样把她从秧子房救出来，她怎样觉得愧对陆家先烈而无颜去见父母。讲了她和陈九怎样闯进哈尔滨，陈九怎样打了天下，赚得这一份不薄的家当。虽然时代变迁，后来她也知道了陆家曾经改变了不赎人票的做法，陈九的父母也因她和陈九的逃走而被马贼处死，但事过境迁，她与陆家早已失去了联系。她甚至讲了她和陈九对人生大义的分歧，导致的貌合神离，作为女人她一度的迷茫，沈中和如何利用了她情感上的迷离占有了她，她又怎样钟情于沈中和，一直到发现沈中和不过是个衣冠禽兽，他吞吃了陈九的大量资金，又告发了陈九想置陈九于死地。在张秀玉看来，大太太从来没有这样激动，这样亢奋……陆璎的坦诚令她震惊，甚至让她生出几分敬意，陈家所面临的凶险使她听来毛骨悚然。她现在才明白眼前这个女人几个月来所承受的痛苦和煎熬。陆璎一口气讲完了积在内心的话，才感觉到累了，她躺下来喘息了一会儿才说："一个人经历了这么多的苦难心肠早该硬了，可我不行。我的心早死了，我活下来的不过是一身皮肉，再没有所求了。你还年轻，你可以和陈九重新生活，陈九也需要你。"

张秀玉急切地说："姐姐你可别这样想，沈中和的事怪不得你的，陈九出来他不会对你怎么样的，他要是对你不好我也不让他。"

陆璎淡淡地说："我不介意别人怎样惩罚我，我忍受不了我对自己的责难。"

张秀玉说："一切都会过去的，一切都会好起来的，姐姐你千万别想不开。"

陆璎说："不会的。不过我这样的身子骨，也是朝不保夕的。我没有什么牵挂的，就是凤仪还没有成人，将来我有个万一，陈九是男人心粗，凤仪的事就得托付给你啦！你能待她如己生的骨肉，我也就瞑目了。"

张秀玉说："姐姐，我不要你这么说，真的，我也不要你这么想。"

陆璎忽然坐直了身子，抬起头来指着床头墙上的紫貂皮坎肩，说："二太太，劳你把那坎肩摘下来，拿给我看看。"

张秀玉此时完全明白了那件紫貂皮坎肩对大太太的价值，她小心地脱掉绣花鞋，站到床上去摘那件紫貂皮坎肩。这时，那只花猫突然从透叶莲的花盆架下跳起来，跳上床去，翘起尾巴，龇着牙咪咪叫着，陆璎忙把它揽在怀里。张秀玉这才把坎肩摘下来，交到陆璎手里。

陆璎的手一触到那光亮可鉴的貂毛，喉咙里就突然发出一声哽咽，眼睛也迷蒙起来。但她很快就把那哽咽锁进胸腔。她抚摸着紫貂皮坎肩，喃喃地说："这就是陆家祖上传下来的珍品，我本想替陆家保存下来。看来陆家已经没有人需要它了。"她抬起头来对张秀玉说："二太太，我把它送给你吧。你年轻，身段好，穿上它很体面，这也是我的一份心意。"

张秀玉抬起两只手摆着说："别，姐姐心爱的东西，我怎么忍心穿在身上。还是姐姐留着好。"

陆璎说："是我送给你的，你就穿吧，别辜负了我的一片心意。"陆璎见张秀玉推托，又说，"你要是不收下，还是和我隔着心，我还有什么事敢托付你。"

张秀玉面有难色地说："那……"

张秀玉迟疑地接过紫貂皮坎肩，还想说什么，陆璎摆摆手，疲倦地闭上眼睛，轻轻地说："我累了，我真累了，二太太你也该去歇息了，明天陈掌柜要回来，有许多事还没安排，我们都睡吧，还得起早呢。"

张秀玉伏在陆璎的脸上轻轻对她说："姐姐你想开些，有我在不会让你受委屈的，千万想开些……"

陆璎点点头，摆摆手让张秀玉离开，张秀玉才悄悄地离开陆璎的房间，看看表已经是后半夜了。

早晨，伙计滨生开门板的时候，发现邮差从门板缝里塞进来的一封信。信掉在地上，滨生捡起来看了看信皮，是由东北保安司令部寄出来的，收信人是陆璎。滨生想这是公事，便拿着信出了后门，从后院上了楼，来到大太太房门前，见房门关着就喊大太太。韩妈忙不迭地跑过来轻声地说："滨生别喊大太太，她昨儿睡得晚，天快亮了她房间里还有动静，让大太太多睡一会儿。你有什么事儿？"

滨生举着信封说："信，给大太太的信。"

正在饭厅吃饭的凤仪问："什么信？拿给我看看。"滨生就拿着信进了饭厅，把信交给了小姐。凤仪接过信看了一眼说公事，就把信放下了继续吃饭，吃着吃着又把目光落到信封上，她发现信封上陆璎名字后边有一个姐字：陆璎姐启。凤仪放下筷子重新把信拿起来，她想喊妈妈来看信，但看看韩妈为难的脸色，想了想就把信拆开了。信纸有好几张，她从头读起来：

姐姐：

　　我是从保安司令部的一本卷宗里发现你的名字的，你知道我是多么惊喜，就像你读到我的信时的心情一样。从卷宗里知道姐夫陈九涉嫌一个土匪头子当年的一次劫案，姐夫就是当年从土匪手里把你救出来的青年，为了报杀父之仇，曾和那股土匪有过交往。不过这一切都成为历史，由我出面做证，保安部司令已经撤销了对他的指控。姐姐，我现在在东北军服务，是少校营长，那个土匪头子就是我亲自抓获的。没有想到吧，陆家至今还和马贼打交道。不过我总算给陆家争了一口气。那股土匪就是经常和陆家作对的那伙老马贼，匪首已经被处决。

　　姐姐，不得不告诉你，父母亲已经病逝。你失踪后父母坚信你在人世间，虽四处寻找没有下落但他们从没有失望，就是临终前他们依旧坚定这一信念，并认为你会生活得很好，因为陆家的儿女都会是好样的。现在看来他们是对的，父母亲在九泉之下有知，也会欣慰的。

　　姐姐，我多么想马上见到你，陆家只有你我两个亲人了。但我军务在身一时脱离不开，一有机会我就去你身边。在我记忆中你是一个漂亮的姐姐，我仍然可以想象出你的音容笑貌，见了面我会立刻认出你来的。但你肯定不认识我了，一个穿开裆裤扎朝天辫的男孩子，已经长成一个青年军官，你想象不出来会有一个这样的弟弟出现在你

眼前吧？先寄一封信给你。一想到我们会重逢我就会感慨
生活真是奇妙。

小弟　陆雄上

凤仪拿着这封信快活地大喊："舅舅！舅舅！天哪，舅舅来
信了！"

张秀玉这时走进饭厅，她问凤仪："什么舅舅？谁的
舅舅？"

凤仪高兴地说："我的舅舅，妈妈失散的弟弟，我舅舅来
信了。"

张秀玉和韩妈终于听懂了凤仪的话，她们对视着，都露出惊
喜的表情。韩妈用围裙抹着眼泪嘀咕着："大太太时来运转，大
太太时来运转了。"

凤仪举着信敲大太太房门，一边敲一边喊："妈！快开门，
舅舅来信了，舅舅要来看你啦！"

凤仪喊了半天，屋里也没动静。张秀玉问韩妈："大太太一
直没有起床？"

韩妈说："没有。大太太夜里睡得迟，我没忍心叫醒她，让
她多睡会儿觉，多歇歇。这些日子她熬的心血太多了，铁打的人
也受不了，太难为她了。"

张秀玉听着听着脸色骤变，说了一声"不好"，就扑到陆璎
的房门上。

第十三章

陆璎夜里吃了鸦片。当张秀玉、凤仪、韩妈扑进房里，只见陆璎闭着眼睛，平静地躺在床上，像是睡熟了一样，只是脸色发青，嘴唇发紫，两腮处塌了下去。在凤仪摇动她时，她嘴角处流出白色的黏液。张秀玉去摸脉搏，脉搏早停了，身上都凉透了。陈家大太太房里立刻传出一片号啕声。

张秀玉猛然想起陆璎昨天晚上说过的话，跺着脚哭道："不应该呀，姐姐你不应该啊！"凤仪哭成了泪人儿。她伏在母亲身上，在母亲眼前摇晃着那一沓信纸，一边抽泣一边喊着："妈，舅舅来信啦，舅舅来信啦……你回来看看哪。快回来看看哪！妈妈呀……"韩妈端着早上给大太太做的燕窝粥，盲目地在屋里屋外走着，嘴里像着了魔似的念叨："老天爷，这是怎么啦，好端端的太太是怎么啦……陈家这是怎么回事？"她终于醒悟过来，一松手燕窝粥掉在地上摔了个粉碎，韩妈一屁股坐在地板上号啕大哭，一会儿拍着手，一会拍着地板，手掌被碎碗碴子扎出了血也没觉出疼来。

陈九就是这个时候迈进家门的。

他循声来到陆璎的房间，呆呆地站在床前无声无泪。陈家上下见陈九回来暂时停止了哭泣。但陆璎去世的巨大悲痛压倒了陈九出狱的喜悦，一个个显得茫然而呆滞。陈九默默地站了片刻就退了出来。

陈九下楼后一头扎进账房里，三天三夜没有出来。这三天他只喝茶，把尿撒在尿桶里。他不见人，铁青着脸，好久都没有刮的脸上长满胡须。陆璎的丧事一应委托给双丰和掌柜孙殿臣办理，他只说了一句别怕花钱，就不再过问了，外人不知道他那些天在干什么。

宏发祥为了给大太太办理丧事关门停业。院子里搭了灵棚，陆续地摆上正阳街上各商家送来的花圈、挽联、挽幛。大院门外两侧也扎了席棚，请来了小六道街冯三喜和刘歪嘴两家鼓乐班。两家都带来了八个人的大班。逢到这种大办的丧事，正是艺人显示实力的时候。为了给陈家壮门面，各显其能，都拿出了看家的绝活儿。

先是赛吹，各班人马都先亮出大小喇叭，鼓着腮吹了个满街火爆。起调的是工尺上，这是平活儿，不看高低，是叫板的曲调。接着是十六只喇叭的大悲调。大小喇叭高低错落，曲调悲切，回肠荡气，把人世间的生离死别表现得淋漓尽致。正吹得起劲，冯家班突地亮出一只大喇叭，音调低沉，呜咽长哭，让人想到大漠孤烟，长河落日，壮士马革裹尸的悲壮。这叫起板。虽然是两家班子齐奏，按规矩所有的喇叭必须跟上调。十六只喇叭立刻垂下喇叭口，如千军长跪，悲哭出关征战不归的壮士。接着锣鼓相间伴奏，气氛就达到了高潮。刘家班子也不示弱，吹奏间突然亮出了一只小巧的喇叭，尖细高扬，如泣如诉，犹如千年荒冢，妇人啼哭，字字如磬，声声泣血，所有的喇叭也都仰起头来跟上调，吹出了柔肠百转、催人泪下的意境。

围观的人不免拍手叫好。天寒地冻，露不出手的季节，喇叭上都套上棉套子，把手伸进去，手指运用自如，吹到高潮，喇叭艺人脸上都涨得通红，头上冒出了热汗。管事的孙殿臣见鼓乐班卖力气，就张罗着赏钱。

接着是比卡，各班子各亮各的绝活。有鼻卡、喉卡，还有玩花活儿的耳卡，把哨子塞进鼻子眼儿里，嗓子眼儿里，模仿各种声音。冯家班先卡了一出《百鸟朝凤》，金曲银喉，莺歌燕舞，都模仿得惟妙惟肖。刘家班卡了一出《百兽图》，虎啸猿啼，马嘶牛哞都模仿得让人身临其境。还有风雷电，男欢女悲都卡得让人难分真假。围观的人把灵棚围个水泄不通，连连叫好。两家班子就越吹越上劲。正阳街上的人都觉得陈家虽然摊上官司，又死了太太，但架子不倒，元气不伤，挺得结实。

陈家要等陆家少爷陆雄，大太太的遗体不能入殓，停在一间临时空出的冷房子里做灵堂。电报发出后杳无音信，陈家上下都等得十分焦急。到了第四天的早晨，一位青年军官才匆匆推开了宏发祥商行的大门。开门的是伙计滨生。滨生头天夜里睡得晚，两眼蒙眬地打开门，对青年军官说："对不起长官，宏发祥办白事不开张，要买毛皮过几天再来吧。"青年军官盯着滨生的脸说："我是来奔丧的，快带我去灵堂。"滨生这才醒过来，一边喊着"舅爷来了，舅爷来了"，一边带路往后院走。

陆雄跨进灵堂的门，目光先停在供桌后边的照片上。他站在照片前凝视了好久，才轻轻地走到陆璎的遗体旁，慢慢地掀开罩布，端详着，抚摸着她的头发、面颊。望着这张又熟悉，又陌生，又亲近，又遥远的面容，不由得一股热气冲向喉头。他跪下来，抱着陆璎的遗体失声痛哭。陈家的人闻讯赶来，见舅爷哭太太，也都陪着落下眼泪。凤仪在身后见陆雄耸动着双肩痛不欲生的样子，便扑上去伏在他宽大的背上大喊："舅舅！"

陆雄回过身来，看到凤仪的五官神态，一眼就认出这是姐姐的女儿，自己没有见过面的外甥女，便一把抱住凤仪，舅甥两人哭成一团。

伤心过后，陈家安排陆雄休息。陈九这才在账房里和内弟见了面，互道节哀后，陆雄便问起姐姐的病情和死因。陈九便把庄本商行如何想吞掉宏发祥，沈中和如何做内奸，盗用宏发祥的资金做生意，又如何告发他通匪，又如何逼得陆璎卖掉房产才赎他出狱，陆璎又如何悲观失望吞食鸦片而死的事情如实相告。

陆雄年少气盛，感慨万千，他愤愤地说："难怪日本人对东北虎视眈眈。到处都是明火执仗的土匪，地方上又如此腐败黑暗，中国又如何不亡国！"陆雄正襟危坐，望着陈九说："姐夫，经商爱国是做人之道，千万不能同那些恶人妥协。"

陈九对这位舅爷不以为然，说："你是军人，不懂地方上的事情。那些人我会应付的。你一路劳累，早点休息吧。"

棺材铺早就送来一口漆好的楠木棺材，停在院内的灵棚里。陆雄到后，陈家便张罗着入殓事宜。张秀玉给陆璎梳理了头发，为她淡淡化了妆。又拿出那件紫貂皮坎肩。这件貂皮坎肩到了陆璎手里，她一直没舍得穿。由于经常梳理，毛色光亮可鉴，罩着那黄缎子面罩，更是一尘不染。

张秀玉捧着那坎肩，想起陆璎当时送给她时的情况，终于明白了她的用心，后悔不已，张秀玉对陆雄说："姐姐很喜欢这紫貂皮坎肩。她说这是陆家的传家宝，一直小心珍藏着。我原想把这坎肩给姐姐穿去，既然舅爷来了，就听舅爷的意思。如果舅爷想替陆家保存起来，就请舅爷带回去；如果让姐姐穿去，我就给她穿上，了结她一份心愿。"

陆雄接过坎肩抚摸着。他自然知道陆家这一件瑰宝。他感慨地说："那个时代结束了，姐姐重物惜情，难为她一片苦心，就由她穿去吧。"

张秀玉给陆璎仔细地穿上那件紫貂皮坎肩，盖上黄缎被子。几个伙计上来，把大太太的遗体抬了出去。盖棺时在《大悲调》的喇叭声中，又是一阵号啕。凤仪把着棺材口哭得死去活来，陆雄一条腿跪在地上，握着陆璎的一只手，嘴抿得紧紧的，再也没有落一滴眼泪。张秀玉则用手帕抹着成串的泪珠儿，抽噎着检点棺材里的陪葬品，几样平日陆璎喜欢的首饰，怕在入殓的忙乱中丢失。韩妈第一次忘记了做仆人的身份，既不管太太，也忘了照顾小姐，盘腿坐在棺材前，号哭了个痛快。陈九一直望着陆璎被人从灵堂里抬出来，在黄缎华盖的笼罩下经过院子，进了灵棚，装殓入棺，各方就绪后，才挥挥手返回账房。听到外边催人泪下的《大悲调》，陈九坐在昏暗的账房里黯然神伤。想到和陆璎生活了十几年，风风雨雨，由不名一文到有了这一份产业，两个人从来没有在一件事上共过一条心思，陌生得像路人。想到就是这样一个女人，在自己的生死关头，不惜倾家卖掉房产将自己赎了出来，不由得悄悄落下了眼泪……灵棚里砰砰砰一阵响，几根大竹钉钉死了棺材盖，接着是摆供桌，烧刀头纸，敬香，磕头。这时鼓乐齐鸣，喇叭吹安魂曲，入殓仪式结束。有人在灵棚里拉上长明电灯，灯昼夜不熄。

陆雄军务在身，不能久住，只在陈家待了一夜，就得匆匆赶回军营。临行前他又到姐姐灵枢前，立正站定，脱下军帽，恭恭敬敬地鞠了三个躬，才恋恋不舍地离去，凤仪一直把他送到火车站。路上，陆雄问凤仪：

"你妈妈生活得好吗？"

"还好，就是总生病。"

"人生憾事太多，你妈妈离家二十年，好不容易有了团聚的机会，我们却擦肩而过了。"陆雄望着路上的行人说："家事国事天下事，事事不顺。民国十几年了，军阀混战，匪患无穷，列强又虎视眈眈。所到之处，混混沌沌，中国看不到希望。东北易帜，承认了中央，但危机没有减少，战争随时都可能爆发，许多人仍在醉生梦死。"

舅甥两个一路上谈国家前途、民族危机。陆雄慷慨激昂，凤仪也激动得泪流满面。在火车站台上，凤仪对陆雄说："舅舅，在家里我只感到窒息，爸爸只知道赚钱，又满脑袋封建思想，娶了那个姨太太。妈妈一死，我更觉得家里没意思了。我想出走，到外边去寻一种新的生活。"

陆雄说："你小小年纪，思想这么沉重。你是不喜欢你爸爸娶的二太太？"

凤仪说："我只觉得妈妈的死，和这个二太太有关。我怎么也看不上她那副样子。"

陆雄说："你年纪小，又是女孩子，能出去干什么？"

凤仪说："出去读书，上大学。"

火车吐着烟雾驶进火车站，徐徐地停下来。陆雄拍着凤仪的肩头说："也好，走出家门，看看外边的世界，也是一种学问。你要是下了决心，我会帮助你的。"

守灵的只有小姐凤仪，二太太有身孕，不便陪着她。冬天天冷，在外边待久了人也受不了那份寒气。吊唁的人络绎不绝。主事的孙殿臣便从乞丐帮会那儿雇了几个"孝子"，这也是乞丐帮会的生意。一色十几岁的童男，披麻戴孝守在灵前。遇有吊唁的人来，有人先在大门洞口迎客，先喊一声"祭礼"，孝子们便应声大哭。

吊唁的人年龄辈分不同，有的在灵前鞠躬行礼，孝子们要叩头还礼；有的在灵前跪拜叩头，孝子们更要叩头行大礼答谢。夜里灵前点着长明灯点着火盆，"孝子"们轮流在灵棚里值更。

那个打竹板的小乞丐也被派来守灵，这天夜里他值更。数九寒天，冻掉下巴的鬼天气，小乞丐守着一盆火炭冻得牙齿打战。老乞丐带来一件破皮袄和他做伴。子夜时天冷得透心，老乞丐从怀里拿出酒壶，又向宏发祥值夜的伙计要了些剩菜，烤在火上，一口一口地喝着老烧，嘶嘶呵呵地打发着时间。

寒风袭来，吊在棚顶上的电灯被风吹得摇曳，披麻戴孝的小乞丐像躲在一堆孝布底下的小老鼠，那只空洞的眼眶使他面部失去了表情，他缩着脖子说："干爹，我冷。"

老乞丐瞪着眼睛问："你冷？这死冷寒天谁不冷？看把你娇贵的。"

"我真冷。"

"过来喝一口酒，酒有仙气，一到肚子里人就暖和了。"

"我不喝酒，我冷。"

"冻死你这个小要饭花子。"老乞丐喝一口酒，哈着酒气说，"你以为你是谁，坐在金銮殿上烤火的皇上？你是要饭花子，将就点吧。"

"我真冷，心里头抖成一团了。"

"好，你是干爹，我是干儿子行不行？天生的穷命，碰上赏钱差，又娇贵起来了。"

老乞丐说着，脱下身上的破皮袄，给小乞丐披上。他顺手摸了小乞丐的额头，又伸手摸了小乞丐的脖子和破棉袄里边的瘦胸脯。他说："你身上烫人。"

"我冷。"

"我说你烫。"

"我冷。"

"冷个屁，你小花子病了，身上像火炭似的烤人。你躺下睡觉，不给他们当鸡巴孝子贤孙，干爹替你值更。"

老乞丐把小乞丐放倒躺下，替他盖上那件破皮袄。他说："好好睡一觉，天亮回去干爹给你拔罐子。不过今晚的赏钱可是我的啦，干爹用来打酒喝。"

老乞丐又往火盆里加了几块炭，回头听到了小乞丐的哭泣声。老乞丐坐下来，用那脏兮兮的手摸着小乞丐的头，他说："别难过干儿子，人活着就是受罪来了，要饭花子苦，有钱人也苦。这不缺吃不缺穿的阔太太不是两眼一闭登天了吗？在劫难逃，老天爷眼睛亮着呢。"

老乞丐见小乞丐不说话，又唠叨起来："这人活一世，草木一秋，有许多说不清、讲不明的道理，不像演戏的大舞台，忠奸分明，是非了断，动不动就唱湛湛青天不可欺，善恶到头终有报。其实呢，有些心头事，天知地知，就是人不知啊！"

老乞丐说着又来了兴致，拿起随身带着的破三弦，用手拨动着，吼了起来：

> 一杆秤称不出人心几何，
> 一本账记不下悲欢离合，
> 铁算盘算不清人间是非，
> 出门人测不出大雨滂沱。
> 十里商街八百店，

雾里看花梦红罗，

闺中怨女铁铸的汉，

聚首方知是歧路人。

有情人偏遇尴尬事，

无情人相守不相知。

喊一声妹子叫一声哥，

怨天怨地别怨我。

小乞丐被吼得睁开那只好眼，但是黯淡无光。他小声问：
"干爹，人死了还能知道人间的事吗？"

"死了死了，一死百了。"

"要是能知道就好了。我死了回头叫干爹一起走，陪我到阴间做伴去。"

"你这小要饭花子，我不能死，人世间的罪还没受够呢，阎王爷不要我。"老乞丐又喝了一口老烧，他忽然瞪起带眼屎的老眼说："你小花子别说丧气的话，轮到我死也轮不到你死啊。你是一棵树苗还没打杈，正是疯长的时候。快睡觉吧。"

"我冷。"

老乞丐给小乞丐掖好盖在身上的皮袄，又拿起那个破弦子，拨弄了几下，抬头望见陈家太太灵柩前的相片，相片在摇曳的灯光下，隐现着淡淡的哀怨……老乞丐哑着嗓子唱起来：

西去路上清凉界，

阴阳分明奈何桥，

撒手本想万事休；

回头望啊，

人世间哪，

恩怨依在。

化愁云恨雨，

难洗这混沌为清平。

老乞丐低沉嘶哑的曲调，被凛冽的寒风撕碎卷走，吞噬在暗夜里。

天亮时，老乞丐去摇动小乞丐，让他起来上路。他摇动了半天，才发现小乞丐身体已经僵硬，他那一睁一合的阴阳眼没有了任何表情，脸色发紫，流出来的鼻涕冻在唇上。小乞丐死了。

老乞丐抱着瘦小的小乞丐，突然嘿嘿笑起来，他说："你这个小要饭花子，真他妈的是皇上命，硬是不受人间这活罪，升天享福去了，丢下干爹一个人苦熬这孤独的日子。"

为等陆家少爷陆雄，陈家大太太停灵的日子定为七天。出殡的日子定在腊月十九，公历已经是民国十八年一月二十九日。陆璎盛年早逝，陈家上上下下无不痛惜。大太太平日为人随和，心地宽厚，乐于助人。宏发祥的伙计们，平日里也都得到过大太太的好处，此时无不唏嘘不已。因为停灵一七，陈家上下有了充分的时间为大太太送行。在忙乱中人们注意到，在陈家治丧期间，有两个人没有露面：一个是账房沈中和，陈九差人几次找他，他始终躲躲闪闪，抓不到踪影；另一个人就是伙计老张。在陈九躲进账房的当天晚上，他被陈九传进账房，一直到很晚才从账房里出来，从此没有在陈家露面，到了第四天晚上，他才悄悄返回，进了账房便同陈九嘀咕起来，几乎到天亮，账房才熄灭灯光。

这天早晨，陈九出了账房。他先约了孙殿臣去胜江楼澡堂洗了澡，剪头刮脸，换上衣服，精神面貌焕然一新，回来后开始过问并操持起陆璎的治丧事宜。

腊月十七晚上，陈九把滨生传进账房。陈九指着账桌上一沓放进信封里的请柬说："你明天上午十点前将这些请柬交到各家掌柜手里，就说我陈九吃官司时，有劳各位掌柜关照，太太过世后又不计前嫌送来赙仪。为报答各位掌柜，明天中午在宴春楼设宴酬谢。记住，请的人不多，这事一定不能外露，免得让人挑剔厚薄。"

滨生点点头。

陈九又接着说："十点钟你叫一辆汽车去庄本商行请庄本，就说我吃了官司，变卖了房产，已经濒临破产，无力再盖工厂，太太去世后急着用钱，想把圈河那块地皮转让给他。我不想让外人知道这件事，私下里在宴春楼和他面议，你直接把他接到那里，我等他。"

滨生全神贯注地听着，连连点头。吩咐完这些事，陈九才缓了口气，望着滨生说："滨生你跟着我多年，知道你是个精明的孩子，我把这件事交给你办，不要让外人知道。事关重大，不能出任何差错，听明白没有？"

滨生说："你放心陈掌柜，我心里有数，保险出不了错。"

陈九又一一嘱咐了要注意的事项，并要滨生遇事机灵点，尤其不要让庄本看出破绽。当夜就让滨生睡在账房里，他自己上楼睡了。

沈中和就住在那个叫秋姐的妓女家里，他包了秋姐一个月，免得东躲西藏的胆战心惊。他吞吃了陈九的钱，因为和庄本合伙做羊皮生意，都存在庄本手里。他和庄本商量定，一旦把那笔巨款拿到手，他就远走高飞。他白天让秋姐出去买些酒菜回来做给他吃，晚上就和秋姐厮混。秋姐说："你这大男人也够窝囊的了，像个地鼠似的躲在洞里，见不得天日，让人家知道了还不笑掉大牙。"

沈中和挠挠头说："有什么办法！空有千条妙计，事情眼看要成了，又栽到一个傻娘儿们手里。"

秋姐撇着嘴说："占了人家的太太，又吞了人家的财产，都逼出人命来了，看来你这个人也真够缺德的啦！"

沈中和拍着她肥肥的胸脯说："这年头无毒不丈夫，有钱人才能活出个样子来。要啥有啥，想干啥干啥，做个人上人。没有钱，你秋姐肯让我碰你一下吗？"

秋姐推开他的手说："算啦算啦，一天到晚钱钱钱的，忘了人为财死，鸟为食亡的道理啦，再说总这么在屋里憋闷着，不怕憋出病来？"

沈中和收回手交叉着枕在后脑勺下，仰着脸望着天棚说："早晚我有出头的日子，有一天我成了掌柜，陈九成了穷光蛋，那时候不定谁躲谁呢。"

这天秋姐上街买菜。她在鱼市买了两条鳌花鱼，又买了葱姜蒜，走出鱼市时，一抬头看见前边电线杆子底下站着两个人，一个是双丰和掌柜孙殿臣，一个是宏发祥跑外柜的伙计老张。秋姐一愣神，便想低下头绕开。孙殿臣笑嘻嘻地喊住她说："秋姐，买鱼给谁吃啊，家里又来客人了吧？"

秋姐见躲闪不过，便白了他一眼说："老娘是干啥的，能断了客人吗？没客人谁给饭吃？"

孙殿臣也不恼，横着身子拦着路，涎着脸说："这有了新欢，也不能忘了旧好啊！来，陪老孙坐坐，叙叙旧情。"

秋姐拨着孙殿臣肥胖的身体，急着说："你还懂规矩不？今天不能伺候孙掌柜，改天再来吧。你这路男人，有了女人就把老娘扔在一边，没了女人就来老娘这撩骚，没那么便宜。"

老张左右看看，上前赔着笑脸说："秋姐，看你把话说到哪儿去了！今天我们可是有事求你。"

秋姐脸上有些不自在，垂着眼帘搭讪着说："我混到这份上还能有事求我吗？我是个没情没义的婊子，靠卖笑吃饭没有别的本事。我得回家了，不能让客人等我，混饭吃的生意可耽误不起。"

孙殿臣慌了，嘴里说着别走别走，就去拉秋姐的胳膊。老张嘴里嘀咕着有事有事，也拉住了秋姐的另一只胳膊。两个人把秋姐夹在当中，带进拐角的一个茶馆。

他们进了一个单间，三个人坐下来，等茶房上了茶，端来了花生、五香瓜子退了出去，老张才对噘着嘴、一脸不快的秋姐说："秋姐，事关重大，咱就直说了吧。沈中和是不是在你家躲着？"

秋姐翻着眼睛瞪了孙殿臣一眼，说："又是你多嘴！"她知道孙殿臣上次到她家被她拦在门外，肯定是他透出了消息。

孙殿臣说："不是我多嘴，你招谁都行，干吗要招那个孬种？"

秋姐说："干我这行的又不是选驸马，能挑肥拣瘦吗？谁给钱我跟谁上床，你老孙别自作多情。"

孙殿臣还要说什么，老张拦住说："好了好了，别怄气。大家都是朋友，互相帮衬着才是。"他站起来，掀开门帘向外间望了一望，转过身来坐下，才小声细语地把要求秋姐办的事说了一遍。秋姐头立刻摇得像拨浪鼓似的，连连说："不行不行，我秋姐从来不出卖客人，这事缺德我不干。"

老张说："沈中和逼死了陈掌柜的大太太，又坑得他几乎倾家荡产，难道让他逍遥不成？"

秋姐板着脸说："我最恨有钱人家的太太，死一个少一个，和我有什么关系？没有别的事我得走了。"秋姐说着就站了起来。孙殿臣忙按住她的手，急赤白脸地说："秋姐这样说就不对了，大家都是朋友，陈掌柜和你也有交情，当年他帮衬过你，为你赎过身，不能用人的时候翻脸哪！"

秋姐也急红了脸，她说："赎过身又怎么样？不过是出了火坑又进粪坑，我还不是靠这低三下四的活儿换饭吃？再说了孙掌柜，你知道你们这是让我干什么吗？俗话说宁肯得罪君子，不能得罪小人。沈中和是什么人，你们比我清楚，得罪了他有我好果子吃吗？"

孙殿臣被抢白得红了脸，呼哧呼哧地喘着气坐了下来。秋姐对老张说："你们之间有深仇大恨，干吗把我推到前头，真刀真枪你们去找沈中和呀！"孙殿臣耷拉着脑袋说："秋姐说得也对。沈中和日后狗急跳墙咋办？"

老张从皮包里拿出一沓钱来，放到桌子上，说："秋姐，我们就当一笔买卖做。陈掌柜出钱，这是一半，另一半事成就给你。将来沈中和有什么妄动，用这钱也可以找个退路。"

孙殿臣有些不安地说："算了吧，秋姐一个女人家，也别太难为她了。"

老张说："这事成败得失全在秋姐身上了。我早就知道秋姐义胆侠肠，是红尘中少有的刚烈女子，古人有李香君、杜十娘那样重义重情的红艳烈女，秋姐就成全陈掌柜一次吧。"

秋姐冷笑着说："老张你也不用给我戴高帽子，我明白这件事担多大的干系，这是赌命，我不想干的事谁说也不行。"

老张也板起脸说："没想到一个沈中和把秋姐吓成这副样子。看来这世上谁都怕恶人，这扬善抑恶不过是戏台上的腔儿调儿，唱得做不得，当不得真。"

"你别把我当成在台下看戏流泪的傻子，我怕不怕他得看值不值，为别人得罪一个恶人不划算。"

"当成一项买卖，秋姐还推辞吗？"老张拍着桌上的那沓钱说，"你付了辛劳，又担着风险，这样做大家都公平，何况你秋姐还担着一份道义。"

秋姐还沉吟着，孙殿臣插嘴说："老张，这事细想也不妥，我们再想别的办法吧。"孙殿臣刚要往起站，被秋姐按住肩说："别走孙掌柜，这道义不道义的先不说，作为一笔买卖我答应。我这个人和任何男人都可以做买卖，也不差这一笔。"

秋姐回到家时，沈中和叼着烟卷，正坐在梳妆台前看秋姐的照片。他吐着烟雾有些不快地说："怎么去了这么久？我都等急了。"秋姐放下鱼，洗了手说："你猜我路上想起什么啦？"沈中和不耐烦地说："我又没钻到你肚子里，谁猜得出你的花花肠子。"

秋姐媚笑着，躺到床上说："来，上床我给你说，你不等急了吗？"沈中和掐灭烟头，翻着眼睛长长吐了一口气，两人日夜厮守着，床第生活早就倦乏了。但实在是百无聊赖，沈中和还是上了床。他在秋姐的温存下又激起了热情。秋姐伏在他身上说："喂，你知道我路上想起什么了吗？"

"不知道。"

"明天是我的生日，你得为我祝寿。"

"好好，为你祝寿，打酒弄菜，痛痛快快地喝一顿，一醉方休。"

"不在家憋闷着。我让你跟我出去吃寿席，宴春楼的海参好吃，我总吃不够，别舍不得花钱。”

“不行不行，让陈家的人碰见我就坏事啦！”

“我看你是吓破了胆，陈家这时候都忙着给大太太办丧事，谁还顾得了你？”

“那也不行。不怕一万，就怕万一，万一撞上怎么办？”秋姐噘起红通通的嘴唇，吹着沈中和的眼睛、头发、耳朵，撒着娇说：“男人都是没有良心的，我一天到晚地陪着你，让你开心，让你舒服，这点事都求不动你。”

沈中和叹着气说：“我何尝不想出去走走，听听风声，探探虚实，总憋在屋里心里也没底，真怕出点什么意外前功尽弃。”

秋姐说：“大冬天把自己捂严实点，谁能认出你来？再挑那清静时间去，怕什么！没见过你这么胆小的男人。”

第二天早上，两人都起得很晚，也不吃早饭，盥洗完毕，穿戴打扮好就出门去了。沈中和穿了一件俄式呢子大衣，翻着水獭领子，戴了一顶礼帽，又围了一条羊毛大围脖把脸盘盖起来，只露着两只眼睛。秋姐穿了一件灰鼠皮袍，围了一条狐狸皮围脖，涂脂抹粉的十分妖艳。她挽着沈中和的胳膊上了一辆人力车，放下棉帘子，两人偎在车上。车夫一溜小跑到了宴春楼。果然是清淡时间，没有几位客人。他们上了楼，进了包间，放下门帘，沈中和才摘下礼帽和围脖，脱掉大衣，坐下来长出了一口气。

秋姐看着菜单儿问：“舍得花钱不？”

沈中和说：“你现在是我的心，我的肉，还有什么舍得舍不得？”

"那就要六六顺的套菜。"

"都说秋姐最懂男人的心，果然不假。"

"像外国人那样，再要一个生日蛋糕。"

"要。"

"还要蜡烛不？"

"那是有讲究的事，你多大了？"

"我也记不清了，是二十五岁还是三十四岁。"

"那就要二十五支。秋姐你年轻，说十八都有人信。"

两人正你一言我一语地说着，门帘被掀开了。沈中和以为是跑堂的伙计，头也没抬，摆着手说："别急别急，一会儿再进来。"他见秋姐拿着菜单儿，瞅着门口愣神，才抬起头来。沈中和脸突地变了，身子往后一靠几乎瘫下来。他猛然醒悟扭过头来望着秋姐说："他妈的你……"秋姐瞪圆眼睛说："我他妈的什么，你他妈的。"秋姐边说边站起来，看了一眼进来的陈九，嘟囔着说，"你们男人的事我怎么知道？和我一点关系也没有，我才不操那个心呢。"说完便抱起衣服，扭着腰肢走了出去。

秋姐脸色有些暗淡，气力也不足了，脚步发软，她走进隔壁一个单间里，宏发祥伙计老张正在那儿等她。秋姐说："老张人我带来了，讲好的价钱可不能变。"

老张笑嘻嘻地说："看秋姐你说的，哪能变呢？"便从随身携带的皮包里拿出一沓大洋票，交给了秋姐。老张说："这钱够你几年的包身钱了。"秋姐点完了钱说："这哪儿是包身钱，这是卖命的钱，得罪了小人还有我的好？"她把钱装起来，对老张说："钱归钱，人情是人情，今天的事不是小事，你老张还欠着我一份人情，以后有了是非，别忘了替秋姐我做主。"老张忙点头："行，忘了谁也忘不了秋姐呀。"

等到滨生带着庄本进了宴春楼的厅堂时，三张大圆桌已经坐满了客人，这场面使庄本大吃一惊，知道上了陈九的当，一脚踏进了八卦阵里。但他很快就镇静下来，微微点头表示打招呼后，就被邀请入席。庄本坐下后环视在座的客人，都是正阳街上的富商大贾，只有他是外国商人。想到陈九邀请他的托词，颇生疑惑，心里七上八下打起鼓来。在座的客人都知道庄本商行和宏发祥是生意场上的对手，也听说陈九吃官司和庄本商行有些瓜葛，但都不明就里，觉得今天大概有戏可看，都面面相觑，用眼神打起哑语来。

酒宴开始，早有伙计给客人斟满酒。推杯换盏，三巡过后，陈九站了起来，他举杯做抱拳状说："各位同仁，我陈九这次遭人暗算吃了官司，是罪有应得。商人争利，商场如沙场，难免有得罪之处，各位同仁不计前嫌，出面作保，终了此案，我陈九先敬一杯谢罪酒。"

在座的客人也都端起了酒杯，陈九一口干掉杯中酒。伙计过来又给他斟满，他端着酒杯继续说："明天是我大太太过世周七，是出殡的日子，大太太治丧期间，承蒙各位瞧得起我陈九，送来赙仪和挽幛，我这里再敬大家一杯谢礼酒。"

客人们都寒暄客套，说些节哀止悲的辞令，陈九也不多言，又干了第二杯酒。不等伙计斟酒，他自己先将手中的杯斟满，举起来说："在座的各位都是商界大亨，在正阳街上又是受人敬重的人物，我陈九今天想借大家的面子，在这里讨一个公道。"陈九端着杯走到庄本跟前，说："这第三杯酒我和庄本先生同饮，来结清我们之间的一笔债务。"

庄本站了起来，他推开陈九的酒杯说："我不明白陈先生的意思，我和宏发祥从来没有生意上的往来，怎么会有债务呢？"

陈九仍然端着杯，他说："这笔债务庄本先生有数，我心里也有数，大家心照不宣，还是把话说明白了好。"

庄本想了想，把目光转向了客人，说："各位先生，各位同业，在座的都是商人，经商自有经商之道，商业竞争是全世界都遵循的发展规律。本商行在中国做生意，因为和宏发祥是同业，难免要分个高低。但本商行完全以经济实力出手，公平竞争。商场无情，但人情应在。"他举起酒杯向陈九致意，"陈先生一向争强好胜，希望不要把商场上的得失变成个人之间的恩怨。中国商界有一句名言，叫买卖不成仁义在，不能意气用事，更不能无端反目。"

庄本首先干了杯中的酒，把杯放回到桌上，目视着陈九，显出一副超然的样子。陈九也一仰脖喝干了杯中的酒。三杯酒下肚，脸涨成猪肝色，他一扬手把酒杯扔到身后，叭的一声摔了个粉碎。全场一阵喧哗，很快又静下来。

陈九说："商场竞争，各谋其利，英雄好汉各显其能，谁赢了谁是英雄，谁输了谁是狗熊，我陈九没说的。可是有人为了独霸市场，不择手段，谋人家财产，毁人家商号，甚至收买走狗，把别人置于死地，还站在这里谈什么仁义！"

厅堂里发出一阵压抑的喧哗。庄本脸色难看，他掏出手帕抹着嘴，以掩饰自己的不安。陈九说："我今天请庄本先生来，就是向各位同业说清楚，我陈九为什么吃官司，被谁算计得几乎倾家荡产。"

庄本警觉地说："陈掌柜，你可不能因商场上的失败嫁祸于人哪！"

陈九说："庄本先生你坐下，中国有句俗话叫站着的客人不好招待，我们有话慢慢说。"他将庄本按坐在椅子上，问："我想知道贵行最近是不是做了一笔很大的羊皮生意？"

庄本仰起头来说："是的，往年都是由宏发祥独揽这笔生意，因为贵行资金周转不开，今年放弃了，我当然可以做。话又说回来了，就是贵行不放弃，我就不能做羊皮买卖了吗？"

"庄本先生说的有理，临路经商，有钱大家赚。我只是想知道贵行这笔生意是和谁合作的，使用了谁的资金？"

"对不起，这是本行的商业机密，在座的同仁都清楚，在经营上每家都有自己的秘密，不能强人所难，我有理由不回答这个问题。"

"这对庄本商行来说当然是秘密，可对宏发祥来说，就不算是什么秘密了。"陈九当众讲述了沈中和如何动用了宏发祥筹建工厂的资金，与庄本合伙做了羊皮生意。为了长期吞噬这笔资金，进而摧垮宏发祥，他们告发了陈九曾与土匪合作窝赃销赃的事，以置陈九于死地。

客人们都听得变颜变色，纷纷交头接耳，额头出了冷汗，喝下的酒也散发了许多，才明白今天这鸿门宴是专为庄本设的，不由得对陈九生出几分敬畏。

陈九说："事情已经清楚，我请庄本先生来就是向庄本商行提出撤回宏发祥的全部投资和应该得到的利润。"

客人都把目光投向庄本，看他怎么应付这场鸿门宴。庄本挺直了腰板，嘴角挂上一丝嘲笑，态度倒从容起来，说："从陈九先生的陈述看，显然是宏发祥在内部经营上出了纰漏。陈九先生是精明人，竟然用人不当。既然沈中和能欺骗你陈九，他难道就不能欺骗我吗？所以，指责我干涉宏发祥的事务是不公正的。"庄本把目光转向客人，他说："沈先生购买羊皮的投资是以个人名义投放的，他曾再三说明这笔资金和宏发祥无关。我已经把这笔资金和经营上的利润结算给他。陈掌柜只能和沈先生去结算了。"陈九说："我上哪儿去找沈中和呢？他早有准备，已经失踪了十几天了。"

庄本说："沈先生是宏发祥毛皮商行的账房，他在哪儿陈掌柜应该比我清楚。"

陈九脸上涌起得意的笑容，说："我知道，我当然知道，我现在什么都知道了。我知道谁把他藏了起来，也知道他藏在什么地方，还派人把他找了回来。你信不信庄本先生？"

庄本愕然。

陈九拍拍手，厅堂的一侧单间的门帘被掀起来，沈中和板着面孔被人推了出来，他低着头站在那里，谁也不瞧，一副失魂落魄的样子，厅堂里又爆发出一阵喧哗。

伙计老张从皮包里拿出一沓单据，这是他几天几夜辛苦调查的结果，是指控庄本毛皮商行的证据。他把单据交给陈九，陈九挥着单据说："庄本先生忘了，沈中和是无权转移我在银行里的资金的，他是假借我太太的名义挪用了这笔钱。在各位同业面前，我现在可以向大家展示人证物证，并正式向庄本商行提出索回我宏发祥商行的投资和应得利润，并要求包赔一切损失。如果庄本先生有异议，我们可以在法庭上见。"

陈家大太太陆璎出殡时，又请了极乐寺的和尚诵经，以超度亡灵。七位和尚手持木鱼磬钟，口诵《金刚经》。香烟缭绕，纸灰飘浮，诵经声苍朗浑圆，灵棚里肃穆庄严。

灵柩起程时，天又飘起雪花，混沌森严的气候又给送殡的队伍增添了悲凉。在起灵的吆喝声中，披麻戴孝的陆家小姐摔响了瓦盆，"孝子"们跪列两旁齐声恸号。十六只大喇叭齐吹《大悲调》。尖顶四角飞檐、二十四人抬的凤头凤尾的大棺罩在抬棺人的吆喝声中离地，缓缓起步。

在前边打幡的是"孝子"，后边是全套扎彩，有童男童女，金山银山，饮水的黄牛，还有精巧的楼台亭阁。最引人注目的是看香香亭，亭高三米，六角出檐出鞘，内扎金箔银箔，金桥银桥各面贴有飞禽走兽、花鸟山水的剪纸，工艺精巧，造型生动。七位和尚跟在后边，人执一或木鱼或钟磬，时而敲击有声，时而低声诵唱，肃穆虔诚。

紧跟在棺罩后边的是凤仪和二太太张秀玉，两个人都穿着棉袍，凤仪的棉袍外边套了孝服，张秀玉头上戴了孝布，腰里扎了孝带。再后边是跟灵的"孝子"，都是一身重孝，一路上号哭不止。后边大队伍就是吊唁的亲友，宏发祥上上下下的伙计，正阳街上一些大商号也派了伙计跟灵。队伍浩浩荡荡，从正阳街上向西行，队伍的上空裹着飞舞的雪花，不断飘洒着纸钱。

黄先生一直给陆璎看病，对陆璎的去世更多几分惋惜，坚持要送大太太一程。陈九便雇了马车，陪着黄先生奔极乐寺。原想让二太太也坐车先去墓地，有女眷劝张秀玉，说二太太要小心，怀着身子容易冲了喜。张秀玉不肯，说："大太太心眼儿好，不会伤了我的。"执意陪小姐凤仪跟灵。

快过小年了，街上办年货的多起来，各家店铺的生意也开始火爆。送殡队伍在正阳街上穿过，吸引了不少路人停下来观望。有人认出这是宏发祥商行掌柜陈家的葬礼，知情人不免感慨万千，陈家一年内一娶一葬，一红一白耗费多少钱财？沿途有知道陈家遭际的商家，都对宏发祥表示同情。这个时候哈尔滨反日情绪正高涨，大家觉得日本人到处插手，无孔不入，都纷纷不平，见送殡队伍过来，有的在门口放一挂鞭炮，为陈家的大太太辟邪开路。

送殡的队伍出了正阳街口，沿景阳街南上，进入承德街，在老巴夺烟厂上坎，沿着南岗边沿直奔极乐寺墓地。

陈九和黄先生陪着一些上年纪的客人和女眷在墓地等着，孙殿臣带着送殡队伍到后，又举行了一个简短的下葬仪式。在一片哭声中，陆璎的棺木被葬入离浮屠塔不远处的一个墓穴里。

鼓乐班又吹奏《大悲调》，喇叭声惊起栖在树上的大群乌鸦，乌鸦喳喳地鼓噪着，在上空盘旋了一圈，又黑压压地向墓地墙外的树林里飞去。

陈九抬头望着远去的乌鸦，才发现雪已经停了。

第十四章

　　两辆大板车拉着成捆的羊皮进了宏发祥的后院。在仓库门前，老板子吆喝着马停下来，松了绳套。一匹高大的辕马喷着响鼻，仰起头来龇起大牙，露出粉红色的牙床。它嘶叫了一声，咀嚼出来的白沫子在嘴角处淌出来。后边马车上拉套的一匹母马听见嘶叫，开始躁动着刨蹄子，喷起响鼻。辕马听见响应更加兴奋，在车辕里扭动着屁股，已经支好的车辕子吱嘎吱嘎地作响。老板子嘴里骂着骚货骚货，猛地用鞭子抽打马的脑袋，辕马这才低下头来老实了。老板子吐了一口唾沫，气呼呼地抽身解捆绑羊皮的绳套子。

　　跟车的老张拍打着身上的尘土，掏出钥匙去开仓库的房门。他开完门回身的时候，看见陈九已经来到院子里。陈九抽出一张羊皮，抖着那张像纸壳一样发硬的暗红色的皮板说："这个瞎了眼的沈中和，竟然买这种劣货卖给外国人，还想发财当掌柜。"

　　老张说："他懂什么，还不是让人家糊弄了。本来不想要这批羊皮，现金账都讨回来了，剩下六百张羊皮也是他卖不出手的劣货，好歹得认了，就拉了回来。"陈九扔掉羊皮，拍打着手说："多雇几个人，把它们熟出来，看看能不能派上用场。"陈九亲自看着车老板把这些粗劣的羊皮一捆一捆地扛进仓库，才回到账房。

老张说："陈掌柜，收回来的钱怎么办？先把四家子的房产赎回来？太太和陶先生有契约，今年把房子赎回来损失不大。"陈九说："不着急赎房子，得先盖工厂。"

滨生给陈九沏了茶，打了水让陈九洗手。沈中和走后，滨生被提为账房。读过几年私塾的滨生，很快就谙熟了账房的业务，也深得陈九的信任。滨生见陈九洗过手，坐下来喝茶时才说："陈掌柜，我给在青岛的德国伯茨公司打了电报，他们答复说我们没有按时交预订金，机器已经卖给别人了。如果想要，最快也得明年夏天才有货。"陈九咬咬牙关说："明年夏天就明年夏天，我要让庄本商行看看，我陈九想干的事谁也阻挡不了。"

这时，老张已经打发走了送羊皮的马车，回到账房里来。老张在水盆里洗了手，他对陈九说："盖厂房的砖瓦木料快备齐了，工地开不开工？让买进来的砖瓦木料闲置着，厂房的成本会增加，陈掌柜你得拿主意。"陈九端起茶杯，刚刚直起身体，突然间腰部一阵疼痛，慌得放下杯子去按腰处，眉头也皱了起来。滨生眼尖，他发现陈九脸色不好，忙问："陈掌柜你怎么啦？哪儿不舒服？"陈九揉着腰部，疼痛很快就过去了。他摆摆手说："没事。"然后转向老张说："用不着再拿什么主意。我们是过了河的卒子，没有退路了。现在地面开化了，你就准备破土动工。滨生你给伯茨公司拍个电报，预购金马上就汇到，明年我就让工厂转动起来。"

滨生望着陈九，半天才吞吞吐吐地说："钱都派上了用场，秋天的羊皮生意怎么做？"

陈九说："秋天再想秋天的办法。你们按我说的去办吧。"陈九觉得周身疲软，他想他是太累了，几乎忙了整整一个春天，才将沈中和盗用的资金一笔一笔追回来，最后这一笔六百张没有被卖掉的劣质羊皮一入库，这件事情就算完结，也该喘一口气了。从去年冬天的牢狱之灾，到陆瓔的去世，直到追回这笔资金，他好像没有休息过片刻，这中间他还做了些什么，吃些什么，穿些什么，他毫无记忆，对一些细枝末节全都忘了。他需要休息，需要一心无挂昏天黑地地睡上一觉，把捆绑得紧紧的自己放松开来。他坐在圈椅上，望着老张和滨生，忽然觉得他们是他的依靠。他很需要这种依靠。这是他从来没有过的亲情感。闯进正阳街上那天起，他就习惯于天马行空，独往独行。现在他陈九力不从心了吗？他想对他们说点什么，一时又想不起应该说什么。他站起来在账房里来回走了两圈，才用少有的语调说了一句："你们好好干，宏发祥垮不了，宏发祥轰轰烈烈的日子在后头呢。"

老张和滨生望着离去的陈九，竟然不知所措，他们看出陈九的一反常态，滨生说："他病了，看出来他病了。"

老张摇摇头说："他累了，他心血熬得太多，要是换一个人早就垮了。"

陈九在上楼梯的时候，脚下木板发出的吱嘎声，唤起他对现实生活的种种记忆。院子里空落而静谧，楼梯回廊，每一扇门窗，都有一种久别后的陌生，这陌生中带有一种亲情。他想起来应该到陆璎的房间里看看。他好久没有去陆璎的房间了。也许是去过也忘了。他推开房间时，扫了一眼发现屋里还是老样子。床上的毛毯、缎被，梳妆台上的木梳和发卡，那条长年扎在额头的白缎带，也都静静地躺在那里。陆璎喜欢的米兰、虎皮兰和透叶莲，绿油油地滚着水珠，放在墙角的那一株夹竹桃也依然枝叶茂盛，只是那只常伏在花盆旁打瞌睡的花猫不见了。他四下望了望，也没找到花猫的影子。他依稀记起有谁向他报告过，说陆璎去世后，她的那只宠物就失踪了，谁也不知道它的下落。陈九当时并没有介意，现在才意识到陆璎的去世给这个家带来的变化，不由得深深地叹了一口气。屋子里充盈着米兰细碎花瓣散发出来的浓郁香气，替代了往日飘浮的中草药味。

屋里的陈设被眷恋主人的韩妈擦拭得一尘不染，墙上有一帧新近挂上去的陆璎的照片，这是房间里唯一的变化。照片上的陆璎眼睛很大，嘴角抿着，抿出一种淡淡的忧郁。这时陈九才真实地感觉到这个女人走了，永远也不会回来了。这个感觉让他惊讶和茫然。

这就是那个结发近二十年的太太，当年在秧子房里让他迷恋和发疯的女人。后来他一直认为她冷淡了他，其实他更冷淡了她。那场牢狱之灾唯一能救他出狱的是陆璎，她很真诚地做了，这使他感激，他甚至原谅了她的不贞。

陈九听到了敲门声，进来的是凤仪。她先露出一张秀美的脸，然后侧着身子闪了进来，喊了一声爸低头靠在门上，垂下的短发遮住了她半个脸庞。第一眼看见女儿，留给陈九的印象就是她太像她的母亲。这是陈九平时没有注意的。陈九开始观察她和陆璎的相似之处。

　　"爸，我想和你说件事。"

　　"什么事说吧。"

　　"我想去北平上学。"

　　"嗯，去北平上学？"陈九从沉思中缓过神来，"上什么学？"

　　"我想念师范。"

　　"哈尔滨也有师范。"

　　沉默了一会儿，凤仪终于说："我想离开这个家。"

　　陈九哦了一声，好像刚刚听明白凤仪要说什么。他瞪着眼睛问："这个家怎么啦？为什么要离开，你说说看。"

　　"不为什么，就是想离开。"

　　凤仪望着父亲。母亲去世后她就想问问父亲，母亲为什么会死，她不相信母亲是忍受不了病体的折磨。父亲冷淡了母亲，父亲在忙他的生意。父亲也冷淡了自己，从她记事起父亲就一直忙他的生意，很少过问自己的事情。母亲去世后，她便觉得在这个家变得孤独。她不喜欢父亲的二太太，那个被她称作二妈的张秀玉，尽管张秀玉对她表现了一个女人的真诚，但她仍然不喜欢她。她更恨父亲。她决心离开这个家到北平读书，从此过上独立的生活，以示向父亲的抗议。凤仪想父亲会阻拦她，这虽然改变不了她离开这个家的决心，但在离开父亲前她会因此原谅他。但父亲的态度让她意外。

"也好。"陈九想了想说，"你年纪轻，愿意出去闯一闯也好。我给你钱，你好好读书，将来做自己的事。"

"我不要你的钱。"

"那你靠什么读书？"

"我自己想办法。"

"你小小年纪有什么办法？凤仪，你太像你妈妈。长得像，脾气也像。"

"你别提我妈妈，提我妈妈我恨你，还恨你那个二太太。"凤仪眼睛里噙满了委屈的泪水，她涨红着脸，质问着父亲，"爸，我妈妈为什么自杀，你们为什么不告诉我呢，我想是我妈妈恨你，恨你那个二太太，我妈妈不允许别人占据她的位置。她是个自尊心很强的女人。"

如果是往日，陈九绝不允许女儿这样轻蔑自己。他握紧拳头想发作，但他只是嚅动了一下嘴，吐了一口气，克制住了自己。他和陆璎之间的事，陆璎和沈中和之间的事，他不想告诉女儿，他认为没有必要告诉女儿。

"你别胡说，你知道什么！"

"我什么都知道，我最知道我妈妈，她不想伤害任何人，最终只能伤害自己。"

"她是我太太，我和她一起生活了十八年，我知道是怎回事。"

"可是你不爱她，你们之间总是吵架。自从娶了那个二太太，你更冷淡了我妈妈。她一定忍受不了。"

"我是你爸爸，你不能这样对我说话。你在胡说八道你知道吗？"

"我没说错。爸爸你太自私，你只看到你得到的东西，你看不到你失掉的东西。也许你不在乎，可我不愿意受这种伤害。"

"你走。"陈九一屁股坐在床上，他挥着手怒气冲冲地说，"你别来烦我，离我远远的，愿意上哪儿都行，北平、南京、日本、美国，离家越远越好。永远也不要回来。"

面对陈九的咆哮，凤仪哇地哭出声来，她没想到父亲这样绝情绝义。她呜咽着说："好，我走，我走得远远的，永远也不进这个家门。"她号哭着拉开门，跌跌撞撞地跑了出去。

整个下午，陈家派出的人在城市的各个角落里寻找凤仪，火车站、江边码头、学校，甚至连电影院戏院都找遍了，仍然没有小姐的影子。

发现小姐出走的是韩妈。韩妈做好了午饭去喊人吃饭，她在凤仪住的房间门前遇到了穿着长衫，系着白色长围脖，提着一只出门用的旅行皮箱的凤仪。韩妈说："小姐，要吃饭了。这是上哪儿去？"

凤仪说："上天涯海角，去没有人烟的地方。"

韩妈听出小姐在赌气，便哄劝着说："上哪儿也得吃了饭再走，吃了饭让伙计们提着皮箱送送你。"

凤仪说："我才不吃饭呢，从此我不再吃家里的饭。"说着又呜咽起来。韩妈这才发现小姐满是泪痕的脸和红肿的眼睛，知道小姐真的要出门，慌得上去夺皮箱，嘴里说："这是和谁生气，怎么说走就走呢，使不得使不得……"

凤仪护着皮箱说："韩妈你躲开，谁也不用拦我，这个家我待够了，拦也拦不住。"

凤仪走了，她走到楼梯口，回过头来对韩妈说："韩妈你别多嘴多舌惊动任何人，我不想让谁知道我走。"她本想说一声谢谢韩妈，谢谢韩妈多年来对她和母亲的操劳，但一想她和母亲那么好，母亲一死，她又殷勤地伺候张秀玉，就生出几分反感，话到嘴边又咽了回去，转身下楼去了。

韩妈先是去找陈九，她风风火火地把消息告诉陈掌柜。陈九还在陆瓔房里生气，他说："由她去吧，她有两条腿，谁能管得了她。"

韩妈又去找二太太。张秀玉正挺着大肚子，坐在一把椅子上，就着床做案子，裁剪小孩衣服样子。显怀以后张秀玉就不想上街，便买回布料学做小孩衣服，红的、绿的、花的各式小袄小裤做了好几套，一样一样足够穿几年。韩妈慌慌张张地跑进来说："二太太不好了，小姐她走了。"

张秀玉放下手里的活儿问："小姐上哪儿去了？"

"小姐说要去天涯海角——"

"哪儿是天涯海角？"

"谁知道呢，小姐哭得抽抽噎噎，一副可怜的样子，真叫人心疼。"

"陈掌柜呢？"

"陈掌柜说不管，爷儿俩刚吵了嘴，小姐是赌气走的。"

张秀玉也生了气，说："韩妈你是干什么的？陈掌柜不管你该管，放走了小姐谁担当得起，这个家还嫌乱得不够吗？"

韩妈一肚子委屈，说："二太太你不是不知道小姐的脾气，从小就任性惯了的，掌柜的都拦不住，我一个做下人的能拦得住吗？"

张秀玉抱着凸起的肚子坐到椅子上，竖起双眉说："韩妈你也学得张狂啦，我可从来没看见过你在大太太面前犟过嘴。"

韩妈立刻涨红了脸，她低下头用手绞着大襟儿，小声嘟囔说："大太太也从来不冲下人发火。"

韩妈声音很小，张秀玉还是听清了，她站起来抱着肚子来回走着，说："大太太对下人好，你怎么不跟大太太去呀。小姐嫌我多我，连你也嫌我多我，你们合起伙来欺负我，我成了外姓人啦。"

韩妈也慌张起来。韩妈说："二太太你可别这么说，我哪担当得起呀！"

张秀玉挺着显得沉重的肚子，走到韩妈面前，脸对着脸地说："韩妈你看看我现在这副样子，你找我有什么用？我还能挺着这大肚子满街去找小姐吗？你还不快去叫几个伙计来，让他们分头去。只要看见小姐，拖也要把她拖回来。听见了吗？还不快点去。"

韩妈这才慌得点头离去，一边走一边撩起大襟擦拭流在面颊上的泪水。

　　张秀玉突然感觉到肚子里的胎儿在下坠，忙坐回到椅子上去。

　　正是刮春风的天气，大街上风沙弥漫，刮得天昏地暗，行人都睁不开眼睛，出去找凤仪的人都陆陆续续地回来了。都是一脸的失望，衣服上落满了沙尘。耳朵里、鼻子眼里、眉毛上、嘴里都落进了沙子，说话先得吐掉嘴里的沙子，报告着让人失望的消息。陈九也从陆璎的房里出来，他脸色憔悴，说话声音嘶哑。他说："凤仪要走就走吧，找什么？她长大了，有两条腿，留也留不住。你找回她的人，也找不回她的心了。"

　　张秀玉抱着肚子说："不能让她这么走了，让人家笑话我张秀玉容不下大小姐，这名声我担当不起，再说我答应过大太太要照顾小姐的。"

　　陈九屁股沉沉地坐进椅子里，叹了一口气，对回来的伙计们说："你们再去找吧，在原来的地方多等等，多长几只眼睛。这孩子有主意，她要躲你们，你们就不容易发现她。"

　　伙计们应声走了。屋子里只剩下陈九、张秀玉和韩妈。他们都在寻思着凤仪能去的地方。忽然，张秀玉眼睛倏地一亮站了起来，她拍打着额头说："我知道了！我知道了！我知道凤仪去哪儿啦，她一定在那里。"陈九和韩妈都抬起眼睛望着她，首先是韩妈醒悟过来，哦了一声。陈九也猜到了，他吐了一口气低下了头。张秀玉说："我去找她，我能把她找回来。"韩妈拦住她说："二太太身子不方便留在家里吧，我去，这事儿我能办。"

张秀玉一边穿衣服一边说："还是我去，我有话要跟小姐说，你们不用拦我。"

张秀玉穿了一件绿色大衣，系了一条纱巾，把头包裹住，只露出两只眼睛，凸起的肚子把大衣支撑起来，显得腰又粗又大，像秋天的绿蝈蝈。韩妈追出来怯生生地说："二太太，我和你一起去吧，也好有个照应。"

张秀玉说："不用，我自己去，谁让我天生是做不了太太的穷命呢。"

韩妈噤声不语，呆呆地留在楼梯口上，眼看张秀玉笨拙地下了楼。

张秀玉走到街上，风势减弱了不少，她拦住一辆马车，直奔南岗极乐寺墓地去。马车的底座安着弹簧，减缓了车辆行驶在石头路上的颠簸，张秀玉仍然感觉肚子被扭动得难受。马车到达极乐寺时，风已经完全停下来了，天空变得清澈，夕阳照在极乐寺的灰色墙上，涂上瑰丽的色彩，鲜亮得给人雨后初晴的印象。

张秀玉两手搭在肚子上，看上去像是抱着裹在衣服里的西瓜，她走进墓地的大门，整个墓地空旷而寂静。风停了，浮屠上的风铃偶尔发出响声，清脆，细微，悠扬，衬得墓地静止般宁静。她向塔下的方向望去，果然有一个少女的身影，静穆得像一尊雕塑站立着。虽然是背影，张秀玉还是一眼认出那是凤仪。她从墓间的小路上走过去。路边的青草碧绿，高大的榆树上结满了榆钱，远处的丁香花已经盛开。在这里才发现节气的变化。她在墓间绕来绕去才走到凤仪的身边。凤仪抬起头来也发现了张秀玉，脸上流露出惊讶的神色，她低下头半天才问："你来干什么？你怎么知道我在这里？"

张秀玉说："我猜到的，我这个人心眼好使，一猜一个准。你得来向你妈妈告别。"

凤仪冷冷地说："你猜对了。我唯一留恋的就是我母亲。"

张秀玉克制着自己的气喘，问："凤仪你真的这么恨我们吗？"

"你们你们，我就讨厌在我面前说你们。"

"我是你爸爸明媒正娶的太太，怎么就不能说我们？"

"就是因为你……"凤仪往后甩了一下垂在脸颊上的短发，盯着张秀玉的脸。两个年纪相仿的女郎面对面地站着，一个体态轻盈苗条，一个腹大腰粗。张秀玉由于怀孕眼泡有些浮肿，鼻子周围长了蝴蝶斑，脸庞显得有些憔悴，但仍不失俊俏。两个人站在一起明显地划清了少女和少妇的界限，也拉开了实际年龄的距离。凤仪问："我妈妈为什么死，不是因为你吗？"

"不是。"

"是因为我爸爸？"

"也不是。"

"你们都说谎，都在欺骗我。我知道我妈妈为什么去死。是你取代了我妈妈的位置，她忍受不了。"

"在我嫁你爸爸以前，他们过得好吗？"

"……我不许你说我妈妈，你说我妈妈我更恨你。"

"凤仪你还小，没有经历过的事情你就永远不明白。"

"我小？你大？你有什么资格教训我？一个女孩子嫁了人就变得这么不要脸吗？"

"我知道你恨我，因为我嫁给了你爸爸，做他的太太，你就恨我。这不是我的错。我不想招惹谁，更不想招惹你。你不应该跟我过不去。"张秀玉说着也委屈起来，她对凤仪说，"你还没有嫁人，嫁了人你就什么都明白了。"

凤仪跺着脚说："我不嫁人，我嫁人也不给人家做姨太，做妾，做小。我不会这么下贱。"

墓地上出现了难堪的寂静。大墙那边的侨民墓地毛子坟的钟楼响起了钟声，一大群乌鸦呼啦啦地从远处的树丛中飞起来，在空中盘旋着，齐刷刷地像一团黑云似的飞过来，落到极乐寺墓地那高大的榆树上，树枝被压得摇摆着，一阵呱呱的鼓噪声后，一切又陷入寂静。

张秀玉长叹了一口气说："你是有钱人家的小姐，又读过书，自然不会下嫁给男人做小。我是什么人？我是个孤儿，是个没人疼没人怜的小女人。在这个城市里没有我立身的地方。我能嫁给你父亲做二太太，已经心满意足了。我只能这么下贱。人和人怎么能比呢？人比人得死。"

张秀玉委屈地捶着自己的腰。她站累了，有点支撑不住。过道上有条石搭成的石凳。她说："我腰疼到那边去坐坐吧。"就抱着挺起的肚子走过去了。凤仪迟疑了一下，也跟了过去。两个人在条石凳上坐下来。张秀玉说："做女人难，做嫁男人的女人更难，连你妈妈那样要强好胜的女人都……"

"我妈妈怎么啦？"

"你妈妈没怎么。"

"你说了，你说了我妈妈……"

"我没说你妈妈。你非要听的话我告诉你，你妈妈是我遇到的最好的女人。当着埋在地下的人不讲假话，这会儿你该满意了吧。"

"这不是你心里的话，我不信。"

凤仪说着声调也降下来。张秀玉解下包在头上的花纱巾，抖着落在上边的细沙，然后系在脖子上。她见凤仪注视着她露出的新烫的大卷发，眸子里闪过一丝惊讶。她便抖着头，用双手拢着油黑发亮的长发说："好看吗？要生孩子了，不愿烫那种小卷发，到时候梳也梳不开，脏兮兮的难看死了。"

凤仪的眸子只是一闪，便鄙夷地移开目光，投向空旷的墓地。太阳已经落下去了，暮色升腾并弥漫开来，不远处一座墓碑前，不知什么时候点燃起一对蜡烛，轻柔的火苗一闪一闪的，远处一个老妇人的背影向大门走去。极乐寺山门内的鼓楼上响起咚咚的暮鼓声，大殿里的和尚开始诵经做暮课了。

张秀玉挺起沉重的身子说："天晚了，凤仪，跟我回家吧。"凤仪说："我不跟你回家。我说走就走，谁也拦不住我。"张秀玉说："要走也该让家里人送一送，你这样走了你爸爸会难过的。家里人都在四处找你。"

"我不在乎谁难过，谁难过也没有我难过。"凤仪说着嗓子眼发痒，嘴唇发软，语调就呜咽了。她站起来对张秀玉说："你别假模假式的，你要是真有心，就照顾好我爸爸……"

"你真的要走？"

"车票都买好了，我想做的事，拦也拦不住。"

"你就不替大家想一想？"

"我都想过了。想过了才下决心走的。"

张秀玉站在那里想了想，拿下手上的戒指和腕子上的玉镯子，把这两件金灿灿绿莹莹的首饰摊在手上，捧着要给凤仪。她说："你把这个带上吧，在外边念书要花很多钱，这两件首饰能用得上。"

凤仪望了一眼那雪白手掌上两件耀眼的首饰，脸色突地变了："我不要你的首饰，你的东西我什么也不要。"她一屁股坐下来说，"其实你们都希望我走，你们逼死了我妈妈，又想赶走我，你们好心净。"

张秀玉捧着首饰，望着黑下来的天色说："凤仪，你真是小姐脾气，给你说也说不清，你不要更好，我还舍不得呢。"

当她们走出墓地时，马车夫已经不耐烦了。车夫跳下车座喊："太太，天都黑了快上车吧，这世道不太平，出了事我可担当不起。"

张秀玉回身对凤仪说："你也上车吧，把你送到火车站。"凤仪摇摇头。张秀玉只好自己上车。她的身子沉，腿脚也没了力气，爬了几次也没爬上去。凤仪远远地望着，身子动了几次脚却没移地方，还是车夫把张秀玉扶上车。暮色中的一切都模糊了，只见车夫扬起鞭子，马车在细碎的马蹄声中离去。

这时，凤仪的眼泪才唰唰地落下来，庙宇和山墙都被黑暗吞噬，变成黑漆漆的庞然大物。一辆人力车跑过来，车夫高声喊："小姐要车吗？"凤仪也不答话，默默地上了车。车夫回过头来问："小姐你上哪去？"凤仪半天才缓过神来，说："去火车站，越快越好！"车夫答应一声，弯下腰一溜小跑起来。

在凤仪走后的第七天，张秀玉开始阵痛。当陈九打发伙计接来大夫时，张秀玉已经在床上折腾得满头大汗，呻吟不止了。女大夫五十多岁了，头发斑白，梳理得整整齐齐，绾了一个髻在脑后，看上去是一个干净利落的女人。女大夫戴一副金丝眼镜，淡淡地涂了唇，眼角和嘴唇边有了细密的皱纹。她给张秀玉听了胎音，查了胎位，便洗好手做好了接生的准备。但张秀玉整整折腾了一个下午也没生下来。女大夫的手被张秀玉紧紧地握着。女大夫皱着眉头说："喊什么，生儿育女是女人的天分，做女人都得过这一关。不像男人完了事抬屁股就走，跑到一边躲清闲。怕痛以后少生几个就是了。"

天黑以后女大夫也被折腾得筋疲力尽。她一边擦着汗一边对坐卧不安的陈九说："你太太是难产，送医院吧，留在家里怕出意外。"慌得陈九自己跑到街上，叫了一辆汽车，和韩妈一起将张秀玉送到道里江沿的妇产医院。

医院是俄国人开的，大夫和护士都是洋人，规矩也都是洋规矩。他们把张秀玉推进产房，只允许陈九和韩妈留在医院的走廊里。

韩妈坐在长椅上长吁短叹地说："哎呀，当初真不该让二太太到极乐寺墓地去，听人家说怀了身孕的女人不能到阴气太重的地方去，会被阴鬼缠身，冲了喜有危险。"走廊里来回走动的陈九板着脸孔说："说这些有什么用，当初你们都干什么去啦，放她一个人去极乐寺，现在说什么都晚了。"韩妈吓得不敢再唠叨。

　　天快亮的时候，产房的门开了，一个大眼睛的护士小姐走了出来。她摘掉大口罩，露出高高的鼻梁，笑盈盈地对陈九说："恭喜你先生，你太太为你生了一个儿子，母子平安。"

　　陈九一屁股坐在长椅上，一时说不出话来。韩妈喜笑颜开地对护士小姐说："谢谢了小姐，一定给你送红皮鸡蛋吃。"

　　护士小姐嫣然一笑，转身走了，长廊里留下细碎的高跟皮鞋声。

　　接张秀玉出院的那一天，陈九才注意到院子里挂满了熟好的羊皮，院心拉了好几道绳子，绳子上挂着羊皮，楼梯扶手上、楼梯回廊的护栏上都晾着白花花的羊皮，满院充盈着呛鼻的膻气味。张秀玉仍然穿着住院时的那件夹大衣，头上包着羊毛围巾。韩妈在身后抱着孩子。小汽车停在门口，张秀玉一进院子就皱起眉头，忙用手捂住嘴和鼻子说："这是什么味？呛得人恶心。"说着往里走，走到楼梯口就蹲在那儿呕吐起来。人们七手八脚地扶着她，让她上楼进了家门。

　　陈九喊来老张不解地问："怎么熟过的羊皮还这么大的膻味？"

老张说："也许是硝水罐里发出的气味，收起羊皮再看看。"

陈九说："让工人们干活注点意，太太在月子里娇贵。"

老张点头去了。

生了儿子本来是陈家的大喜事，因为死了大太太和丢了半壁家业，陈九就不愿再张扬，只是为宏发祥上上下下的人置备了一桌酒菜，煮了一筐鸡蛋散发给大家。宏发祥的伙计们也根据收入的多少随了一点喜份子，算是对掌柜中年得子的贺礼，事情就过去了。

这天下午，陈九刚刚下楼，就被老张悄悄地拉到墙根下，拿着一块熟羊皮对他说："陈掌柜你看看这皮子。"老张说着就扯了一下羊皮，羊皮就像纸一样被撕开了。陈九接过来也撕了一下，两下，三下。羊皮都像纸一样脆软，没有一点拉力和韧劲。陈九变色地说："都这样吗？"

老张说："差不多吧，你来看看就知道了。"老张打开仓库门，六百张熟羊皮被整齐地捆好放在货架上，他们抽查了几张，都是像纸一样被轻易撕碎了。老张说："看来沈中和买时，就是霉变过的羊皮。这批羊皮都废了，连手工钱都收不回来。"

陈九想了想说："有谁知道这件事？"

老张说："熟皮子的工人都是外雇的，没有人知道。"

陈九说："那就放一放吧，不要张扬出去，这一批羊皮权当打水漂儿了。"

第十五章

　　陈九近来常犯腰疼，便频频去澡堂烫澡。这天他在胜江楼澡堂的热水池子里烫得大汗淋淋，他蹚过冒着蒸汽的水池子，擦拭了水淋淋的身子，到外间让于大手给他搓了背，按揉了腰，才回到用布帘遮挡着的雅间里喝茶。烫过澡出透了汗，又按揉了疼痛的腰，陈九感到周身舒畅，这是他百试不爽的享受。

　　他喝了几口滚烫的茶，舒舒服服地放开了身子，闭上眼睛想眯盹一会儿，就听到布帘外边喊陈掌柜。陈九睁开眼睛，见双丰和掌柜孙殿臣的那只大手掀开布帘，先挺进来那白皙滚圆的大肚子。陈九一见他胯间的那瘪枣一样的家伙就想笑。孙殿臣扭着女人一样的大屁股坐到对面的床上。他望着陈九说："你笑什么？发生了这么大的事亏你还笑得出。"

　　陈九说："天能塌还是地能陷，还有能让我陈九再吃惊的事吗？"

　　"你看过报纸没有？"

　　"我没看，我从来不看那玩意。"

孙殿臣说："你赚钱赚昏了头，眼睛耳朵都不灵了。"说着便冲着门外喊了一声伙计。一个有点水蛇腰，穿着大裤衩子，赤着上身，肩上搭着一条毛巾的瘦弱汉子走进来，满脸堆笑地问："先生，有什么吩咐？"

孙殿臣说："到门口买一张《滨江日报》，快去快来。"

陈九摆着手说："不用去买报纸，有什么事你说就是了。"他对进来的伙计说，"快去泡壶茶来。"

伙计点着头退了出去，一会儿就端着一套茶壶茶杯，给孙殿臣斟上水退了出去。

陈九说："孙掌柜，我现在没心管闲事，你知道我在想什么？"

孙殿臣说："你能想什么？还不是想你的宏发祥，想你的毛皮工厂。"

陈九说："我想报复。庄本和沈中和耍了我，想想还是咽不下这口气。"

孙殿臣说："你还报复？不是把他们坑你的钱都讨回来了吗？这件事也只有你陈九办得到，换个人还不是憋气窝火认倒霉，你还气不顺？"

陈九说："他们害了我太太，还欠着我一条人命呢。"

孙殿臣说："那又怎么样，人命关天的事，你又没有真凭实据，出不了这口气。"

陈九说："就这么了啦？我心里放不下。"

孙殿臣说："人家沈中和又抖起来啦，报上登了沈中和开了一家满和毛皮商行的消息，满和正登广告大量收购羊皮呢。"

陈九坐起来问："沈中和哪来的钱办商行？他现在是穷光蛋，一无所有了。"

"这不是明摆着的事吗？东三省都在抵制日货，不和日本人做买卖，庄本商行在替日本政府收购羊皮。收不上来怎么办？他是让沈中和出面罢了。满和是个幌子，沈中和还是一条狗。"

"沈中和是铁了心认日本人当干爹，吃日本人的饭了。当初要不是大家拦着，我早把他扔进冰窟窿里去了。"

陈九呷了一口茶，闷头半天没说话，突然他抬头发问："孙掌柜你刚才说的当真？"

"什么当真？"

"沈中和在给日本人办事。"

"那还有假吗！陈掌柜你在生意场上混了这么多年，这点事还看不透吗？"

"好，"陈九击了一下掌，"那我就卖给他一批羊皮。"

孙殿臣睁大眼睛变颜变色地说："陈掌柜你赚钱赚疯了。咱不说大家都在抵制日货，不和日本人做进出口生意，就是冲你个人的家仇私恨也不能把羊皮拿来成全他呀！"

陈九站起来开始穿衣服，他对孙殿臣说："孙掌柜你快去穿衣服，今天我请你喝酒。"

孙殿臣沉着屁股说："陈掌柜这酒我不能喝，咱做买卖归做买卖，做人归做人，这含糊不得。"陈九跺着脚说："嗨，孙掌柜我还能逼你当王八不成？"

陈九和孙殿臣穿好衣服，走出胜江楼澡堂，他们拐进正阳街。这时已经是初秋季节，天气凉爽，逛街的人也多。两个人顾不得观街景，先去宏发祥仓库看了羊皮。那一捆捆熟好的羊皮码在货架上，看上去干净整齐。陈九抽出一张羊皮，撕扯下一块，递给孙殿臣，说："你看看这货色。"

孙殿臣捻着那些纸一样的羊皮，又一点一点地撕扯着，他侧过身子问："陈九你干了半辈子毛皮生意，怎么也上当受骗，买进这样的劣货。"

陈九说："老虎也有打盹的时候，我怎么就不能跌个跟头？"孙殿臣恍然大悟，瞪大眼睛说："陈九你精明到家了，你是想把这些羊皮卖给沈中和？"

陈九说："让你说对了。"

孙殿臣说："沈中和也不是傻瓜，他能上你的当？"

陈九说："我们喝酒去，一会儿我和你细说。"他们出来找了一家小馆子，躲进一个单间边喝酒边商量起来。

陈九说："这批羊皮是我讨账时讨回来的，是当初沈中和卖不出去的货底子，都是报废的劣货。"

孙殿臣说："我说嘛，你陈九不会做这种傻事。"

陈九说："我把它卖给沈中和就是卖给了庄本，就是卖给了日本政府。一旦日本政府发现上当，准饶不了庄本和沈中和对不对？"

孙殿臣说："有道理。"

陈九说："不过这羊皮由我出头卖给沈中和，沈中和会警觉。这家伙是只狐狸，不会轻易上当。你双丰和同他做这笔生意顺理成章，引不起他的疑心。卖得的钱二一添作五。六百张羊皮不是小价钱，怎么样？”

孙殿臣从宏发祥出来就一直苦着脸，心里盘算着这笔生意的利害得失。陈九并不在乎赚钱，他是想报复沈中和庄本商行，但自己无缘无故地被捆绑在战车上风险太大。他皱起眉头说："哎哟，陈掌柜这事我可干不了，你要是让我帮你找个女人还行，胖的瘦的高的矮的朝鲜的日本的俄国的都行。这件事我可不敢干，这是明道上骗人，我没有这个胆量。"

陈九说："你看你，在澡堂子里你还充汉子，怎么一会儿就拉了松套。"

孙殿臣急赤白脸地说："两回事两回事，沈中和坑你骗你，你怎么整治他都不过分。我算怎么回事？朋友的忙都帮过了，当时沈中和藏在秋姐家是我告诉你的。这次要拿我的双丰和下赌太大了。陈掌柜，你知道我是小本生意输不起的。"

陈九端着酒杯，望着孙殿臣苦瓜似的脸说："你怕什么呢？他沈中和骗人骗得少吗？他敢打官司告状我来顶着，他有几个脑袋几张脸皮敢同我较量。"孙殿臣头摇得拨浪鼓似的："不行不行，真的不行，你这是拿我当枪使。"

陈九喝下一口酒，哈着嘴说："孙掌柜看把你吓成这副屌样子，又没让你杀人放火，难怪你裆里的家伙像瘪枣一样，没个雄气。不过我不难为你，我自己干，这可是天知地知你知我知的事儿。"

孙殿臣松了一口气，拍着大腿说："陈掌柜你放心，我们什么交情？从我这算阳历阴历都没有今儿这一天，行不？要不我发个誓。"

陈九叹了一口气说："孙殿臣你不用赌咒发誓。我不怕他们，沈中和逼死我的太太，害得我几乎倾家荡产，他还狗戴帽子到街面上装人，这口恶气不出，我枉做一世人。"

陈九回到宏发祥，便让伙计们找来几份报纸，果然有沈中和的满和毛皮商行开张志喜和大量收购羊皮的广告。那几天的报纸上纷纷登载各界抵制日货和抗议日本政府蛮横干涉中国内政的消息。那时候人们已经看透了日本对东三省的居心，市民的恐惧心理和反抗情绪都十分强烈。

陈九举着报纸问老张："沈中和办满和毛皮商行的事儿你听说了吗？事先怎么一点儿风儿都没透？"老张说："我也是刚听说，正阳街上的人都传庄本商行为日本军部收购羊皮，他们签有供货合同。军部催得紧，庄本现在做生意有诸多不便，满和不过是个幌子，方便庄本做生意罢了。我倒担心今年的羊皮生意他们抢了先，应该赶紧派人去海拉尔把羊皮抓住，别让满和抢到前头。"

滨生放下算盘，翻着账本说："买羊皮的资金还不充足，等厂房封了顶，再去也不晚吧。"

陈九把报纸扔到账桌上，想了想说："要真是这样还等什么？等着人家抢了我们的生意吗？"老张说："那我就去一趟海拉尔找吴记货栈进些羊皮。"

滨生说："你不带钱，去有什么用？现在做生意谁也不敢撒手放货。"陈九说："要去我自己去，那个吴记货栈的掌柜是熟人，钱的事好商量。"

陈九当天就坐火车去了海拉尔。一路颠簸。下了火车又骑马，进了那条宽而嘈杂的大街。几年没来海拉尔，街面变化不大，人倒多了不少，有点像赶集似的，来来往往的多是穿长袍的蒙古人。街道两旁做买卖的都是汉人。到处飘着奶茶和烤羊肉的香气。陈九先在一家客栈里住下来，洗了脸，吃了店家准备的米饭和羊汤，便一个人徒步去了坐落在西街的吴记毛皮货栈。吴记货栈原来是一个用木板圈起来的大院子，院子深处有几栋草房做仓库和作坊。现在临街盖起了大瓦房，青砖青瓦，明门大窗，显示出几分气派。看来吴记货栈这几年发了。

吴掌柜是个黄脸皮的胖子，穿了一件蒙古袍子，腰间系一条橘黄色带子，留着平头，圆脸盘，小眼睛，扁平鼻子下留着小胡子。吴掌柜能说一口流利的蒙古话，由于常年和蒙古人打交道，喜欢穿蒙古袍子，但怎么看也不像是从草原上走出来的汉子。吴掌柜一眼就认出了陈九，眼睛笑得眯成了一条缝。他拱手抱拳说："多年不见，什么风把陈先生吹来了，不留在大都市享清福，甘受这鞍马劳顿，看来是要做大买卖了。"

陈九坐下来喝茶，环视着屋里的陈设。屋子很大，却只摆了八仙桌、太师椅和方凳之类的家具，没有更多的铺排，让人想起草原上流动的蒙古包。陈九说："吴掌柜家大业大，几年间就发起来了，深宅大院不比当年了。"吴掌柜眼睛眯得更细了。他说："哪敢和陈先生比，我不过是靠各路老客帮衬，赚碗饭吃。陈掌柜才是大财主，草原上的羊皮每年有一半让你买走，东三省做羊皮生意的没有不认识你陈九的。"陈九这才放下茶碗，望着吴掌柜圆圆的脸盘说："我这次来就为羊皮生意来的，眼下我手头正缺羊皮，怕伙计们来吴掌柜不肯赏脸，特意登门求助了。"

吴掌柜说："眼下冬羊皮还没上市，急什么？"

陈九说："货卖奇缺，我眼下有一笔好生意，等冬羊皮上市，就来不及了。"

吴掌柜咂着嘴，一脸惋惜地说："哎哟，陈掌柜你早几天来呀，我手头有三千张秋羊皮刚被人买走，货还没发呢。"陈九问："谁手脚这么利索，抢到了我的前头？"吴掌柜抹着小胡子说："也是你们哈尔滨人，满和毛皮商行的沈先生，他人还没走呢。"

陈九身子重重地靠在椅背上，太师椅发出嘎吱的响声。果然不出所料，满和走到了前头。陈九说："吴掌柜，我们可是多年的老主顾，帮帮我的忙，这三千张羊皮卖给我，价钱上好办，决不会亏了货栈的。"

吴掌柜咧着嘴说："不好办啦，不好办啦。账已经结完了。陈先生你我打交道多年，明白生意场上最重要的是信用，你这不是难为我吗？"他抹着小胡子想了想说："我的人都在草原上收购羊毛和羊皮。等到下了第一场雪，我会把上等羊皮发给你，要多少都行。"

陈九说："吴掌柜你也是生意场上的人，这货早一天是金，晚一天是土，这道理你还不懂吗？再说这个沈中和在替日本人做生意，不能让他捡到便宜。"

吴掌柜叹着气说："他买我卖，谁知道他是替日本人办事。话说回来，就是日本商人来买羊皮，我能不卖吗？这儿不比你们大都市，商人能抱成一团。再说政府对日本人也是无可奈何，我们生意人又能怎么样。"吴掌柜说完，见陈九脸色不快，忙堆起笑脸讨好地说："陈先生你别着急，明天我陪你到草原走一圈，我的伙计们都在下边，现抓也能抓上三千张五千张羊皮。不能让你空手回去。"

陈九说："算了，那是以后的事了。"

吴掌柜睁大眼睛，嚅动着小胡子说："唉，生意场上的事儿，大家都有苦衷，陈先生担待点就是了。今天中午我请客，一方面为陈先生接风洗尘，另一方面也为那位沈先生送行，都是生意场上的同仁，大家见见面，和气生财嘛。"

陈九问："你请沈中和？"

吴掌柜说："伙计们一大早陪他们到草原上跑马去了，中午才能赶回来。我在犇鱻鑫饭馆备酒请客。陈先生也知道海拉尔是小地方，比不得大都市，没有什么好吃的，请务必赏光了。"

陈九想了想说："我不能去。"

吴掌柜说："你看你看，挑理了不是？"

陈九说："不，大家都在争生意，一山容不得二虎，还是不见面的好。你也别告诉沈中和我来了。"

吴掌柜一脸的不解。

陈九说："你放心请你的客人，我们之间的生意，等沈中和走后再谈。"

吴掌柜说："也好也好，千万别坏了我们多年的交情，晚上我给陈先生接风好不好？千万包涵……"

陈九离开毛皮货栈，在大街上闲逛。他穿了一件蓝绸布大褂，戴一顶呢子礼帽，在熙熙攘攘的人流中倒也不引人注目。那条繁华的街市也不长，逛来逛去也就逛到了尽头。街面上的店铺和摊床摆的都是牧民的生活用品，陈九看看没有可买的东西，掏出怀表，看了一眼也快到中午了，便在犇骉鑫饭馆对面的小茶馆里找了一个临街的位子，沏了一壶茶慢慢喝起来。

茶馆很破旧，条桌条椅都干裂出纹缝，坐上去摇摇晃晃的。喝茶的人多，喧喧嚷嚷的让人心烦。有一个蒙古汉子，坐在门口的一条长凳上旁若无人地拉着马头琴唱歌，歌声时而低沉浑厚，时而高亢激昂。歌者把长袍的大襟披到腰带上，身体向前倾斜，随着歌声的节奏，他的肩向前一扛一扛地耸着，头也一点一点地打着节拍。唱到动情处，他就跺脚，脚上的旧靴子便冒起灰尘。茶馆里不断有人为他喝彩，一个蒙古汉子站起来摘下腰间的酒壶，把酒倒进他身边的大碗里，他也不谢，端起来一口喝干抹抹嘴再唱，边喝边唱，唱到高昂处，茶馆里的汉子们就和他唱和声，有的汉子激动得泪流满面。陈九不懂蒙古话，也听不出什么名堂，茶馆里的人告诉他，汉子唱的是女人、牧场和羊群什么的。陈九这时对女人、牧场和羊群没有兴趣，他一直注视着对面饭馆的动静。中午时分果然有几匹马从街头跑过来，像驾云似的带起团团灰尘，停在犇犇鑫饭馆门前。沈中和歪歪扭扭地骑在一匹枣红马上，显然被马颠得疲惫不堪。早有一个伙计跳下马来牵住那匹枣红马的缰绳，扶他下马。另外一个伙计从马鞍上抽出一把笤帚，替沈中和和他的伙计打扫身上的尘土。

吴掌柜从饭馆里迎出来，笑眯眯地站在门口拱手相请。沈中和捶着腰先进了饭馆的门，随后是沈中和带来的伙计，那伙计人高马大，进门时哈了一下腰，最后是吴掌柜。陪着沈中和玩马的两个伙计牵着马走了，饭馆门前安静下来。

陈九慢慢地喝着茶，估摸着吴掌柜那边酒过三巡，正是酣畅之时，便付了茶钱，起身戴上礼帽，越过那唱歌的蒙古汉子，出了茶馆便大步向饭馆走去。

当陈九出现在饭桌前时，不仅沈中和大吃一惊，脸色变得灰白，两脚像灌铅一样沉重，裤裆里无端生出要尿尿的感觉，吴掌柜也感到意外，忙站起来喊着陈先生陈先生，竟不知道再说什么好了，一时出现了尴尬的局面。

沈中和带来的那个大个子伙计腾地站了起来，握起拳头盯住陈九。但他见沈中和没有动，待了片刻便又坐了下去。

陈九望了众人一眼，搬过一把凳子坐下，扭着脸对沈中和说："听说沈先生来我本想走的，后来一想同在一个商埠做生意，他乡遇故知，如果不见一面会让吴掌柜笑我们小家子气，所以我还是来了。"

沈中和嗫嚅了半天，竟没说出一句话。吴掌柜倒十分高兴，忙喊过跑堂的伙计，张罗着添碗添筷，加酒加菜，陈九也不推辞，四个人重新坐下，跑堂的伙计不敢怠慢，忙到后堂准备酒菜去了。

吴掌柜坐下来，高兴地说："原来你们认识，这就好了，人熟为宝，大家都是朋友，都是一家人。"

陈九指着沈中和说："吴掌柜不知道，沈先生曾是宏发祥的账房，人家嫌我们庙小，拉出去自己做生意，做了满和的掌柜了。"

吴掌柜说："越说越近便，更是自己人了。"他端起酒杯敬酒，说，"为宏发祥、满和财源茂盛，富达三江，干这一杯！"

沈中和偷眼观察陈九，陈九的突然到来使他不安，不知道陈九会对他怎么样。他见陈九很坦然地端起酒杯，这才端起自己的杯子。陈九斜视出他的手在发抖，也不动声色，一仰脖子先干了自己杯中的酒，其他人也都仿效干了杯。

吴掌柜说："好，酒越喝人越近，够朋友！够朋友！"

吴掌柜频频敬酒。他不知道陈九和沈中和之间有不共戴天的私仇，也看不出他们之间有多深的芥蒂。宏发祥和满和都是他的财东，他都得当财神供着。只是沈中和心里装着鬼，他明白陈九虽然追回了他的资金，但决不会忘记他蒙受的耻辱。沈中和一直小心翼翼地行动，这次出来特意带出一个身强力壮的伙计。没想到冤家路窄，偏偏在这儿遇上了陈九。他窥察着陈九，陈九越是不动声色，他就越是心里没有底。

陈九终于端起酒杯，冲沈中和说："沈先生，我这次到海拉尔来是想购点羊皮，结果两手空空，你抢先了一步，三千张羊皮让你抓到手了。"

沈中和说："满和新开张，家小底子薄，也是笨鸟先飞，比不得家大业大的宏发祥。"

陈九说："宏发祥？哈，不行了。被狼吃狗掏的，只剩下空架子了。现在轮到我来求人了。"陈九望着杯中的酒，一仰脖就喝干了。喝完他自己又斟上了一杯，说，"当着吴掌柜的面我也卖张脸，沈先生三千张羊皮卖给我一千五百张，救救急怎么样？"

沈中和把什么都想到了，在吴掌柜面前砸他的牌子揭他的短，甚至带人来要他的命，就是没有想到陈九会匀他的羊皮。庄本商行同日本政府签订了供应军用毛皮的合同，这三千张羊皮至关重要，陈九这是要他的命。他真想砸碎陈九的脑袋，摆脱他的纠缠。

沈中和说："这……这批羊皮已经有了买主，怕是……"吴掌柜见沈中和为难，忙打圆场，他说："喝酒喝酒，不提这些事。陈先生我答应你的事一定照办。"

陈九说："吴掌柜你不知道，我和沈先生有来往，有交情。沈先生是满和的掌柜，这点小事还用同别人商量吗？"

沈中和咳嗽一声，捂着嘴憋了半天才说："那倒不用。"

陈九说："沈先生答应了？"

沈中和说："宏发祥是大商行，怎么会缺这几张羊皮？"

陈九说："话不能这么说，人都有三上三下的时候，背时了活人都能让尿憋死。"

沈中和翻起眼睛说："别是另有所图吧！"

陈九说："图什么？在商言商图赚钱呗。沈先生这钱不能一个人赚，生意场上向来讲究礼尚往来，我们之间这点交情总该有吧！"

饭馆里很快就客满了，每张桌前都坐满大碗喝酒、大声说话的汉子，有的人不断地用烟袋鼓捣那呛人的蛤蟆头烟。嘈杂的声音搅拌着团团烟雾，使空气变得浑浊不堪。陈九加大嗓门说："这笔生意就这么定了，吴掌柜你也不用为难，沈先生开了金口，这一千五百张羊皮就算宏发祥的了。"

吴掌柜用手拨着弥漫的烟雾，疑疑惑惑地望着沈中和。沈中和咬咬牙抿抿嘴，机械地点了点头，说："就按陈掌柜说的办吧，我认。"

吴掌柜这才放下心来，他端起酒杯一副和事佬的神态说："好，这样好。这样我就一百个放心了……和气生财，和气生财嘛！"

张秀玉生下儿子后，给连受打击的陈家增添了一分生机，张秀玉也多了几分乖戾。在给儿子起名字的时候，陈九说："就叫龙威吧，我们陈家有龙有凤，还能再发达起来。"张秀玉摇着头说："不行不行，什么龙啊凤的，我们百姓家的孩子不要起那种高贵的名字，命薄担不起，不是妨自己就是妨爹娘。"她抱着孩子在屋子里走了两圈，摸着孩子的脸蛋说："这孩子又白又胖，一脸的福相，就叫福子吧。"陈九对给孩子起名本来无可无不可，女儿凤仪的名字是陆璎起的，当时他们在江沿租了间四面漏风的房子住下来，生下女儿，缺吃少穿，谁知道在那样贫劣的环境中，陆璎怎么会给女儿起了那样一个名字来。陈九望着襁褓里的儿子想，福子就福子吧，无非是福禄寿祥的意思，陈家又没有宗谱可查，还能起出什么花样来。

陈家少爷的大名叫陈元福。

陈家给少爷雇了个女佣，女佣是乡下人，十九岁的妇人，大手大脚也有些毛手毛脚。她抱孩子的姿势像抱成捆的苞米秸子，看着就不顺眼。张秀玉说："哟，你这是怎么抱孩子呢？这又不是枕头。"女佣说："我们屯下都这么抱孩子，不信太太你问去。"她包孩子包得松松垮垮，孩子小腿一蹬就散包了。张秀玉就说："你这是怎么包孩子的，散了包孩子要着凉的。你简直笨死了，没见过你这样笨的女人。"女佣委屈地说："太太你不知道，我们屯下带孩子比这省事多了，孩子长得照样像虎羔子。"

后来才知道这女佣是个没开怀的女人，因为不生养被丈夫休掉的。韩妈就给女佣做样子看，先给孩子垫上尿布，包上被单，用布带将手脚捆住，再用小被包裹就严紧了。女佣看着咂着嘴说："哎哟，太太这怎么行呢？这也是活物哇。"女佣出去时，韩妈讨好地说："这种不下蛋的母鸡，连窝也不会抱，怎么能带鸡崽呢？少爷是掌柜的命根子，千万大意不得。"张秀玉说："让她下厨房，这种粗笨的女人只能做粗活，韩妈你来带福子。"

女佣下厨房也不行。鸡汤咸得不能喝，鸡蛋都煮得过了火，硬得消化不了，小米粥经常做成干饭。陈九吃韩妈做的饭习惯了，这女佣做的饭没滋没味的，最后只好让她做洗衣烧火之类的粗活。

韩妈带孩子和做饭，四十几岁的女人便有些吃力，夜里睡得香甜连福子的哭声都听不见。张秀玉被哭声惊醒了去敲韩妈的门，她才醒过来。张秀玉说："算了，夜里还是我来带吧，等福子断了奶你再带他过夜。"韩妈揉着惺忪的睡眼说："太太你别生气，上了年纪的人越老越没出息，怎么贪睡得像个孩子。"

陈家少爷陈元福一天天长起来，故事也多了，今天会笑了，明天长牙了，给陈家添了许多乐趣。陈九就想起了出走的凤仪，几个月来竟然杳无音信，也不知道去了哪儿。这天晚上，全家坐下来吃饭，陈九喝了一点酒，涨红着脸突然问："凤仪来信没有？没有人听到她的音讯吗？"

张秀玉还没有动筷，正坐在餐桌旁哄福子，抬起头来说："大小姐不给你写信，谁还能知道她的消息。"

陈九说："这孩子太任性了，出去这么久竟不来一封信，她一点也不想这个家。"

韩妈正往上端最后一盘菜，一尾红烧鲤鱼。她放下盘子，从张秀玉手里接过福子说："陈掌柜，大小姐是个女孩儿家，一个人在外边让人不放心，还是派人去找找吧！"

陈九说："上哪儿找去，中国这么大，找一个人像大海捞针一样难，还不是瞎忙活。"

张秀玉洗过手，坐下来说："她不是说上北平读书吗？大小姐要是回来，你陈九就儿女双全了。都怪你脾气不好，气走了大小姐。"

陈九说："不去找她。她是个大活人，找也找不回来。她有志气就去闯荡，碰了钉子就知道世道艰难了。人不能太娇性，男人女人都一样。"

韩妈说："要是大太太在就好了，大太太在小姐就不会出走了。"

韩妈还想说什么，见陈九和张秀玉都沉下脸来，自知失口，忙抱起福子出去了。

这天晚上，陈九上床时才注意到张秀玉腰间和腹部缠着布带子，绷得紧紧的，她一圈一圈地捯开来，露出有些松弛的小腹。陈九问："你这是干什么？"

张秀玉按着小腹，语调凄凉地说："我现在腰也粗了，屁股也大了，这两个奶子让奶水涨得像两个葫芦似的，难看死了，臃肿得像个老太婆。"陈九抓一把那涨得沉甸甸的奶子笑嘻嘻地说："我喜欢，我喜欢肉乎乎的女人。我的太太我喜欢就行，关别人什么事。"张秀玉撇着嘴说："男人都这样，嘴上说着心里头早盘算别的小妖精去了。"

灯光下，陈九看着张秀玉一件一件把衣服脱光，露出白皙丰腴的身体。生下福子后，张秀玉胖了，但仍不失苗条，一扭一动更加活泼生动。脸上的蝴蝶斑褪尽了，眼睛清亮透彻，肤色油润鲜活。陈九说："都说生过一个孩子的女人有味道，果然不错。有你一个小妖精我就够了，我还图什么？"

陈九脱了衣服，用力抱住了张秀玉。这时福子在小床上醒了，大声哭了起来。张秀玉脱开陈九的怀抱，爬起来抱过福子给他喂奶。陈九望着坐在身边的张秀玉讪讪地说："你怎么不让韩妈带孩子，让他缠着你多没意思。"张秀玉说："我没有做太太的命，有什么办法。"

张秀玉奶完福子，将他放回小床上去，谁知一放他就哭，怎么拍也不行。张秀玉只好把他抱回大床上，放在自己身边，轻轻地拍着他才安静下来。

陈九喘着粗气说："这小兔崽子，成心跟我过不去。"

张秀玉扭过身子，把背对着陈九说："你就在后边将就一次吧，这是你的少爷，陈家的人都是犟种，这怪不得我。"

陈九喉结滚动了一下，他扶着张秀玉的腰，嘟囔着说："你这太太的脾气不小了，还想怎么样？眼看着要上天了。"

早上吃饭的时候，滨生上楼来说，海拉尔的一千五百张羊皮发到了，火车站来了货单，等提货呢。滨生搓着手问："陈掌柜你说怎么办？"

陈九放下筷子说："怎么办？把货提回来呗，还能怎么办？"滨生低下头说："羊皮太多，后院仓库放不下。老张说海参崴那边来了电报，他们也急着要羊皮，有多少要多少，还得抓紧熟出来。"

还在吃饭的张秀玉忙说："千万别在院里熟羊皮，那味儿我受不了，在月子里被膻味呛了一次，再闻到羊皮的膻味就想吐。"张秀玉说着脸就变了色，忙用手捂着嘴说，"不好，别说闻味，一说我就有反应，就恶心想吐。"张秀玉忙着就站起身来，干呕着离开饭桌跑了出去。

陈九皱着眉头说："这成什么话，越来越娇贵了，真把自己当太太了。"

韩妈端着一碗汤送上来，她放下汤对陈九说："陈掌柜你别生气，女人都这样，女人在月子里落下什么毛病，要带一辈子的。"陈九回过头来问滨生："厂房那边封顶没有？"

滨生说："快了，再有一两天的工夫。老张正在那边忙着呢。"

陈九说："就把羊皮拉到那边去，反正冬天机器也到不了。支上大锅在那边熟羊皮。要快，越快越好。"他见滨生回身要走又喊住他说："告诉老张，海参崴那边不要回话，这一千五百张羊皮我还有用处，谁也不许乱动。"

滨生离去后，陈九自言自语地说："这是天意，有了这一千五百张羊皮，今年冬天我就有戏可做了。"

这时张秀玉已经回到餐桌旁说："你年年秋天贩羊皮，有什么大惊小怪的。"

陈九说："你不懂，这种事情你不懂。到时候你们就知道是怎么回事了。"

第十六章

深秋的一天，天气骤然变冷。天空飘起零星的雪花，掠过街道的风开始刺痛人的皮肤，大街上的行人都冷得缩起脖子，头埋得很低，加快了脚步。有两个身着绸布棉袍、戴着礼帽的客商裹着一身的寒气走进宏发祥毛皮商行。他们自称是做毛皮出口生意的。

陈九在账房里接待了他们。上过热茶后，陈九问："二位从哪来呀？"

"安东。"一个瘦高个白脸膛的人回答，看来他是主事的外柜，"我们想收购些羊皮。"

"安东好地方，面对鸭绿江，背靠凤凰山，是块风水宝地。"

"陈掌柜去过安东？"白脸膛和同伴对视一下。陈九笑着说："哈，那是好多年的事了。那时我的毛皮生意做到安东，现在是力不从心了。"

陈九捧着茶杯呷了一口茶说："二位怎么不到蒙古草原上

去，那儿的羊皮又好又便宜，我这里可是二手货，赚不了大钱的。"白脸膛说："生意不等人，人家要货急，等到大批冬羊皮下来就来不及了。再说我们又不是给车老板子做羊皮大氅。人家要上好的羊皮。东三省谁不知道宏发祥熟羊皮手艺好，讲信用，我们也是慕名而来。"

"好，货卖识家，这也是一份交情。你们要多少？"

"越多越好，生意场上谁也不愿错过赚钱的机会。"

陈九低下头想了想，然后说："承蒙二位这么瞧得起宏发祥，我也不说假话，这二手货价格不便宜，到二位手里没有多大赚头。"

白脸膛笑起来，他拱着手说："有钱大家赚，陈掌柜是生意场上的大户，财大气粗，总不会提着刀子宰人吧？"

陈九也笑起来，说："张嘴的是卖家，闭嘴的是买家，我说个数，大家商议。"陈九用手指比画了一个数字，两个客商都瞪起眼睛，白脸膛倒吸了一口冷气说："陈掌柜别开玩笑，照这个数做生意，我们分文不赚，还要倒贴血本啦！"陈九说："不瞒二位说，这批羊皮是准备发往海参崴，卖给俄国人的，这个价已经是减了一成啦。"

两个客商面有难色，一时语塞呆住了。陈九放下茶杯，爽快地说："二位要是有意，明天去看看货色。价格上的事咱们再商议，一分货一分价不会让你们吃亏的。"

白脸膛和同伴交流一下目光，说："陈掌柜，我们是第一次和宏发祥做生意，还望高抬贵手，别一棒子打死。时间宝贵，我们现在就去看货吧。"

陈九摆着手说："急什么，别急，这么急倒显得宏发祥小气。"他对站在身边的老张说，"先陪二位先生去吃饭，尝尝宴春楼的海参席，然后洗个澡，晚上到荟芳里玩玩。生意人辛苦，常年在外，又不带老婆，总不能让身子亏着。"

两位客商干笑着，另一位黑脸膛的汉子忙摆手说："免了免了，陈掌柜的心意我们领了。路上太劳累，好好歇一歇，应酬的事以后再说吧，生意做成了我们请客。"

陈九打着哈哈说："看来二位是本分的生意人。也好，不过这顿饭总该吃吧，我来做东，二位赏个脸。"两位客商正在迟疑，陈九支使滨生说："到门外拦辆车，先陪二位去宴春楼，老张到楼上给我拿件皮袍，这天说变就变，冷得出不了门了。"

滨生机灵，马上站起来让客人。两位商客推让了一会儿，也就跟了出去。老张上楼取了皮袍下来，见陈九还在那里犯寻思，就问："陈掌柜你要那么高的价，不是成心往外推生意吗？"

陈九抬头盯着老张的脸问："你真以为他们是从安东来的客商？"

老张有些茫然，他抻起那件灰鼠皮袍，陈九站起来把胳膊伸过去，一边穿袍子一边说："我看这两个人不像是外地客商。"

"陈掌柜看出什么啦？"

"一是哈尔滨突然变冷，连本地人都没有防备，两个外地人都穿上棉袍子，一点也没冻着，你不觉得奇怪？"陈九见老张瞪起眼睛又接着说，"这外来的生意人，他们愿意也好，不愿意也好，遇到应酬的事都很热心，三分生意七分交情。这两个人却躲躲闪闪。我看他们躲的不是应酬，我疑心他们怕遇见熟人，心里头有鬼。”

陈九穿好皮袍，扣好扣子，沉吟片刻才说：“今天我特意要了个谎价，一般正常的买主，见我的要价会认定我们没有诚意，扭头就走，他们没走。他们早就相中了我们的羊皮，急着要货，拉出割肉放血的架子。”

老张疑惑地问：“他们是哪儿来的人？”

陈九说：“我怀疑他们是满和派来的人。”陈九向老张讲了在海拉尔遇到沈中和的情况，然后说：“这几天我一直等着他们上门来。这批羊皮从时间到质量都对庄本有利。他们犹犹豫豫地终于来了。”

老张有些紧张，问：“那怎么办？”

陈九说：“街面上的人你熟，门路又广，去打听一下这两个人的来历，不要惊动他们。如果真是满和私下派来的人，先把他们稳住，再把毛皮卖给他们。”

老张不解地问：“这……就是为了赚钱吗？”

陈九哈哈大笑，说：“我们做买卖的不图赚钱还图什么？”陈九拉开门时，又转过来对老张说，“不过我也不会那么糊涂，晚上到账房里来，我有事同你们说。”

第二天早上，两个客商带着一身的寒气，脸被风吹得红红的，来到江坝外陈九新盖成的厂房里。空旷的厂房里散发着芒硝和残留的羊皮的膻味。几个大缸和大锅里还冒着水汽。上空横七竖八地拉着绳子，绳子上挂满了熟好的羊皮，白花花的直晃人眼睛。老张撩着棉袍的大襟，在前边引路，先看了一些熟好的羊皮，那个白脸膛汉子提起一张羊皮，用手揉着，皮板儿柔软，绒厚毛长，掂着分量也不重，确实是上等的羊皮。两位客商不放心，又分头查验了正在晾晒和已经堆码成垛的羊皮，整整忙了一个上午。老张跟在他们屁股后边，赔着笑脸，极有耐心地让他们验完了所有的羊皮。

老张说："怎么样？宏发祥做买卖向来讲究信义，不会让一张劣等货出手的。"

白脸膛拍打着袍上的灰尘说："张先生辛苦了，今天中午我们做东请张先生喝酒消乏。"

老张忙说："哪能让二位远道而来的客人破费，陈掌柜有吩咐，我们当尽地主之谊。"

三个人进了一家名叫客再来的饭馆。饭馆的门面很小，但很干净，见来了客人，伙计和掌柜的都出来招呼。因为天冷他们决定吃涮羊肉。伙计端上了紫铜火锅和切好的羊肉、海鲜、青菜、粉丝，支上炭火，不一会儿水就沸开了。吃着滚烫的涮羊肉，喝下几杯烧酒，三个人脸上都泛起红润，汗也出来了。

白脸膛汉子舒了一口气说："张先生，我们言归正传。这批羊皮是上好的货色，我们要定了，就是价格太贵能不能给减一成，减后虽然比市面上的价还高一点，但我们还担得起，就看张先生能不能给面子了。"老张正用手帕擦汗，听后忙拱手道："羊皮是东家的，我不过是跑腿的伙计，哪能做这个主。"白脸膛汉子举起酒杯说："谁不知道你张先生在宏发祥当着半个家，陈掌柜那儿你多说几句好话就是了。"黑脸膛汉子说："其实陈掌柜是看我们找上门来卖缺。山不转人转，大家以后还要做生意，干吗一点面子都不讲呢？"

白脸膛汉子呷了一口酒，放下酒杯，从怀里掏出一个纸包，打开纸包是一沓大洋票，他放在老张面前说："张先生，这点意思你收着，陈掌柜面前全靠你啦！"老张急得连连摆手说："使不得，使不得，吃里爬外的事让东家知道了非砸饭碗不可。"黑脸膛汉子吐着酒气，抓过老张的手，把钱拍到他手掌上说："张先生，我们都是吃跑腿饭的，辛辛苦苦的是我们，赚钱发财的是东家。这年头亲兄弟都隔着心，你又何必认真呢。"

老张低头想了想红着脸把钱装了起来，说："既然你们把我当成朋友，我也交个实底。这一千五百张羊皮已经答应给海参崴，那边也总是来电报催货，他当然不怕把你要跑。但陈掌柜也愿意拉个新主顾，价钱上减半成还是能谈成的。这个底数我透给你们了，买卖成不成还得靠二位自己了。"

两个客商交换了一下眼色，同时举起了酒杯，"张先生够朋友，来，干一杯。"

这一千五百张羊皮成交了。

发货那天，两位客商一大早来到厂房里，看着工人们将羊皮一件一件地打包，一件一件地扛上马车。车老板用绳子左一道右一道地捆得牢牢的。两个客商又检查一遍，过了数才放行。车老板大鞭子一甩，一连串的马车出了工厂大门。老张和两个客商上了一辆马车，先奔滨江站货场去了。

这几辆马车一字排着下了江堤，拐进二十道街，又折向北直奔滨江站。车上了大马路，车老板都跳上车辕子，抱起鞭子悠闲起来，两手闲着开始掏出烟袋锅，装上烟叶点着抽烟，任马扭着屁股，甩着尾巴，踢踢嗒嗒地走下去，车轮碾在石头路上发出辘辘的声音。

在太古街的拐弯处，后边的两辆马车突然停下来，一个戴着狗皮帽子的车老板跳下车，骂骂咧咧地整理着车辕套，眼睛却瞄着旁边的胡同口。走在前边的几辆马车慢悠悠地拐进太古街，没了踪影……这时有两辆载着同样羊皮包的大车从胡同口里赶出来，押车的正是滨生。他气喘吁吁地跑过来，挥着手催促着跟上来的两辆马车，在他们同停下来的两辆马车错车时，彼此都换了车老板。滨生撩着棉袍的下摆，一副少掌柜的模样，指挥着他带来的两辆马车，车上装着那六百件劣等羊皮，他说："快点赶，追上前边的马车，别让他们看出调包的事儿，听见没有？"戴狗皮帽子的车老板笑嘻嘻地说："小掌柜的你放心吧，糊弄小洋鬼子，保险出不了错。"车老板把鞭子一甩，大车辘辘地加快了速度，车老板跳上车辕子。两辆马车拐进太古街，一会儿就追上了车队。

这边滨生上了一辆马车，带着那两车好羊皮，穿大街走小巷，七拐八拐地来到正阳街，又拐进了宏发祥的后院。

晚上，陈九把老张和滨生聚到账房小酌。账房里暖烘烘的，陈九脸上流溢着光彩。陈九问老张：

"你看准了他们真是满和的人？"

"错不了，我都查清楚。那个黑脸汉子原来是庄本商行梳皮子的技师，后来跟到满和。那个白脸汉子是外地聘来的，好像和沈中和沾点亲。"

"沈中和这是狗急跳墙啊！"

"他也是没有办法，日本方面合同追得紧，他在海拉尔又丢了一千五百张羊皮，庄本也不能饶他。"老张把那两个客商在饭店里给他的钱拿了出来，放到陈九面前说："也是他们心急，没有看出破绽来。这一千五百张羊皮没有进货场，直接扛到零担发货站台上，装车走了。"

陈九问："满和的那两个人呢？"

老张说："他们装作要等火车票，回客栈去了，我寒暄了几句，就同他们分手了。"

陈九说："好，千万不能让他们看出我们识破了他们做的手脚。"陈九把老张交给他的钱又推回给老张，他想了想，便从抽屉里拿出一份给了滨生。陈九说："这些你们收下，我跟庄本商行和沈中和不共戴天，你们也跟着担干系，这些算是酬劳吧。"滨生说："他们算计宏发祥也不是一天了，也应该给他们点颜色看，尤其那个沈中和，长着一副阴阳脸，我一直觉得他不是好东西。"老张叹着气说："陈掌柜，我们靠宏发祥吃饭，这是应尽的本分。那个沈中和是条狗，并不可怕，日本人现在是越来越张狂，不得不防啊。"

陈九用手扭着自己的腕子，转动着拳头说："防它也咬人，不防它也咬人，敲掉它两颗门牙，伤了它的元气，它还张狂什么？"

庄本毛皮商行被罚的消息反馈来的时候已经过了旧历年，正是各买卖家放完了年假，纷纷开业的时候。这天，老张匆匆地跑进账房，递给陈九一张《滨江日报》，指着一则消息，嘴里反反复复地说着一句话："陈掌柜你看，陈掌柜你看，他们终于遭报应了。"

陈九拿起报纸，老张指点处有一条醒目的标题映入眼帘：

日本军部严惩不法商人

庄本被日警厅传讯回国

内文中详尽介绍了庄本毛皮商行供给军部的羊皮中，掺有六百张劣等羊皮，使军工生产停顿，延误军需供应的情况。军部决定以违反供货合同、破坏军需供应问罪，交军事法庭处置。庄本有一个叔叔是资深的国会议员，从中斡旋，才转为交警视厅审理，日前已将庄本押送回国。

老张说："陈掌柜，正阳街上的人都在议论这事，真是大快人心。有人看见从日本来的便衣警察，把庄本带上火车，听说他们是途经朝鲜，从釜山东渡回日本的。"

老张见陈九望着报纸出神，又说："看见的人还说，在火车站等车时，庄本板着脸，在两名便衣警察中间，像个丧家犬。"

陈九说："好。这次可伤了庄本的元气了。这叫恶有恶报，吃了这场官司，看他还张狂什么。"

老张说："这两年总遭他们暗算，这回算是出了一口气。"

陈九问："正阳街上的人知道谁给庄本商行羊皮里掺了劣货吗？"

老张说："没人知道。人们只说是庄本上了满和的当，是沈中和坑了他。"

陈九说："让他们之间狗咬狗吧。"

老张说："庄本在事发后，抽出了投在满和的资金，他还要找沈中和算账呢！"

陈九问："沈中和呢，这条狗怎么样？他还咬人吗？"

老张说："沈中和心里头明镜似的，明白是怎么回事。他出不了这口气，还是要咬人的。陈掌柜你可要提防着点。"

陈九说："我不怕他，我等着他，他找上门来我新账旧账一起算。就怕他没这个胆量！"

陈九捧着这张报纸，周身的血液都在沸腾。他觉得胸膛里有一种东西在鼓胀，又畅快又紧张，身上的肌肉不时地痉挛。他脑海里反复响着一句话："办成了，这件事情办成了。"就这么简单，想办就办成了。整个上午他都捧着这张报纸在看。其实那些文字已经不很重要，他在体味一种快乐，一种复仇后的快乐。这快乐使他扭曲，躁动。他站起来在屋子里来回踱步。老张和滨生不知什么时候躲出去了。他大声咳嗽，两手握拳挥舞着，一副跃跃欲试的样子。最后他穿上棉袍，拿起手杖，想出去走走。这铜柄手杖是有身份人的一种时尚。陈九拥有这手杖两年了，他很少用它，觉得它是一种麻烦。他今天拿在手里很惬意，手杖敲击在石头路上发出的声音很悦耳。

陈九在马路上盲目地走着。正月十五以后的天气寒冷已不那么可怕，积雪已经发黑，太阳照射到的地方呈现出无数的蜂眼，空气里湿度明显浓重起来，街上行人的脸色也开朗多了。陈九走着走着忽然想到应该看看满和商行是个什么样子。一条丧家犬或者摇尾乞怜，或者舔舐伤口，或者奄奄一息……他来到满和所在的升平街上，那幢青砖楼下的招牌已经摘掉，门窗关得严严的，无声无息死一样沉寂。他想喊一声沈中和你出来，我给你燃放一挂鞭炮，让世人认认你这个丧家犬。他没喊，人去房空，满和已经不存在了。

路旁一个支着玻璃匣子卖烟卷的老头正吆喝着揽生意，陈九走过去问："满和搬哪儿去了，怎么关了门？"

卖烟老头戴着耳包，他摘下一边的耳包说："满和黄了，掌柜是条狗，主人回小日本吃官司去啦，把他踢了出去。"

陈九问："日本人吃官司踢他干什么？"

老头儿侧着耳朵听，半天才说："为啥踢他？拍马屁拍到马蹄子上啦！"老头见陈九愣愣地瞧着关门的满和，大声问，"怎么？你和满和有买卖？他欠你钱吗？"

陈九回过神来，含含糊糊地说："他不欠我钱，他欠我条命。"

老头儿耳朵背，侧着头挤着一只眼睛说："硬，他才不硬呢，那天让他那日本主子赶出门，就蹲在这道牙子上，哭得鼻涕一把泪一把，像死爹的娘儿们似的，还说他硬。"

陈九没有再说话，他转身离去。陈九拄着手杖在马路上走着，笃笃的手杖声中，他思绪翻腾。报复的快感已经消失，他觉得太便宜沈中和了，两次都便宜了沈中和。应该砸断他的脊梁骨才对，起码要敲掉他的门牙，要不他还会爬起来咬人。

走在路上，陈九想到了秋姐。他的两次机缘都是秋姐帮了他的忙。要不是有秋姐，上次就让沈中和溜掉了。他忽然想到该去看看秋姐，他觉得和那个卖笑的女人有那么一些没了的情分。陈九和秋姐的邂逅并没有在他心中留下什么印记，他不过是把她当成擦肩而过的陌路人，他曾心血来潮将她赎出妓院，不过是一个强者的施舍，他并不了解秋姐的心思。当他知道秋姐依然过着倚门卖笑的日子时，也没有多少感慨，他想这世上每个人都有自己的活法，别人是做不了主的。现在他倒萌生出一个念头，那就是秋姐应该过一个普通女人应该过的日子，这个念头一时很强烈，他想让她知道，沈中和已经被他打倒，成了一只落水的癞皮狗，她用不着担心什么了。陈九想着，就向秋姐的住处走去。

秋姐住在一条小巷深处的一排低矮的平房里，由于地势低经常垫道排水，门已经陷入地下一尺多深。陈九站在秋姐家房檐下时，不得不低下头来。他敲了一会儿门，也没有动静，却把左邻右舍的人都敲出来了。邻居们都用惊异的目光瞧着他，远远地叽叽喳喳地议论着。他抬起头来，看见一个蓬着头发，趿拉着一双旧棉鞋，穿着一件绿绸布棉袄，敞着领口，胸襟上挂满了嘎巴儿的胖女人站在面前，盯着陈九的脸神秘地问："你是秋姐相好，来找秋姐的吧？"陈九皱着眉头想了想，便点点头。

"你多久没见着她了？"

"记不清多久了，反正很久了。她不在家？"

那女人左右看了看，撇着嘴说："她死了。"

陈九脑子里轰地响了一下，一阵心悸，慌张地问："秋姐怎么死了呢？她什么时候死的？怎么死的？"那蓬头的女人说："哎哟，瞧你们这些男人，这么大的事情都不知道？她是被人杀死的，都死了六七天啦。"

陈九问："谁杀死她的？你快告诉我，为什么杀死她？"

"谁知道呢，警察都没查出来，我能知道吗？"她回头看了看远处的邻居，把背对着他们，压低声音对陈九说："那天晚上的事我可是听见了。这事儿我对警察都没说，只告诉你。那天晚上来了一个男人，他来的时候秋姐不让他进门，他们在门口大声吵着，那个男人要进屋，秋姐就往外推他。后来那男人还是进去了。进屋两人就吵架，好像整个晚上都吵架，还有厮打的声音。你是她的相好你知道，秋姐经常往家领男人，也有吵架的时候，但谁也没有想到会让人杀了。"她见陈九总是瞅她蓬乱的头发，就在手掌上吐了唾沫，搓着手，然后用手指梳理几下，又用力抹了抹接着说："后来就不吵了。第二天一上午秋姐都没有出门，我就奇怪。先生，我和秋姐是很要好的，我家孩子多，她常送一些米呀面呀给我们，还常送些旧衣服，其实那些衣服一点也不旧啊，你看我这棉袄。"她掀起粘满嘎巴儿的棉袄大襟说："这就是秋姐送给我的。她常对我说，你看你有这么多孩子多好啊，其实她哪知道孩子多有孩子多的苦处，一个个张着嘴又要吃，又要穿，穷急了我真想掐死两个才解恨呢。先生你不耐烦啦，秋姐心眼好我就觉得应该到她家看看。等我进去一看哪，吓死人啦，秋姐被人勒死在炕上，眼睛瞪得溜圆，舌头拖得长长的……你说瘆人不瘆人？"

陈九捏得手指嘎巴嘎巴响，他自言自语地说："我知道了，我知道了。"

蓬头的女人问："先生你知道什么啦？"

陈九抬起头来，望着草屋顶上残存的雪，说："我知道谁杀死了秋姐……"

"那你快告诉警察吧，他们正在抓凶手，天下这么大，没人指点，他们知道上哪抓去？"

"我不告诉警察，我知道该怎么办。"

"我也没告诉警察。"蓬头女人讨好地说。她笑着嘴里露出了黄牙。她见陈九转身匆匆离去，就趿拉着拖鞋紧追了几步大声喊："先生你要是有心就到秋姐的坟上烧几张纸，秋姐家里连个亲人都没有，怪可怜的。"

秋姐没有亲属，警察验过尸，登记备案后就草草地将她葬在无人照看的荒坡地上。陈九买了一口棺材，雇人重新装殓了秋姐，将她葬进贫民义地，竖了一块木牌子，写上"秋姐之墓"。他不知道秋姐姓什么，有什么身世，多大年龄，只能这么写。

陈九将此事告诉了双丰和掌柜孙殿臣。孙殿臣当时眼圈就红了。他靠在椅子上，用手拍着挺起的肚子说："陈掌柜，我和秋姐相好十年了。秋姐是个好女人，怎么也没想到她死得这么惨。你知道是谁杀死秋姐的吗？"

"那还用说，是沈中和这个浑蛋王八蛋，他是在报复。"

"这小子也太歹毒，怎么忍心对一个女人下手。"

"我把秋姐葬了，你去看看她吧，也算了了你一份心愿。"

"陈九，你怎么也发了善心？"

"我也欠她一份人情。我得报答她。"

孙殿臣张大眼睛，脸颊上的肉抖着，气咻咻地说："你欠秋姐何止一份人情，是你让她送死的。当初我就不同意让她替你办那件事情，你不听，你太自私了陈九，你就想着你要报仇，你把沈中和逼得发了疯，这条疯狗就去乱咬人。这事怪你，你知道不！"

陈九没有讲话。

这天在荒凉萧瑟的贫民义地上，走来两个穿皮袍马褂、戴着貂皮帽子的中年汉子。他们走到秋姐的坟前，默默地站了一会儿。高个汉子把目光转向一个挨一个的荒芜的坟丘，那个挺着滚圆肚子的汉子拿出随身带来的黄表纸，哈下腰去吃力地划着洋火，划了一根又一根，都被风吹灭了，急得胖子哈着腰团团转。

高个汉子就是宏发祥毛皮商行掌柜陈九，那个挺着滚圆肚子、累得气喘吁吁的胖子就是双丰和杂货店掌柜孙殿臣。陈九见孙殿臣拿着洋火划不着急得直打转，便接过来捡起一张黄表纸，卷成筒状，挡着风划着了洋火，把纸点燃了，又伏下身去把堆在地上的黄表纸引着。

陈九说："孙掌柜你真是养成了一身懒肉，什么也干不了。给婊子上坟你也应该带个伙计来。"

孙殿臣苦着脸说："陈九你的嘴不饶人，干吗说得那么难听，秋姐死了你也不说句好话。"孙殿臣伏下身用树枝去拨弄火堆，他肚子大蹲不下，一屁股坐了下来，又掏出用金箔和银箔叠成的元宝扔进火堆。风助着火势，迅速地吞噬着打着印钱的黄表纸和金银箔片，它们化成灰烬飞舞起来。

孙殿臣眼睛里含着泪水，坐在地上竟像个女人似的抽泣起来。他说："秋姐是个好人哪，这么好的女人竟遭惨死，这世道太不公平啦！"他用树枝拨弄着纸灰，使残留的纸片烧尽。他抽着鼻子说："秋姐，你受了一世的穷，把这些钱拿去花吧，这是我孙某的一份情意。不像有些人，活着使唤你，死了也不惦记你。"他小心翼翼地抬头看了陈九一眼，陈九站立着木然地望着远方。他又提高嗓音说："秋姐，他拿你当枪使，推你到前边去送死，他却活得自自在在，快快活活……"孙殿臣又斜了陈九一眼，见陈九仍然无动于衷，又说，"秋姐，空你一副侠肠热胆好心眼儿，落得个命丧黄泉魂飞天外好凄凉……"孙殿臣抬起头来，望着陈九死板着的面孔，忽然愤怒起来。他用树枝抽打着尚未解冻的土地，高声喊："陈九，你怎么不说话！"

陈九目光仍然停在起伏的坟丘上，说："是沈中和杀死了秋姐。"

"是你杀死了秋姐！"

"是沈中和！"

"是你！是你！是你！是你让她带出沈中和到宴春楼的，是你让她得罪了沈中和而丧命的。杀人的凶手应该是你。"

"事情已经过去了，说这些有什么用。我能替她去死？"

"嘿，陈九你说得多容易。你一个堂堂的男子汉，把一个薄命女子送到死路上，你说声过去了，就可以依旧做你的买卖，赚你的钱，当你的大掌柜。你挤垮了满和，挤走了庄本，就可以高枕无忧啦！把秋姐一个人孤零零地撇在这儿。"

陈九扭曲着脸厉声地说："行啦行啦，看你娘儿们叽叽的没完没了，在坟茔地里哭喊着有什么用。无非沈中和在我手上有两条命。孙殿臣你看着，我要不亲手揪下他的卵子来算我陈九没种。"孙殿臣呜咽起来，他拍着新堆起的坟丘，扭曲着五官喊："秋姐哟，红颜命薄的秋姐哟……"

两个衣着华丽的汉子在贫民义地里很显眼，他们大声大气地争吵，争吵声在荒凉的坟丘中冲荡着，引起上坟人的注目。陈九说："好了孙掌柜，你也算对得起秋姐啦，干号有什么用。你要有心，就挺起你的家伙来，帮我做点事对付沈中和。"

孙殿臣爬起来，用手帕擦着眼泪说："我和秋姐十年的交情，我是得为秋姐做点事！要是对付沈中和，用我的时候说句话。"

第十七章

民国二十年一春一夏，陈九都在做着一件事：寻找沈中和。他把生意上的事都交给了老张和滨生，很少再去过问。甚至他盼望已久的德国机器运到后，他也只是淡淡地看了一眼，吩咐老张将机器封存在厂房里，很快就丢到了脑后。

陈九为那个空旷的厂房和封存的机器雇了一个打更的老头子。老头子很古怪，秃头顶，圆鼻子头，眉毛很长，脸色忧郁阴沉。他看人的时候，目光总在对方的脖子上扫来扫去。他很少讲话，偶尔一笑，露出残缺的门牙，让人想起春天饥饿的黑熊。他虽然驼背，但身材仍显得高大，两臂修长，手腕青筋毕露，粗壮得像宽扁担。他黎明和黄昏时都在院子里练五禽戏，学猿鸣虎啸，练扑打腾跃。有人看见他子时也起来伸展手脚，说他是个怪人，整夜都和狐仙鬼女在院子里踢爬滚打，没人敢窥视这个院子，连小孩子都离他远远的。

有了忠心耿耿的老张和滨生，又有了阴沉古怪的打更老头子，陈九便没了后顾之忧，一心一意去寻找沈中和。

和陈九一样热心寻找沈中和的还有双丰和掌柜孙殿臣。两个人经常在胜江楼洗澡碰头。不论是赤身裸体地泡在弥漫着蒸汽的水池子里，还是盖着潮乎乎的浴巾躺在雅间的硬板床上，两个人都能走火入魔地交换着毫无价值的情报。然后，在这情报的催促下，再去奔波。

　　陈九和孙殿臣这样折腾了三个月后，有一天他们如期来到澡堂子。清早池子里的水清澈滚烫，没有几个人能经得住那样的高温。蒸汽像浓雾一样升腾，陈九和孙殿臣赤裸着身子，先用毛巾撩着水拍打着身子，然后一点一点地将身子浸入水中……

　　"嗝——嗝——"他们将全身浸入池中后，仰起头来冲着被蒸汽迷蒙着的天窗大叫几声。喊声在池塘中回荡，天窗上蒸汽凝成的水珠落下来，滴在脸上异常冰凉……两个人泡得红头涨脑，浑身的筋骨都松弛开后，孙殿臣小心翼翼地移动着肥胖的身子，靠近陈九说：

　　"陈掌柜，我打听到沈中和的下落了。"

　　"他在哪儿？"

　　"他在做鸦片生意，听说经常从上江带些鸦片来哈尔滨，也带些白面、吗啡到下江去，总是在水路上活动。"

　　"嗯？"陈九用手抹着脸上的水珠，侧过头来问，"可靠吗？""可靠，有人亲眼在码头上看见过他，瘦得成了刀条脸，怀疑他是不是也吸上了大烟。"

　　陈九不再讲话，开始用毛巾搓身子。孙殿臣又靠近了一点，几乎贴着陈九，说："陈掌柜，要是遇到沈中和怎么办？你能杀了他吗？"

陈九不讲话，闭着眼睛轻轻地搓着胸膛，像是在想什么。
"陈九，咱们丑话说在前头，我可不能杀人，我杀不了人。我连鸡都不敢杀，怎么能去杀人呢？"他举起毛巾让它哗哗地滴着水，滴尽了再放进水里拿出来再滴。他说："杀人还犯法，为一个狗都不如的沈中和，我们去蹲笆篱子不值。你说对不对？"

陈九闭着眼睛，把头靠在池子沿上，仍然不说话。孙殿臣说："你也别杀人，你有一个那么年轻漂亮的太太，蹲笆篱子更亏了。"

"我不管，我得要他的命。"陈九抬起头来，睁大眼睛说，"要不我们找他干什么，吃饱了撑的？"

孙殿臣还想说什么，这时有人下热水池子，随着一阵嘿嘿哈哈的喊声，水池子里的水波动起来，他们停止了谈话。

陈九和孙殿臣走出胜江楼澡堂时，外边正是一个绝好的天气。天空晴朗，又没有风，不冷不热的天气让人惬意。刚刚烫过澡，又搓了个周身透亮的陈九对孙殿臣说："你刚才说的话当真？"

"当真。"

"我们到码头上看看。"

"看看就看看。"

"你不怕我当着你的面杀了沈中和，你跟着我吃官司？"

"杀就杀呗，你陈掌柜想办的事情谁能拦得住。"

他们沿着七道街向北，来到江沿码头。码头上乱糟糟的，到处是丢弃的乱纸、果皮、草绳子、破碎的麻袋片，空中弥漫着从货运码头漂浮过来的煤屑。附近有一处城市污水的排泄处，江水因此变得乌黑，翻滚的浪花拍打到岸上，泛着白色沫子。污水的气味和泡在水里死猫死狗的腐臭，使码头的空气浑浊难闻。

刚好有一艘客轮靠岸，两个跳板伸延到船边，旅客开始下船。卖东西的小贩蜂拥到岸边，举着手中的竹篮子，大声地兜售着烧鸡、水果、麻花、油炸徽子等食品，卖香烟的小贩脖子上挎着玻璃匣子在人群里乱窜，码头上出现了拥挤混乱的场面。

陈九和孙殿臣站在堤坝的高处，注视着下船的每一个人。望着陈九专注的神情，孙殿臣神色又不安起来。他揪着陈九的衣袖问："陈掌柜，要是沈中和在这条船上，你用什么办法杀死他？你带枪了吗？带刀了吗？杀人总得有个办法。"

陈九说："你害怕了？你不是和秋姐有十年交情吗？看你这副样子，真是个孬种。秋姐白疼你了。"

孙殿臣慌张地四下望着，叹着气说："唉，这人生死由命，贫富在天，也是该着秋姐红颜薄命不是？"

陈九刚想说话，突然间睁大了眼睛，他拍着孙殿臣的肩膀说："孙掌柜你看那是谁？"

孙殿臣哆嗦一下，目光也投向下船的人流。他看到一个穿着洋服，身材瘦削，留着小胡子的中年人。他一眼认出这是庄本。庄本身后跟着一个穿洋服提皮包的年轻人。

陈九斜视着走过来的庄本说："这家伙回来了，官司了啦，看气色不错啊，不像是受了委屈的样子。"孙殿臣望着陈九泛起光芒的眼神，重新抓住他的衣袖说："陈掌柜你可别乱来，你还想杀死庄本吗？这可是人命关天的大事。"陈九有些亢奋，他甩开孙殿臣的手说："我不杀他。我为什么要杀他？我想会会他，问问他吃官司是一种什么滋味！"

陈九大步向庄本走去。正在沉思踱步的庄本猛抬头，发现了站在面前的陈九，脸上掠过一丝惊恐，面颊上的肌肉抽搐了一下，但很快就恢复了镇静。他站下来同陈九打着招呼，又四下看了看说："幸会陈先生。陈先生是来码头接客人吗？"

陈九说："是啊是啊，可惜我接的客人总也不到，让我空等一天又一天。"庄本身后那个穿洋服的日本人夹起皮包，抢先一步站在庄本一侧，警惕地上下打量着陈九。庄本向年轻人摆摆手。他对陈九说："陈先生果然厉害，六百张羊皮害得我吃官司，弄得我好几个月疲于奔命，商行险些破产。"

陈九说："你用错了人，沈中和那条狗不中用，庄本先生这只能怪你自己。"

庄本掏出手帕，捂着嘴咳嗽着说："你知道我为这场官司花了多少钱吗？"

陈九说："彼此彼此一对一，我们之间算是扯个平手吧。"庄本牵动着嘴角说："陈先生这样说也算公平，今后我们可以平起平坐地在商场上较量了。"

陈九瞥了一眼客船，船上空荡荡的，在跳板上走动的人也少了，码头显得空旷起来。陈九说："现在不说这个，我正忙一件事，等我忙完这件事再说，我们两个有的是时间。"

庄本望着陈九游离的目光感到莫名其妙。庄本说："陈先生忙着接人，我就不打扰了。后会有期，我们总有打交道的机会。"

零星的旅客木然地从他们身边走过。陈九心不在焉地摆着手说："走吧走吧，我不想再见到你了。我们又不是亲戚要常走动走动，两个冤家对头碰到一起总要你死我活的，早一天晚一天大家都不着急。"

当庄本和那个提着皮包的年轻人随着下船的人流走出码头时，孙殿臣才提着长袍的下摆从堤坝下爬上来。他喘着粗气问：

"庄本那家伙走了吗？"

陈九瞥了他一眼问："你不盯着下船的人跑到哪去啦？"

孙殿臣苦着脸说："我去撒尿，憋得受不了，总不能当着这么多人掏出家伙撒尿吧。"

陈九说："你害怕了？"

孙殿臣说："我怕什么？"

陈九说："你什么都怕，连踩死个蚂蚁都怕。"

孙殿臣说："陈掌柜，你看看你说的，我害怕能跟着你找沈中和吗？真是冤枉人了。"

陈九说："算了，也不知道沈中和是不是在这条船上，转眼间人就走光了。"

孙殿臣一屁股坐到拴缆绳的蘑菇状的铁墩上，望着浩荡的松花江水，擦着额头上的汗珠说："这玩意儿有一搭无一搭的，得放长线钓大鱼。码头上每天都有船，谁知道沈中和在哪条船上，慢慢找吧，就靠碰运气了，碰上算。"

转眼就到秋天，日本人对东北迟早要下手的传闻已经变成现实，奉天北大营的枪炮声引起国民的普遍愤怒。在商界这种愤怒中也隐含着对前途的忧虑。

陈九对此充耳不闻，要除掉沈中和的心情更加迫切。这天，孙殿臣跑来告诉他，沈中和在张广才岭罂粟地有窝子，他干这个发了财。他守在窝子里不出来，来回运鸦片冒风险的事由别人干了，他自由自在地在罂粟地里当掌柜。

陈九望着孙殿臣激动而泛红的脸说："那我们去端他的窝子，在那里杀死他更方便些。"孙殿臣瞪圆眼睛半天才缓过气来说："陈掌柜你别开玩笑，那地方是我们能去的吗？那地方人都有真家伙，又有土匪出没，不等我们杀人，脑袋早就让人家搬走了。"陈九说："他刚干起来，还成不了那么大的气候。赶早别赶晚，你不去我去。"孙殿臣为难地说："不是我不去，两手空空的，我们哪有那个本事？弄不好是鸡蛋碰石头，头破血流的是我们。"

陈九站起来，来回地踱着步，嘎巴嘎巴地捏着手指头，说："只要找到沈中和这个人就行，不用我们动手，我带杀手去。"虽然屋里没有别人，孙殿臣仍然四下望着，说："你带几个杀手，可靠吗？要是保险不出事我就跟你去。"

他们是坐客船去的。在码头上孙殿臣捏着船票站在那里东瞧西望，四下寻觅。他压低声音问陈九："你带的人呢？都在哪儿？怎么一个也看不见？"陈九说："快上船吧，到船上我告诉你。"孙殿臣仍然不放心，左顾右盼磨磨蹭蹭地跟着陈九上了船。

在船舱里，陈九用下巴点着靠窗坐着的一个秃顶老头子。他端着一个长烟袋，正阴着脸闭着眼睛养神，任那蓝色烟雾在他头上盘旋。孙殿臣吓了一跳，立刻紧张起来，他对陈九说：

"那不是你雇的打更的老头子吗？"

"是啊。"

"就一个人？"

"就一个。"

"能行？"

"能行。"

"这可是玩命的事，这糟老头子能干什么？都快有一百岁了，我们两个跟在后边收尸啊？"

"怕什么，大不了是个死。"

"要死你去死，我可不愿意陪着。"孙殿臣站起来就要往外走。陈九拉住他说："船都开了，你上哪去？"客轮果然在汽笛声中离岸，从船舱的窗户往外望去，码头渐渐地远去了，码头上的人影也朦胧起来。孙殿臣一屁股坐下来，急赤白脸地说："陈掌柜你这是何必呢，秋姐不过是个风尘女子，孤身一个人死就死了，我们可是拖家带口的人。我有老婆孩子，还有一个双丰和，那可是我十几年的心血……我现在可死不起呀！"

陈九说："谁说我们去送死啊！看你这软塌塌的样子，还能办大事？"

一路上秃顶老头子始终和他们保持着距离，也不说话。吃饭的时候，他自己坐在一边，要了一大碗烧酒，一盘子酱肘子肉。秃顶老头喝酒很特别，喝酒时就喝酒，一口一口地呷，也不吃肉。吃肉时大口大口地嚼着，也不喝酒。老头子口急，一会儿就把一盘子红白肘子肉吃光了。剩下半碗酒一口一口地呷，喝完最后一口酒时抹抹嘴，满是皱纹的脸上放出光泽。有人从他跟前走过，无论是男人还是女人，他总是眯着眼，目光在人家脖子上游移。孙殿臣吃着船上没滋没味的面条，心里想，陈九从哪儿弄来这么一个老怪物，真有用吗？心里不免又打起鼓来。

船在一个小镇码头上靠了岸，客船继续向下江开去。这儿下船的人不多，三个人上了岸，知道他们是从哈尔滨来的人，就有人打听日本人的情况，询问日本人打到哪儿啦，离这儿有多远，张学良的队伍真的都撤了吗？他们也无心答话，直奔镇边一个大车店。在那里他们雇了三匹马和一个向导。向导是个年轻汉子，个头不高，人很精明。他骑一匹黑马，那马性子烈，汉子上马后，它便嘶叫着在原地打旋。他勒紧缰绳，待陈九等三人上马后他笑着问："三位商客是做烟土生意的？"

陈九点点头。

年轻汉子说："这条路上不太平，商客身上的黄白之物放妥些。"

孙殿臣吓得差点从马上滚下来。他说："老乡我们可没带多少钱，要是这么危险我看别去了。"他侧身问陈九，"你说呢，陈掌柜？"

陈九没说话，他用双腿夹一下马肚子，吆喝一声先上了路。年轻汉子见孙殿臣犹豫，便勒着缰绳说："客商别害怕，我们做这条路上的生意，总有些朋友关照，放心走吧，再说真要是碰上不吃咸盐的，"年轻汉子敞开怀，露出别在腰间的匣子枪说，"也不会让商客吃亏的。"孙殿臣直着眼睛盯了一眼匣子枪，用鞭子抽了一下马屁股，一步三回头地上了路。年轻汉子挥手让秃顶老头子先走，老头子说："我年纪大了，腿脚不利索，跟不上你们，我殿后。"年轻汉子不再谦让，打了个响鞭，那匹黑马迈着碎步上了路，一会儿就跑到了前头。秃顶老头子用马镫碰了一下马肚子，不慌不忙地追了上去。

四匹马一字排开，顺着弯弯曲曲的山路，向深处走去。

深秋季节，薄暮时天气阴凉，两旁山峦上树丛萧瑟沉寂。他们一行人来到有几间草屋的山沟里。秃顶老头子打着马赶上来对陈九说："陈掌柜我们今晚宿这儿吧，别再往前走了。"陈九勒住马把目光转向年轻汉子。年轻汉子说："客商要是这条财路上的常客，不妨再往前赶，如果是第一次来，就宿下吧。"

陈九说："什么道理？"

年轻汉子说："再往前走就是罂粟区，各有各的管辖，不是轻车熟路，怕引起误会。"

秃顶老头子说："这儿是贩烟土的客商必经之路，陈掌柜要会朋友，等在这儿就不会落空。"

陈九在马上想了想点点头，四匹马就奔路边一个挂着客店幌子的大院跑过去。从草屋里迎出几个黑脸汉子，牵马的牵马，扫尘的扫尘，把他们迎进屋里去。众人洗过脸，又让进里间大屋。大屋很宽敞，对面大炕，炕上铺着新席子，烧得暖暖和和。陈九和孙殿臣骑了半日的马，身上又冷又乏，坐上火炕烙得浑身舒服。店家又摆上炕桌，端上茶壶茶水，人们就有了温馨的感觉。孙殿臣抬头见对面火炕上盘腿坐着两个女人，年纪很轻，长相粗粗拉拉的，但眉眼处有狐媚之气，正冲着他们嘻嘻笑着，搭讪着问："老爷远道来的，路上辛苦吧？"

孙殿臣笑眯眯地答应着："不辛苦，不辛苦。"

那当向导的年轻汉子要照料马，到马厩去了。秃顶老头子没有上炕，洗了脸先到房后撒了泡尿，又到狗窝里看了看拴着的狗，到马厩里看了看槽上的马。回到前院，见一个店伙计在择芹菜，一个店伙计在杀鸡，地上一只芦花鸡被抹了脖子，仍然拖着一条腿在地上打扑棱，扑得满地都是血迹。那杀鸡的伙计手里还提着一只黑母鸡，他冲着打扑棱的鸡骂着："扑棱啥呢？早晚不是挨刀的货？"他刚想对手里的黑母鸡下刀，被秃顶老头子拦住，他顺手提过那只黑母鸡，抓住翅膀，把鸡头向后一扭，只一刀鸡就蹬了腿，被扔到地上一动也不动了。那杀鸡的伙计看得傻了眼，忙赔着笑说："老客好刀法，好刀法。"秃顶老头子没吱声，把刀还给伙计，拍拍手进屋去了。

里间屋大炕上，两个年轻女人已经凑过来，围着炕桌坐下，嘻嘻哈哈地说着笑着。秃顶老头子就坐到对面炕上，掏出烟袋抽烟。

不一会儿菜就上来了，一大碗猪肉炖粉条，一大碗小鸡炖蘑菇，还有几个炒菜。另外在对面炕上也为秃顶老头子摆了炕桌，上了酒菜。路上走得饿了，大家都吃喝起来。

一个狐媚的女人端起酒碗敬陈九，她说："我借花献佛，敬老爷一杯酒。"

陈九说："我不喝酒。"

女人说："喝！"

陈九说："不喝。"

女人说："喝嘛。"

陈九说："不喝就是不喝，别啰唆。"

女人就撒起娇来，说："酒是壮胆的，男人在外哪有不喝酒的。"

陈九说："我就在外不喝酒。信不信？"

女人瞅着陈九碗里的酒说："大爷是不放心，怕酒里有蒙药，来，我先喝一个你看。"

狐媚女人真的端起陈九的酒碗，喝了一大口，说："大爷，这总该放心了吧，可别让我们心凉透了。"

无论那狐媚女人怎么说，陈九就是不动面前的酒碗。

孙殿臣端起酒说："他这个人就是这么一个坏脾气，不管他，不管他，咱们喝酒。"孙殿臣先抿了一口酒，两个女人也都转向他，你一口我一口，又说又笑，饭桌上渐渐热闹起来，当向导的年轻汉子是常来常往的熟人，早到外间同店伙计们一桌吃喝去了。客店掌柜是一个瘦小的汉子，亲自往上端菜，先敬客人酒。他说："各位老爷初来乍到，小店粗茶淡饭的也没个讲究，让各位委屈了。将来各位发了大财，别忘了照顾小店的生意。"

陈九和孙殿臣都端起酒碗，"好说好说，辛苦辛苦。"

敬完了酒，掌柜的要走，陈九叫住他问："掌柜的我打听一个人，你知道不知道？"客店掌柜的就笑了，说："我们这客店虽小，来的可都是贵客，在这条路上做生意的，我没有不认识的，你说说看。"

陈九说："有一个叫沈中和沈先生的，进山日子不多，听说他也在山里筑了窝。我们同他有一笔生意上的事，要急着找他，也不知道他扎在哪儿了？"

掌柜的想了想说："有这么一个沈先生，中等个白净脸，进山半年多的光景就发财了，自己有窝子，手下有几个人，不大下山了。不过有时到码头小镇上玩玩，也常到下江的佳木斯去。"

孙殿臣拍着手说："对对，就是他。"

陈九问："这两天他能下山吗？"

掌柜的说："不大好说，他好像刚回山不几天。"

陈九又问："这沈先生的窝子在哪儿，掌柜的能告诉我们吗？"

掌柜的为难地说："干我们这一行的，进店的客人都是朋友，五湖四海皆兄弟。出了店东南西北，客人从哪来，到哪儿去都是不问也不说的。"

陈九忙说："明白了明白了，叨扰叨扰。"

喝过酒吃过饭夜也深了，伙计们进来收拾碗筷，撤了桌子，大家便安排睡觉。陈九和孙殿臣仍睡在南炕。两个年轻女人给他们铺好被，秃顶老头子睡在南炕靠门的地方也不脱衣服，搭上条被就睡下了。

两个年轻女子回到北炕，铺上被褥又到外边拿进一个瓦盆，对陈九他们笑嘻嘻地说："老爷要是夜里方便，就在这个盆里吧，省得到外边风大受凉，再让狗咬了腿。"说着两个人就轮流脱下裤子，露出白花花的屁股，哗哗地在瓦盆里撒起尿来。撒完尿便冲着外屋喊："喂，快进来把尿盆倒了，这臊味熏得老爷们睡不着觉。"便有一个年轻的伙计进来，笑嘻嘻地端起尿盆出去倒了，又送了回来。

两个女人也不避客人，一件一件地脱衣服，脱得赤条条地钻进被窝，这才有人吹灭壁龛上的油灯。

秃顶老头儿一会儿就发出了鼾声，陈九一路劳顿，很快也睡着了。只有孙殿臣强支着眼皮儿辗转反侧，见没了动静，便爬起来光着脚一跳一跳地跨到对面炕上，爬上去钻进了女人的被窝，立刻就传出来他同两个年轻女人戏谑的说笑声……

天蒙蒙亮的时候，客店里闯进来十几个拿着长短家伙的汉子。他们冲进里间屋，从被窝里揪起陈九和孙殿臣，吆喝着他们穿好衣服。客店掌柜一边穿衣服一边跑进里间屋，对着一个长着络腮胡子的人又拱手又作揖，嘴里喊着："各位大爷高抬贵手，这凡来小店的都是客人，都是小店的财神，都是衣食父母，有什么冒犯的地方我来担着，千万别伤着客人。"

络腮胡子说："这两个人鬼鬼祟祟的，像是官府的探子，我们抓回去审一审，是官府派来的就杀头。"

掌柜的更慌了，连着作揖说："使不得，使不得，我们开店官府老大都得罪不起呀。得罪了今后怎么在这儿做生意。"

络腮胡子用枪支着掌柜的下巴说："这和你没关系，做你的生意好了。不是三个人吗？怎么少了一个？"他指着炕头上空着的被子，对手下的人说，"还有一个老家伙，快四处搜一搜，别让他跑了。"

秃顶老头子的被子空荡荡的，不知道啥时候人没影了。出去搜索的人过了好大一会儿都回来了，说附近没有人。

掌柜的忙上前说："那是一个下人，老头子了，放过他吧。"络腮胡子指挥着人，将陈九和孙殿臣五花大绑，又蒙上眼睛放到马背上，押着他们向山里跑去。等马队走远了络腮胡子才问客店掌柜："他们都说什么啦？"店掌柜的说："倒没说什么，只打听了一个叫沈中和的人，看上去不像贩烟土的人，怕是进了探子，才进山报告的。"

络腮胡子说："对生人提防着点，免得出乱子。那老头子要是回来，不用啰唆就干掉他。这罂粟区是随便闯的吗？"

陈九和孙殿臣被蒙着眼睛，在马背上颠簸了一阵子，马队停了下来，他们被拉下马，推搡着关进一间小屋子，押解的人只把他们的眼蒙解开，关上门走了。

小屋子里只剩下陈九和孙殿臣两个人。他们从地上爬起来，靠着木刻楞的墙坐着，生出一阵恐惧和懊恼。孙殿臣在墙上蹭了蹭脊背，哭丧着脸说："我说不来你偏要来，还吹你有什么杀手，狗屎，没等出事他先跑了，一个糟老头子杀个屁，把咱俩先送上了断头台。"

陈九倚着木刻楞墙站起来，走到用木板钉起来的窗户前，从板缝里向外望去。他们被关在一个山坡上。外边天已经大亮，雾气笼罩着山谷，朦朦胧胧像飘浮着云雨，清脆的鸟叫声传进屋里来。陈九深深吸了一口清凉的空气，心里也犯起嘀咕。

陈九转过身来问："你猜猜，抓我们的能是谁呢？土匪？还是烟土贩子？"孙殿臣嘟囔着说："我不猜，我猜不着，反正谁抓我们来都是要我们的命，没有个好。"

陈九说："只要别是沈中和抓我们，事情就好办。"

孙殿臣马上耷拉下脸，带上哭腔地说："那可不一定，说不定就是沈中和抓的，我们在明处，人家在暗处，要杀我们还不是易如反掌。天老爷，我咋就没想到这一层呢？"说着孙殿臣咧开嘴，哭了起来。外边的浓雾散了，太阳照在山坡上。远远望去，山坡上东一块西一块地种植着罂粟，有的已经收割，有的还在地里长着，向阳的坡地上的罂粟还开着花，粉的、白的，煞是好看。散去的云雾像游丝似的在山坡上飘浮。空旷的山谷里望不见一个人影。

"他妈的，这是搞的什么名堂？"陈九骂着倚墙坐了下来。整个上午也没有人来，他们两个饥肠辘辘。

直到日头偏西，才听到山路上有说话声。陈九站起来向窗外望去，发现有人向这里走来，小屋旁边跳出两个人向他们迎去。

原来这里还有岗哨，他们竟一点也没发现。

门开了，陈九和孙殿臣以为是送饭来了，进来的仍然是那个络腮胡子。门口那两个岗哨也跟了进来。络腮胡子一身黑衣，腰里别着匣子枪，抱着双臂靠在门上，挨个打量着陈九和孙殿臣，半天才慢悠悠地说："怎么样两位？说说吧，是从十九旅那儿来的还是从锅盔山大来好那儿来的？"

陈九抬起头说："我们是来做烟土生意的，不认识什么十九旅和大来好。"

络腮胡子噘着嘴抠着自己的手指甲，戏谑地说："做烟土生意怎么不带钱？空手套白狼啊，天下有这样便宜的买卖吗？"

陈九说："我们是第一次进山，想蹚蹚路，看好了货再回去取钱。"

络腮胡子嗖地抽出枪，一个箭步蹿到他们两人跟前，用枪点着他们的脑袋说："取钱？回去搬兵吧？快说实话，不说实话就叉了你们。"

孙殿臣吓得浑身哆嗦，用身子拱了拱陈九说："陈掌柜，咱们实话实说吧……老大手下留情，我们是来找沈中和的，我们有些生意上的事，想见见他。"络腮胡子问身边的岗哨："哪有个姓沈的？"岗哨说："筑野窝子的，给大爷上贡。"络腮胡子用枪背蹭着腮上的胡子，说："得告诉大爷，小心那姓沈的是奸细。"

络腮胡子掏出烟卷，点上一支吸着，来回踱着步，突然站住对其中一个岗哨说："你现在就去把那个姓沈的带来，他们认证一下，说不对头三个人一齐叉。”

那个岗哨提枪往外走，孙殿臣脸都吓灰了，翻身跪在地上喊：“别找他，千万别找他，我们和他有仇，他会整死我们的。天哪，都怪我这张破嘴，这可怎么办哪。”

那个岗哨站住脚，络腮胡子勃然大怒，说：“好小子，脑袋瓜转得可够快的，一会儿认识姓沈的，一会儿和姓沈的有仇。”他举起枪啪啪啪三枪，子弹贴着陈九和孙殿臣的头皮擦过去，嵌入身后木刻楞的墙上。络腮胡子举着冒烟的枪说：“老实告诉你们，进了罂粟区，说实话也好，不说实话也好，休想活着出去。”

陈九头靠在墙上，铁青着脸，微闭着眼睛不再说话。他从虚着的眼缝里看见孙殿臣仍跪在地上，用脚蹬他一下，孙殿臣爬起来，苦着脸退到墙下坐好。

房子外边传来嘈杂的说话声和脚步响，一个岗哨从窗口向外望了一眼，回过头来说：“是字匠六爷来了，今儿他巡山。”络腮胡子说：“他是听见枪响了。快打开门迎出去别遭了误伤。”

岗哨打开了门迎了出去，一会儿就有一个穿着短衫、提着手枪的人大步走进来。他白净脸，留着分头，虽然提着枪，仍不失文绉绉的样子。络腮胡子对来人说：“六爷，今儿早上抓了俩奸细，正审着呢，一会儿就叉了他们。”

陈九和孙殿臣抬头望着进来的人，双方都愣住了，惊得说不出话来。进来的这个人不是别人，竟是当年福隆泰掌柜赵小品，不知什么时候在这儿当了六爷，更不知道什么原因使他们在这里狭路相逢。首先反应过来的是孙殿臣，他颠着肥大的屁股叫道："是你呀赵掌柜，快来救命，我们差点儿让人家杀了。"陈九垂下眼睛把脸扭到一边。

赵小品慢慢缓过神来，他站在屋子中央，审视着陈九和孙殿臣，半天才问："你们到这儿干什么，想做烟土生意吗？放着正经买卖不做，也想入这个道？"

孙殿臣坐直了身子，抖起精神说："哪是啊，还不是为了那个姓沈的，他逼死了陈掌柜的大太太，害得陈家倾家荡产，又杀死了妓女秋姐，我们想找他讨个公道。"

赵小品咬着牙，蹲下来问陈九："陈掌柜，这个世界还有公道吗？"

陈九也不睁眼，吐出一句："赵小品我没想到在这儿遇上你，要杀要砍随便吧，过去的事别再啰唆了。"孙殿臣在一旁急得直摇头，他说："不行不行，赵掌柜——六爷！打盆说盆，打碗说碗，我们进山绝不是冲你来的，你得高抬贵手，这里有两条人命啊！——六爷！"

陈九鼻子里哼了一声："孬种！"

络腮胡子指着陈九说："就这小子又臭又硬，活像个探子。"赵小品站起来，把枪装进枪套里，在屋子里来回走着，他说："我也没有办法，按这里的规矩，你们进得来出不去啦。""赵掌柜——六爷！"孙殿臣带着哭腔喊着，眼泪又落了下来。

赵小品突然站住问陈九："二太太怎么样？她还好吗？"陈

九闭着眼睛，拉出死猪不怕开水烫的架势，仍倔倔地不肯讲话。

孙殿臣忙不迭地说："二太太很好，她生了个大胖小子，她常念叨你呢，惦记着你不知去哪了。二太太要是知道你在这发财，成了六爷，准是又高兴又放心的。"

赵小品白了他一眼，不再讲话。络腮胡子和两个岗哨听出他们是熟人，也都松弛下来。络腮胡子对赵小品说："六爷，今天你是值星官，对这两个废物要杀要放你说了算，我不拦你。不过大爷那儿要怪罪下来，我可担当不起。"

赵小品踱到窗前。夕阳从山峦后边落下去，山谷里暮色四合，升腾起烟雾，晚风习习地吹进来，颇有些凉意。他内心升起一股苍凉来。这苍凉并没有点燃他心中的积怨，而是消融了他心中的块垒。赵小品回过身来，见陈九闭着眼睛靠在墙上，眉宇间仍流露着一丝倔强。孙殿臣眨着小眼睛，可怜巴巴地望着他，等着他的裁决。

赵小品问："陈九你想没想到也有今天？"

陈九说："想到怎么样？想不到又怎么样？"

赵小品说："当初你是想置我于死地的。"

陈九说："今天落到你手里，生死由你，我不抱怨。"

赵小品说："我应该杀了你。当初我上山来就是因为咽不下这口气。"

孙殿臣忙说："可别。赵掌柜如今是罂粟区的六爷，你大人不计小人过，宰相肚里能撑船。"

赵小品叹口气说："我不杀人，在这儿杀了你们，世人会笑我是仗势欺人的小人。"他对络腮胡子说："他们不是探子，把他们放了吧。今天晚了，明天一早送他们下山。"

"大爷那儿呢？"

"大爷那儿我去说。"

赵小品说完，扭头就往外走。欣喜若狂的孙殿臣冲着赵小品的背影喊着："赵掌柜——六爷！你好仁义！"

赵小品站住了，他回过身来望着陈九说："陈掌柜你记着，这个世界不都是恶人，不都是靠打打杀杀过日子的。"

陈九闷着头也不吱声。赵小品说完头也不回地向外走去。这时过来两个岗哨替他们解开绳子，络腮胡子说："算你们命大，遇上了六爷，要不脑袋就搬家了。"

孙殿臣揉着被绳子勒出血印的手腕，小声说："老大，我们一天还没吃饭呢，都快饿死了。"

络腮胡子说："捡条命就不错了，还管肚子。你这一身肥肉，饿几天不要紧。"络腮胡子带着两个岗哨退了出去，走到门口他又回身说："你们两个别不识好歹，捡便宜卖乖。夜里别乱动，外边有岗哨，子弹不长眼睛不认人，做屈死鬼怨不得我们。"说完他们在门外又上了锁。

天黑下来，陈九和孙殿臣缩着身子坐在角落里，又冷又饿丝毫没有睡意。月亮升起来，皎洁的月光照到窗户上，那横七竖八钉上去的木条子轮廓清晰可见。有脚步声过来，一个岗哨在外边喊了句什么，从木条缝里塞进一个布包。孙殿臣过去接过来，打开布包里边有两张油饼，两根黄瓜咸菜。孙殿臣如获至宝，两人分开便吃起来。没有水吃得很艰难，但总算能填饱肚子，身上也暖和多了。

"陈九，今天多亏遇到赵小品，我们捡了一条命。"

"吃饭也堵不住你的嘴。"

"陈九，我不怕你生气，他是看我的面子，才网开一面。"

"我得感谢你？"

"当然得谢我，就你一个人早没命了。"

"孙殿臣你懂什么？你是娘儿们性子，不懂男人间的事。"

"你懂。依着你有几条命也搭进去了。"

两个人靠着墙坐着，迷迷糊糊有了睡意。正眯盹的时候，忽然响起门锁的声音，他们同时惊醒过来，睁大眼睛望着门被打开，背着月光，闪进一个高大的身影，他站在屋子中央，凝视着缩在墙根的陈九和孙殿臣。孙殿臣刚想喊，被陈九捂住了嘴，定下神才认出那人是秃头顶的老头子。

秃顶老头子驼着背，背着月光向他们笑着，阴影里露出残缺的牙，让人想到那蹲仓的黑熊。陈九站起来问："你怎么进来的？昨天你跑到哪儿去啦？"

老头子摆摆手不让他们说话，示意他们起身快走。孙殿臣嘀咕着："人家抓我们的时候你先跑了，人家要放我们了你又来了，多余。"

陈九小声说："既然来了，我们就快跑吧。"

孙殿臣说："那两个岗哨呢，发现我们逃跑了开枪咋办？打死白打死，我可不想这么糊里糊涂送死。"

秃顶老头子说："放心走吧，那两个废物让我杀了。"

孙殿臣脑袋又炸了，他气急败坏地说："你怎么杀人呢，出了人命我们被抓住还有好吗？我不走。"孙殿臣说着蹲下来，抱着头不肯走，他说："人家赵小品救了我们的命，你们却杀了人家的人，这么不仗义，还有脸见人吗？"

陈九跺着脚说："人死也活不了啦，你不走就能饶过你吗？"

陈九说着拉起孙殿臣就往外跑，一出门发现小路旁倒着两具尸体，月光下他们脖子上的血迹看上去黝黑。

秃顶老头子腿脚敏捷地带着他们走小路，越山坡，来到沟底一处白桦林中。林子里拴着三匹马，静静地站在树影里，发现有人走来跑着蹄子，摇着头喷起响鼻。

秃顶老头子身手快捷地跳上一匹马，陈九也骑上一匹马，孙殿臣虽然不愿意在这种情况下出逃，事已至此也苦着脸爬上一匹马。三个人借着月光上了路。他们不敢奔江边码头，由老头子带路，直奔了百里之外的火车站。

赶到火车站时，天已经大亮。火车还没有进站，他们就隐藏在附近的树林子里，把马拴上，坐下来休息。秃顶老头子这时才讲起他的经历。他说他们住的那个店是黑店，是罂粟地安在外边的暗窝子。秃顶老头子狡黠地挤着眼睛说："这种地方我见得多了，瞒不过我的眼睛。"他说夜里睡觉时发现少了一个伙计，就明白是派人去山里送信去了。他知道那时要是惊动了人谁也逃不掉。当那十几个人闯入客店时，他正在后山坡上练功夫。他躲过后来的搜索，便跟在那伙人后边，找到了关押陈九和孙殿臣的木刻楞房子。

昨天夜里他先潜回客店，杀了狗偷了马。当他牵着马走出不远又觉得不对，又返回客店杀死了那个客店掌柜的。

孙殿臣皱着眉头问："杀人家掌柜的干什么，那人慈眉善目的。"

秃顶老头子说："你懂什么，开这种店的没有一个好种，这瞒不过我，我这人眼睛毒。你们要知道，店里会很快发现丢了马，会派人追来的。杀了黑掌柜他娘的就顾不了啦！"

孙殿臣拉着陈九的衣襟，压低声音说："你听听，你听听你这狗屁杀手心多狠。"

秃顶老头子没有听见孙殿臣唠叨，他说他回到木刻楞小屋时，发现房门上着锁，他又打不开，又怕弄出声音来惊了岗哨，只好摸了岗哨，抹了他们的脖子，拿出钥匙把陈九和孙殿臣救了出来。

秃顶老头子讲述这些经过时，露出得意的笑容。

孙殿臣咬着牙小声在陈九身后说："你听听，你听听……他杀了那么多人，坏了我们的大事，说起来像喝糖水似的，这个狗屁杀手……"

秃顶老头子问陈九："那个姓沈的怎么办？我们还去杀沈中和吗？"

孙殿臣抢着说："杀什么杀，我们谁也杀不了，赶紧逃命吧！"

第十八章

　　孙殿臣这次出门，又劳累又害怕，还险些丢了性命，回到家里大病了一场，又吐又泻，人也瘦了一圈，那滚圆的肚子像个瘪口袋似的松弛下来，中医西医地治着，止住了上吐下泻，却留下了心口疼的病根，动不动就气喘吁吁的，在家里哼哼叽叽地躺了一个多月。

　　这天陈九来看他，见他躺在床上枕着鸭绒枕头望着墙上的招贴画发呆。孙殿臣居室的墙上贴了不少的雪花膏和香烟的广告画儿，每张广告画上都有一个红唇媚眼卷发的大美人，或者用手指夹着香烟飞眼，或者咧开红唇媚笑着，还有的半掩半露着酥胸。

　　陈九指着那些招贴画儿说："你又不抽烟，贴些这玩意儿干啥，还指望她们下来陪你演画中缘？"

　　孙殿臣苦着脸说："以前有那份闲心，现在看着这些假模假式的女人都恶心。"

　　陈九说："看你这副样子，这么不禁事，哪有个汉子样。"

　　孙殿臣说："人都死过一次啦，还想怎么样？非把尸首埋在罂粟地才算好汉？"他长叹了一口气接着说，"人死过一次，就把世上的事情看明白啦。秋姐死得屈也是她命薄，再搭上我们两人的命更不值啦。"

陈九说："不说这个了，你好生养病，今后的事就不用你了还不行吗？沈中和的账我一个人同他算。"

孙殿臣突然想起来说："你还有心找沈中和算账？听说赵小品传出话来，要找你算账呢。本来人家赵小品挺仁义的，做着保人放咱们一条活路。没想到你从哪儿弄来的那个狗屎杀手，像个狗熊一样笨，硬杀了人家两个兄弟。我是赵小品也不会饶了你。"

陈九说："好像没有你的事了？"

孙殿臣呼地坐起来，他急赤白脸地说："当然没有我的事。陈掌柜，咱们丑话说到前头，赵小品来找我，我就实话实说，都推给你，反正你什么也不怕。"

陈九说："我当然不怕，事情做出来了怕有什么用。我不甘心死在沈中和前头，不除了沈中和我死不瞑目。"

孙殿臣躺下去说："你又来了，死呀活呀的太瘆人。"

日本人占领了奉天后，又长驱直入，占领了长春。一个多月的时间，占领了辽宁、吉林两省的全境，腊月里又占领了齐齐哈尔。过了几天，哈尔滨已经听到枪炮声了。

吃晚饭的时候，陈九坐在饭桌前心不在焉地翻着报纸，半天也没动筷子。张秀玉已经辞掉了那个大手大脚的乡下女佣，自己带孩子。断了奶的福子只是晚上由韩妈带着。韩妈端上饭菜，从张秀玉怀里抱走孩子，哄着回自己屋去了。张秀玉拿起筷子，望着陈九说："今天怎么了，好像有什么心事。日本人来了总得让人做买卖吧。又不是宏发祥一家，你愁什么？天塌下来大家顶着呢。"

陈九哗哗地翻着报纸，他说："赵小品回来了。"

张秀玉刚吃进嘴里一口饭，脸上立刻不自在起来，她半张着嘴愣怔了一会儿，才说："回来就回来呗，和我们有什么关系？"陈九说："你知道他回来干什么吗？他回来就办一件事，他想杀死我。"

张秀玉放下筷子，惶恐地涨红了脸。她问："你听谁说的？"

"他自己说的。他到处扬言要报仇。"

"你想怎么样？你想杀死他吗？"

"我不杀他。他不欠我什么。"

"可你欠他的，欠他的太多，他咽不下这口气。"

"那又怎么样。人活在这个世界上，大概总要你死我活的，躲也躲不开。"

"你不怕报应？"

"怕也没有用，阎王叫你三更死，谁也撑不到五更天。可是我现在不想死。"

"那有什么办法？他好心好意地救了你的命，你却杀了他的人，他当然要报复。男人都小肚鸡肠，都是你死我活，谁也没有办法。"

"你去告诉他，我现在不能死，我有大事要办，我得先杀死沈中和。那时我们之间再算账，谁死谁活我都不介意。"

"你疯了，这种事情怎么好去说，要说你自己去说，当初你就不该那样对他，现在后悔也来不及了。"

陈九拿起筷子，拨拉着碗里的米粒，想了想又放下筷子，抬起头来望着张秀玉说："你去找赵小品对他说，只要别杀我怎么办都行，你要愿意就跟他走。我现在只想一件事，这件事办不成死都没滋味。除掉沈中和，宏发祥和毛皮工厂都可以不要，那时赵小品要是能在我背后开一枪我更无牵无挂了。"

张秀玉放下筷子眼圈红了，她掏出手帕擦着眼泪，擤着鼻子，呜咽着说："陈九你真疯了，我跟你过了这几年，福子都有了，还说这样的疯话，你不怕天打五雷轰，你连畜生都不如。"
陈九索性站起来，在屋子里走来走去地说："我疯了？这外面的世界才疯了呢。你吃我，我吃你，你杀我，我杀你，连日本人都老远地跑来杀人放火，称王称霸，这个世界谁不疯才是疯子。"

陈家的这顿晚饭全家都没有吃好。

赵小品回到这座城市时，已经过了腊八。腊七腊八冻掉下巴，正是最冷的季节。地上，树上，房上到处都挂着霜雪，天空阴霾，太阳迷蒙而浑黄，空气中弥漫着细碎的雪屑，呛得人鼻孔和肺管冰凉疼痛。

赵小品是回来杀陈九的。

当年陈九从他身边夺走张秀玉时，他还有些心虚，他把痛苦掩埋着，难以发泄。这次陈九恩将仇报，杀死两个弟兄逃走，实在是十恶不赦了。老大知道两个弟兄被杀的消息后，暴跳如雷。幸亏他平时在罂粟地人缘好，两个岗哨死了，络腮胡子为赵小品也为自己开脱，没有把准备放走陈九和孙殿臣的事报告老大。老大只当是手下人疏忽丧了命。

老大说："去人把那两个客商干掉，不能让他们走了罂粟地的风声。"

赵小品说："我去。"

老大上下打量着赵小品，半天才说："你行吗？这是去杀人又不是去逛街。平时看你杀鸡都不敢，怎么敢动手杀人？算了吧老六，让别人去，我又没怪你。"

赵小品说："我去。"

老大问："你行？"

赵小品说："我行。大哥你放心，干咱们这一行的，早晚要开杀戒。你就等好吧。"

话虽这样说，赵小品一进入这个繁华的都市，心情就黯淡起来。他此行的另一个目的是想见到张秀玉，甚至想重新得到张秀玉。他至今仍然认为，没有任何一个女人能比得了张秀玉，这对他是一个秘密。但他不愿意将得到张秀玉和杀死陈九联系起来，他觉得那样太肮脏，也太痛苦。

有几次在公共场合下见到陈九，他把手枪柄都捏出了汗，也没有勇气拔出来。这天他正在客栈里发呆，当伙计跑上楼来对他说赵先生有电话时，他愣住了，敏感地意识到这电话不同寻常。他跑到客栈的账房里，抓起电话立刻就听出是张秀玉的声音，张秀玉呜咽着说："我想见你。"

"你现在在哪儿？"

"在家里。"

"我不去你家。"

"你到宏发祥毛皮工厂去，我在那儿等你。"

赵小品急匆匆地去见张秀玉。他穿了一件黑皮袍，戴了一顶水獭帽子，脖子上围了一条羊毛围脖。与众不同的是多戴了副墨镜。圆圆的镜片看上去像是两个黑窟窿，这使得他的脸色更加苍白，冻红的鼻子十分醒目，人也格外清瘦。他走得急，不时提起围脖捂住嘴巴，围脖又不时地滑落下来，堆在下巴底下，嘴里呼出来的热气，使嘴巴下的围脖结下厚厚的霜雪。

赵小品走到十六道街街口时，听到后边传来杂乱的脚步声，踢踢踏踏地追了上来。他紧张地回过头去，发现有几十个全副武装的士兵跑过来，又从他身边跑过去。一个军官边跑边催促着："快，快跟上。"马路上积得很厚的冰雪使路面很滑，一个士兵跑到赵小品身边时摔了个四仰八叉，背在肩上的步枪硌痛了他，又妨碍他爬起来。他龇牙咧嘴地挣扎着，嘴里骂着："妈拉巴子的，我操小鬼子他爹！"躺倒的枪口正对着赵小品。赵小品吓得紧跑了几步，回头看见跟上来的几个士兵把他扶起来，顾不得打扫身上的雪，又向前赶去。没有人停下来，没有人对这件事注目，队伍一直小跑着向前赶去。赵小品清晰地听到他们粗壮的喘气声。

日本人兵临城下，这些士兵是赶到太平桥去布防的。

赵小品已经隐约听到郊外传来的隆隆炮声，街上除了警察，很少有行人，偶有过路者也是小跑似的穿过马路一会儿就消失了。一辆大卡车迎面开过来，车上装满了市民的慰问品，几个青年学生迎着寒风站在车上。他们的表情既紧张又亢奋，他们是到前线慰问守城将士的。

　　赵小品没有停留，一直往前走，到了二十道街，绕过公园，上了堤坝，他看到了那崭新的围墙围起的厂房和空旷的院子。赵小品想这就是陈九的工厂了。铁栏大门是关着的，他迟疑了片刻，还是敲了起来。从门房里走出那个秃顶的老头儿，光着的脑袋冒着热气，他隔着铁栏门问："先生你找谁？"

　　赵小品冷得直跺脚，问："陈太太在不在？我是来找她谈生意的。"

　　秃顶老头儿眨着小眼睛不怀好意地打量着赵小品说："你就是来找陈太太的那个人？"

　　赵小品点点头。

　　"姓赵？"

　　赵小品又点点头。

　　秃顶老头儿开始开门。他没戴手套，锁头和铁链冰得他手痛，他一边呵着手一边唠叨："这兵荒马乱的年头，又赶上年关，先生还有心思做生意……"

　　赵小品不去理睬秃顶老头儿的唠叨。他站在门房前，望着空旷的院子。工厂是荒芜的，雪积得很厚，上边一些零乱的脚印，看来还没有开工。秃顶老头儿搓着手，讪笑着说："去吧，陈太太在南墙根那排平房里，东头数第三个门，烟筒冒烟的那一间，屋子我都烧热了，她在那儿等你。"

赵小品从那布着杂乱脚印的大院里穿过去，很快发现一双新鲜的、高跟女靴踏出来的那种狭长尖细的脚印。他顺着脚印走到门前，门没闩，他一推就开了，迎面扑来一股热浪。他随手关上门，摘下墨镜。屋子里空荡荡的，一张木板床，一张旧桌子，一把破败的椅子，行李上扔着一件貂皮大氅。屋子中央支着铁炉子，炉火烧得挺旺，炉膛里发出轰轰的响声，火苗往烟筒眼里抿着，靠炉子的那节烟筒都烧红了。张秀玉穿着紫缎小棉袄，两只胳膊交叉抱在胸前，靠窗站着，不声不响地凝视着进来的赵小品。赵小品也不作声地凝视着她。两人就这样静止地停了片刻。赵小品开始摘帽子和围脖，脱掉棉袍，在脱棉袍的时候，露出了腰间的手枪。他侧过身去挡住了它，把它拔出来裹到棉袍里，扔到木板床上。他走到张秀玉面前，一声不响地开始解她的棉袄扣襻。一直凝视着他的张秀玉闭上了眼睛，长长的睫毛抖动着。赵小品一边解她的纽襻儿，一边低下头来亲吻她的额头、眼睛、鼻子、嘴唇，然后俯下身来亲吻她那裸露出来的挺拔的乳房。张秀玉这才长长地呻吟了一声，一把抱住了赵小品。

张秀玉眯着眼，用手指梳理着赵小品的头发问："你去哪儿啦？这两年一点音讯都没有。"

赵小品没有回答，喘着粗气把手伸向她的裤带。张秀玉面颊上泛起潮红，呼吸急促，眼神变得惺忪迷蒙。她的手也开始动作，动手解赵小品的衣扣……赵小品把张秀玉抱到床上，他胡乱地把貂皮大氅和棉袍扔到地上，包着手枪的棉袍落到地上发出沉闷的响声，散乱的棉袍和裸露的手枪都没有引起他们的注意，赵小品脑海里一片空白。他那强烈的复仇欲望，终于有了宣泄的对象。他扑到张秀玉身上，他使出的力气和由于用力而变得扭曲的面孔，看上去像是要吞吃掉身子底下的美人儿。不过这个时候张秀玉已经什么也看不见。两个肉体疯狂地扭动着，他们肆无忌惮的喊叫声在小屋里回荡着，简陋的木板床吱吱作响，不胜支撑地摇晃着，这种肉体的融合使他们身外的恩恩怨怨是是非非都变得无足轻重，两个肉体极想融为一体或者将对方变成自己的一部分。

屋子里的气温仍在升高，一股灼人的热浪在小屋里游动着。烟筒的抽力很大，炉子里煤块燃得透红，发出轰轰的响声，挂在玻璃窗上的很厚的冰霜全都融化了，淌得窗台上全是水，又漫延到地上。透过明亮清澈的玻璃窗，可以看见空旷的院子里，那些裸露在积雪外边的枯草在寒风里摇曳着，不时有枯叶被卷起来，在雪地上打旋。

躺在床上的两个人都已经精疲力竭。张秀玉头枕在赵小品的肩头，用手指在他胸脯上轻柔地画着圈儿。她抬起眼睛问："这两年你上哪儿去了？问你也不讲，一点音讯也没有，我都以为你不在世了。"

赵小品说："你别问，你什么都不要问，我死了不是更好吗？"

张秀玉嗔怪地说："为什么不让问，你有什么要瞒人的事吗？"

赵小品说："你别问就是了。"

张秀玉重新依偎在赵小品的怀里，她说："我知道你恨我，我伤透了你的心，你就远走高飞了。你干吗又回来找我？"

赵小品望着天棚，不再说话。张秀玉抚摩着赵小品，感觉到他身上凉了，就坐起来说："你冷了，我下地把皮大氅拿来给你盖上。"

赵小品摇着头，并按住她，不让她动，他的手伸向她的乳房。张秀玉身子抖了一下，又发出一声呻吟。在她要重新躺下时，突然看到了摊在地上的棉袍，和躺在棉袍上的那支锃亮的手枪。

张秀玉跪起来，望着地上的手枪问："是你带来的手枪？你带手枪干什么？"

赵小品平静地回答："你说我带手枪干什么？"

"你别带枪，你不是舞枪弄棍的人，千万别带枪。"

"你怎么知道我不是舞枪弄棍的人？有血性的男人都能带枪。"

"你……你带枪干什么？"

"我要杀死陈九。"

"你真的要杀死陈九？"

"对，这是明摆着的事。还用得着问吗？"

"你不会杀死陈九。"

"为什么不会？"

"你不是杀人的人，就是陈九向你开枪，一枪打不死你，你也不会回手打死他。"

赵小品霍地坐起来，盯着张秀玉问："你怎么这样说，我怎么啦，你知道为了今天，我当了两年土匪你信不信？"他说着跳下床去，捡起手枪又回到床上。他坐在床上摆弄他的手枪，先退出弹夹，露出黄澄澄的子弹头，他一颗一颗抠出来，在手里掂着，又一颗一颗装进去，把弹夹推上去，咔嚓一声顶上了一颗子弹。他端着枪在屋里扫瞄，最后枪口瞄准了悬挂在棚顶的灯泡，叭的一声响，孤零零的灯泡被击得粉碎。张秀玉惊恐地望了一眼大院，大院里仍然静悄悄的，门房里也毫无反应，才放下心来。

张秀玉依然跪在床上，屁股压在小腿上，身体重心都向后移动，一副安闲的样子，她说："你杀不死陈九，你要真想杀死陈九，就不会跟我出来啦。"

"我在正阳街上等了他几天，想了想还是先见你一面再杀他，这样公道些。"

"你要是真想杀他，就应该先杀死我。"

"我不杀你，我杀死陈九再把你带走。我在外边混了两年，也找过别的女人，都不行，最终我还是想要你。"

"其实你知道我不能跟你走，杀死陈九也没用。"张秀玉叹了一口气，接着说，"你别杀人，你不是杀人的人，为什么偏要杀人？我们的日子也不好过。"

"你们是谁？"

"我和陈九。我们的日子不好过。庄本商行一直想吞并宏发祥，还有那个沈中和，两年前他们大闹了一场，逼死了大太太。陈九一直想报仇，他不想和你作对。"

赵小品说："可他杀死了我的人。他恩将仇报是个十足的小人。"张秀玉屈腿坐累了，又换了个姿势，说："我说这些不是不让你杀陈九的理由，随便说说罢了。我只是说你别杀人，你要真杀陈九就先杀死我，大家眼睛一闭也就省心了。"

赵小品睁大眼睛问："你就这么喜欢他，甘心情愿陪他去死？"

"没什么喜欢不喜欢，反正都一样，我们有了孩子。对了，你杀人时别忘了给孩子一枪，我不愿意让他留在人间当孤儿。"

赵小品把身子一挺，躺倒在床上。他举起上膛的手枪瞄准灯头又开了一枪，打得灯头直冒火花。他喘着粗气说："这两年我把自己变成另外一种人，学抢劫，练枪法，走私贩私，苦苦地熬，就是为了杀死陈九。这两年我什么都想到了，甚至想到也许最后栽在陈九手里，被陈九打死。就是没有想到你铁了心。"

张秀玉说："我就知道你会这样想。你心里过意不去，就把我打死，是我害苦了你。你要打死我就背后开枪，要不我害怕。"赵小品说："我舍不得杀你，这个世界上没有人会忍心杀一个这么漂亮的女人。"

炉子里的火烧塌了架，只剩下煤灰了。屋子里的温度迅速降下来，冷得让人发抖，湿漉漉的玻璃窗又结上冰，院子里的景物朦胧起来。

赵小品下地捡起衣服扔给张秀玉，说："穿上衣服，你走吧。"

张秀玉说:"你不杀人啦?"

赵小品说:"我是个懦夫。"

张秀玉说:"你不是懦夫,你想这个世界打打杀杀的,人都死光了,还争什么?"

两个人嘻嘻哈哈地穿上衣服,赵小品把枪掖好,对张秀玉说:"街上兵荒马乱的,我送送你吧。"

张秀玉梳理着头发,戴上帽子说:"你不用送,我去陶家五姨太那里,她在等我。陶家离这儿很近,不会出事的。"她想了想又说,"日本人说不定一两天就进城,你一个人带着枪太危险,就住在这儿躲两天吧。"

张秀玉见赵小品不置可否,就站在门口说:"你非要办自己的事就办吧,我也不拦你。你要是想杀人就先向我开第一枪,我一点怨言也没有。"

她说完开门走了。赵小品走到窗前,用哈气缓开一块玻璃,用手擦净。他看到张秀玉穿过院子,在门房停了下来,向秃顶老头儿说了些什么,秃顶老头儿点着头。他打开大门,让张秀玉走出去,随后又锁了起来。

下午,秃顶老头儿送来了酒菜,一瓶刀烧,一小盆猪肉炖粉条儿,还有两根用纸包着的红肠,一大块面包。秃顶老头儿抱怨说,又打仗又过年,什么东西也买不到,先生就委屈点吧。他说:"太太吩咐我好好关照先生,我也算尽了力啦。"

秃顶老头儿弄旺了火炉,把那盆猪肉炖粉条子放到炉盖上,又找出一个脏兮兮的饭碗，也不擦，只是用嘴吹吹尘土，就要往里倒酒。赵小品拦住他，接过酒瓶，往碗里倒了一半，另一半留在瓶子里。他把碗递给秃顶老头儿，自己留下瓶子。老头儿接过酒碗先抿了一口，说："好，酒桌识英雄，看出赵先生是爽快人，咱们今天喝个痛快。"

秃顶老头儿不是喝闷酒的人，他见赵小品不爱讲话便一脸狡黠地问："赵先生是做什么生意的？"

"毛皮。"

"和我们陈掌柜一样，是同行啦。"

"我和陈掌柜不能比，我是小本生意。"

"生意有大小，人心都一样。人为财死，鸟为食亡啊。"

"我是因为战事困在这儿啦。"

"是啊，今天小鬼子已经逼近五家子车站了。听说仗打得惨烈，双方都死了不少人。其实，依我看这仗打不赢。"

赵小品抬起眼睛询问秃顶老头儿。老头儿口急，酒已经喝进去一半，一根红肠也吃完了，还大口大口地夹肉吃。他说："我当过兵，知道打仗是怎么回事，东北军主力都撤走了，留下这几个兵连后援都没有，能打几天？李杜倒是条汉子，有守土保国的男儿心，可打仗不是靠义气。"

赵小品对着瓶子嘴喝了一口酒，用手抹一下滴到下巴上的酒液问："这兵荒马乱的，你一个人在这儿不害怕？"

秃顶老头儿笑了，豁着牙说："害怕？我这把年纪了，还用得着害怕吗？"他喝了一口酒，哈着酒气说，"我像只老狼似的，在这院子里猫了一冬天啦。赵先生你知道这脚底下原来是什么地方吗？是坟地，夜里到处是鬼火，还有黄鼠狼子絮窝，厂房夜里不知道什么时候就会发出怪声来。唉，我这把年纪对女人没有用了。嘿嘿，我倒想遇到个狐仙鬼女，能做个风流死鬼，这辈子也算善始善终啦。"

屋子里又热起来，赵小品身上出了汗。他涨红着脸望着秃顶老头儿，觉得老头儿在这荒芜的院子里住久了，也沾染了狐臊鬼气。

秃顶老头儿端着酒碗幸灾乐祸地问："赵先生你怕吗？"赵小品摇摇头："不怕。"

老头儿说："不怕就好，从这儿往东不远就是圈河，圈河至今是杀场，是官家处决死囚的地方。要说可怕，那儿才是可怕的地方。"老头儿端起酒碗，才发现酒喝干了。赵小品给他倒酒，被他拒绝了。他站起身来说："我那儿还有酒，你等着我去拿。"

赵小品担心地说："你别喝多了。"

老头儿摆摆手说："这点酒还叫酒吗？"

秃顶老头儿开门出去，一直奔门房。他走路稳健，看不出有一丝醉意，这老头儿果然海量。赵小品披上棉袍，到院子里去撒尿。天近黄昏，外边的景色也朦胧起来，地上的脚印模模糊糊，赵小品仔细地辨认着，在零乱的脚印中，果然夹杂着些动物的足迹，一行行来去清晰。只是雪很厚，很难分辨出是什么动物的脚印，一些浮在表面上的细小足迹容易认出是麻雀和老鼠的行迹。

赵小品解开裤子，一泡尿泻下去，雪地上洇出一大片黑迹，冒着腾腾热气。他让风一吹打了个冷战，忙提着裤子往回走，赵小品披好手枪想今天别喝多了，要是醉酒的话，第一个被他打死的将是这个充满狐臊鬼气的秃顶老头儿，他不想让自己的枪口底下出冤鬼。

赵小品坐下不久，秃顶老头儿就提着一瓶酒进来了，并带来两支蜡烛。他点燃一支蜡烛放好。赵小品下意识地望了一眼被他打坏的灯头没有作声。老头儿先给自己斟满了碗，剩在瓶子里的一小部分推给了赵小品。酒斟得太满端不起来，老头儿不得不俯下身去喝上一口，然后响亮地咳了一声，清了清嗓子，显露出惬意的样子。这时老头儿不再吃菜，只是一口一口地喝酒。他说："刚才我说到哪啦？杀场？对，现在处决死犯，一个枪子儿完事，简单多了。过去是砍头，当刽子手吃红粮不容易。那时候有一个汉子到官府求职，非要吃红粮不可。老爷要试探他的胆气，他说老爷不用费心，你牢里有死犯没有？当时正值秋天，牢里真有一批待决的死犯，都是些十恶不赦的马贼。老爷让人把死犯押到圈河的刑场上，那汉子一口气砍了十个人，刀都卷了，眼都没眨一眨。这汉子真的吃上了红粮，成了一名刽子手。"

秃顶老头儿大口喝着酒，脸上泛着红光，脑门上挂满了汗珠，皱纹都舒展开了，"暴死的鬼恶气不散，有一年也是冬天，正是眼下这种鬼龇牙的天气。一个汉子赶路回家路过圈河。一般人夜里都要绕开这条道的，这汉子胆子大，又急着回家过年，就闯了过来。腊月天又是风又是雪，空腹赶路的汉子觉得衣服被风雪剥光了，赤条条在野地走着，皮肤让风雪刮得生疼，冷得实在受不了，突然看到前边有一堆火，一些人围在那里烤火取暖。这汉子像见了救星似的跑过去，挤在他们中间坐下。旁边的人还移动了一下身体，让他坐得舒服些。他先是烤手，手暖和了又烤脚。他脱下乌拉鞋，把脚伸到火堆旁，慢慢地这汉子缓过来了，舒舒服服地出了一口气，这才想起谢谢人家这堆救命火。这汉子低着头往鞋窝里絮着烤干的乌拉草，说谢谢各位大哥的这堆火，要不然我就冻死在路上啦！"

"周围的人都齐刷刷地伸着手烤火，没人做出反应。他这才抬起头来，借着火光看了一眼，这一看不要紧，立刻吓得差点昏死过去。围着火堆烤火的一圈人，个个都没有脑袋，像大酱缸一样齐着肩头溜平。他们伸着手烤火，不时往火里添柴，坐在他身边的一个人，用手拍拍他的肩膀，身上发出吱吱的声音，示意他不要介意。这汉子身上的血都凝固了，半天才想起扔下鞋挣扎着爬起来逃跑。他听到身后发出的哄笑，那笑声阴森空洞，也不知道从哪儿发出来的。那汉子顾不了许多，他一口气跑回家，躺到炕上再也没有起来。"

烛光摇曳，老头儿眨着眼睛诡谲地问："你猜那汉子是谁？就是那吃红粮的刽子手。"

赵小品脊背发凉，他板着面孔说："这故事是你编的对不对？"

老头儿嘿嘿地笑了，说："是编的也不是编的，没的编不了，有的编不好。"

"你干吗吓唬我？"

"我不是吓唬你，年轻人不要以为带上一支枪就可以横走天下了。"

"你怎么知道我带了枪？"赵小品伸手去摸腰间的手枪，腰间空荡荡的，枪没了。秃顶老头儿伸手从屁股底下拿出那支手枪，在他眼前晃了晃说："陈掌柜不会把偌大的一片工厂交给一个糟老头子的。"

"原来你是一条狗。"

"别说得那么难听，我不过是拿人钱财，替人消灾罢了。"

"你想把我怎么样？"

"我不想把你怎么样，我要想杀你就不陪你喝这顿酒了。"秃顶老头儿敞开怀，露出腰间的三把刀，他拔出刀来，一一向窗户上甩去，三把刀整齐地插在窗户框上。老头儿说："陈太太给了我钱，她要我帮你离开哈尔滨，她还蒙在鼓里，不知道我是陈九雇的保镖和杀手。她信任我，我领她这份人情。我只杀陈家的仇人，他们夫妻间的事我不管。他们两个一个是你的仇人，一个是你的情人，他们都不想杀你，也不希望你杀人。把酒喝足，把门闩好，踏踏实实地睡个好觉，明天早上赶路吧。"

赵小品说："你是想积德行善，立地成佛吧。"

秃顶老头儿板起脸冷冷地说："你知道我这一辈子杀过多少人吗？我当过县衙门的刽子手，当过团练，当过新军，不吃官粮了又上山当过马贼，杀人无数。多杀你一个少杀你一个与成佛做鬼无涉。"老头儿眯起眼睛，上下打量着赵小品，吐了一口浓烈的酒气说，"赵先生我告诉你，别去杀人，一旦开了杀戒，人就铁了心，再也不把自己当人了。"

秃顶老头儿端起大碗，一口干了碗中的烧酒，把碗扣在桌子上，把手中的枪端详了一会儿，咔嚓一声把子弹夹退了出来，看了看弹夹里黄澄澄的子弹，又咔嚓一声推上去，在手里掂了掂，说了一句好枪，就把枪还给了赵小品。他说："赵先生，你是我这一生中第一个从刀口下放走的人，也许以后我再也没有胆气杀人了，我有预兆。人老了都有预兆，人老了也能成精，人成了精也就把什么都看透了。"

赵小品接过枪，咔嚓一声把子弹推上膛，举起来对着秃顶老头儿说："你不怕我现在用这把手枪把你杀死？"

秃顶老头儿眼睛里闪着冷峻的光亮，冷笑着说："当刽子手有两种人：一种人是胆小鬼，最怕死，他杀人是因为他害怕，越害怕越杀人，越杀人越害怕；另一种人当他杀死第一个人时，他就想到随时会被人杀死，那是报应，报应早晚要来的，逃也逃不掉。是福不是祸，是祸躲不过。你现在当面向我开枪和背后向我开枪我都不后悔。"秃顶老头儿说完站起来紧紧裤腰带，扣好棉袄的扣襻，从容不迫地走到门口，在门口又站住说："赵先生你不会杀人，这个世界上不是谁都能杀人的，杀人得有天相，你没有天相就别逞汉子。"

赵小品垂下枪口，眼睁睁地看着秃顶老头儿开门离去。

赵小品几乎是一夜没有合眼，他睡在床上辗转反侧，无论如何也想不通，为什么他总败在陈九手里。他们劝他不要杀人，他们是谁？一个陈九的太太，一个陈九豢养的一条老狗，谁也代替不了赵小品对陈九的憎恨，谁也动摇不了赵小品复仇的决心。

夜里听见院子里发出的动物撕咬的叫声和在雪地上扑打的声响，不知道是狼，是狐，是狗还是别的什么野兽。他贴在玻璃窗上往外看，院子里漆黑一片，什么也看不见。炉火已经熄灭，屋子里变得冰冷，炉旁有煤块，他想生着火取暖。他在桌上摸到老头儿留下的火柴，但没有木柈。他披上棉袍准备到院子里捡树枝引火，但他突然听到院子里有人走动的脚步声，他想这是那个阴险的老家伙来暗算他了。他屏住气，把子弹顶上膛，老家伙只要进门，他就把所有的子弹都射出去，让老家伙当场气绝。脚步声消失了，甚至都没有听清脚步声消失的方向。他紧张得喘不过气来，多次变换举枪的姿势，一直到天蒙蒙亮。赵小品忽然意识到，他怕这个老家伙，他应该把老家伙干掉。他是个十恶不赦的坏蛋，又是杀死陈九的屏障，秃顶老家伙死有余辜。他望了一眼插在窗户框上的三把利刀，也许老家伙还有三把，他管不了许多。赵小品端着枪走出房门，外边很冷，他又不愿意戴手套，怕用起枪来不方便，便把握枪的手放到棉袍下摆的里边，挡住风寒。他轻轻地关上门，绕到黑影里向门房摸去，脚踏在雪地上，尽可能不让它发出声音。他没有杀过人，但他看见过别人杀人，就知道怎样杀人。

他摸到门房前，身子贴在门上。他推一推门，试试关得紧不紧，结果它竟然开了。赵小品吓了一跳，心悬了一下，手指头差点扣动枪机。但屋里没有人，床上的行李叠得很整齐，炉子里的火已经熄灭。赵小品摸了摸，炉盖冰凉，显然早就人走屋空了。

他透过玻璃窗上的冰花空隙向外望去，天已透出光亮，大门紧锁着，院子里空荡荡的。他的目光落到厂房的门扇上，有一扇门打开了，里边黑洞洞的。赵小品想起昨天进院时，厂房所有的门都是紧锁着的。

这个秃顶的老家伙到厂房里干什么去了？

赵小品忘记了严寒，他握着手枪穿过院子，向那扇门走去。

赵小品在门外喊了一声，见没有反应，便闪了进去。厂房里很暗，他靠墙站了一会儿，才渐渐看清了里边的轮廓，几台新机器已经安装完毕，按生产的格局排列好。机器上严严实实地包裹着油布，防止灰尘落进去。厂房举架很高，也很宽敞，虽然没有开工，但秩序已经井然，好像一个正生产着的工厂放假时一样。赵小品不由得想到陈九的精明和才干。

他在厂房里寻找秃顶老家伙，没有他的影子。在厂房一侧有一个木楼梯，那儿有半截的角楼，秃顶老家伙也许躲在上边。赵小品向楼梯走去，在他迈上楼梯时，发现楼梯后边吊着一团黑乎乎的东西，由于楼梯的震动，那吊着的东西荡来荡去的。赵小品猛地一激灵，脊背又发起凉来。他跳过去，举着枪瞄准了黑乎乎的东西，最后才看清了那吊着的是一个人——秃顶老头儿。

老头儿悬空的脚下有一堆纸灰，夹杂着些没有燃尽的新旧大洋票的残片。楼梯底下的光线更暗，看不清老头儿的面部表情。只见他头垂得很低，那秃着的头顶在黑暗中显得惨白。

赵小品的心沉了下来，垂下手双腿跪下来。他仰视着老头儿。他想老头儿显然下决心不再杀人，同时感到一个刽子手不再杀人活着便没有意义。但是这个老刽子手还是杀了人，这个老刽子手一生中最后杀死的一个人是他自己。

这天日本兵终于在硝烟中开进了哈尔滨。日军多门将军带领第二师团在火车站广场举行了耀武扬威的入城式。列队前边的是骑兵，六匹马一列，迈着碎步前进，马队后边是山炮，再后边是步兵。步兵的马靴踏在雪地上发出的轰鸣使马路两旁的房屋战栗。庄本挥动着小太阳旗，站在日本侨民的欢迎队伍里，极力压抑着喜悦，有些凶悍的日本侨民戴上臂章，开始以占领者的身份维持沿途的秩序了。

天气奇冷，阴霾的天空飘洒着细碎的雪屑和粉尘。路旁观看入城式的人很少，人们目光冷淡而表情呆滞。这天是民国二十一年二月五日，阴历腊月二十九，立春日，第二天就是大年初一，这一天俗称年三十。这是哈尔滨人记忆中最惨淡的一个年三十了。没有过年的喜悦，没有过年的气氛。笼罩在人们心头的是逐不掉的亡国的悲哀。这一年后来因为成立了伪满洲国，又因为溥仪在新京做了执政，改民国年号为大同元年。

也是这天的清晨，在道外二十道街江坝外，陈九那座新建而没开工的毛皮工厂的厂房突然燃起大火，火光冲天，浓烟滚滚，远远就能看到飘浮在空中的烟尘。这时权力的中心已经转移到火车站前那耀武扬威的列队里，没有消防车，没有警察维持秩序，连驻足围观的人都很少，任凭大火熊熊燃烧。人们听到燃烧的房架子发出的噼啪响声，眼看着烧塌了架。

匆匆赶来的陈九，站在那燃尽的废墟前呆住了，他铁青着脸，牙齿咬得咯咯地响，两腮的肉哆嗦着，额头的青筋直跳，他像石雕一样站在那里一动也不动，人们怀疑他的两只脚被冰雪冻在地上了。后来人们在废墟里发现两具烧焦了的尸体，一具是在烧塌的楼梯下边，另一具是在离一扇门不远的地方。两具尸体已无法辨认。厂房里的机器零件已经烧化，没有熔的部分也都烧得变了形，成了一堆废铁。

一个退职的老警察出于职业上的习惯，驱赶走了在废墟里看热闹的人，自己钻了进去。当他满脸满身的烟灰从废墟里出来时，他对陈九说："陈掌柜这是有人放火。"他讲了他的勘查结果。他说这火是由厂房东南角上烧起的，那里有两桶机油。放火者在点火前把其中的一桶机油到处洒了一遍，所以火势迅猛地蔓延开来，也由于火势猛，纵火者没有来得及逃离就被浓烟熏倒。纵火者被烧死的一个重要原因是慌忙中他辨错了方向，没有找到那扇打开的门，他奔过去的是另一扇锁着的房门，使他失去了逃生的机会。那个压在楼梯底下的人，老警察解释说，在着火前就死了，他脖子上留着烧尽的绳子的灰，至于他是自杀还是他杀有待进一步侦查。

老警察拍打着身上的烟尘说："陈掌柜我只能给你说这些，我不想给日本人办事，也不想办这案子。你要是想追究，就另请高明了。"

陈九摇着头说："用不着侦破，我知道怎么回事，我防不胜防。"

中午时分，张秀玉也赶到了，她紧裹着那件貂皮大衣，站在陈九身旁，木然地望着还冒着烟气的废墟，皮肤像石雕一样僵硬，任头发在风中飘浮。当她看到两具烧焦的尸首被人抬出来时，眼泪唰地流了下来，她转身扑到陈九身上，用手捶打他，嘴里喊着："你答应不杀他的，你答应不杀他的，你还是把他杀了。"

陈九像树桩一样站着，任张秀玉捶打。陈九说："我没杀他，我也不知道这是怎么回事。其实是他们想杀我。"

第十九章

沈中和回来了。

沈中和着一身带着暗条纹的洋装，系着丝织的领带，身材笔挺，走起路来手杖敲击着方石路面，发出笃笃的响声，一条黄灿灿的金表链在胸前荡来荡去。他重新装饰了升平街上的门市，挂起了满和的招牌，摆出了名贵的裘皮大氅、狐领、皮张……沈中和又做了满和的掌柜。

后来人们发现沈中和的心思不在满和上，满和的生意也不在毛皮上。满和做毛皮生意不过是个门面，私下里仍然贩卖鸦片。每星期都有满和的人在码头上船，到上游收购烟土，到下游去贩卖。

沈中和每天从正阳街上呼啸而过，身后总是簇拥着几个一身短打的汉子。这些汉子胳臂上戴着白布袖标，上面写着"日满亲善"的字样。他们拥着沈中和走进一座小学校改成的营房，营房门口站着持枪的日本兵，院子里养着狼狗。据说这里是日本宪兵队的看守所，对能出入这里的人，连警察署也惧怕三分。

这天沈中和带着人从正阳街上走过，迎面碰上低头而行的孙殿臣，沈中和远远地停了下来，一伙人像一堵墙似的挡住了孙殿臣的去路，等孙殿臣发现时已经躲闪不及了。

沈中和打量着挺着肚子的孙殿臣问："听说孙掌柜一直在找我？"

孙殿臣躲闪着沈中和的目光说："没有的事沈先生，我找你干什么？"

沈中和说："为了一个臭婊子的命，你们和我过不去？"

"没有的事，绝对没有的事。"

孙殿臣说着，便移动着脚步，想绕开这堵人墙，但他被沈中和一把抓住了脖领子。沈中和盯着他的脸说："孙掌柜，你反对我不要紧，你可别鸡蛋碰石头，去反对日本人。"

孙殿臣被勒着脖子，呼吸有些急促，说："我不反对日本人，我干吗反对日本人，我谁也不反对，我就反对我自己。"

沈中和脸上露出快意，他像猫玩老鼠似的盯住孙殿臣不放，"可是我要说你反对日本人，你就反对日本人，你信不信？"

孙殿臣哭丧着脸说："沈先生你别开玩笑，这罪名我担当不起，我从来不反对日本人，天地良心，你可别冤我。"

孙殿臣用哀求的目光扫着沈中和他身后的汉子，说："你们可别血口喷人，你们不能不讲理。我走到哪儿都不承认反对日本人……我干吗反对日本人，我说什么了反对日本人。"

沈中和松开手笑了起来，他身后的几个汉子也发出嘲笑声。沈中和说："孙殿臣你跟着陈九屁股转，注定要倒霉，哭爹喊妈都没有用，你等着瞧吧，有你哭不出来的时候。"

这伙人招摇着走过宏发祥门前时，沈中和停住了脚步，他指着那明亮的橱窗和紫色的门扇说："我过去就在这儿当账房先生，看主人的脸色做奴才。后来我离开了这个鬼地方。我要是不离开将永远是个账房先生。我不愿意居人之下做奴才，我忍受不了陈九的张狂。我离开他我就成了掌柜。你们记住要想出人头地，就不能总在别人手底下做奴才。"

沈中和的一席话使跟在他身后的汉子们面面相觑，愣怔着不知如何回答。后来还是一个瘦小的汉子打破了尴尬的气氛，笑嘻嘻地说："看沈先生说的，我们哪敢呢？我们死心塌地地跟着沈先生做事，做牛做马做奴才我们都心甘情愿。我们还指望着跟着沈先生打腰提气发洋财呢。"

陈九和孙殿臣在胜江楼澡堂子再次见面时，都从对方的脸上读出了沮丧、恐惧和愤怒。他们相对无言地浸在烫人的水池子里，升腾起来的蒸汽里混合着人体发出的腌酸气味，高温使他们渐渐地感到胸腔憋闷得难受。偌大的水池子里静谧无声，有人端着半盆水在水龙头前冲涮身体，把水从头顶浇下来，失手把脸盆摔在瓷砖地上，发出惊天动地的响声，震荡得天窗上的溜水纷纷落下来。

陈九和孙殿臣蹚着水走出池塘。他们无心搓澡，只是边走边用毛巾擦着湿漉漉的身体，回到他们的雅间里。伙计进来给他们沏上茶，他们就无声地躺了下来。

孙殿臣长吁短叹地说："陈九你说该怎么办？沈中和是小人得志，他靠了日本人还能饶了我们？"

陈九板着面孔，冷冷地说："杀了他。"

"算了吧，现在杀他可就不容易了，他现在正盘算着怎么样杀我们呢。"

"他不死，当然就得我们死，没有别的办法。"

"我们逃吧。不是有人回关里了吗？我们惹不起还躲不起吗？"

"怎么逃？你是舍得扔下家，还是舍得扔下双丰和？"

"这不是越说越没有活路了吗？"

两个人就默默地躺着，澡堂的伙计提着大水壶进来续水，见他们的茶壶的水满满的，谁也没喝一口。伙计便给他们的杯里倒上茶水，又续满了茶壶，才笑嘻嘻地退了出去。

孙殿臣掀掉身上的浴巾，坐起来冲着陈九说："反正你得拿出办法来。当初我可是为了你才得罪沈中和的，让我白白送死你不够朋友。"他拍着自己松弛的白肚皮说，"自从摊上这件事，我掉了二十斤肉，人也瘦了一圈，都快脱相了，你不能不管。"

陈九仍然躺着望着天花板说："我有办法，就怕你不敢。"

"什么办法？"

"弄支手枪，在沈中和经常出入的地方等着，当着他的面一枪结果他。"

"没那么容易了，他身后有日本人撑腰，出出入入都有人陪着，像个小太保一样威风，根本下不了手。"

"我说你不敢。"

"你敢？"

"我敢。我不能眼睁睁地看着他对我下手。"

"那你就自己去吧，不要再牵连到我，我这就够倒霉的了。"陈九什么也没有来得及做，也许他并没有想做，澡堂子里的谈话不过是某种发泄。他和孙殿臣分手的第二天早上，他照常去江边散步。每天黎明即起，到松花江边活动筋骨，是他从山里带出来的习惯。他认为晚睡晚起是城里人最大的陋习。

刚刚跑完冰排的江水清冽而湍急，陈九周身浸透了寒意。这条从城市北侧流淌过去的江水，让陈九想起消失的岁月，随着岁月积累起来的财富也像这江水一样付之东流。陈九想这没有什么，他来到这座城市时本来就两手空空，庄本没有什么，沈中和也没有什么，他们不敢和他面对面地较量，他们只能暗算他。从江面上吹拂来的凉风涤荡着他的胸襟，陈九此时对他的敌人充满鄙夷。

所以当陈九走下江堤时，面对袭来的危险毫无察觉。几个汉子突然出现在他的面前，他们熟练地给他戴上手铐，推搡着把他塞进停在街口的黑色汽车里，并给他用黑布蒙上了眼睛。

目睹这一切的行人做鸟兽状散去，这几天日本人在街上随意抓人已经不是传闻，在这春寒料峭的日子里，人们对于这类突发事件充满恐惧和冷漠，而唯恐躲避不及。

陈九被扔进那座学校的地下室里，大汉们摘下蒙着他眼睛的黑布就走了。再也没有人过问他，整整一天也没有人给一口饭吃。陈九坐在潮湿的地上犯寻思：谁抓了他？为什么抓他？抓他的人要把他怎么样？想来想去也没有想出个名堂。

夜里，当他背靠墙坐着打瞌睡时，才闯进几个人来把他吆喝起来，推推搡搡地把他带到一间审讯室里。这也是一间地下室，里边潮湿阴森，地上积着水，斑斑驳驳的血迹，一股阴潮腥臊的气味呛人鼻孔。地上墙上乱糟糟摆放着刑具——皮鞭、棍棒、绳套、砖头等，陈九想起有一次在烧锅看到的杀马的场面……他皱起了眉头。

陈九正狐疑着，屁股上就挨了重重的一脚，他立刻扑在地上，撑着地面的手有一种滑腻的感觉，他本想看一看手上沾了什么，但几只皮靴雨点般踢到他身上，他本能地蜷起身体，并用手护住了头部。他听到皮靴踢到他身上发出的噗噗声和带着铁钉的靴底踩着水泥地发出的嚓嚓声……不知踢了多久，陈九只觉得全身都是伤，到处是血迹，疼痛难忍。突然有一只坚硬的靴头踢到他的腰眼上，他疼得失声叫了出来，但他很快咬住牙，把喊声咽了回去。

那些踢他的人显然累了，他们大口喘着气，不约而同地停了下来。陈九觉得哪儿都疼，但说不上哪儿更疼。陈九想他们该审问他了，他有点希望他们审问他。

但没有人理睬他，有人开始准备刑具。他被抬到一条长凳上，脖子和双手被拴牢在柱子上，大腿部也被绑牢。他们开始往他脚下垫砖，一块、两块、三块……他觉得膝盖处肯定被折断了，他咬着牙不哼，但嘴唇却不自觉打着呼噜，往外冒着血红的沫子。

陈九昏死过去。

陈九被冷水激醒过来时，蒙眬中听到有人在说话，他听不清也听不懂。他只是觉得四肢都不在身上，好像在别的地方疼痛，他连动一下手指头的力气都没有了。一只手在抓他的头发。他的头发很短，又被凉水和血水弄得湿漉漉滑腻腻的，怎么也抓不起来。那只手便端起他的下巴。陈九睁开眼睛看到一张脸在晃动，对方在说什么他听不清，他用沙哑的嗓音问：

"为什么抓我？"

"你抗日。"

"我不抗日，是日本人抗我。"

"什么？"

"是日本人抗我。"

他想把声音放大些，但无济于事。吐出来的字句十分微弱，连自己也不满意。翻译把陈九的话翻给那个日本人。那个日本人坐在陈九身边的一把椅子上，他穿着军装戴着眼镜，还戴着一双白手套。陈九想他是个头儿。他没有动手打人。

那个日本人挺胸端坐，两只戴着白手套的手支着膝盖，他冲着陈九说话，翻译低着头再把他的话一句一句地翻译给陈九听。

"有人举报你反对日本帝国占领东北，这是绝对不允许的。

"日本帝国必须保护在东北的利益，并有责任维护日满亲善和日满繁荣。

"我们必须让每一个满洲人明白，反满抗日是没有好下场的，一定要受到严厉的惩罚。"

陈九被扔在水泥地上。他等待他们继续用刑，直到把他折磨死。他想这是日本人抓他进来的唯一目的。但没有人再动刑，他们向门口摆了摆手，喊进一个人来。

陈九挤着眼睛，从昏花中认出进来的人是沈中和。沈中和蹲下来，那眼神像是看一头被送进屠宰场任人宰割的牛，沈中和带着幸灾乐祸的神情说："陈九，你没想到这个世道变化这么快吧？"

陈九想爬起来扇他一个嘴巴，但他只不过是在脑海里闪现了这个念头，他一点力气都没有，任何一个动作都给他带来钻心的疼痛。陈九斜着眼睛问："是你检举了我？"

沈中和说："你反对日本人……"

陈九啐了一口，其实他只嚅动了一下嘴唇。他说："想杀一条日本人的狗也算抗日吗？"

沈中和的脸色难看，悻悻地说："你还嘴硬，不看看这是什么地方，这是日本宪兵队，进得来就出不去了。"他见周围的几个日本宪兵都望着他，想起自己的使命，接着对陈九说，"宪兵队长说了，只要你写个担保书，拥护满洲建国，拥护东亚共荣，可以饶你一命。"

"我要不写呢？"

"不写就是死路一条。"

望着表情痛苦的陈九，沈中和忽然低下头去，诡谲地伏在他耳旁说："我知道你不会写担保书的，谁写你也不肯写，所以你注定要死在这里。"

陈九突然觉得身体内聚集起一股力量，这力量鼓动着他，他挺起身子大吼一声："狗！"

这吼声嘶哑而悲怆。陈九整个晚上受刑时憋在胸腔里的愤怒和痛苦都迸发了出来，口水和血水溅到沈中和的脸上。沈中和吓了一跳，一屁股坐到水泥地上，他恼羞成怒，用手抹了一把脸，爬起来顺手捡起一根木棍，向陈九身上砸去。

沈中和的木棍在半空中被人挡住，一个行刑的日本人抓住沈中和的手，骂了一句"八嘎"，夺下他手中的木棍扔到地上。

沈中和僵硬地立在那里不知所措，他用乞怜的目光看着屋里每一张凶煞的面孔，好像被人沉进要没顶的水潭中，突发的孤独使他不寒而栗，心突突地狂跳起来。翻译走过来对他说："这是什么地方，你也逞能？"

沈中和指着躺在地上的陈九，咧着嘴用绝望的语气说："他骂人……还骂了日本人……"

翻译说："怎么处置犯人，是宪兵队的事，这儿没有你的事了，你去吧。"

沈中和拖着铅一样重的身体，怏怏地离开刑讯室。

陈九被送进一间有地板的空房子里，地上散乱地放着一些稻草，在角落里蜷缩着躺着一个人。被折磨了一夜的陈九没有力气去管闲事。他躺在地板上，昏昏沉沉似睡不睡，稍一移动身体就会疼得醒过来。

太阳照在陈九的脸上，口腔和咽喉像是吞了火一样干燥疼痛，他彻底清醒过来。他开始活动四肢，觉得它们又回到自己的身上。他支撑着坐了起来。他看到这是一个长条房间，和门相对着的是窗户，窗户外面上了铁栏杆，墙角里蜷着那个黑乎乎的人，像是已经死了……那个蜷着身子躺着的人听到陈九拨动稻草的声音，慢慢地转过身体，陈九认出是孙殿臣。

孙殿臣一夜之间消瘦了许多，头发蓬乱，憔悴的脸上沾着草屑。他认出陈九的第一个表情，就是像孩子一样咧开嘴巴，呜呜地哭了起来。

陈九试着站起来，用手扶着墙向孙殿臣躺着的地方移过去，坐到了他身边。

"哭什么，男人流血不流泪，哭也没人可怜你。"

"我操小鬼子他妈，他们简直不是人，怎么能下得了这样的毒手。我受不了啦，还不如死了好。"

陈九去托孙殿臣的头，说："你起来。"

孙殿臣痛苦地叫着："不行不行，疼死我了。"

"你起来。"

"我起不来了，我的腰被他们打断，腿也被他们打断，哎哟，一动也不能动了。"

"你起来。"

"我起不来。"

"你能起来。"

"陈九你比小鬼子还狠，我要死了你还逼我起来。"

陈九咬着牙，吃力地将孙殿臣托了起来。孙殿臣虽然消瘦了许多，分量仍比一般人重。孙殿臣疼得嗷嗷直叫，陈九的伤口被扯得疼痛难忍，不自主地发出呻吟。孙殿臣坐着，陈九便用背支撑着他，两个人背靠背坐着直喘粗气。

孙殿臣喘够了气，慢慢地把腰直起来。他忽然摸着腰眼说："我的腰好像没断。"

陈九说："你再站起来。"

孙殿臣立刻苦下脸，说："陈九你别折磨我，小鬼子折磨了我一夜，你也不放过我。"

陈九先站起来，他对孙殿臣说："我扶你，你站起来。"

"我不站起来，我受不了。"

"我扶你。"

"我不站起来不行吗？"

"我扶你，你试试。"

陈九扶着孙殿臣，摇摇晃晃地站了起来，孙殿臣把着窗台，慢慢地移着两条腿，他回过头对陈九说："腿也没断。这就怪了，我总觉得腰和腿被他们打断了。"

两个人重新坐了下来。

孙殿臣委屈地说："我们怕是活不了啦，他们硬说我抗日，我说我老老实实地做买卖，从来不和日本人打交道，抗什么日呢？他们就是不信。"

陈九说："还不是沈中和！"

孙殿臣说："这个狼心狗肺的小人，他是公报私仇。"

伤口的疼痛使两个人沉默起来。半天孙殿臣才说："陈九，我不怕死，我怕再受刑。我受不了那份罪。"

陈九说："别怕，人没有受不了的罪，你不怕就无所谓了。"

孙殿臣把目光投向窗外，外边阳光明媚，远处楼房的几个窗口打开着，有人伏在窗口向下边看着什么。这是春天少有的好天气，没有人知道他们身陷囹圄，在这鬼门关里受煎熬。孙殿臣感伤地说："一辈子夹着尾巴做人，没想到落了这么个下场。真不想死啊，我太太还怀着孩子，眼看就要生了，想想真伤心。"

陈九说："你太太这是第几胎了？"

孙殿臣说："第六胎。也不知道是少爷还是小姐。孩子都没长大，我死了谁管他们……我太太是小脚女人，她又不懂做买卖的事，双丰和非垮不可，没了双丰和，他们连饭都吃不上。"

两人正说着话，门被打开了，进来一个瘦小的汉子，端着两碗高粱米饭，上面搁着筷子和咸菜条。那汉子将饭碗放在门里，也不说话转身走了，并重新关上了门。

陈九和孙殿臣尽管两天没有吃饭，但这时也一点胃口没有，他们只是渴，希望喝水。看着这两碗干饭，互相瞅了一眼，都垂下了眼睛。

过了一会儿，孙殿臣忍不住，他抬头问陈九："这饭吃不吃？"

陈九艰难地咽着唾液，想了想说："吃，不死就得吃，不吃白不吃。"

孙殿臣说："对。吃，就是死也不做饿死鬼。"

两人说着，都忍着疼痛支撑起身体，去取那两饭碗。

张秀玉来到南勋街黄先生家住的楼房前，发现中医黄浩之医所的牌子摘掉了。自从大太太陆璎去世，家里没了病人，黄先生很久没登陈家的门。张秀玉生福子时，黄先生曾吉言生贵子，陈九封了一份礼金和一篮子红皮鸡蛋谢黄先生，两家再也没有多少来往，猛地发现黄先生行医的招牌摘掉，也不知是凶是吉。

张秀玉在门口拦住一个从院子里跑出来的男孩子。她问："黄先生在家吗？"

男孩子抬起头来，望着张秀玉问："黄先生？哪个黄先生？"张秀玉指着挂牌的地方说："老中医黄先生，给人看病的。"男孩说："他呀，你说那个怪老头啊！"

"他在家吗？"

"在吧，我也不知道，你自己去看吧。"

张秀玉这才放心地进了大院，上了那窄窄的楼梯。楼台上那些花都不见了，显得空旷和冷寂。张秀玉推门进去，门廊里冷冷清清，一位老家仆听到动静从一间屋里出来，站在门廊口说："黄先生摘牌不行医了，请到别处看病吧。"

张秀玉说："我不看病，我是黄先生的客人，来看黄先生的。"老家仆上下打量着张秀玉，正疑惑时，听见黄先生在屋里咳嗽，并高声喊："陈家二太太吧，进来吧。"

张秀玉穿过门廊，进了黄先生的书房。黄先生穿着那件贡缎长袍，正伏案读书，见张秀玉进来，放下书卷，摘下花镜，笑呵呵地说："二太太有闲到我这里来，一定有什么事啊。好久没见陈掌柜了，他向来可好？"

张秀玉进门先施了万福，惊得黄先生瞪大眼睛，很少有人行这旧礼了。黄先生觉得陈家一定又出了什么大事。

张秀玉还没开口，就泪眼婆娑地低下头，半天才说："黄先生，陈九好几天不见了。有人猜是被日本宪兵队抓去了，吓得我没了主意，想来想去只有来求黄先生了。"

黄先生皱紧眉头问："怎么回事，日本人抓他干什么？"

张秀玉说："日本人现在乱抓人，他仇人又多，真怕他出什么意外。黄先生是社会贤达，在官场朋友也多，帮助想个办法吧。"

黄先生沉吟片刻才说："今非昔比了，过去有些朋友、熟人，事变以后，有的跟着政府内迁，有的留下来和日本人共事，大家都疏远了。要是真落到日本人手里，事情就不好办了。"

张秀玉急得直搓手，她掏出手帕擦着眼泪，然后捂在嘴上，一副凄楚的样子说："黄先生无论如何你得帮我想想办法。我一个女人家，天地一般黑，什么主意也没有了。"张秀玉说着，从手提袋里拿出两根金条，黄澄澄的耀着眼睛，她将金条咯噔一声放到黄先生面前，细声地说："家里值钱的东西，就这两件黄物了。黄先生你拿去打点，不够的话再想办法。"

黄先生站起来，抓起两根金条在手里掂着，他绕到书案前，又放回到张秀玉的手里。黄先生叹了一口气说："兵荒马乱，世道多变，留下来以防万一吧。二太太不是我不帮你忙，我也有难言之处。"

黄先生说，日本人占领哈尔滨时，有一个叫福岗的日本大佐，他太太得了一种顽疾，在日本求遍名医，屡治不愈。这位大佐留守哈尔滨后，就把太太从日本接来，专程请黄先生治病。黄先生行医，历来主张济世救人，不分贫富贵贱，不分男女老幼，不分民族国籍。但对于一个占领军的家眷，他矛盾重重，委实下不了治与不治的决心。最后还是给那位异国太太看了病。黄先生诊断那位大佐的太太得的病，在中医史上也是少数几例的顽症。这引起作为中医大夫的兴趣，他下了药，并坚决拒绝了酬金。那位太太服了药后，腹泻不止，带有黑色血块，连小便和经血也掺有黑色的成分。原来尚可起居行走，服药后竟然虚弱无力，卧床不起，口鼻间只剩一缕游丝了。

那位大佐不知好歹，派了四个全副武装的宪兵，来"请"黄先生，黄先生勃然大怒，在病人床前，他对大佐说：

"阁下，我是大夫，你们不能这样无礼。"

"你良心坏了，行医杀人的干活。"

"太太是我的病人，我想怎么医病是我的事。你们是干什么的，谁给你们权利指责我？要不是看在病人的分上，我不会和阁下打交道的。"

那位大佐还想要威风，倒是翻译乖巧，忙对大佐说："阁下，如今太太的性命还在这位大夫手里，还是别惹翻了他。中医治病，常有起起落落、大起大落的时候，黄先生是名医，自然不会草率对待病人，还是看看再说吧。"

那大佐猜忌多疑，把黄先生软禁在自己家里。三天过后，太太腹泻停止。原来的厌食症消失，神志清醒，能够进食，排泄也正常起来。这时，黄先生又给她开了一剂药，便声称自己医术不高，治病到此为止，让那位大佐另请高明，便告辞回家。任那位大佐好话坏话，再也请不动了。

　　后来那位太太备了礼品，上门拜谢，希望黄先生能继续给自己看病，以便根除，她见黄先生不允，便跪下来说："日中两国之间的战争是政府和军人之间的事，你是医生，我是病人，你没有理由拒绝我的请求。"

　　黄先生想了想说："对不起太太，作为医生我没有理由拒绝病人，但从现在起，我已经不是医生了，我无能为力。"

　　黄先生摘掉自己的行医招牌，从此再也不给人看病了。

　　黄先生指着屋里的陈设对张秀玉说："二太太，我现在正服国丧。"张秀玉这才注意到黄先生书房里的书架上、草药箱架上，都罩上了黑布，书案上除了笔墨砚台外，还摆了一盆开白花的玫瑰。墙上挂了一幅没有装裱的隶书大字：国殇。整个书房充满肃穆的气氛。

　　张秀玉想起上楼时，回廊上那些消失了的花盆。黄先生猜透了她的心思，便把她领到一间向阳的屋子。黄先生平日养的花都摆在这里。有兰草、万年青、君子兰、牡丹、菊花、杜鹃、月季、茉莉、夹竹桃、洋绣球，还有一些叫不上名字的花卉，地上架上，一盆盆排列有序，枝繁叶茂。阳光斜射进来，照在水灵灵的枝叶上，显得生机勃勃。一个落地的大缸里，两朵白色睡莲开得正旺，白花碧叶清水，看得让人心动。张秀玉这才发现，花房里凡开红花和紫花、粉花的花朵，都被白纸罩上，一眼望去，万绿丛中点缀着片片素白。张秀玉想，这也是黄先生的"国丧"了。她吸了一口气，满屋飘溢的浓郁的香气却是遮也遮不住的。张秀玉说："黄先生，你这也是戏文里说的精忠报国吧。"

黄先生见张秀玉看出他的心志，便有些得意。他说："古人向来有诗言志、文载道之说，我这不过也是一种寄托。区区小技，无益于国家，不能报效于民族，不过是明心言志而已，一介游子，也只能如此。"他们返回书房，黄先生说："日本人搞绥靖政策，想煞中国人的志气。士可杀，不可辱。我不信他日本人能把中国人斩尽杀绝。"

张秀玉心突突地跳着，神情黯然，她压低声音说："黄先生你是名医，忠君爱国，日本人不敢把你怎么样，可陈九和孙掌柜要是落到日本人手里，怕是凶多吉少，你不能见死不救啊。"

黄先生摇着头说："二太太你还年轻，看不出日本人的凶残。他们要是真想杀人，我一个大夫出面有什么用？我想陈掌柜没有把柄在日本人手里，他们不见得要他们的命。"

黄先生本来是劝慰张秀玉的话，却把张秀玉吓得魂飞魄散，眼泪又流了出来，越想越没了主意，心里一着急，扑通一声给黄先生跪了下来。

张秀玉说："黄先生，我知道我这是为难你，但人命关天的事，哪怕只有一线希望，也望黄先生帮一把。你要是不答应，我就长跪不起了。"

陈九和孙殿臣正熟睡的时候，突然被踢醒。他们睁开眼睛，发现有几个汉子站在他们跟前，正虎视眈眈地望着他们。陈九想，又要动刑了。他们身上的伤刚刚结疤。孙殿臣提着裤子带着哭腔说："先生，我想撒尿，我撒泡尿行吧？"

那几个人不耐烦地说着少啰唆，就把他们推了出去。在走廊里，前边两个人领路，后边两个人殿后。陈九发现他们没有被带向地下室，而是出了楼门。

院子里，月光下停着一辆黑色的囚车。一发现这辆囚车，孙殿臣腿就软了，他想这是要拉他们出去处决啊。他嘴里喊了一声"陈九"，一屁股坐了下来。后边的两个汉子上来，把他挟了起来，拖着塞进了囚车，陈九在后边也被人推了进去。两个汉子跟着上了车，分别坐在门的两侧。一阵车门响，囚车开动了。

囚车颠簸摇晃着，孙殿臣双手抱着自己的脑袋哭起来，他说："陈九，我们就这么完了，真不甘心哪！"

陈九皱着眉说："要死也得像个汉子，不能在他们面前丢脸。"

门口的一个家伙用日本话吼了一句什么，对面那个人说："别出声，再说话就要你们的命。"

陈九抬起头来。押他们出来的有四个人，没有人带长枪。吆喝他们的这个人听声音是那个翻译，看阵势听口气不像是要处决他们，陈九用脚踢了一下孙殿臣，两人都不讲话了。

囚车不知走了多远停了下来。车门被打开，门口的两个人跳下车，回头摆手让陈九和孙殿臣下车。他们两个下了车，发现已经到了荒郊野外。月光下，能看到远处的树影和黑乎乎的城市。一阵冷风吹来，不由得让人打了个寒战。两个人并肩站着，陈九感觉到孙殿臣身子发抖，陈九紧紧握住了他的手，让他靠在自己的身上。他们注视着押解他们出来的人，不知道将受到怎样的处置。也许真是他们的末日到了，想到这里陈九不由得也悲上心头。此时他突然想到最对不起的就是这位跟着他出生入死的弟兄，他说："殿臣，今天怕是我们得一起上路了。"孙殿臣听说腿又软了下来，陈九忙把他扶住。月光下那个翻译走过来，仰着头对着他们，月光照在他的脸上，给人一种涂上眼影和唇膏的感觉。翻译说："你们两个被释放了，算你们命大，回去后告诉正阳街上的买卖家，老老实实做生意，跟日本人作对没有好下场。"他在转身离去时又拍了一下陈九肩臂，望着他那板着的脸说，"记住老兄，头彩不能总落在你们头上，再有下一次就不可能活着回去了。"

那些人跳上囚车，一阵门响，囚车开走了，把他们两个扔在这荒郊野地里。

孙殿臣说："他们就这么走了，不杀我们啦？"

陈九说："不杀啦。"

孙殿臣说："这是真的？我们可以回家了？"

陈九说："是真的。可以回家了。"

孙殿臣说："这不是做梦吧？我神经不好，老做梦，好梦也做，噩梦也做，心里没有底。"

陈九说："你揪揪你的耳朵，疼不疼？"

孙殿臣真的揪了揪耳朵，咧着嘴说："真不是做梦，死里逃生，又活过来了。"

孙殿臣绷紧的神经一下子松弛下来，一屁股坐在地上，走不动了。

陈九观察着四周的地形，分辨着所在的位置，他对孙殿臣说："孙掌柜，你猜我们现在在哪儿？"

孙殿臣余悸未消，战战兢兢地说："我怎么猜得出来，到阴曹地府了吧。"

陈九说："就差一步了，这儿是圈河，是杀场，是鬼门关。"孙殿臣慌得忙爬起来，拉着陈九说："快走离开这儿，没叫日本人打死别让屈死鬼们把魂勾去。"

两个人深一脚浅一脚，跌跌撞撞地向市区走去。路上陈九突然问："日本人怎么把我们放了呢？"

孙殿臣想着他自己的心事，说："死里逃生，今后再也不管闲事了，谁爱死谁死去，为了一个女人，想想犯不上。"

陈九说："也许日本人本来不想杀我们。"

孙殿臣说："捡一条命，回家好生做买卖，养活老婆孩子，任什么闲事也不管了，真的什么也不管了。"

陈九还想说什么，腰部一阵钻心的疼痛。他抬头望着满天星斗，苍穹之下忽然觉得他和孙殿臣奔波的身影如此渺小，心境不由得又悲凉起来。

把孙殿臣送到家，陈九沿着江边的大堤往回走去。他脚步沉重，疲惫不堪，周身像散了架一样软弱无力，真想找一块地方躺下来，他不能躺下，也没地方躺下，他还是挺着往回走去。

陈九不知道，子夜过后，有两只饿狼正在圈河寻觅食物。那里经常有野狼出没。是那辆开到的囚车把它们吓跑了。它们蹿到堤坝上，又从堤坝上进入黝黑的市区。两只饿狼像两个幽灵一样徜徉在街头。它们沿着房屋和墙的阴影潜行，在横七竖八的街巷里奔突，很快就被这棋盘式的街巷弄昏了头脑。这里到处是墙壁，是紧关着的门窗。在门窗和墙壁后边，散发着生灵气息的诱惑，也潜伏着危险和杀机，让它们摸不着章法。有几处地方，它们听到狗的叫声，这叫声让它们憎恨而又感到亲切。没有哪条狗追出来，更没有它们所期待的格斗和厮杀。徒劳的奔波燃起腹中更强烈的饥火……

陈九走进五道街时，就有一种异常的感觉。前边有一处垃圾站，黑乎乎的垃圾后边发出唰唰啦啦的响声，还蠕动着模糊的黑影……冬天，垃圾站里常有死人，冻死的人多是赤裸裸的。运秽车上常有支棱着手脚的尸体被运走。人们以为死人的衣服被扒走了。其实，山里长大的陈九知道，冻死的人往往在生命的最后一刻出现幻觉，感觉自己到了一个温暖惬意的地方，寒冷消失了，等待他的是热气扑脸的温室。在这种幻觉的支配下，他自己会脱掉衣服，蜷着身子钻进他幻觉的天堂，龇着牙含笑死在这个垃圾站里。陈九注视着垃圾站，他想也许会有短命的烟鬼醉鬼在这春天的寒夜冻死，也许会有野狗窜到这里觅食。

陈九正想着，垃圾站后边那唰唰啦啦的声音没有了。陈九警觉地站住，发现有两条黑影闪了出来，站在马路中央，拦住了陈九的去路。陈九不敢唐突，双方僵持着，天色在朦胧中透出光亮，房屋和街道的轮廓隐约可见。陈九的头发竖了起来。凭一种感觉，陈九意识到这两只野物不是狗。它们喘息的声音，身上发出的气味都让陈九感到异样。他听到它们咯咯地磨着牙齿，嘴角泛出的白沫子在朦胧的夜色中分外醒目，陈九判断出这是两只狼。

在人和狼的对峙中，陈九渐渐看清了对手，短而直立的耳朵，瘦而窄的胸脊。由于天色渐明，狼的眼睛的光泽暗淡了，但那凶残的表情暴露无遗。在这座迅速崛起的城市里，繁华与荒凉、文明与野蛮、人和动物竟然仅有一尺之遥。两只野狼对这个粗壮的汉子也有所顾忌，严阵以待而不轻易进攻。天色渐明，陈九心里踏实下来，城市毕竟是人的世界，只要拖到天亮陈九就会大获全胜。两只野狼也感到了时间对它们的威胁，逼迫它们只能孤注一掷了。一只狼低下头，漫不经心地退回到垃圾堆的后面，但陈九注意到它贴着墙根迅速地迂回到他的身后。

陈九盯着眼前这只留下来的狼。它蹲了下来，支着前腿，眯起眼睛，一副天下太平的样子。陈九便全神贯注地等待身后那只狼的袭击。陈九知道这是狼布下的迷魂阵，意在麻痹自己，这是它们攻击人类时惯用的伎俩。过了片刻，随着一阵响动，果然有两只坚硬的爪子搭在他的双肩上，并有一股带腥臊味的热气扑在他脖子上。只要陈九一回头，伏在他身上的狼就会蹿上来咬断他的喉咙，置他于死地。陈九完全想象得出身后那只狼期待进攻的狰狞面目。陈九从身后这只狼支撑在他背上的分量上判断出它和自己一样已经疲惫不堪。站在前边的那只狼睁开了眼睛，屈下前肢，做好了前扑的准备。陈九有一种马上要被撕碎的感觉，这感觉有恐惧也有屈辱。此时，陈九没有思索的时间和余地，他迅猛地弯下腰，从自己的两腿中间伸过手，准确地抓住狼的一只后腿，用力拽过来，用两只手抓紧麻秆似的狼腿，在膝盖上用力一折，咔嚓一声，狼腿断了。陈九反应的速度和力量连他自己都感到吃惊，在脑海里反映出来的念头瞬间就完成了。他听到狼在他胯下哀嚎。他没有时间去判断狼受伤害的程度，立刻跳了起来，去迎接前边那只狼的进攻。

陈九在跳起来时，从眼角里看到一条黑影扑了上来，他在躲避时闪了一个趔趄，跳了两跳还是站稳了。在站稳的同时踢出一脚，防御那只扑上来的狼，但他太疲倦了，这一脚软绵绵的没有踢中目标，但却给了狼一个警告，使扑上来的狼本能地躲闪了一下。狼的这个躲闪动作给了陈九一个喘息的机会。他开始退却，以寻找出击的机会。但他又紧张又疲劳，脚下无力，被道牙子绊倒了，一个后仰跌下去，腰被一块石头硌了一下，痛得他倒吸一口冷气，眼前直冒金星，他连爬起来的力气都没有了。穷凶极恶的狼龇着獠牙再次向他扑来，陈九只能躺着用两只手去迎敌了。这是最危险的防御动作，过于短的防线让他暴露无遗，那只狼的锋利牙齿会瞬间咬住他的喉咙。他觉得他要完了，一种英雄末路的悲哀侵袭着他，没有完在沈中和手里，没有完在日本人手里，而完在这只毫不相干的野狼的嘴下……就在这千钧一发的时刻，空中突然爆出一声清脆的鞭响，这鞭响在宁静的夜空像是炸了一颗响雷，跃起来的野狼被这响雷击中，哆嗦了一下，摔倒在地上，打了一个滚，惊叫着跑了。陈九忍着腰疼，支撑着坐起来，他看见被他折断腿的狼正在挣扎，企图爬起来逃走。一个年轻的车老板，挥舞着大鞭子抽过去，那挣扎着的狼嚎叫了一声垂下脑袋不动了。

车老板戴了一顶蓝布帽头，黑夹袍外边罩了一件帆布坎肩，他俯下身去看地上的死狼时，背上显示出白色的号码，这是运秽车车夫的标记。陈九知道黎明时分往城外运垃圾的马车到了。

陈九只觉得腰像断了一样疼痛，身上的伤口又绽裂开来，汗水把内衣湿透了，冷风吹来，不由得打了一个寒战。他气喘吁吁地对蹲下来询问他的车老板说："老板子你好功夫。"

第
二
十
章

　　入夏以来，陈九一直滞留在病床上，他腰部疼痛得很厉害，日本人的刑罚伤害了他，使他走路都发生了困难。他心绪烦乱坐卧不宁，一清早就支撑着铜把手的手杖伫立在窗前，向外凝望着。如注的大雨下了十几天了，哗啦啦哗啦啦无昼无夜地淌着，天空像没了遮拦，非要把天河的水倒尽不可。雨水打到窗户上，玻璃被水帘遮住，模糊成一片，外边的景物变得朦朦胧胧。陈九猛地推开窗户，哗啦啦的雨声夹着浓郁的水汽立刻充满了房间的各个角落，凉瓦瓦的让人打激灵。雨水打到窗台上，溅进屋里，窗跟前的红漆地板很快就湿了，积起水洼流淌开来。

　　张秀玉拿了一件夹袄披在陈九身上。张秀玉说："下雨天有什么好看的，小心着凉。"

　　陈九说："我就喜欢下雨天，下雨天更容易想心事。"

　　张秀玉说："有什么可想的，日子过得乱糟糟的，想也烦，不想也烦，不如不想。"

　　陈九抚摸着伤痛的腰，皱起眉头说："我想我这二十年是怎么过来的，我辛辛苦苦积累起来的家业，说完就完了。我总是遇到小人，人人都算计我。"

张秀玉依然风采照人，只是脸色有些惨白，她梳理着油黑的卷发说："别想那么多，想也想不来了，留下一个宏发祥我就知足了。人怎么不是过日子。"

陈九说："你懂什么？人不怕没了有，就怕有了没，谁也咽不下这口气。"

张秀玉伸出纤细的手到窗外接雨水，雨水打落在白皙的手掌和手臂上，滚落下去，再打落在手掌和手臂上，再滚落下去，一会儿半条胳臂都湿淋淋的了。张秀玉受不住雨水的冰凉，收回手往地上甩着水。她看到马路上的行人都打着花伞、油伞，披着雨衣，匆匆忙忙地行走着，点缀着雨街风景。一个人力车夫把一条旧麻袋折起来，把一个角翻进另一个角里去，戴在头上充雨衣。麻袋湿透了，黑乎乎沉甸甸地往下滴着水。望着正阳街上的雨景，张秀玉生出许多感慨。她嫁到陈家快三年了，很少有闲心去逛大街。这三年好像没有一天消停过，摊官司，出人命，着大火，天灾人祸一桩接一桩。人穷也烦恼，富也烦恼，人天生就是受苦受难的命。想到伤心处，张秀玉的心绪就像满街的大雨一样充满了阴郁，她说："这雨下得没完没了，洗了的衣服不干，过冬的衣服都发了霉，真烦死人啦！"

陈九的思绪也弥漫在雨中，他的目光散落在街对面大楼的高墙上。由于雨水的浸渍，水漏子两旁生满了青苔，粉刷一新的墙变得斑斑驳驳。他听见了张秀玉的唠叨，侧过头来望了她半天，才说："要烦一边烦去，别来烦我。"他想了想又说，"日本人烦我，官府烦我，还有那几条狗烦我，你也凑热闹。"张秀玉的阴郁立刻变成了委屈。她说："陈九真拿你没办法，你想说什么就说什么。你不高兴了就拿别人撒气，你也太霸道了。"

陈九说："这个世界除了狼就是狗，这个世界谁不霸道谁就没法活下去。"

溜进来的雨水越积越多，张秀玉乒乒乓乓地关上窗户。她把陈九扶回床上。她说："你要是看雨我把北窗打开，北窗背风还有回廊遮着。"

张秀玉拿来拖布，把溜进来的雨水拖净，回身又去开临着院子的北窗。窗户一打开，就听到风声雨声中夹杂着有人吵架的声音灌进屋里来，仔细听听好像是伙计们在吵着什么。一个尖细的声音扯着嗓子喊："滨生你狗仗人势，还轮不到你来教训我。你以为你当上账房你就升天了，你怎么当上的账房我还不知道？溜须拍马舔腚的事你干多了。我不怕你。"

陈九听出这是那个叫刘云的伙计的声音。他和滨生一起进宏发祥学徒，那年他们都十四岁，两个人好得形影不离。这个刘云平日蔫声蔫语，怎么突然翻了脸？滨生说了些什么也听不清，刘云那尖细的声音又高涨起来："你挤对走了沈先生又来挤对我，你是谁？也不撒泡尿照照，我们一起进宏发祥你怎么就升了账房，你有什么靠山我不怕……今天把话挑明了，今后你支使谁也别想支使我。"

陈九听着火气就冲到脑门子上。他忽地坐起来，腰部的疼痛使他无法站立，他用手杖敲击着地板大声地喊："吵什么吵！鬼哭狼嚎的算什么东西！谁不愿意干就给我滚，我不养狼崽子。"

院子里的吵闹声立刻哑了，只剩下哗哗的雨声。陈九对张秀玉说："你去把刘云叫来，看他张狂的样子，我要教训教训他。"张秀玉说："伙计们吵架，你就别管那么多了。"

陈九额头青筋鼓胀，喘着粗气说："你懂什么？这叫恶仆欺主。他以为我陈九不行了，什么鱼鳖虾蟹都敢骑到我头上拉屎，不行，我要煞煞他的邪气。"

一会儿老张跑上楼来，报告了吵架的情况。

原来连日大雨，滨生按着陈九的吩咐，带着几个伙计在后院的仓库里搭吊铺，准备把库存的毛皮都移到吊铺上，防止被水浸湿。

大家都在上上下下地忙着，唯有刘云抱着膀儿，在一旁卖呆儿，嘴还不闲着，说："搭什么吊铺，松花江一决口子，大家都得喂鱼，搭吊铺也没用。"后来索性点燃一支烟，坐在门框上，往哗哗的雨帘里吐烟圈。

滨生走过来说："刘云，大家都在干活，你一个人叼着烟卷闲坐，也好意思。"

刘云说："有什么不好意思，我又不是账房先生，我是个吃劳金的伙计，想干就干，不想干就不干。"

滨生脸色就变了，说："你这是什么话？宏发祥哪点亏待了你？你吃着宏发祥的劳金，怎么不给宏发祥干活？"

刘云站起来，上下打量着滨生，说："你还提宏发祥？一把火烧得宏发祥丧了元气，再让大水一冲，宏发祥就没了，大家就一样了，到时候你这账房先生抱着庙门哭吧，还牛什么？"

滨生急红了脸，他说："你这不是咒宏发祥倒霉吗？"

刘云扔掉烟头狠狠地说："倒霉就倒霉，我一个小劳金怕什么，此处不养爷，自有养爷处。只是你这个账房先生就不能张狂了。"

滨生伸手去抓刘云，一把没抓住，滨生说："放着活你不干，在这里胡说八道，让大家评评理，看看是谁张狂？"

两个人站在仓库门口，你一言我一语地争吵起来。

刘云被叫到楼上陈九的房间里时，毕竟有些心虚，他偏着头，鼓着腮一言不发，不时拿眼睛的余光去睃陈九。

陈九坐在床沿上，手支着文明棍，怒目圆睁，瞪着刘云说：

"你小子想翻天，沈中和给了你多少好处，人模狗样的也想夺翅。"

刘云在嗓子眼里嘀咕了一句，没有发出响声。陈九冷笑道："你以为我陈九落魄了，就想投靠新主子。养了你们这些下三烂，狗都不如，狗都知道不欺主，你却乱咬人。"

刘云又偏了偏头，说："陈掌柜你骂人！"

陈九说："我骂人，我还想打你这个畜生。"陈九说着想站起来，他一抬屁股腰疼得钻心，又跌坐了下来。他望着手里的铜手杖，犹豫了片刻，猛一抬手，手杖就飞了出去，刘云慌得抬手用胳膊挡住了手杖。刘云用手捂着砸破的额头，血从他手指缝里流了下来。

刘云抬起另一只手，指着陈九说："陈掌柜你还打人，你……"陈九吼着："滚，卷起铺盖卷给我滚！宏发祥不养你这样的下三烂。滚得远远的，立刻就滚！"

刘云捂着流血的额头，边走边嘟囔："滚就滚，留我也不伺候了，宏发祥早晚要垮台，谁还想一条道走到黑。"

"站住！"陈九大吼一声，霍地站了起来。走到门口的刘云也被镇住了，不由得停住了脚步，他回过头来，脸都吓灰了。陈九一副凶相，愤怒得脸都变了形，他举起手气咻咻地说："你去投奔沈中和吧，他正给日本人当儿子，你去了就是孙子啦！"他挥了挥拳头，喊，"滚吧！"

刘云捂着额头倒退着，由于恐惧，眼睛睁得大大的，嘴也张得大大的，看上去像一条死鱼，他退到了门口，推开门猛地冲了出去。

连绵的大雨使松花江水暴涨，浊浪拍击着堤岸，土筑的堤坝被水浸得遍体瘢痕，不时有泥土脱落下来，被江水卷走吞噬。许多市民打着雨伞、披着雨衣伫立在堤坝上，忧郁地望着滔滔江水发呆。急雨打在江面上，泛起水泡和团雾。铺天盖地的浓重水汽压抑得人喘不过气来，一些人开始做着逃离家园的准备。

衣衫褴褛的老乞丐赤着脚在堤坝上走来走去，脚踏在泥水里发出吧唧吧唧的声音。他浑身上下湿得像是从水里捞出来似的，嘴唇冷得发紫。他挟着哈拉巴，吧唧吧唧地踩着光脚丫子，嚅动着嘴小声嘀咕着：

狗来了，

狼来了，

鬼来了，

大街小巷水来了。

我走了，

你走了，

他走了，

爹死以后娘走了。

　　很多人认识这个疯疯癫癫的老乞丐，没有人理睬他的呓语。整个黄昏他都在堤坝徘徊，不时抱着双臂跳跃几下，在风雨中尖叫着，让人想到莽林中的老猴子。

　　老乞丐有时会突然跳到凝神关注江面的人面前，他那冻得青紫的面孔已经做不出任何表情了，只是嘶哑地呓语几句："快走吧，都走吧，再不走就完啦。"

　　灾难的威胁搅得人们心烦意乱，都失去了施舍的心肠，他们不耐烦地挥着手，逐赶着不识时务的老乞丐。老乞丐跳着脚，吧唧吧唧地在泥水里走来走去，雨水在他头上脸上淌着，他眯着无神的眼睛望望天，望望地，望望惊慌失措的人们，一屁股坐下来，低着头，敲打着哈巴拉，喃喃自语："走吧走吧，逃吧逃吧，完啦完啦……"

　　那天夜里江水就冲垮了堤坝。巡堤的人看见，疲惫不堪的老乞丐没有离开堤坝，他睡在坝下的一个被水浸着的草棚子里。大水把草棚子卷走了，老乞丐在水里头翻了好几个跟头，嘴里啊啊地叫着，几次企图站起来都没有成功，最后被大水吞没。

尽管人们做了种种的准备，当洪水涌进这座城市时，人们仍然发出惊恐的呼号。洪水像墙一样压过来，半个城市都听到了洪水的轰鸣。洪水漫过低矮的房屋，灌进大街小巷，晨曦中，人们看到的是一片水的天地。逃生的人们站在屋顶上，伏在楼上的窗台上，呆呆地望着漫无边际的大水。浑浊的水面上漂浮着死猫死狗，还有夜里被水吞噬了生命的人的尸体。在木屑和枯叶的包围中，漂过一具女人的尸体，女人仰面躺在水面上，长发杂乱地漂浮着，张着嘴，睁着无神的眼望着天空。泡得发白的肚皮高耸地挺着，分辨不出是怀孕还是被浊水灌得鼓胀凸起。她的下体裸露着，漆黑的阴毛像水草一样浮动，人们可以猜测出她逃生的仓促和死亡的窘迫。不一会儿又漂过一块面板，面板上躺着一个婴儿。躺在面板上的婴儿无忧无虑地活动着四肢，把包裹着的小花被蹬散了，婴儿全身裸露着，手指放进嘴里吸吮着。面板漂着漂着撞到一棵大树，婴儿的身体被震动得离了中心，面板倾斜了，在一阵惊呼中，婴儿落进水里，一瞬间就不见了。

伏在窗台上目睹这一惨象的张秀玉回过身，弯腰呕吐起来。躺在床上的陈九抬起身子问："怎么了，发生了什么事？"

张秀玉摆着手，半天才直起腰来。她脸色苍白，指着窗外说："吓死人啦，淹死了一个孩子。"

陈九又重重地躺在床上，说："看你大惊小怪的，这场大水何止淹死一个孩子。"

张秀玉说："你是没看见，活拉拉一条人命，一眨眼就没了。"说着又弯腰呕吐起来，可她什么也吐不出来。

肆虐了二十一天的淫雨突然停了，要降灾难于这方水土的雨神终于有了喘息的时候。整个世界到处是湿漉漉的，阴霾的天空里飘浮着难闻的气味，旷日持久的灾难才刚刚开始。这场洪水给这座城市的历史留下了血腥与痛苦的记录，多少年后人们议论起来仍然变颜变色。

宏发祥做了充分的准备，没有遭受多少损失，除了几件在柜台上的毛皮被水浸湿了外，大多数贵重的毛皮都转移到了吊铺上。

正阳街成了一条行船的河，两侧的商场店铺无法营业。宏发祥上了门板，锁了店门。家在本市的伙计都回家去照顾亲人。老张家在农村，他也向陈九请了假，雇了一条船走了。楼下店堂里只剩下账房先生滨生。

张秀玉让滨生上楼来住，给他准备了一间房子，滨生不肯。他把行李搬到吊铺上，夜里睡在毛皮中间，只是自己不再开伙。他在院心搭了浮桥，每天上楼来吃饭。他吃饭时和韩妈在一起，有时陪韩妈聊天，说说家在哪儿，家里有几口人，都是干什么的，也帮着韩妈抱抱福子。福子已经长牙，开始蹒跚学步。福子总得有人抱着，一时也放不下。韩妈忙时滨生就抱着福子，一边逗孩子，一边同韩妈聊天。有一天，他突然对韩妈说："少爷怎么没有长命锁，等大水退了我上街给少爷买个长命锁戴上。"

韩妈说："少爷有长命锁，还是银的呢，少爷不愿意戴，总是用力往下拽，太太怕勒了少爷的脖子，都放起来了。"

滨生说："哦，我小时候就没有长命锁，看人家孩子有就想哭，哭也没用，哭也没戴上长命锁。"

韩妈说："唉，穷人家的孩子，有口饭吃就得了，谁还买得起长命锁呀。滨生，你现在混得不错，你爹妈算是有福气的人了。"

滨生说："我只想给爹妈争口气，让他们过几天好日子。"

被病痛折磨的陈九脾气日益暴躁，他躺在床上天天咒骂庄本，咒骂沈中和，咒骂日本宪兵队里的那些浑蛋王八蛋。他对张秀玉说："我会从头来的，我手里还有一个宏发祥。只要我能挺起腰板，我会把工厂重新盖起来，我会把那几百间房子重新买回来。我要让我儿子当少掌柜的，让这小子也成为正阳街上的人物。"

陈九刚从宪兵队回来时，请黄先生来看过病。黄先生挽起长袍的袖子，给陈九把脉，又让陈九趴下，摸他的腰椎。黄先生用毛巾擦着手说："陈掌柜你的腰有内伤，又让日本人折磨得加重了，需要慢慢地调养。"黄先生给他开了药方。陈九只喝了一次，就不再动那苦涩的药汤，无论张秀玉怎样劝，他都不再喝一口。他说："我不吃药，什么药也治不了我的病。"

黄先生又给他推荐了住在四家子的骨科大夫董仲文。陈九拒绝让董仲文看病，他说："我的病我自己治，我知道怎么治我的病。"

黄先生最后一次来陈家时神色黯然。他穿了那件烟色贡缎袍子，套了一件黑缎暗花的马褂，戴了一顶黑缎帽头，胡须和两鬓好像一夜之间全白了。他打开一个绸布包，露出一件玉雕的卧虎。陈九认出这是当年他和陆璎送给黄先生，答谢黄先生为陆璎治病的礼物。玉虎是一件古物，颇有一点价值的。陈九问："这是怎么回事，黄先生你要干什么？"

　　黄先生说："我要走了。我把所有值钱的东西都送人了。有的送给了病人，有的送给了救济会。我想起这件玉虎，把它还给你们吧，我只能带走你们的心意了。"

　　陈九问："你要上哪儿去？"

　　张秀玉也问："好端端的黄先生你走什么？你是个大夫，谁能找你麻烦吗？"

　　黄先生端着他的紫砂壶，喝着韩妈为他冲上的茶水，说："现在日本人越来越多，他们几乎要把我包下来了，早晚要有麻烦。人活得没了自己就没意思了。凭空污了清白，不如早早离开的好。"

　　陈九问："你不是摘了牌子吗？"

　　黄先生说："摘了牌子也没用，他们找上门来躲也躲不开。"陈九说："你看你的病，管他日本人屁事。"

　　黄先生说："话是那么说，事情可不那么简单。我回关里去，这把年纪了，寻回故里养老吧。"

　　陈九这才想起黄先生的许多好处，他又说不出一个谢字，只是说："黄先生什么时候走，让二太太送送你吧。"

黄先生说："此事不可张扬，脱身不易，谁也不想惊动了。"

张秀玉包起那件玉虎，捧给黄先生说："黄先生年纪大了，带回老家去，留着养老吧。"

黄先生豁达地笑了，说："身外之物，一样也不带了。这把年纪别无所求，粗茶淡饭足矣。"他想了想又说，"偌大的东北都丢给日本人了，何惜这些身外的浮财。"

后来黄先生带着太太悄悄地离开了哈尔滨，陈九再也不提治病的事，他坚信自己能治好自己的病。

淫雨停了，天气依然阴郁。病痛并没有影响到陈九的房事。这天夜里醒来，见张秀玉枕着自己的肩头甜睡，心又动了起来。他伸出大手，轻轻地抚摸着张秀玉。他的手停在张秀玉丰满的乳房上。张秀玉翻了个身，背对着他，嘴里嘟囔着："困死了，困死了。"陈九的手不停地活动着，渐渐由胸部往下，滑过张秀玉的腹部，伸向她最隐秘的部位。张秀玉终于被他弄醒，她嗔怪地说："你有病了还不老实。"

陈九笑着说："我现在什么也干不了，只能干这个了。我连这个都干不了还算男人吗？"

张秀玉按住陈九的手，突然扑哧笑了，回过头来说："你只有干这个的时候，才有点人情味。"

陈九说："干这个要没有人情味，不就成了配种的马了吗？"张秀玉倦懒地说："看来我又得当一次马了。"说着就爬起来，伏在陈九的身上。

张秀玉突然颤着声地说："陈九，我害怕。"

陈九问："你怕什么？"

张秀玉说："我怕孤单，这漆黑的天底下好像只剩下我们两个人了。"

陈九说："不用怕，有两个人就不用怕。"

张秀玉说："喔……看你说的。"

"真的，就这么回事。"

"喔。"

"这世上没有什么可怕的。"

"喔。"

"别怕。"

"喔……"

夜空绸缪，密雨交织，在凄风苦雨中，屋子里缠绵着的人渐渐地远离了尘世喧嚣……突然，院子里响起哗哗啦啦的击水声，还有隐约的叫喊声。陈九一激灵支起耳朵，他摇动着张秀玉问："你听，你听这是什么声音？"

张秀玉头伏在陈九宽阔的胸膛上，她惺忪着眼睛，鼻息像游丝一样吹拂着陈九发热的皮肤。她喃喃地说："陈九你这种时候还分心，真拿你没有办法。"

陈九说："我听着声音不对，会不会出什么事？"

张秀玉打了个冷战，吐了一口气，半天才懒洋洋地说："你总是疑神疑鬼的，能有什么事？"说着下了床。她赤裸着身子走到窗前，掀开窗帘往外望着，院子里漆黑一片，什么也看不见，侧耳听了听，只有风掠着雨丝抽打着积水发出的唰唰响声。张秀玉摸到便盆，坐上撒了一泡尿，弯着腰用软纸擦拭了半天，才回到床上，说："黑灯瞎火的，不是风就是雨，能有什么事，快睡吧。"说着钻进被窝，像小猫一样蜷起身子，一会儿就睡熟了。

陈九却毫无睡意，他睁大眼睛，支着耳朵倾听院子里的响声。凭感觉他知道院子里有什么异常，但此时除了风声雨声再也分辨不出什么了。他是个病人他只能握着拳头对自己发狠，别的就无能为力了。

早上，韩妈伺候陈九和张秀玉吃完早饭，就坐在餐桌旁等滨生。福子让张秀玉抱走了，她便显得清闲。饭菜在炉子上热了又热，还不见滨生上楼来。她想，到底是年轻人贪睡，这个时候还不起来，就解下围裙，到楼下的仓库里喊滨生。

韩妈一下楼梯就觉得有点不对劲儿，院心的积水里，多了一些黑乎乎的东西。她走上浮桥时，才认出泡在水里的是一些裘皮大衣。她抖着腿，慢慢地走进仓库里，只见吊铺上堆着的毛皮都没有了，显得空空荡荡，地下的积水里，到处泡着那些贵重的毛皮，浸在水里的毛皮脏兮兮的，让人想起屠宰过的牲畜。她瞪着惊恐的眼睛四下搜寻着，她的目光最后落到墙根下的浑水里。滨生裸露着上身，靠墙坐着，水淹着他的大半身，头歪着垂在肩膀上，脸庞青紫，人已经没有气了。韩妈尖叫一声，差点从跳板上摔下来。

在家的两个女人吓得没了主意，张秀玉跑下楼看了一眼，又要呕吐。她返回房里，对陈九说："出事了，真的出事了，昨天夜里滨生被人害死在仓房里。"

陈九拄着手杖，一步一步地走下了楼。他走过浮桥，进了仓库。他跳进水里，试着滨生的鼻息。滨生整个身子都凉透了。再看水里，那些贵重的毛皮像淹死的动物一样发涨。他从胸腔里吐出一口恶气，一屁股坐在跳板上。他异常地冷静下来，明白又遭到人家的暗算，这次暗算得更重，他们要掘他的命根子，他们要彻底摧毁宏发祥，彻底打垮他陈九。

洪水开始退去，宏发祥的伙计们陆续上工。他们被宏发祥的惨状所震惊。滨生的死使他们同仇敌忾。他们都不约而同地想到被赶走的刘云，以及刘云身后的沈中和，还有那些越来越嚣张的日本人。

后来的许多事情为这种猜测提供了证据。伙计们在清理洪水留下的污痕时，发现临街的一个便门被人打开过。这个常年上锁的便门是被人用钥匙打开的，锁头丢在泥水里。宏发祥只有掌柜陈九手里有一把钥匙，但有人看见刘云曾试着开过这把锁，被人发现时他讪讪地说："我捡了一把钥匙，想试试能不能打开这把锁，巧了，真的就打开了"，他举起手里的钥匙说，"这可不是闹着玩的，我得给陈掌柜的送去。"当时没人在意这件事，现在看来他事先就配好了钥匙。

人们在从污水里往外捞裘皮衣时，无意中捞起一件蓝布对襟夹袄。宏发祥的伙计们都认得这是刘云喜欢穿的一件衣服。左胸被香烟烧过的一个焦洞历历在目。人们分析这是他潜入仓库时，被滨生发现或者去偷袭滨生时丢弃在水里的。

伙计们哭丧着脸一件一件地从水里捞裘皮大衣、狐领、水獭领和水獭大衣，然后吊在院心的绳子滴水。让污水浸过的毛皮无法再恢复原来的身价，人们一时无法估量这次灾难所受的损失，但都猜想到陈九在这一系列的打击下再也难以恢复元气。在清完仓库里所存的毛皮时，发现少了一件紫貂皮大衣和一件水獭大衣，还少了两条银狐领子。显然是刘云在实施他的阴谋时顺手牵羊拿走了。

宏发祥为滨生买了一口椴木棺材。由于死人太多，棺材到了第三天才送到。伙计们把滨生抬到一个新搭起的台子上，轮流守护。入殓的时候，张秀玉为他换了一身白绸布衣裤。听了韩妈关于长命锁的讲述，她又上街为他买了一个麒麟送子的长命锁，放进棺材里。

滨生被葬进山东义地。

陈九不过问死人的事，他躺在床上，死死地盯着天花板，脸上暗淡无光，牙齿咬得咯咯直响。当老张上楼来，向他说起伙计们咽不下这口气，准备告状时，陈九问："告谁？现在是日本人的天下，你能告赢日本人吗？"

老张说："日本人也应该有王法吧。人命关天就这么了啦？滨生也闭不上眼睛。"

陈九说："告吧告吧，你们要是不服就告吧。向黄鼠狼子告鸡状，能赢就怪啦。"

老张求人写了状子，递到了道外警察署。

过了半个月，宏发祥来了两个侦缉队的便衣，头戴呢子礼帽，一身黑绸布裤褂，鼻梁上架着墨镜，胳膊上戴着黄布袖标，大摇大摆地进了宏发祥。

老张见侦缉队来了人，忙殷勤地站起来让座，满脸堆笑地敬上香烟，点着火。为首的一位坐下来，摘下礼帽掸了掸，放到账桌上，拿下墨镜擦了擦，抬起头来望着老张，流露出得意的神情。老张提着茶壶，正准备给他们倒茶，一见来人的表情，张着嘴举着茶壶愣住了。

老张说："刘云怎么是你？"

刘云说："怎么就不能是我？"

老张放下茶壶，就地转了一圈，想了想问："你不是投奔沈中和了吗？"

刘云说："我是去了满和。可是沈先生为我着想，他说你想当一辈子伙计吗？这句话点拨了我，我不能一辈子总伺候人不是？沈先生推荐我进了侦缉队。"

另外那个瘦脸汉子说："你可别小看了我们刘云先生，他现在是我们侦缉队行动组的一个组长，有官衔的。"

老张问："刘组长手下有多少人？"

瘦脸汉子说："别小看人，现在刘组长只领导我一个人，将来会升官的。"

老张苦起脸，一时不知说什么好，他坐下来叹着气问："二位有什么公事？"

刘云皱起眉头问："什么公事？这不是明知故问吗？是你们写了状子，说宏发祥出了人命案。"

老张挑着眼眉说："你是来破案的？这案子还能破吗？"

刘云说："你这话是啥意思？信不着咋的？我们是奉命进驻宏发祥的。破不了案还有警察署，还有宪兵队，宏发祥这小庙还能有多大的王八，翻多大的浪吗？"

老张说："没想到几天不见你刘云也成了人物。宏发祥庙小，供不了你这尊佛了，你要怎么办就明说吧。"

刘云狠狠地吸了一口烟，噘起嘴吐出一层层烟圈，烟圈一个套一个，飘动着由圆变扁，渐渐地散去。他斜起眼睛说："是你们请我来破案的，怎么问起我来了？"

宏发祥的伙计听说侦缉队来的人是刘云，都挤进账房起哄，他们喊：

"刘云，日本人发你多少饷钱？"

"抓住杀死滨生的凶手，我们千刀万刀剐了他，你敢不敢动手？

刘云脸上挂不住，便偏着头喘粗气。瘦脸汉子站起来挥着手说："都出去！都出去！别在这儿搅和我们办公事。"

把伙计们赶出账房，刘云用手摸着光滑的下巴说："老张，我毕竟是宏发祥出去的人，公事好商量，大家都过得去才行。"
老张说："杀人偿命，欠债还钱，这种事还有什么商量的。"刘云说："冤有头，债有主，宏发祥是陈九的，你们操什么心。"

老张说："滨生死得太冤，当伙计的也是人，大家都咽不下这口气。"

刘云冷笑起来，说："滨生死得活该，谁让他为陈九卖命的。"

老张说："滨生也是为了生计，他又没伤着谁碍着谁，对他下毒手的人太歹毒。"刘云听得不耐烦，说："老张你也是在街面上混的人，怎么这么不看事，死一个伙计算什么，你别太认真了，你对别人认真就不怕别人对你认真？"

老张涨红着脸说："刘云，我算是看透了，人要是不要脸了，操猫操狗都不脸红。"

刘云拿起礼帽，掸着上边落着的烟灰，突然龌龊地一笑，说："老张你才明白，晚了。"

韩妈抱着福子进了张秀玉的房间，见张秀玉正照着镜子试衣服。自从滨生死后，陈九白天便支撑着身子到客厅里去，倚在客厅的沙发上一待就是半天，谁也不想见，什么话也不愿说，卧室里常留下张秀玉一个人。

韩妈站在门口说："太太，菜场里来了鲜菜，我得早点去，晚了怕买不上了。"

大水使灾民饥肠辘辘。陈家储备了足够的粮食，但大水使应季的蔬菜供不应求，每天买菜成了韩妈头疼的差事。

张秀玉正把一件紫地紫花织着金线的闪缎旗袍穿在身上，她专注地望着镜子里的自己，头也不回地说："去吧。"

韩妈迟疑了一会儿说："我想把福子放在你这儿，我好早去早回。"

阴郁的天气和烦闷的日子使张秀玉百无聊赖，陈九越来越乖张的脾气使她倍受煎熬，她便用翻箱底来打发时间，翻出压箱底的华丽服饰一件一件穿在身上。只有在华丽的服饰照耀下和冲鼻的樟脑气息中，她才变得宁静而满足。今天一早她灵机一动，翻出大太太留下的箱底儿，找出几件漂亮衣服。陆璎个头儿比她高，有几件旗袍显得肥大，唯有这件闪缎旗袍又漂亮又合体。她照着镜子发呆，一半陶醉一半惆怅。韩妈倚门站了半天她才明白韩妈的意图。张秀玉回过头来望了一眼福子，无可奈何地说："好吧，你把福子放到床上去，一会儿我去哄他。"

韩妈答应着进了屋，把福子放到床上，还没等回身福子就张开双手，咧嘴要哭的样子，不让韩妈走。

张秀玉脱掉闪缎旗袍，搭到椅背上，摆动着日渐丰腴的双臂对福子召唤："别哭别哭，等妈妈给你换新衣服。"张秀玉哄孩子时，也喜欢把儿子的新衣服一件一件找出来，很开心地替他打扮，穿了脱，脱了穿，左看右看亲不够，高兴时还给他涂脂抹粉，涂上红唇红脸蛋，额头上点上红点，打扮成女孩子模样。但福子最烦这种折腾，他张着手执意要跟韩妈上街，哭得眼泪鼻涕一大把。张秀玉用手点着福子的额头说："天生一个犟种，男人从小就自作主张。"她转身对韩妈说："你抱他去上街吧，这些天也把他憋坏了。男孩子心太野，从小就想着远走高飞。"

韩妈只好回来抱起福子。福子扑到韩妈怀里，立刻破涕为笑，探着身子往门外用力，小手也往门外指点。张秀玉和韩妈也都笑了。

大水退去后，青菜陆续上市了，卖菜的不多，因价格高，买菜的也不多。韩妈到了菜场，径直走到一辆排子车前。守排子车的是一个中年女人，穿着大襟的粗布褂子，脸色黝黑，头发也乱糟糟的。她一见韩妈过来，就喜笑颜开地打招呼，说："韩妈又把小少爷抱出来了，还是富贵人家的孩子，又干净又水灵，带着小少爷上街你也体面。"

韩妈也有些得意，笑着说："关我什么事呀，老妈子抱孩子，是人家的。做下人的就是劳碌命，又看孩子又做饭，一时也不得闲。"

卖菜的女人说："韩妈你别不知足，看你穿的戴的用的，多体面。我们不相上下的年纪，你韩妈这么年轻，我都成了老太婆了。"

韩妈说："一家人不知一家人的苦，我们这位年轻的二太太，漂亮、娇贵得连孩子都不肯看，有时还冲我们下人耍性子……我常想起大太太的好处。人有连心肉，货怕比三家。一想到大太太，我现在心里还难过。好人不长寿啊！"

韩妈是这位卖菜女人的老主顾，愿意在她面前发牢骚，她知道在这儿说什么也不会传到陈家去。福子对两个女人的唠叨早就不耐烦了，挣着身子要到别处去。卖菜的女人拿起一个带着顶花的黄瓜，撩起大襟擦了擦，怕不干净，又用手搓了搓，掰下一截给福子。福子接过黄瓜，放在嘴边喵着，暂时安静下来。

韩妈先挑选了黄瓜、西红柿、芹菜等。上秤的时候,韩妈问:"你男人呢?你男人今天怎么没来?"

卖菜女人一边看秤,一边说:"我们家死鬼病了,昨天回家一头栽在炕上,身上发烫,不吃不喝,在家挺尸呢。"

韩妈说:"你怎么不在家照看他,还出来卖菜?"

卖菜女人说:"韩妈你说得轻快,家里有六张嘴等着吃饭呢,不卖菜吃什么?"过了一会儿又惊恐地说,"老天爷发大水,听说还要瘟人呢,我家死鬼要是得了瘟病,他两眼一闭享清福去了,留下我和孩子咋过!"

离开卖菜的排子车,韩妈心头也积上阴云。日本人进城,松花江发大水,瘟疫要流行起来,天灾人祸一起降,看来不仅陈家背时,老天爷要降灾,这一方人都要受苦受难啦。

快到家门时,从一条小巷驶出一辆马拉的板车,车上放着一口薄棺材,后边跟着几个披麻戴孝的人哭哭啼啼。这支简陋凋零的送葬队伍从韩妈身边经过时,韩妈闻到了从棺木里散发出来的尸体的腐臭味。韩妈脸色骤变,两腿抖动,脊背发凉,她低下头抱紧怀中的福子,踉踉跄跄地向大门洞跑去。

哈尔滨这场大瘟疫来势凶猛,像黑云浊雾笼罩着这座城市的大街小巷,每天都有无数的人死去,通往义地和极乐寺墓地的路上,送葬的人络绎不绝。人们埋葬了死者,烧毁了死者生前的衣服、餐具,仍然止不住瘟疫的蔓延。有的人家全家被瘟疫夺去生命,有的大院一家发现有人得病,其他人家都惊恐地逃离。逃避大水回来的人们被迫第二次逃亡。

那个推着排子车卖菜的女人再也没在菜场出现，韩妈后来听说她家里的人有四口死于这场可怕的瘟疫。

福子是在从菜场回家的第三天发病的。他两腮绯红，目光暗淡，嘴角往外泛着白沫，先是抽搐，到了第二天，一个活泼的孩子变得纸人一样，只剩下微弱的鼻息了。

陈家请来一位西医大夫。瘦瘦的西医大夫戴着大口罩，皱着眉头用听诊器听了福子的心音，翻了他的眼皮，然后摘下口罩，毫无表情地对陈九夫妇说："已经没有治疗的价值了，给少爷预备后事吧。"大夫收起听诊器，从诊包里拿出两瓶消毒水对着亮处晃了晃，看了一眼放到桌子上说，"把房间消消毒，还是为活人着想吧。"

突然，死一样寂静的房间里发出张秀玉尖厉的叫声，她张着手臂，像鹞子一样扑向福子，嘴里嘶哑地喊着："不要消毒！不要消毒！福子，妈和你一起去。"

大夫毫无表情地收起丰厚的酬金，提起诊包匆匆离去。没有人理会出去的大夫。陈九像石雕一样站着，那木讷死板的脸上，再一次滚下浑浊的泪水。

萧瑟的秋风制止了瘟疫的蔓延，整个城市都变得凋零不堪。宏发祥在这次大瘟疫中死了一个伙计，有两个伙计不辞而别，他们带走几件经水浸泡过的毛皮，在夜里悄悄离去。陈九最后遣散了剩下的人员，上了门板，锁了大门。走的人当中又有人顺手牵羊地带走了几件毛皮，陈九对此已经无动于衷。

只有老张郑重地向他告别。老张站在床前，手里提着一个布包袱。他说："陈掌柜我回乡下去开一个杂货铺，将来陈掌柜再用我老张的时候，只要打个招呼我就回来。"他走到门口又站住，他想他应该安慰这个倍受打击的东家。他返回床前低下头说："陈掌柜你好好保重身体，你会重振宏发祥的。"

陈九望着老张什么也没说，他想这个时候说什么都没有意义，没有意义的话说了等于白说，那就不如不说。他只是向老张摆了摆手，示意他放心去吧。

后来躺在床上的陈九总是反反复复地唠叨一句话，说："我怎么觉得这些年发生的事好像以前经历过，我怎么越想越真切，人他妈的真能两世为人吗？"

遭受丧子打击的张秀玉真像一枝枯萎了的花，一个失去水汽的美人也失去了光彩，脸色灰白，一向油亮的头发也干枯曲卷。她经常一个人坐在客厅的沙发里，望着挂在墙上的福子的照片出神。

只有韩妈每天为三顿饭忙碌。陈九和张秀玉很少坐在一起吃饭，端上的饭菜吃下的不多，有时竟不动一筷。韩妈也变得沉默寡言，她忽然觉得待了十几年的陈家显得陌生起来。楼上楼下十几间大小房间空旷沉寂，只悄无声息地活动着三个喘息的人物，这气氛让人感到窒息。

这天一个送信的邮差在楼下喊着陈九的名字，韩妈跑下楼去接过一封信。韩妈不认识字，拿着信封就猜出这是大小姐凤仪的来信。她颠着脚步跑上楼，险些在楼梯上跌倒，她慌着把信交给了陈九。

陈九拆开信粗略地看了一遍，果然是凤仪的来信。凤仪在信里说，她考进了北平师范大学，正在那里读书。舅舅陆雄担负她的学费和生活费用，不用惦记她。她说，她不想回家来了，尤其是日本人占领了哈尔滨，她不想再回到日本铁蹄下过一天亡国奴的生活。

凤仪在信里说，她一直思念她的母亲，她为不能回来祭奠母亲感到难过。

信中没有提及张秀玉。

韩妈在旁边说："我是看着大小姐长大的，大小姐从小就是个有出息的孩子，果然考了女状元。"

张秀玉拿过信来看了一会儿，说："大小姐一个人在外边不容易，给她寄些钱去吧。"

陈九说："不用给她寄钱，这孩子也是个犟种，她不会花我的钱的。"

张秀玉说："你这当爸爸的不能不管她，你不怕大小姐恨你一辈子？"

陈九说："她要是有出息就不会恨我。她要是没出息，恨我也没有办法。"

张秀玉说："陈九，你的心太狠了，连亲生骨肉都这么绝情。"

陈九说："你懂什么？女人家就是见识短。我把她娇成软皮蛋，早晚让人家碾个粉身碎骨。"

张秀玉只是叹气。

韩妈撩起大衫,抹着眼泪出去了。

这天夜里张秀玉起来小解,她打开电灯,用光滑的脚去够拖鞋,忽然一阵恶心,忙捂着嘴呕吐,但吐不出来,身上出了一层冷汗,身子不由得滑下床坐到了地板上。

陈九被惊醒,他睁开眼睛望着张秀玉,问:"你又怎么啦,犯什么毛病了?"

张秀玉把手从嘴上移开,扯下枕巾抹了抹嘴,顺手把枕巾丢到地板上,她咳嗽了一声,清着嗓子小声说:"我又有了。"

陈九侧过身子,张秀玉背靠床坐着,他望不见她的表情。他伸出大手抚摸着张秀玉的头发,张秀玉侧过脸来。他看清了她发灰发青的脸色,问:"真的?什么时候?"

张秀玉痛苦地咽着又涩又酸的口水,吐着气说:"我已经两个月不见经血了。"

陈九松开手,直着腰坐了起来,他用大手拍着床沿说:"好。"

他又说:"好,快起来快起来。"他觉得嗓子很顺,嗓音也响亮起来。他冲着张秀玉说,"你给我好好躺着,养着,天不怕地不怕,陈家又有后人了。"

张秀玉爬起来,坐到便盆上撒了一泡尿,然后摸回到床上来。她身子冰凉。陈九说:"挨着我躺下,好好躺着。"张秀玉果然像小猫一样,蜷着身子躺在陈九怀里。

陈九两手合着,枕在头下,说:"我们两个一个天一个地,一个日一个月,这就齐全了,就是一个世界,还怕什么呢?人大概都这么过日子，有了没，没了有，一遍一遍地重复。人都是喝过迷魂汤的，记吃不记打，对不对？"

陈九把手从头下抽出来，去抚摩张秀玉。张秀玉蜷着身子，扇动着鼻翼，已经发出轻微的鼾声。

陈九睁着眼睛一直到天亮。

后 记

那是一个早上，我在一条小街的小吃摊用早餐，一种这座城市常见的油饼和豆腐脑，实惠清淡。小街一侧已经拆迁，楼房拔地而起，工地繁忙而杂乱，不少的工人到小吃摊用餐。老板娘是一位五十开外的女人，两个帮工像是农村来的女孩子。小吃摊的生意不错。小街的另一侧是老房子，陈旧但有韵味，让人想起它们当年一度的风光。街道变得更加狭窄。人们被一种震动的力量所干扰，出出入入的居民已经失去了往日的安详。来往的车辆时时堵塞交通，行人不断地抱怨甚至谩骂。

从这条小街的一侧起，有一大片街区被拆迁。这座城市正经历着巨大的变化，高楼林立，人流如潮，商品充盈各处角落。兴奋、躁动、困惑无时不在，无处不在，让人应接不暇。

在那片街区里，拆迁的和没有拆迁的房屋，用现代人的居住标准来看已经陈旧，但不乏一些有风格、有特色的建筑。它们是这座城市的历史陈迹，它们经历过辉煌，见证了这座城市的中兴，是站立着的纪念碑，一旦被拆除，就永远不复存在了。

我很熟悉这个街区。这座城市在雏形时，就分为三个街区，一个被称为天堂，一个被称为人间，这个街区被称为地狱。我对这个称谓一向不以为然。这个街区的父老兄弟姐妹，他们用自己美丽的生命创造了这座城市的文明，他们有许多可歌可泣的故事。

　　这里有我父辈的足迹，他们不是匆匆过客，他们的聪明才智，他们的鲁莽愚昧，浇铸了一个城市的童话。我的童年、少年、青年时期都是在这儿度过的。我对这儿的人和这儿的每一条街都充满亲情感。我虽然早已搬离了这个街区，但仍有许多亲人生活在这里，让我惦念；还有我仍然眷恋着这里的大街小巷。当我疲惫时，我会在这些街巷里徘徊，回忆那些并不遥远的细碎往事，沉浸着与我生命过程中共存过的城市温情。

　　城市是人类文明的集中地。

　　那天早上，我站在那条新旧交替的小街上，面临着这座城市新的中兴，望着匆匆而过的人流，突然萌生出一个念头，写一个故事给人看。把这里的街巷，把在这里生息繁衍的人们，把他们曾经历过的坎坷放进故事里。用浓墨重彩的画卷，来彰显这座城市的历史和人文精神。

　　这部小说从初春写到隆冬，在这个季节分明的城市里，工作之余，我和小说中的人物一起，徘徊在大街小巷，去寻找人们常说的所谓"感觉"。然后回到书桌旁一一把它们写出来。无论街头是盛开着紫丁香花，还是下着淅沥的细雨，还是弥漫着雪花，我都视而不见，风情独钟地把自己关在屋子里和小说中的人物独语。

历史不会重复，但历史在渐进中却充满了疼痛。

我写《街上有狼》，写狼性，是因为人们把狼视为凶残的比拟物。狼与人共舞时，它是凶残的。其实为了生存，人和狼对峙时，谁都不会含糊。据生物学家研究，狼在自身存在的环境中，却充满了"人性"。在人与动物的共处中，大概关于"狼孩"的记载最多。从人类的角度看，那种生存方式是残酷的，但对狼来说，也算是一种爱怜吧。

资本在原始积累时伴有血腥，我不是经济学家，不知道其中有多少理性的成分，有多少非理性的成分。人的自然属性和社会属性是矛盾的统一体，为了这两种属性的和谐统一，人类进行了不懈的努力，不断地批判和不断地建树，意在让生命美丽，让生活美好，这便是人类的文明进程吧。人类曾为文明付出过惨重的代价，在文明积累的过程中，人们不断打碎它，重新构筑，再打碎它，再构筑。在这反反复复的过程中，人类力求用理智来完善它。

完善作为一种相对概念，是存在的；完善作为一种绝对概念，是不可求的。

生命是美丽的。当奔放的生命活力四射地创造辉煌的同时，不同的价值观念和不同的生存理念同样会消融生命的美丽和美丽的生命，这是人生的羁绊，这羁绊来自外界，也来自内心，生存的复杂让人生出许多无奈，爱也无奈，恨也无奈，无奈多了，人们就容易失却自己。

对于小说中的人物，我是倾注了心血的，对他们有爱有恨，爱恨交织。但他们有自己的人生轨迹，我无可奈何。我不能用自己的人生理念去规范他们，那不是小说家的责任。我所做的是用我的笔，去细细密密地把他们描绘出来，让读者去品评。

　　读者阅读作品，都带着自己的人生体验，对于这部小说，对于小说中的人物，读者会有自己的解读，我不过是构架了一个与读者交流的平台。